Kat Zhang · Twin Souls

Die Fremde

DIE AUTORIN

Neben ihrem Englischstudium an der Vanderbilt-Universität tritt Kat Zhang in ihrer Freizeit bei Poetry Slams auf, überfällt regelmäßig Buchläden und reist für ihr Leben gern. In ihrer Kindheit verschlang sie ein Buch nach dem anderen und träumte schon früh davon, einmal Geschichten zu schreiben, in die dann andere abtauchen können.

**Von der Autorin ist bereits bei cbt erschienen:**

**Twin Souls – Die Verbotene** (30858, Band 1)
**Twin Souls – Die Rebellin** (30910, Band 2)

KAT ZHANG

# TWIN SOULS

# DIE FREMDE

Aus dem Englischen
von Katrin Weingran

cbt

Kinder- und Jugendbuchverlag
in der Verlagsgruppe Random House

MIX
Papier aus verantwortungsvollen Quellen
FSC
www.fsc.org
FSC® C014496

Verlagsgruppe Random House FSC® N001967
Das für dieses Buch verwendete
FSC®-zertifizierte Papier *Holmen Book Cream*
liefert Holmen Paper, Hallstavik, Schweden.

1. Auflage
Deutsche Erstausgabe Mai 2015

Die Originalausgabe erschien 2014 unter dem Titel
»Echoes of Us: The Hybrid Chronicles« bei Harper,
einem Imprint von HarperCollins Publisher, New York.

Aus dem Englischen von Katrin Weingran
Lektorat: Christina Neiske
Umschlaggestaltung: init | Kommunikationsdesign,
Bad Oeynhausen, unter Verwendung des Originalumschlags
©2014 by Maxine Quoilin
Umschlagbild: ©2014 by Jake Garn/Arcangel Images
jb · Herstellung: kw
Satz: Buch-Werkstatt GmbH, Bad Aibling
Druck und Bindung: GGP Media GmbH, Pößneck
ISBN: 978-3-570-30991-9
Printed in Germany

www.cbt-buecher.de

*Den Lesern gewidmet, die heimlich unterm Tisch*
*lesen und sich die Nächte um die Ohren schlagen.*
*Letztendlich ist auch unser aller Leben*
*nichts anderes als eine Geschichte.*

# Prolog

Ich erinnere mich besser an meine Kindheit als die meisten. Normalerweise erlangt ein Mensch seine Freiheit mit dem Älterwerden – ich verlor sie.

Als rezessive Seele war ich von Anbeginn an schwächer als Addie. Sie triumphierte, wann immer wir Machtkämpfe um die Kontrolle über den Körper austrugen, den wir uns teilten. Ihr war es bestimmt, zu gewinnen, und mir, zu verlieren – dieses Versprechen stand uns in die Gene geschrieben.

Als wir zwölf Jahre alt waren, schien es, als sollte ich endlich das Schicksal erfüllen, das mir als rezessiver Seele bestimmt war: zu verschwinden. Doch das tat ich nie. Ich verlor allerdings sämtliche Freiheiten – die Fähigkeit zu sprechen, die Kontrolle über meine Gliedmaßen, das Recht, von jemand anderem als Addie wahrgenommen zu werden, deren Körper ich von da an, einem Geist gleich, heimsuchte.

Ich erinnere mich also sehr gut an meine Kindheit. Denn lange Zeit war die Erinnerung an die Freiheit, die ich damals erfahren hatte, die einzige, auf die ich zurückgreifen konnte, so eingeschränkt sie auch gewesen sein mochte.

Erst als ich Lissa und Hally, Ryan und Devon kennenlernte, begann ich, den Blick in die Zukunft zu richten und nicht bloß in die Vergangenheit. Sie waren ebenfalls Hybride. Sie wussten, was es hieß, im Verborgenen zu leben, und lehrten mich, die Kontrolle über meinen Körper zurückzuerlangen.

Doch nun, da wir alle aufs Neue dazu gezwungen waren, davonzulaufen, und uns von einem Unterschlupf zum nächsten stahlen, wandte ich mich wieder meinen Kindheitserinnerungen zu und suchte Trost darin, dass ihre Kanten vom häufigen Gebrauch weichgezeichnet waren.

<Woran denkst du gerade?>, fragte Addie mich eines Nachts. Wir hatten uns alle in einen Van gezwängt. Peter fuhr, Dr. Lyanne saß neben ihm auf dem Beifahrersitz. Wir Übrigen drängten uns dicht aneinander, Schulter an Schulter, auf den zwei Rückbänken. Die Fenster waren zum Schutz vor der kalten Herbstluft bis oben hin hochgekurbelt.

<An den Schiffskompass>, erwiderte ich.

Alle meine Kindheitserinnerungen waren zugleich auch Addies Erinnerungen. Wir lebten untrennbar miteinander verbunden als Hybride in einem Land, das schon allein unsere Existenz für ungesetzlich erklärt hatte.

Die Erinnerung an jene besondere Sternenkonstellation stammte aus einer Zeit, bevor wir all das begriffen hatten; was sie umso kostbarer machte. Addie und ich waren drei oder vier Jahre alt gewesen. Unsere Familie war zelten gegangen. Unser kleiner Bruder Lyle war damals noch nicht auf der Welt gewesen, daher waren wir nur zu viert – Mom, Dad, Addie und ich.

Ich dachte daran zurück, wie ich zum ersten Mal die Sterne in der klaren Bergluft hatte funkeln sehen. Wir waren ein Kind gewesen, das an die Nächte und Lichter der Stadt gewöhnt war. Die überwältigende Anzahl jener Sterne hatte uns mit tiefer Ehrfurcht erfüllt.

<Weißt du noch?>, fragte ich. <Wie Dad uns immer die Geschichten der Sternenkonstellationen erzählt hat, als wir zelten waren? Aber die vom Schiffskompass ...>

<... ist ihm einfach nicht eingefallen>, beendete Addie meinen Satz. Ihr Lächeln war nicht bloß eine physische Sache, ein Heben unserer Mundwinkel. Es war ein warmes Leuchten am Rand meines Bewusstseins, wo ich ihre Präsenz mit derselben Gewissheit spürte wie unseren Herzschlag. <Ich erinnere mich.>

Wir glitten in die Erinnerung ab, spendeten uns gegenseitig Trost mit der Vergangenheit, während die Landschaft an uns vorbeiflog.

Viel zu schnell verging eine Woche. Dann noch eine und noch eine. Addie und ich nahmen das Laufen wieder auf, der Schmerz in unserem Knöchel und die blauen Flecken an unserem Körper verblassten zusammen mit den eindringlichsten Erinnerungen an die letzten paar Tage in Anchoit. Das Bombenattentat auf die Powatt-Anstalt, die Polizeirazzia, die chaotische Flucht durch dunkle Gassen – diese Dinge würden nie vollkommen aufhören, uns heimzusuchen. Aber wir versuchten, den Schmerz, den sie uns bereiteten, unter glücklicheren Erinnerungen zu begraben.

Addie und ich bezogen alle in das Erzählen mit ein. Das Leben in einem Versteck mitten im Nirgendwo bot nicht besonders viele Alternativen. Anfangs guckten wir die Nachrichten mit nahezu religiösem Eifer. Aber der Fernsehschirm spuckte Bilder unserer Gesichter und Namen aus, plärrte unsere Verbrechen heraus: die *Bombenexplosionen* am Lankster Square, das Powatt-Attentat. Nach einer Weile fanden Furcht und Panik einen Weg in unser Innerstes, wo sie alles verfaulten, womit sie in Berührung kamen. Emalia meinte: »Sie sagen immer wieder dieselben Dinge. Können wir es bitte abschalten?«

Und das machten wir. Stattdessen kamen wir im Flur des oberen Stockwerks zusammen oder versammelten uns um den Esstisch oder auf dem verschlissenen Sofa. Wenn Ryan und ich die Kontrolle innehatten, strebten wir danach, die warme Berührung des anderen zu spüren, den Druck meiner Wange an seiner Schulter, den Trost, jemanden an unserer Seite zu haben.

Ich erzählte ihnen von dem Tag, als Lyle und Nathaniel

geboren worden waren. Addie und ich waren damals erst vier gewesen, aber ich hatte das euphorische, hektische Durcheinander nicht vergessen. Ebenso wenig wie das in Blau gehüllte Baby und die kurzzeitige Enttäuschung darüber, dass es kein Mädchen war.

Ich erzählte ihnen nicht von dem Tag, als Nathaniel verschwunden war und es als normal galt, weil er die rezessive Seele war. Oder von dem Tag, als Lyle krank geworden war und sie mit ihm ins Krankenhaus geeilt waren – ein gespenstisch bleicher kleiner Junge, dem die Angst die Sprache verschlagen hatte.

So lautete eine unserer unausgesprochenen Regeln: Keine traurigen Geschichten.

Davon gab es auch so schon genug.

Ich wusste eine Menge über Ryans Vergangenheit, aber es war schön, alles noch mal zu hören. Das riesige alte Haus auf dem Land, wo die Mullans gelebt hatten, bevor sie nach Lupside gezogen waren. Das Knarren der alten Dielenbretter, die stets staubige Bibliothek, der Feldstreifen, auf dem das Gras hüfthoch wuchs und der die perfekte Deckung für Kriegsspiele in der Dämmerung bot. Hally oder Lissa unterbrachen ihn, wenn sie etwas hinzuzufügen hatten oder sich darüber beschwerten, dass sein Bericht nicht ganz der Wahrheit entspräche. Ryan protestierte, aber er lächelte dabei, und ich wusste, dass es ihn nicht wirklich störte. Die Einwürfe seiner Schwestern brachten uns zum Lachen und Gelächter kam in unserem Leben inzwischen nur noch selten vor.

Dr. Lyanne musste zum Geschichtenerzählen überredet werden. Anfangs erzählte sie nur von ihrer Jugend – Schnipsel einer Kindheit gehüllt in Unmengen Spitze und Seide. Ich betrachtete ihre scharf geschnittenen Gesichtszüge und versuchte sie mir zwei Jahrzehnte jünger vorzustellen: nicht als Frau, sondern als kleines Mädchen namens Rebecca, das die Erwachsenen mit seiner altklugen Art und seiner übertrieben ernsten Miene zum Lachen gebracht hatte. Das um das Geheimnis wusste, das sein Bruder Peter in sich trug, es aber mit jeder Faser seines Seins vor Entdeckung schützte.

Im Laufe der Zeit gelang es uns, ihr Anekdoten aus dem Medizinstudium zu entlocken. Aber wir mussten vorsichtig sein. Dr. Lyannes Studium war eng mit ihrem Spezial- und Interessengebiet der Neurobiologie verbunden. Der Hybridität. Es hatte sie zu ihrer Stelle an der Nornand-Klinik für Psychiatrie geführt, wo sie Jaime begegnet war und dann uns Übrigen. Wo Addie und ich sie überzeugt hatten, ihre Arztkollegen zu hintergehen und uns zur Flucht zu verhelfen.

Henris Geschichten hörten alle am liebsten, weil er die Welt gesehen hatte. Besonders Jaime brütete über Henris verbliebenen Landkarten, während dieser die Orte beschrieb, an denen er gewesen war, die Dinge, die er erlebt hatte und über die er geschrieben hatte.

»Hast du auch über uns geschrieben?«, fragte Kitty mitten in eine Geschichte über den Nahen Osten hinein. Henri hatte zwei Monate dort verbracht und über einen Grenzkrieg zwischen zwei Nationen berichtet, von denen wir noch nie gehört hatten – die auf den veralteten Landkarten, mit denen wir in der Schule unterrichtet wurden, nicht einmal existiert hatten. »Über uns als Personen, meine ich.«

Henri lächelte. »Nicht namentlich. Es ist sicherer so, für den Fall, dass etwas abgefangen wird.«

Aus irgendeinem Grund war mir das noch nie in den Sinn gekommen. Ich hatte gewusst, dass Henri mit der Absicht zu uns gekommen war, über die Hybrid-Misere in den Americas zu berichten. Und dass er mithilfe seines Satellitentelefons – das in meinen Augen mehr Miniaturcomputer als Telefon war – Artikel und Informationen nach Hause geschickt hatte. Aber ich hätte nie gedacht, seine Geschichten würden etwas anderes sein als allgemeiner Natur.

Der Gedanke ließ mir keine Ruhe. Irgendwo da draußen hörte vielleicht jemand von unserer Geschichte, und sie würde womöglich schlicht das sein: eine Geschichte, die beim morgendlichen Kaffee gelesen wurde oder beim Abendessen im Hintergrund erschallte. Nicht mehr.

<Seltsam, oder?>, sagte ich zu Addie.

<Du machst dir zu viele Gedanken, Eva>, erwiderte sie.

Aber ich konnte nicht anders. Jahrelang, ehe ich die

Kontrolle über meinen Körper wiedererlangte, hatte ich nichts anderes getan, als nachzudenken und mir Dinge auszumalen. Jetzt stellte ich mir vor, wie mein Leben vielleicht ausgesehen hätte, wenn Addie und ich in einem jener Länder auf der anderen Seite des Ozeans geboren worden wären, wo Hybridität akzeptiert war und normal.

Oder was wäre gewesen, wenn Addie und ich Frieden gefunden hätten, als wir fünf Jahre alt waren, genau nach Zeitplan? Mich würde es nicht mehr geben und Addie hätte ein vollkommen anderes Leben geführt. Ohne Arzttermine, ohne Psychologen, ohne Medikamente. Ohne schiefe Seitenblicke auf dem Spielplatz. Ohne flüsternde Lehrer. Ohne die Nornand-Klinik für Psychiatrie.

Ohne Hally und Lissa, oder Ryan und Devon, oder irgendjemanden der Menschen, denen wir seitdem begegnet waren.

Es war weniger als ein Jahr vergangen, seit Addie und ich unser Zuhause verlassen hatten, aber bereits jetzt fiel es mir schwer, mir vorzustellen, wie unser Leben ausgesehen hätte, wenn wir meine Existenz weiter geheim gehalten hätten. Der Geist in Addies Kopf, der zu laut brüllte, um unter Verschluss gehalten zu werden.

Wir hatten jetzt viel Zeit zum Herumsitzen und Nachdenken. Aber es war viel schöner, sich auf die guten Zeiten zu konzentrieren. Sich die Menschen in Erinnerung zu rufen, die mir am meisten bedeuteten.

Meine Mutter und meinen Vater, die mich immer noch liebten, davon war ich überzeugt.

Meinen Bruder Lyle, der – so sagte ich mir – das Nierentransplantat erhalten hatte, das uns versprochen worden war.

Ich wählte die Erinnerung an Sabine und Josies festen Blick aus, an das Selbstvertrauen, das sie mir nur mit diesem Blick eingeflößt hatten. Ich sah vor mir, wie Cordelia und Katy mit zurückgeworfenem Kopf gelacht hatten und ihre kurzen weißblonden Haare zart im Licht geschimmert hatten. Ich traf die Entscheidung, mich nur an Christophs unbeschwerte Momente zu erinnern, wenn ein Riss in seiner Rüstung aus Wut einen Blick auf die scharfkantigen Scherben einer Vergangenheit gestattete, die sich noch immer in sein Innerstes gruben.

Jackson – Jackson und Vince sah ich als den Paketboten in Nornand vor mir, der uns versichert hatte, es bestünde Hoffnung auf eine Flucht.

Es war tabu für mich, an die Dinge zu denken, die wir mit Sabines Gruppe erlebt hatten. Das Chaos, das wir mit unseren Feuerwerkskörpern am Lankster Square ausgelöst hatten. Den Plan, die Powatt-Anstalt in die Luft zu jagen, an dem wir mitgewirkt hatten – ohne zu ahnen, dass Sabine nicht nur Zement und Stahl in tausend Stücke sprengen wollte, sondern auch die Leiber der Regierungsvertreter, die in jener Nacht das Gebäude besichtigen sollten.

Den Kampf, den wir mit den anderen austrugen, als wir es herausgefunden hatten und versuchten, das Ganze zu stoppen.

Den Preis, den wir dafür bezahlt hatten.

Keine traurigen Geschichten. So lautete die Regel.

# Kapitel 1

An dem Tag, als Henri uns verlassen sollte, erwachten Addie und ich und vernahmen das leise Gemurmel eines Nachrichtensprechers. Wir stahlen uns an Kitty und Hally vorbei, die beide noch schliefen, und schlüpften aus dem Schlafzimmer, das wir uns mit ihnen teilten.

Devon saß im Erdgeschoss im Halbdunkel der heraufziehenden Morgendämmerung, den Blick auf den Mini-Fernseher gerichtet. Der Bildschirm warf kuriose, flackernde Schatten durch das Wohnzimmer. Es war niemand sonst zu entdecken.

»Sie sind noch nicht losgefahren, oder?«, flüsterte Addie, als sie sich zu Devon auf das klumpige Sofa setzte. Er löste den Blick nicht vom Fernsehbildschirm, schüttelte aber den Kopf.

‹Wo sind sie?›, fragte ich, und Addie war im Begriff, meine Frage laut zu wiederholen, als Henris Zimmertür aufging. Das war Antwort genug.

Henri lächelte uns zu, seine Zähne hoben sich strahlend weiß von seiner dunklen Haut ab. »Ich dachte, wir hätten uns gestern Abend schon voneinander verabschiedet, damit ihr heute nicht so früh aufstehen müsst.«

Er hatte nur einen kleinen Koffer bei sich. Die meisten Dinge hatte er zurückgelassen, als wir aus Anchoit geflohen waren. Ich malte mir aus, dass sie der Polizei in die Hände gefallen waren und wie sie durch seine Notizen und halb fertigen Artikel blätterten. Sie würden nun Ausschau nach ihm halten. Ein ausländischer Reporter, der in den Americas lebte, brachte sich in große Gefahr, und Henri hatte endlich dem Druck von Freunden und Familie nachgegeben, nach Übersee zurückzukehren, solange es ihm noch möglich war.

Er beugte sich über die Rückenlehne des Sofas, um einen besseren Blick auf den Fernsehbildschirm zu erhaschen. »Schon wieder Jenson?«

Devon nickte. Es war eine alte Aufzeichnung. Mark Jenson hatte in den vergangenen Wochen eine Menge Interviews gegeben und Ansprachen gehalten. Über Hybride. Über Powatt. Über die nationale Sicherheit im Allgemeinen.

Es fiel schwer, das Bild, das er der Welt vermittelte – gelassen, aalglatt und selbstsicher – mit dem des Mannes zusammenzubringen, der versucht hatte, Addie und mich aus der Anstalt zu tragen, nachdem wir uns den Knöchel verstaucht hatten. Des Mannes, der uns nach der Explosion aus dem Schutt gegraben hatte, der Blick wild, das Hemd voller Blut.

Jedes Mal, wenn ich ihn sah, spürte ich einen Phantomschmerz in der Schulter – seine Nägel, die sich in unsere von blauen Flecken übersäte Haut gruben. *Wo ist der Junge?*, hatte er uns angebrüllt. *Wo ist Jaime Cortae?*

»Er versucht, die Situation unter seine Kontrolle zu bringen.« Jemand, der ihn nicht kannte, hätte vielleicht angenommen, Devon wäre gelangweilt von der ganzen Sache. Aber ich bemerkte, wie aufmerksam sein Blick Jensons Bewegungen folgte. Devon erwies sich oftmals als der Scharfsinnigste von uns, obgleich er sich so verhielt, als wäre die Welt für ihn nur ein ansatzweise interessantes Schattenspiel.

»Für mich macht es nicht den Eindruck, als wäre es Jensons Job, die Dinge zu kontrollieren. Aber ich nehme mal an, er gilt als Experte für die Hybrid-Problematik.« Henri richtete sich wieder auf und Devon löste den Blick endlich vom Fernsehbildschirm. Seine Miene war wie üblich so unbewegt, als handele es sich um die stille Wasseroberfläche eines Teichs, doch etwas rührte sich in ihr, als Henri sagte: »Tja, ich schätze, es ist Zeit zu gehen.«

Devon und Ryan waren Frühaufsteher, aber vier Uhr morgens war als spontane Aufwachzeit selbst für sie ein wenig extrem.

»Hier ...« Henri griff in die Hosentasche und zog sein Satellitentelefon hervor. Er reichte es Devon. »Du weißt doch noch, wie es funktioniert, oder?«

Devon drehte und wendete das Telefon bereits in den Händen, musterte das beinah handflächengroße Display, die Miniaturtastatur, den Anschluss, über den man es mit einem Computer verbinden konnte. Er nickte, während er an der Antenne herumnestelte. Dann hob er den Kopf und sah Henri an. »Wirst du es nicht selber brauchen?«

Henri zuckte mit den Schultern. »Meine Heimreise sollte nicht länger als ein paar Tage dauern. Ich habe meine Leute darüber informiert, nicht mit Anrufen von mir zu rechnen, bis ich wieder zu Hause bin. Außerdem brauche ich eine Möglichkeit, mit euch allen in Kontakt zu bleiben.« Er lächelte leicht. »Aber seid vorsichtig. Es ist nicht unmöglich, diese Geräte zurückzuverfolgen, falls die Regierung euch auf die Spur kommen sollte. Begrenzt die Dauer eurer Telefonate. Und erlaubt Ryan nicht, es auseinanderzunehmen. Er schafft vielleicht nicht, es wieder zusammenzusetzen.«

Devon – *Devon* – grinste beinah. »Ich könnte es wieder zusammenschrauben.«

Ich lachte leise im Schlupfwinkel meines Geistes und fragte mich, welche Bemerkung Ryan wohl dazu gemacht haben mochte.

Die Hintertür ging auf und Emalia und Peter standen vor uns. Emalia schien nicht überrascht, mich und Addie bereits wach zu sehen, Peter dagegen hob die Augenbrauen.

»Kann es losgehen?«, fragte Emalia. Im nächsten Moment zog sie die Jacke enger um sich. Sie und ihre Zwillingsseele Sophie hatten angeboten, Henri zu seinem Kontakt im nächsten Bundesstaat zu bringen, und damit argumentiert, die klügste Wahl zu sein, weil ihr Aussehen nicht über die Nachrichten verbreitet worden war. Außer ihr war nur Kitty und Nina dieses Glück zuteilgeworden.

Natürlich hatten die Informationen über Jaime seit Monaten in den Medien kursiert. Von uns allen war er derjenige, den Jenson am verzweifeltsten suchte – das einzige Kind, das die Operation überlebt hatte, mit der die Ärzte der Nornand-Klinik ihm die zweite Seele entrissen hatten.

Aber Jenson hatte auch Ryan und Dr. Lyanne in Powatt gesehen, als sie Addie und mir zur Rettung geeilt waren, nachdem wir versucht hatten, die Bombenexplosion zu verhindern. Er musste zu dem Schluss gekommen sein, dass Hally mit ihrem Bruder unter einer Decke steckte, und die Polizeirazzia hatte vermutlich genug belastendes Material zutage gefördert, um Henri und Peter als Verdächtige einzustufen.

Es schmerzte mich, dass sie alle mit uns für das Bombenattentat verantwortlich gemacht wurden.

»Fahrt vorsichtig«, sagte Peter. Er und Dr. Lyanne würden für den Fall, dass etwas schiefging, mit uns im Versteck bleiben. Das war das Mantra, das wie ein Damoklesschwert über jeder Sekunde unseres Lebens hing: Für den Fall, dass etwas schiefgeht.

Henri schenkte uns und Devon einen letzten Blick, so als wollte er sich unsere Gesichtszüge einprägen.

»Gebt auf euch acht«, sagte er schließlich und trat zu Emalia an die Tür.

Sie machten sich auf den Weg, während uns anderen nichts weiter übrig blieb, als ihnen hinterherzusehen.

»Ich kann nicht fassen, dass ihr mich nicht aufgeweckt habt«, sagte Hally Stunden später. Sie saß neben Addie und mir auf der Galerie, von der aus man ins Wohnzimmer und Foyer hinunterblickte. Unsere Beine baumelten über dem Rand.

Ryan, der auf unserer anderen Seite saß, griff zwischen die Stäbe des Geländers, um eine Hälfte von Hallys Erdnussbutter-Sandwiches zu stibitzen. Sie zog ihre Hand einen Moment zu spät zurück und setzte eine beleidigte Miene auf.

»Es war vier Uhr früh.« Ryan bot mir einen Bissen von dem Sandwich an. Erdnussbutter tropfte auf seinen Finger, und er steckte ihn in den Mund, weshalb seine nächsten Worte gedämpft klangen. »Du stehst nicht gern vor zehn auf.«

»Ich wäre aber aufgestanden, wenn ihr anderen alle aufsteht«, beschwerte sie sich.

Ich konnte nur schwer glauben, dass Addie und ich

einst auf dem Schulkorridor an Devon oder Ryan vorbeigegangen waren und sie kaum eines Blickes gewürdigt hatten. Dass wir alles getan hatten, um Hally aus dem Weg zu gehen, weil wir Angst gehabt hatten, ihr fremdes Aussehen würde uns in noch größere Schwierigkeiten bringen.

Jetzt gehörten sie zu den wichtigsten Menschen in meinem Leben.

Ryans Augenbraue schoss hoch, als ich ihn einen Moment zu lang anstarrte, seine Lippen verzogen sich zu einem sanften Lächeln. *Was ist?*, schienen sie zu fragen, und ich schüttelte, ebenfalls lächelnd, den Kopf.

Wir waren gut darin geworden, mit Blicken zu kommunizieren – mit einer Berührung und dem Verziehen eines Mundwinkels. Kleine Gesten waren alles, was uns zur Verfügung stand. Die Verstecke waren selten großzügig bemessen. Selbst wenn wir beide uns nicht den Körper mit einer zweiten Seele geteilt hätten, wäre es schwierig gewesen, den Raum und die Zeit zu finden, allein miteinander zu sein.

Manchmal bot Addie mir an, eine Zeit lang unterzutauchen. Aber Schuldgefühle ließen mich ihr Angebot meist ablehnen. Auch Addies Gedanken kreisten um einen Jungen. Einen, der nicht hier war, um verstohlene Küsse in dunklen Fluren mit ihr auszutauschen, zu lachen und den wissenden Blick zu ignorieren, den Emalia uns zuwarf, wenn sie an uns vorbeikam.

Hally aß ihr Sandwich auf und erhob sich, Krümel von der Bluse fegend. »Also wenn ...«

Es klingelte an der Tür.

Hallys Mund schnappte zu. Addie flüsterte: ‹Aber wer ...?›

Wer sollte bei uns klingeln? Dieses Haus war eine Idee weniger entlegen als die ersten beiden, in denen wir gewohnt hatten, aber immer noch fast eine Stunde von der nächsten größeren Stadt entfernt. Leute tauchten nicht so einfach auf unserer Türschwelle auf.

Dr. Lyanne trat aus ihrem Zimmer im Erdgeschoss, die vom Duschen noch feuchten Haare zu einem Zopf geflochten. Auf ihrem Gesicht lag ein verletzlicher Ausdruck, als sie zu uns hochsah und uns bedeutete, leise zu sein.

Peter kam zu seiner Schwester in die Eingangshalle. Die Vorhänge an den Fenstern waren alle zugezogen. Der größere der zwei Wagen stand noch in der Auffahrt, daher konnten wir nicht so tun, als wäre das Haus unbewohnt, aber wir konnten vorgeben, es sei niemand da.

Einen langen Moment sagte niemand etwas. Niemand machte Anstalten, die Tür zu öffnen.

Es klingelte erneut.

Dann begann das Klopfen. Nachdrückliches Pochen an der Tür.

Die Stimme einer Frau ertönte.

»Entschuldigen Sie bitte«, sagte sie. »Mein Name ist Marion Prytt und ich würde gern mit Addie Tamsyn sprechen.«

## Kapitel 2

Dr. Lyanne gab uns ein Zeichen, den Raum zu verlassen, und wir zogen uns in Begleitung der anderen mit wild pochendem Herzen in unser Zimmer zurück. Ich ließ mich auf eins der Betten sinken, meine Finger krallten sich in die zerschlissene Patchwork-Decke.

Hally huschte als Letzte ins Zimmer. »Was meint ihr, wer sie ist?«, flüsterte sie, während sie die Tür hinter sich zuzog. Ryan stand neben uns, vollkommen perplex und starr vor Schreck.

Natürlich hatte keiner von uns eine Idee. So wie unsere Bilder überall zirkulierten, hätte inzwischen jeder über uns Bescheid wissen können. *Ganz ruhig*, befahl ich mir streng. Ich konzentrierte mich auf unsere Atmung. *Flipp jetzt bloß nicht aus.*

Addie und mir waren Panikattacken nicht unbekannt – wir waren mit ihnen vertraut, seit wir sieben Jahre alt gewesen waren und enge Räume zu fürchten gelernt hatten. Aber in den Wochen seit Powatt hatten auch andere Dinge begonnen, uns in Panik zu versetzen: unvermutete Geräusche, plötzliche Wärme.

Manchmal genügte allein die Erinnerung an die Dunkelheit, den Schmerz, die Angst, unter einer umgestürzten Wand dem Vergessen anheimzufallen, während unsere Überreste von den Flammen aufgezehrt wurden.

‹Wenn die Frau hier wäre, um uns zu verhaften›, sagte ich zu Addie, ‹hätte sie nicht angeklopft.›

‹Gott weiß, was sie vorhat, Eva. Jenson wusste, dass wir in Anchoit waren – wusste, dass wir etwas planten –, und er hat sich von uns ferngehalten, bis er wusste, wie er uns am meisten schaden konnte.›

Hally stützte sich mit den Händen auf das Fensterbrett. »Sie hat ein schönes Auto.« Dann kniff sie die Augen zusammen und strich sich die schwarzen Locken aus dem Gesicht. »Das Nummernschild kann ich nicht erkennen – oh, da sitzt ein Mädchen auf der Rückbank …«

Ryan stürzte mit uns zum Fenster. Während wir zusahen, öffnete das Mädchen die Wagentür und stieg aus. Sie mochte vielleicht zwölf sein, ein bisschen älter als Kitty und Nina. Ihr Mantel flatterte im Wind, als sie auf das Haus zueilte, die Schultern zum Schutz gegen die Kälte hochgezogen.

‹Wenn die Frau hier wäre, um uns zu verhaften›, sagte ich mit etwas größerer Überzeugung, ‹warum sollte sie dann ein Kind dabeihaben?›

»Meint ihr, sie sind hybride?«, fragte Hally. Bevor in Anchoit alles in die Brüche gegangen war, hatten die Leute oft bei Peter Hilfe gesucht. Sie hatten vom Freund eines Freundes von ihm gehört – Raunen über einen Mann, den Kopf eines Netzwerkes aus Hybriden und Hybrid-Sympathisanten, der unter Umständen ein Kind in Sicherheit bringen oder es sogar aus einer Anstalt befreien konnte. Der ein Beweis dafür war, dass es irgendwo da draußen noch Hoffnung gab.

Das Mädchen draußen hob den Kopf und sah zu uns hinauf.

Ihr Gesicht war uns aus irgendeinem Grund vertraut.

Sie erkannte unseres zweifellos. Ihre Augen wurden groß und ihr fiel die Kinnlade herunter. Der böige Wind hatte ihre Wangen gerötet.

<Woher kennen wir sie?>, flüsterte ich Addie zu.

Ryan verschränkte seine Finger mit unseren. »Was ist?«

»Ich habe sie schon mal gesehen, glaube ich.« Automatisch drückte ich seine Hand. »Ich ... ich kann mich nicht daran erinnern, wo.«

Peter trat in unser Blickfeld, er winkte das Mädchen zu sich. Dann folgte sein Blick dem ihren, ruhte kurz auf uns, bevor er wieder zu dem Kind zurückkehrte. Sie versuchte weiter, Blicke auf uns zu erhaschen, aber er scheuchte sie ins Haus.

Ich durchforstete hektisch meine Erinnerungen.

<Nicht aus der Schule>, sagte Addie. So weit hatte ich gar nicht zurückgedacht. Unsere Erinnerung an das Gesicht des Mädchens war jüngeren Datums.

»Aus Anchoit?«, fragte Ryan, aber er klang zweifelnd, und ich schüttelte den Kopf. Die Erinnerung war beinah zum Greifen nah ...

»Sie war nicht in Nornand.« Hallys Stimme klang überzeugt und niemand erhob Widerspruch. Ich erinnerte mich an das Gesicht eines jeden Patienten, den wir in Nornand gekannt hatten, selbst wenn die Feinheiten nach so vielen Monaten nur noch undeutlich waren. Dieses Mädchen hatte nicht die blaue Uniform mit uns getragen.

Es klopfte leise an unserer Zimmertür.

»Ich bin's«, sagte Peter und wartete nur einen Wimpernschlag ab, ehe er den Raum betrat.

Er sah aus, wie er jetzt stets aussah. So als versuche er, die Welt mit seinen Fäusten zusammenzuhalten. Manchmal wünschte ich mir, ich könnte ihn immer noch auf die Weise betrachten wie in jener Nacht, als er uns aus Nornand gerettet hatte. Als er und Jackson sich in der Dunkelheit des Klinikflurs materialisiert hatten wie die Helden eines Märchens, die uns zu Mondlicht und Freiheit geleiteten.

Ich kannte ihn inzwischen besser. Er war einfach nur ein Mann – der sehr viel wollte, aber dessen Möglichkeiten begrenzt waren.

»Eva«, sagte Peter. »Könnte ich dich mal sprechen?«

Ryan ließ unsere Hand nur widerwillig los. Ich warf ihm einen beruhigenden Blick zu, als ich Peter folgte. Wir gingen nur über den Flur in das Zimmer, das er sich mit Emalia teilte. Wie fast überall im Haus roch es auch hier nach Sägemehl und Holzlack.

»Ich habe das Mädchen schon mal gesehen«, sagte ich, sobald Peter die Tür geschlossen hatte. »Ich weiß nicht mehr, wo, aber ...«

»Sie heißt Wendy Howard«, sagte Peter, und ich runzelte die Stirn. Der Name sagte uns nichts. »Ich glaube nicht, dass du ihr schon mal begegnet bist.«

»Doch«, widersprach ich. »Ich habe ihr Gesicht wiedererkannt ...«

Peter griff in seine Hosentasche und zog ein gefaltetes Blatt daraus hervor. Er breitete es auf dem Schreibtisch aus und strich es glatt. »Bist du dir sicher, dass du dich nicht hieran erinnerst?«

Ich erstarrte. Addies Reaktion war emotionaler, aber da sie gerade nicht die Kontrolle innehatte, blieb ihre Reaktion unbemerkt. Ich spürte sie jedoch – eiskalt, messerscharf – im Innern.

Bei dem Blatt handelte es sich um ein Flugblatt. So hatten wir sie genannt, als wir sie gemacht hatten. Als wir sie über die Dachkanten der Gebäude rund um den Lankster Square geschleudert hatten.

Peter hatte recht. Wir waren Wendy Howard noch nie begegnet. Wir hatten nur eine Ähnlichkeit auf Papier gebannt, die so verblüffend war, dass sie uns einen Schauer über den Rücken jagte.

»Wendy hat es mitgebracht«, sagte Peter. »Ihr habt es gezeichnet, oder?«

Ich nickte. Ich starrte noch immer das Flugblatt an, das Porträt eines Mädchens, das unsere Hände mit so viel Sorgfalt geschaffen hatten.

»Wir haben sie für ... für den Lankster Square gemacht«, sagte ich leise. Wir hatten Peter und den anderen schon davon erzählt. Wie Sabine uns angeworben hatte, ihr zu helfen, während der Kundgebung für Ablenkung zu sorgen, damit sie und Devon sich ins Rathaus schleichen und die Regierungspläne für die Powatt-Anstalt stehlen konnten. »Auf allen Flugblättern waren Hybridkinder abgebildet ...«

Ich fuhr mit den Fingern die Worte nach, die quer über das Gesicht von *Anna H., 15* liefen.

*Wie viele Kinder sind für dieses Heilmittel gestorben?*

Es war seltsam, daran zurückzudenken, wie hoffnungsvoll wir damals gewesen waren. Wie unglaublich erleichtert und glücklich ich gewesen war, Teil von etwas zu sein. Eine Macht, die eine Veränderung herbeiführen würde.

<Deine Zeichnung ist unglaublich toll>, flüsterte ich. Addie hatte nur Cordelias Beschreibung zur Verfügung gestanden. Anna und Cordelia waren zusammen in einer Anstalt gewesen. <Sie sieht genau wie das Mädchen von vorhin aus.>

Addie erschauerte. <Aber bei ihr kann es sich unmöglich um Anna handeln.>

Anna H. war tot.

Wir hatten für unsere Flugblätter nur tote Kinder ausgewählt.

Peter faltete das Flugblatt wieder zusammen. Vielleicht hatte er mitbekommen, wie ich es anstarrte – und wusste, dass ich an nichts anderes als an die Stunden denken konnte, die Addie und ich auf jenem Speicher über Sabines und Cordelias Fotoladen verbracht hatten, solange es auf dem Schreibtisch lag.

An den Tag, an dem wir uns mit einem Gefühl der Verantwortung, das uns schwindeln ließ, aus Emalias Wohnung geschlichen hatten und einen Stapel jener Flugblätter und einen selbst gebastelten Feuerwerkskörper auf ein Dach brachten, von dem aus man den Platz sehen konnte.

Wie war eines der Flugblätter in Wendy Howards Hände geraten? War sie an jenem Morgen dort gewesen? Oder war das Flugblatt von Hand zu Hand weitergereicht worden, bis es bei ihr war?

»Wendy behauptet, sie sei Annas Schwester«, sagte Peter.

»Hybride?«

Er schüttelte den Kopf. Ich kämpfte darum, die Erinnerungen an den Lankster Square abzuschütteln. Das Donnern der Feuerwerkskörper, als sie hochgingen. Das entsetzte Geschrei der Menschenmenge. Dies war nicht der Moment für traurige Geschichten. Noch nicht einmal in der Abgeschiedenheit meines Geistes. »Und die Frau, die bei ihr ist? Marion?«

»Eine Reporterin«, sagte Peter. »Sie behauptet, sie plane eine Dokumentation über Anna und Wendy. Über Hybride im Allgemeinen. Sie findet den menschlichen Aspekt spannend. Sie will unsere Interessen fördern.«

Dokumentation. Interessen. Die Wörter verloren ihre Bedeutung für mich, zersplitterten zu Fragmenten, die keinen sinnvollen Zusammenhang mehr ergaben. Interessen. Hieß das, sie hielt unsere Geschichte für interessant? Oder meinte sie, es sei eine Geschichte über menschliche Interessen? Unsere Interessen? Unser Bedürfnis nach Freiheit und Sicherheit, das für so viele andere nicht bloß ein Interesse, sondern ein Recht war?

<Es könnte eine Falle sein>, sagte Addie. Wenn die vergangenen Monate uns eins gezeigt hatten, dann, dass wir nur extrem wenigen Menschen vertrauen konnten. <Die Regierung und die Medien sind eng miteinander verzahnt. Warum sollte sie auf unserer Seite sein?>

»Warum ist sie gerade zu uns gekommen?«, fragte ich.

»Weil sie das Risiko kennt, das sie mit ihrem Vorhaben eingeht.« Peter musterte die modrigen Regale, die entlang der Zimmerwand angebracht waren. Seine Handflächen ruhten flach auf der Schreibtischplatte, seine Armmuskeln waren angespannt. »Wenn die Regierung ihr auf die Schliche kommt, werden sie hinter ihr her sein.

Sie wird dann Leute brauchen, die sie verstecken und beschützen.«

»Du glaubst wirklich, sie will uns helfen?«

Er zögerte. »Vielleicht. Oder vielleicht will sie auch nur sich selbst helfen. Wenn die Dinge ... wenn die Dinge gut für uns enden, wird es die Story ihres Lebens.«

»Können wir den beiden trauen? Ich meine, Wendy ... Wendy ist vielleicht tatsächlich Annas Schwester, aber ...«

»Aber das heißt nicht viel«, ergänzte Peter. »Nur weil Wendys Schwester hybride war, bedeutet das noch lange nicht, dass Wendy sich zu schade dafür ist, bei der Verfolgung anderer Hybride zu helfen.«

Er sagte es so unverblümt, so simpel. Wendy Howard sah kaum alt genug aus, um ein Teenager zu sein, aber vielleicht hieß das nur, dass sie einfacher zu manipulieren war.

»Warum sind sie dann immer noch hier?«, fragte ich voller Unbehagen.

Peter lachte. Es war ein leises, müdes Lachen, aber nichtsdestoweniger ein Lachen. »Marion kam vorbereitet. Sie hat etwas, das wir wollen, und sie weiß es.«

Etwas an der Art und Weise, wie Peter uns ansah, war seltsam. Etwas, das eine Alarmglocke in unserer Brust läuten ließ, die wild gegen unser Herz schlug.

»Was?«, fragte ich.

Er hielt inne. So als bräuchte er einen Moment, um

sich zu überzeugen, dass Addie und ich mit dem fertigwerden würden, was er im Begriff war, uns zu sagen.

»Was hat sie, Peter?«, verlangte ich zu wissen.

»Es geht um Jackson«, sagte er. »Sie behauptet, sie wüsste, wie wir Jackson retten können.«

## Kapitel 3

Jackson hieß mit vollem Namen Jackson Montgomery. Aber das erfuhren Addie und ich erst Monate, nachdem wir ihm zum ersten Mal begegnet waren. An unserem ersten Tag in der Nornand-Klinik war er nichts weiter als ein Paketbote gewesen, der uns viel zu neugierig angestarrt hatte. Wir waren die neue Hybride in der Psychiatrie; da gab es viel zu staunen.

Jacksons wahre Agenda entdeckten wir erst, als er uns in eine Abstellkammer zerrte und uns die Wahrheit zuflüsterte: Er und Peter würden uns retten. Später, nachdem wir entkommen waren, lernten wir auch Vince kennen, die zweite Seele, mit der er sich den Körper teilte. Die beiden brachten uns bei, wie wir unseren Körper für eine gewisse Zeit der anderen überlassen konnten. Sie stellten uns Sabine und ihrer Truppe vor. Gaben uns ein Ziel. Bewahrten uns davor, von unserem eigenen Sicherheitsnetz stranguliert zu werden.

Inmitten des Ganzen verliebte sich Addie in den Jungen mit den hellblauen Augen und den zu langen Haaren und dem Lächeln, das typischerweise aufflammte wie ein

Streichholz in der Dunkelheit. Dann verriet er uns beide, und während sie noch darum bemüht war, aus den Stücken ihres gebrochenen Herzens klug zu werden, verhafteten Polizisten ihn brutal auf der Straße.

Wir hatten noch immer das Videomaterial, das Kitty aus Versehen von Jacksons Verhaftung gefilmt hatte. Wir hatten es uns noch nicht angesehen – hatten es nirgendwohin zum Entwickeln gebracht. Aber die Filmkassette war am Boden unseres Koffers verstaut.

»Jackson?«, sagte Addie. Der Wirbelwind ihrer Gefühle manifestierte sich im Zusammenkrampfen unseres Magens, dem Schmerz in unserer Brust.

Peter hatte den Kontrollwechsel mitbekommen. Er war nicht immer sichtbar, besonders für jemanden, der nicht danach Ausschau hielt. Aber Peter war selbst hybride. Er kannte die Anzeichen.

»Das behauptet sie zumindest«, sagte er.

»Hat sie einen Beweis dafür, dass er noch am Leben ist?«

»Sie behauptet, den hätte sie.« Peter musterte uns. Versuchte, unsere Reaktion einzuschätzen. »Sie sagt, sie hätte ihn getroffen. Sie sagt, sie hätte eine Nachricht von ihm. Und sie würde sie nur dir geben.«

Addie und ich fanden Marion Prytt in der Küche, wo sie mit Dr. Lyanne und Wendy an der Anrichte lehnte. Die drei hielten bunt zusammengewürfelte Kaffeebecher in den Händen. Aber keine von ihnen trank.

Marion war ungefähr so alt wie Dr. Lyanne – Ende zwanzig. Ihr schmales Gesicht war irgendwie nichtssagend. Aber ihre Augen leuchteten auf, als sie uns sah.

»Du musst Addie sein.« Ihre Stimme klang merkwürdig atemlos und rau zugleich. Als sie einen Schritt auf uns zumachte, zuckte Dr. Lyanne unwillkürlich, so als wolle sie sie daran hindern. Das tat sie jedoch nicht, und Marion lächelte, während wir einander die Hände schüttelten. »Ich bin Marion Prytt. Es ist schön, dich endlich kennenzulernen.«

»Endlich?«, echote Addie. Unser Blick huschte zu Dr. Lyanne. »Sie haben schon viel über uns gehört?«

Von dem ausgehend, was wir selbst über uns aus den Nachrichten erfahren hatten, schien es unmöglich, dass irgendwer es schön finden sollte, uns kennenzulernen. Aber falls Marion tatsächlich eine Reporterin war, die über die Regierungskontakte verfügte, die man brauchte, um Jacksons Aufenthaltsort zu kennen, wusste sie vielleicht mehr über Addie und mich, als über das Fernsehen verbreitet wurde.

»Na ja, viel natürlich nicht«, antwortete Marion. Das lebhafte Mienenspiel ihrer zarten Gesichtszüge wechselte kontinuierlich. »Aber genug. Einiges von Regierungsseite, anhand der Informationen, die sie über dich verbreitet haben. Und einiges von Jackson.«

Peter quetschte sich neben uns in die enge Küche. »Sie sagten, Sie hätten eine Nachricht von ihm.«

Ich zögerte. <Addie …> Ich wusste nicht wie, aber ich wollte sie vor dem bewahren, was Marion jeden Moment sagen würde. Sie vor dem Schmerz schützen, den es ihr womöglich bereiten würde.

Addie war ein einziges Nervenbündel, zum Zerreißen gespannt.

Marion sprach, als wäre niemand außer ihr und uns in der Küche. »Er lässt dir ausrichten, dass du die Hoffnung bewahren sollst. Und daran denken, wie ihr segeln wart.«

<Wir waren nie segeln …>, hob ich an. Aber unsere Finger umklammerten die Küchenanrichte und Addie stieß ein hilfloses, atemloses Lachen aus.

<Ich schon>, flüsterte sie.

Das Telefon klingelte.

»Ich geh dran«, sagte Dr. Lyanne und schlüpfte an uns vorbei zur Tür hinaus.

»Klingt das nach Jackson, Addie?« Peters Miene war mitfühlend. Soweit ich wusste, hatte ihm niemand von Addie und Jackson erzählt. Aber auf engem Raum unter besonderer Anspannung zu leben hieß, dass es schwer war, Geheimnisse zu bewahren. Sie suchten sich ihren Weg durch feinste Risse, sickerten von einer Person zur nächsten.

Unsere Zähne gruben sich in unsere Unterlippe. Aber Addie nickte.

Ich sagte kein Wort, noch nicht einmal im Schutz der Privatsphäre, die unsere Zwillingsseelen miteinander teilten. Ich verstand die Botschaft, die Hoffnung zu bewahren. Es waren die Worte, die Jackson uns in Nornand zugeraunt hatte. Es war die Parole, die ich während unserer Mission, die Regierungsleute vor Sabines Bombe zu retten, zu ihm zurückgespielt hatte.

Aber in all den Monaten, die wir einander gekannt hatten, waren wir nie segeln gewesen.

Ich war nie segeln gewesen. Addie offenbar schon.

»Peter.« Dr. Lyanne stand in der Tür. Ihre Augen schimmerten und ihre Wangen waren seltsam gerötet.

Peter genügte ein Blick, und er eilte zu ihr, nachdem er uns bedeutet hatte, uns nicht vom Fleck zu rühren. Er und Dr. Lyanne zogen sich ins Wohnzimmer zurück.

<Da stimmt etwas nicht>, sagte ich. Addie warf einen Blick über die Schulter, aber Peter und Dr. Lyanne waren zu weit entfernt, als dass wir sie hätten sehen können. <Das spüre ich.>

Es fühlte sich dieser Tage ständig so an, als stimme etwas nicht. Das Gefühl kratzte wie eine Wolljacke auf nackter Haut. Mir gelang es einfach nicht, es abzustreifen.

»Hat er es dir erzählt?«, fragte Marion.

Addie guckte wieder zurück zu ihr. »Wie bitte?«

»Peter.« Marion sprach so leise, dass ihre Stimme außerhalb der Küche nicht gehört werden konnte. »Von Darcie Grey. Von dem Videomaterial.«

Unsere Miene muss Antwort genug gewesen sein. Marion trat einen kleinen Schritt auf uns zu, als wären wir ein wildes Tier, das sie durch plötzliche Bewegungen in die Flucht treiben könnte. »Es gibt ein vierzehnjähriges Mädchen namens Darcie Grey. Sie lebt ein paar Stunden östlich von hier, in der Nähe von Bramfolk. Sie ist soeben entdeckt worden.«

Ich hätte fast über die Wahl ihrer Worte gelacht. Damals in Lupside war ein Mädchen in unserer Klasse gewesen, das Model werden wollte. In der achten Klasse wurde sie für eine Modenschau in Bessimir ausgewählt, und als sie zur Schule kam, prahlte sie damit, wie sie *entdeckt* worden wäre.

Sie war im Jahr darauf weggezogen, daher wusste ich nicht, wie die Dinge für sie gelaufen waren. Wahrscheinlich um einiges besser, als es bei Darcie Grey der Fall sein würde.

»Ich glaube, deine Leute könnten ihr helfen«, sagte Marion.

»Meine Leute?«

Marion verlagerte das Gewicht vom einen auf das andere Bein. Ihre gestärkte mintfarbene Bluse knisterte, als sie mit den Schultern zuckte. »Ist es nicht das, was Peter tut? Und ich bin überzeugt, dass er viele Helfer hat. Er kann das alles unmöglich ganz allein bewerkstelligen.«

Addie runzelte die Stirn. »Was alles?«

»Du weißt schon, alles ...« Marion deutete mit einer vagen Geste auf das Haus um uns herum. »Das hier ...«

»Er rettet Kinder«, sagte Wendy. Es waren die ersten Worte, die Addie und ich von ihr vernahmen, und sie sandten eine Schockwelle durch unseren Körper. Wendy nestelte an ihren kurzen schwarzen Haaren herum und strich sie sich hinter die Ohren. »Er hat dich doch gerettet, oder?«, fragte sie.

Als Addie nicht sofort antwortete, stellte Wendy ihre Tasse ab. Sie schepperte auf der Anrichte. »Du bist meiner Schwester nie begegnet?«

Die Frage klang wie einstudiert, so als hätte sie geübt, sie zu stellen.

»Nein«, sagte Addie mit enger Kehle. Wir hatten Anna als Symbol benutzt, aber Anna war ein Mädchen aus Fleisch und Blut mit einer Familie aus Fleisch und Blut gewesen. Ein Mitglied davon stand in einem zu großen Wintermantel und einem dunkellila Pullover in dieser Küche.

»Aber du hast jemanden gekannt, der ihr begegnet ist«, sagte Wendy.

Vielleicht hätten wir es leugnen sollen. Wahrscheinlich wäre es sicherer gewesen, es zu leugnen. Aber während unser Blick auf dieses Mädchen gerichtet war, brachten wir es nicht übers Herz.

»Ja«, flüsterte Addie, »das hab ich.«

Wendy erstarrte. Dann lächelte sie. Nur ein ganz kleines bisschen. Mehr brauchte es nicht, um ihr ein wenig Glück zu schenken: Die Begegnung mit einem Mädchen, das ein Mädchen gekannt hatte, das ihre Schwester gekannt hatte, nachdem sie ihr genommen worden war.

Es war besser als nichts.

»Es tut mir leid«, sagte Addie und blickte von Wendy zu Marion, »aber ich verstehe nicht, was das alles mit mir zu tun hat. Oder mit Darcie Grey.«

Marion zog einen schmalen Umschlag aus ihrer Handtasche und hielt ihn uns hin.

»Wendy möchte Menschen wie ihrer Schwester helfen.« Marion klang durchaus überzeugend. Ein wenig zu überzeugend. Ihre Worte besaßen einen etwas zu glamourösen Touch. »Genau wie ich. Vielleicht hast du es nicht mitbekommen, weil du in diesem Haus mitten im Nirgendwo festsitzt, aber die Nation wird unruhig. Die Leute stellen Dinge infrage, die sie jahrzehntelang nicht angezweifelt haben. Sie wollen Antworten. Es könnte sehr übel für die Hybriden enden. Aber es könnte auch ausgesprochen gut enden, falls die richtigen Karten ausgespielt werden.«

In dem Umschlag war ein Foto. Wir konnten nur die weiße Rückseite sehen, auf die jemand in gleichmäßiger Schreibschrift geschrieben hatte: Darcie. Fußballmeisterschaft.

»Eine Geschichte wie diejenige, die ich über Wendy und Anna erzählen möchte – darüber, was in diesem Land mit Hybridkindern geschieht –, hat es noch nie gegeben. Niemand hat es bisher gewagt. Aber es ist die Sache wert. Die

Menschen brauchen konkrete Bilder, Addie. Man darf sie nicht damit allein lassen, sich vorzustellen, wie es in einer Anstalt zugeht. Sie müssen es mit eigenen Augen sehen.«

Addie drehte das Foto um und blickte auf das Hochglanzbild hinunter. Marion zögerte, dann sagte sie: »Ich brauche jemanden, der mir Material von drinnen liefert.«

Darcie Grey hatte gewellte hellblonde Haare und braune Augen. Darcie Grey hatte Sommersprossen, eine kleine Nase und einen schmalen Mund.

Darcie Grey sah aus wie wir.

## Kapitel 4

Darcie sah natürlich nicht genau so aus wie wir. Sie schien jünger zu sein. Ihre Augen waren größer und haselnussbrauner als unsere. Ihr Gesicht war ein wenig breiter, ihre Haare kürzer und ein paar Schattierungen heller als unser Straßenköterblond. Aber wir hätten Schwestern sein können. Oder zumindest Cousinen.

Und Marion brauchte einen Insider.

»Darcie hat einen Herzfehler«, sagte Marion gerade – ihre Worte hatten sich in dem Moment, als Addie und mir klar wurde, um was sie uns da bat, in ein gehauchtes Silbenwirrwarr verwandelt. »Nichts Dramatisches, aber sie in die Anstalt zu schicken, um Videomaterial zu sammeln – es wäre unnötige Grausamkeit, sie diesem enormen Stress auszusetzen.«

<Unnötige Grausamkeit?> Ich lachte bitter. <Was ist mit all den anderen Hybridkindern, die hinter Gittern leben? Handelt es sich dabei etwa um notwendige Grausamkeit?>

Marion redete immer noch. »Außerdem ist Darcie nicht so erfahren wie ihr. Ich kann nicht einschätzen, wie sie in der Anstalt klarkommen würde. Sie würde vielleicht die Nerven verlieren oder den anderen zu schnell vertrauen oder nicht wissen, wie man überzeugend lügt. Du dagegen ...«

»Ich bin praktisch ein kriminelles Genie?«, sagte Addie wie betäubt.

»Du hast bewiesen, dass du fähig bist, in schwierigen Situationen einen kühlen Kopf zu bewahren«, erwiderte Marion. »Ich kann niemand Erwachsenen einschleusen. Alle Betreuer werden im Moment genau durchleuchtet. Es würde Ewigkeiten dauern, jemanden mit einem Hintergrund auszustatten, der ihren Sicherheitsüberprüfungen standhält und ...« Ihr schien bewusst zu werden, dass Addie zu benommen war, um sich für Sicherheitschecks zu interessieren. Unser Blick kehrte zu der Fotografie von Darcie Grey zurück, dem Mädchen mit dem kleinen Herzfehler und dem Fußballtrikot und dem Gesicht, das vielleicht, ganz vielleicht für unseres gehalten werden könnte.

»Es wurde kurz vor ihrem vierzehnten Geburtstag gemacht«, sagte Marion. »Sie hat noch keinen Führerschein oder Ähnliches. Sie ist zu Hause unterrichtet worden, daher existieren auch keine Jahrbuchfotos von ihr.«

»Sie war in einer Fußballmannschaft.« Die Worte rutschten uns aus dem verwirrten Mund.

»Das stimmt«, sagte Marion. »Aber im Großen und Ganzen hat Darcie ein Leben geführt, das nicht dokumentiert ist. Und um ehrlich zu sein, ist es ja nicht so, als würden sie allzu genau hingucken, solange du eine gute Show ablieferst. Offiziell dürften ihre Eltern noch nicht einmal davon Kenntnis haben, dass ihre Tochter entdeckt wurde – sie würden es heute noch nicht wissen, wenn ich es ihnen nicht erzählt hätte.«

Sie hielt inne, so als dächte sie, dieses Detail an Information würde uns ihr gegenüber geneigter machen. War es so? An dem Abend, an dem Mr Conivent kam, um uns von zu Hause abzuholen ... im Gegensatz zu unseren Eltern hatten wir seit ein paar Stunden davon gewusst. Wir hätten fliehen können oder versuchen, Mom und Dad zu warnen. Wir hatten weder das eine noch das andere getan. Wir waren noch sehr naiv gewesen.

»Wenn du mir das Material besorgst«, sagte Marion, »werde ich Jackson Montgomery befreien.«

Addie musterte sie genau. »Ich dachte, Sie wollten uns helfen. Den Hybriden helfen.«

Marion nickte. »So ist es.«

»Jackson ist hybride. Er ist achtzehn. Er hat in seinem Leben nichts Falsches getan ...«

»Es tut mir leid«, sagte Marion, und es machte wirklich den Eindruck, als sei das der Fall. Als erkläre sie uns ein Spiel, das wir nicht richtig begriffen hatten und dessen Regeln uns zu Verlierern erklärten. »Aber er hat geholfen, das Bombenattentat auf ein Regierungsgebäude zu planen. Er hat sich der Beihilfe zum versuchten Mord schuldig gemacht.«

»Das stimmt nicht«, erwiderte Addie reflexartig. »Dafür haben Sie keinerlei Beweise.«

Marion lehnte sich gegen die Anrichte. Ihre langen, glatten Haare fielen auf die Arbeitsplatte, hellbraun. »Es sind mehr als drei Wochen seit dem Attentat vergangen. Sie haben Jackson die ganze Zeit über festgehalten. Sie haben die ganze Zeit lang ermittelt. Glaubst du wirklich, sie hätten nicht die Zeit gehabt, entsprechende Beweise zu finden?« Ihre Stimme wurde sanft. »Aber das ist nicht der Punkt. Ich weiß, wo er festgehalten wird. Ich weiß, wann er verlegt wird. Ich kann euch helfen, ihn zu befreien.«

»Dann tun Sie es.« Addie machte einen Schritt auf Marion zu, so behutsam, wie die Frau zuvor einen auf uns zugemacht hatte. Der Abstand zwischen uns schwand rasch. »Als Akt des guten Willens.«

»Ich kann nicht.«

»Wie soll ich Ihnen dann vertrauen?«

»Für den Fall, dass ich Jackson zur Flucht verhelfe«, sagte Marion, »ist das Timing entscheidend. Ich kann nicht einfach morgen dort hineinstürmen. Und ich werde die Hilfe einiger Leute von drinnen benötigen, die ich kenne. Leute, die sehr viel eher bereit sein werden zu helfen, wenn sie einen Anhaltspunkt dafür haben, dass man in zehn Jahren von ihnen als Helden spricht und nicht als Verräter.« Sie warf Wendy einen kurzen Blick zu. Lächelte leicht. »Nicht jeder ist bereit, so viel aufs Spiel zu setzen und einfach blind auf eine bessere Zukunft zu hoffen.«

In ihrer Stimme schwang eine gewisse Bewunderung mit. Aber auch ein Hauch Mitleid. Oder sogar Herablassung – aber vielleicht bildete ich mir das nur ein. Wendy erwiderte das Lächeln zurückhaltend.

Wut durchzuckte mich. Wussten Wendys Eltern überhaupt, was sie machte? Hatte Marion sie überredet, von zu Hause wegzulaufen, sie auf diesem irrwitzigen Kreuzzug mit ungewissem Ausgang zu unterstützen? Vielleicht verspürte Wendy das schlichte, ehrliche Bedürfnis, zu helfen. Eine unschuldige Hoffnung auf Veränderung.

Aber so etwas kam selten genug vor.

Ich hätte Wendy gerne zur Vorsicht geraten. Davor, wem sie vertraute. Vor den Entscheidungen, die sie mit nichts als guter Absicht traf.

Marion streckte die Hände aus, die Handflächen nach oben gewandt. »Wir stehen auf derselben Seite. Bitte, hilf mir, und lass mich dir helfen.«

Addie lachte verbittert. ‹Wo haben wir das nur schon mal gehört?›

*Wir stehen auf derselben Seite.*

*Wir passen nur auf euch auf.*

Das waren alles Dinge, die Sabine zu uns gesagt hatte, während sie uns hinterging. Wir würden uns nicht noch einmal von schönen Worten einwickeln lassen.

Eine Hand berührte unsere Schulter. Dr. Lyanne. Sie blickte zu Marion, dann zurück zu uns.

»Geben Sie uns einen Moment«, bat sie und steuerte

Addie und mich auf die Küchentür zu. Sie erlaubte uns nicht, stehen zu bleiben, bis wir das Wohnzimmer durchquert hatten. Peter erwartete uns bereits. Er stand steif neben der Treppe.

Dr. Lyanne packte unsere Schulter fester. »Wir müssen hier weg. Geh und sag es Jaime und den anderen. Weise alle an, zu packen.«

»Was?«, rief Addie aus. Wir hatten uns noch nicht einmal von dem Schock erholt, den Marions Angebot uns bereitet hatte. Jetzt warf uns etwas Neues um. »Warum? Was ist passiert?«

»Emalia«, sagte Dr. Lyanne leise. Ihr Blick bohrte sich in unsere Augen, zwang uns, die Ruhe zu bewahren. »Etwas ist schiefgelaufen.«

Wir hatten uns auf diese Situation vorbereitet. Wir hatten gehofft, sie würde nie eintreten, aber Peter war eben Peter, und wir hatten uns darauf vorbereitet.

Ryan stieß zu uns, als wir die letzte Treppenstufe erreichten. Er kam aus der Dunkelheit des unbeleuchteten Flurs auf uns zu.

»Wir müssen hier weg«, sagte Addie, ehe er den Mund aufmachen konnte. »Emalia ist nicht von ihrer Fahrt mit Henri zurückgekehrt. Sie hätte sich vor über einer Stunde bei einem von Peters Kontakten melden sollen.«

Ich sah, wie er seine Fragen hinunterschluckte. Wir hatten keine Übungen für den Fall abgehalten, dass etwas schieflief, aber wir waren die Schritte oft genug im Kopf durchgegangen. Irrelevante Fragen zu stellen stand nicht auf der To-do-Liste.

Er gestattete sich dennoch eine. »Und was ist mit Henri?«

Addie schüttelte den Kopf. »Steht nicht fest. Peters Kontakt hat sich in der Gegend umgesehen. Die Polizei war dort mit Ermittlungen beschäftigt. Sowohl Henri als auch Emalia sind verschwunden – zusammen, getrennt ... wir wissen es nicht.« Sie schluckte, unser Hals war wie zugeschnürt. »Geh Kitty und Jaime holen. Sie sind wahrscheinlich auf dem Dachboden.«

Jetzt, da die Möglichkeit bestand, dass Emalia und Henry festgenommen worden waren, konnte keiner mit Sicherheit sagen, was die Regierung bereits wusste – oder noch herausfinden würde. Dieses Haus war nicht länger ein sicheres Versteck.

In weniger als einer halben Stunde war jeder Beweis dafür, dass wir hier gelebt hatten, verschwunden. Das war kein Hexenwerk. Jeder von uns hatte nicht mehr als einen Koffer dabei. Kleinkram und lebensnotwendige Dinge waren im Nu wieder dort verstaut, wo wir sie zuvor hingepackt hatten. Ein paar Kleider zum Wechseln. Ein paar Toilettenartikel. Ein schmales Notizbuch, das Addie an einer Bushaltestelle gefunden und in das sie hineingekritzelt hatte.

Fast alles war uns von Leuten aus Peters Netzwerk

geschenkt worden. Männer und Frauen, denen wir nie begegnet waren, die uns halfen, von Stadt zu Stadt zu flüchten, von Bundesstaat zu Bundesstaat. Addie und ich besaßen eine kleine altmodische Umhängetasche aus Jeansstoff. Wir legten jetzt die wichtigsten Dinge dort hinein, damit wir sie stets bei uns hatten: Henris Satellitentelefon, Kopien unserer falschen Ausweispapiere, etwas Bargeld für Notfälle, den kleinen, runden Chip, den Ryan uns gegeben hatte, bevor wir nach Nornand gebracht wurden. Addie verstaute auch Darcie Greys Foto darin – und, nach kurzem Zögern, die Videokassette, die das Material von Jacksons Verhaftung enthielt.

»Kommen sie mit uns?«, flüsterte Hally, als wir unser Gepäck zum Van trugen. »Das Mädchen und die Reporterin, meine ich.«

Addie zuckte mit den Schultern. Die anderen waren bereits dabei, die Sachen in den Kofferraum des Vans zu laden. Peter stand etwas abseits und unterhielt sich mit Marion. Wendy wich ihnen nicht von der Seite. Ihr Blick suchte den unseren, sobald wir auf der Bildfläche erschienen.

<Ich wünschte, sie würde uns nicht so ansehen>, sagte ich. <So als ...>

<So als könnten wir Wunder vollbringen>, sagte Addie leise.

»Wir haben unser eigenes Auto dabei«, protestierte Marion gerade. Sie hielt die Schlüssel bereits in der Hand. »Wir folgen Ihnen einfach.«

»Niemand folgt uns«, sagte Peter. »Geben Sie uns eine Rufnummer oder eine andere Möglichkeit, Sie zu erreichen.«

Marion runzelte die Stirn. Im Vergleich zu Peter wirkte sie jung und schlank und unsicher mit ihrem blassen Teint und der atemlosen Stimme. »Woher soll ich wissen, dass Sie sich tatsächlich melden?«

Peter streckte die Hand aus. Seine Miene war grimmig geworden, sein Blick hart. »Ich bitte Sie um Ihre Kontaktinformationen«, sagte er. »Mehr werden Sie von mir nicht bekommen.«

Sie starrten einander einen Moment lang an, keiner von ihnen machte den Eindruck, als wäre Nachgeben eine Option für ihn. Schließlich nickte Marion. Sie kritzelte eine Nummer auf eine Visitenkarte und reichte sie Peter. Aber als er damit beschäftigt war, den Rest des Gepäcks in den Van zu laden, streifte sie Addie und mich auf dem Weg zu ihrem Wagen und ließ eine weitere Visitenkarte in unsere Hand gleiten. Wir brauchten sie uns nicht anzuschauen, um zu wissen, was darauf geschrieben stand.

»Ruf mich an«, sagte sie über die Schulter zurück.

# Kapitel 5

Nach der hektischen und chaotischen Packerei war es merkwürdig unaufregend, wieder unterwegs zu sein. Die erste halbe Stunde oder so saßen wir alle in starres Schweigen gehüllt da. Peter schien sich vollkommen auf die Straße zu konzentrieren, die sich vor ihm erstreckte, und auf das Lenkrad, das er mit beiden Händen umklammerte. Wir hatten das Bauernhaus hinter uns gelassen und näherten uns nun der Peripherie einiger Kleinstädte, zwischen denen sich die Straße entlangschlängelte.

Addie umarmte unsere Handtasche, als könne sie uns beschützen.

‹Glaubst du, es geht ihm gut?›, fragte sie. ‹Jackson?›

Ich hatte überhaupt nicht mehr an Jackson gedacht. Ich hatte mir Sorgen darum gemacht, wo Peter uns als Nächstes hinbringen würde und wie sicher wir dort sein würden und ob Emalia und Henri geschnappt worden waren. Jedes Mal, wenn Ryan auf seinem Platz das Gewicht verlagerte, hatte ich bemerkt, wie angespannt seine Schultern waren, selbst wenn er versuchte, uns ein Lächeln zuzuwerfen.

Aber Addie hatte an Jackson gedacht, und deswegen verspürte ich einen schuldbewussten Stich, weil ich nicht dasselbe getan hatte.

Gott allein wusste, was er alles hatte mitmachen müssen, seit wir ihn das letzte Mal gesehen hatten.

<Er hat mit Marion gesprochen>, sagte ich. <Das ist doch schon mal was, oder?>

Sie nickte abwesend. Presste die kleine Handtasche enger an unseren Bauch.

<Was ist, wenn ...> Ihr versagte die Stimme. <Meinst du, er wartet darauf, dass wir etwas unternehmen? Ihm helfen?>

Ihre Worte wurden von einem messerscharfen Schmerz begleitet, der wie ein Dolchstoß zwischen unsere Rippen glitt. Unseren Atem stocken ließ.

Jackson hatte uns von den Jahren berichtet, die er in einer Anstalt verbracht hatte, ehe Peter ihn rettete. Von den fensterlosen Räumen. Den verängstigten Kindern. Der Hoffnungslosigkeit des Ganzen.

Ich konnte nicht anders, als ihn mir irgendwo vorzustellen, wo es ähnlich zuging. Oder irgendwo, wo es sogar noch schlimmer war. Wenn sie schon unschuldige hybride Kinder in schreckliche Anstalten steckten, was würden sie dann mit einem hybriden Kriminellen tun?

Ich suchte immer noch nach den passenden Worten, als eine Sirene ertönte.

Wir warfen uns zu Boden. Zerrten Ryan mit uns nach unten, kauerten uns in den Fußraum zwischen den Sitzreihen. Unsere Finger waren Schraubstöcke um Ryans Arm. Er drückte unsere Schulter, dann richtete er sich ein wenig auf, um einen Blick auf die Rückbank zu werfen. Hally hatte Kitty und Jaime ebenfalls umgehend dazu gebracht, in den Fußraum zu rutschen.

Addie und ich warfen einen Blick durch die Heckscheibe. Es war kein normales Polizeiauto. Es war ein Van wie unserer, nur kleiner. Schnittig und schwarz. Er war noch immer ein paar Wagen hinter uns. Die Sirene heulte. Blaulicht blinkte.

Ich entdeckte plötzlich, dass ich die Kontrolle über unsere Gliedmaßen, unsere Zunge innehatte. »Peter?«, sagte ich gepresst.

Sein Blick begegnete unserem im Rückspiegel. »Bleibt unten.«

»Werden wir anhalten?«, flüsterte Hally. Neben ihr hatte Kitty sich zusammengekauert, der Rücken rund, die Knie mit beiden Armen fest umschlungen. Die Fingerknöchel ihrer kleinen Hände waren weiß. Sie starrte den schmutzigen Boden des Vans an, ihr Mund war nur noch eine dünne Linie.

Dr. Lyanne sprach gerade laut genug, dass man sie hören konnte. »Wir wissen nicht, ob sie hinter uns her sind.«

Ryan und ich sahen uns an. Der Polizeiwagen holte auf, die anderen Autos wurden langsamer und machten ihm den Weg frei.

Niemand sonst sprach es aus, also tat ich es: »Sie sind hinter uns her.«

Peter wurde nicht langsamer. Er wurde auch nicht schneller.

Der Polizeivan war jetzt direkt hinter uns.

»Peter«, sagte Dr. Lyanne. Sein Blick flackerte zu ihr. Dann, endlich, wurde der Wagen langsamer.

Sechzig Meilen die Stunde.

Fünfzig.

Dreißig.

»Nicht, Peter.« Ryan hielt mit einer Hand weiter unser Handgelenk umschlungen, beugte sich aber nach vorn, auf die Fahrerkabine des Vans zu. »Halt nicht an.«

Wir steuerten an den Straßenrand, fuhren über den Seitenstreifen. Dann über das spärliche Gras. Peter brachte den Fahrknüppel in die Parkposition, stellte den Motor aber nicht aus. Der Polizeiwagen kam hinter uns zum Stehen, Schotter knirschte unter den Rädern.

Wir waren nicht zu schnell gewesen. Obwohl er es eilig gehabt hatte, wäre Peter niemals ein solches Risiko eingegangen. Warum waren wir angehalten worden?

War Marion der Grund? War sie doch von der Regierung geschickt worden? Sie hätte sich unser Nummernschild merken können. Peter wechselte so oft wie möglich unsere Wagen, aber wir hatten keine Gelegenheit dazu gehabt, seit wir das Bauernhaus verlassen hatten.

Das Herz klopfte uns bis zum Hals.

<Wir können nur in eine Richtung davonrennen>, sagte ich.

Die Straße befand sich zu unserer Linken. Falls wir fliehen mussten, konnten wir nur nach rechts laufen, durch das hohe, dürre Gras. Wir würden gute zehn Meter ohne Deckung sein, bis zu einem Wäldchen.

»Peter«, sagte Ryan. Sein Griff drohte unser Handgelenk zu zermalmen. Ich hätte unseren Arm weggezogen, wenn ich nicht so fixiert auf den Polizeivan gewesen wäre. Seine Seitentür glitt auf.

Ein Mann trat heraus. Er trug die schwarze Bügelfaltenhose und das Hemd eines Geschäftsmannes. Aber wir sahen die Pistole, die in einem Halfter an seiner Hüfte ruhte.

Er kam langsam auf uns zu. Sein Partner blieb im Wagen.

Er war zwei Schritte von unserer hinteren Stoßstange entfernt, als Peter losfuhr.

Wir bretterten mit quietschenden Reifen vom Seitenstreifen und schossen direkt vor einem anderen Auto auf die Straße. Der Fahrer hupte und trat gerade noch rechtzeitig auf die Bremse, um einen Zusammenstoß zu vermeiden. Hally kreischte.

Die Sirene heulte wieder los. Peters Knöchel hoben sich weiß vom Lenkrad ab. Er wich nach links aus. Schnitt einem anderen Auto den Weg ab. Legte so viel Abstand wie möglich zwischen uns und den Polizeivan, der uns dicht auf den Fersen war.

Auf der Straße ertönte ein Hupkonzert.

Nach Hallys überraschtem Aufschrei gab niemand im Wagen mehr einen Laut von sich. Niemand brüllte oder sagte: *Peter!* Oder fragte ihn, was zum Teufel er da machte – wir würden sterben, wir würden in jemanden hineinfahren ...

»Sie holen auf«, flüsterte Dr. Lyanne, und das war alles.

Die Polizei war nur zwei Wagen hinter uns. Dann einen. Dann gar keinen. Vor uns auf der Straße waren keine Autos mehr.

Der schwarze Van zog nach links, bis er auf der Mittellinie fuhr. Er legte immer noch an Geschwindigkeit zu, obwohl Peter alles aus unserem Wagen herausholte, was der Motor hergab. Das Polizeifahrzeug schickte sich an, mit uns gleichzuziehen, seine vordere Stoßstange war jetzt auf Höhe unseres Hinterrads.

Ich sah den Zusammenstoß eine Sekunde, bevor ich ihn spürte, kommen.

Metall kreischte. Wir wurden gegen Ryan geschleudert. Prallten gegen die Wagentür. Etwas traf unsere Schulter. Gepäck.

Die Welt drehte sich. Der Van geriet ins Schleudern. Alle flogen in die entgegengesetzte Richtung. Ryans Körper krachte in unseren hinein, obwohl er darum kämpfte, sich am Sitz festzuhalten. Unser Kopf stieß gegen die Fensterscheibe.

Der Schmerz ließ uns Sterne sehen. Es dauerte eine

Zeit, die uns wie Minuten vorkam, bei der es sich aber wahrscheinlich nur um Sekunden handelte, bis uns bewusst wurde, dass der Van nicht länger in Bewegung war.

Etwas schnürte uns die Luft ab – der Riemen unserer Handtasche. Benommen zerrten wir daran. Dann war Ryan da und half uns, die Tasche aus einem Haufen Gepäck zu befreien.

»Eva!«, brüllte Ryan in unser Ohr. »Eva, steh auf!«

Der Aufprall hatte meine Gedanken bis zur Unkenntlichkeit durcheinandergewirbelt. Aber ich verstand das panische Drängen in seiner Stimme, und ich verstand *Steh auf* und ich ging dorthin, wo sein Arm mich hinzog. Er riss die Schiebetür auf. Ein Koffer purzelte heraus, fiel ins Gras.

Gras. Wir waren auf den Seitenstreifen zurückgeschliddert.

Ich schüttelte den Kopf in einem Versuch, die Benommenheit zu vertreiben. Stöhnte, als die Übelkeit stärker wurde. Wo waren die anderen? Ging es allen gut?

»Jaime«, keuchte ich. Ich drehte mich um, suchte nach ihm. Die anderen konnten alle rennen, aber an manchen Tagen hatte Jaime schon mit dem Gehen Probleme.

»Peter hat ihn«, sagte Ryan. »Eva, komm ...«

Er hievte uns aus dem Van, beide stolperten wir auf dem unebenen Untergrund. Ich warf einen Blick zurück. Sah, wie Peter Jaime von seinem Sitz zog. Der Junge schlang die Arme um den Nacken des Mannes. Wir hatten die Baumgruppe fast erreicht, aber wir ließen die beiden hinter uns zurück – die anderen waren verschwunden, sie mussten vorgerannt sein – Peter und Jaime mussten uns unbedingt einholen …

Schüsse wurden abgefeuert.

Addie klammerte sich an mich.

Wieder peitschte eine Salve von Schüssen durch die Luft.

Peitschte durch mehr als nur Luft.

Zerschmetterte ein Fenster und Jaime kreischte. Peter fiel. Sein Rücken traf so schnell, so hart auf dem Boden auf. So plötzlich. Jaime fiel mit ihm, die Beine gaben unter ihm nach. Er kämpfte darum, sich wieder aufzurappeln. Peter nicht.

Die nächste Gewehrsalve zerfetzte die Erde neben unseren Füßen.

Ryan riss an unserer tauben Hand.

Wir preschten in die Baumgruppe hinein.

Ich blickte nur ein Mal zurück.

Es reichte, um die Szene für immer in Erinnerung zu behalten. Unser Van, die Türen aufgerissen, das Gepäck überall verstreut, als hätte ein Monster es ausgespuckt. Der Polizeiwagen in sicherem Abstand dahinter. Ein Polizist, der auf Jaime zurannte.

Peter, der uns anstarrte, aber nichts mehr sah.

## Kapitel 6

Ryan und ich rannten, bis unsere Lungen brannten. Bis unsere Beine zu Blei wurden. Selbst dann wären wir vielleicht noch weitergerannt – ich wäre vielleicht noch weitergerannt –, wenn Addie mich nicht angebrüllt hätte: <Bleib stehen! Bleib stehen, Eva!>

Ich wollte nicht. Solange ich rannte, musste ich über nichts anderes nachdenken als darüber, einen Fuß vor den anderen zu setzen, während der Wind uns ins Gesicht peitschte.

Aber ich blieb stehen.

Sobald ich das tat, wurde auch Ryan langsamer. Machte kehrt und kam zu uns zurück. Wir hatten das Wäldchen durchquert. Jetzt befanden wir uns am Rand eines Wohngebiets. Eine Reihe schmaler Häuser stand am Fuße des Hügels.

Wir duckten uns im Schutz einiger hoher Büsche. Die Äste zerkratzten unsere Arme, sogar durch unsere Jacke hindurch.

»Du hast sie doch gesehen, oder?« Ryan sprach in einem atemlosen Flüstern. »Hally. Vor mir.«

Ich machte den Mund auf, schloss ihn dann wieder.

‹Addie?›, sagte ich hilflos.

‹Ich weiß nicht›, erwiderte sie. Unser Herz donnerte *bum, bum, bum* in unserem Brustkorb. ‹Ich ... ich erinnere mich nicht.›

»Ich habe sie vor uns gesehen«, sagte Ryan. Ich war nicht sicher, wen er verzweifelter überzeugen wollte, Addie und mich oder sich selbst.

Was hätte ich anderes tun können, als zu nicken?

»Sie haben auf uns geschossen.« Ryan war derjenige gewesen, der uns vom Van weggezerrt hatte, der uns mit sich geschleift hatte, bis unser Selbsterhaltungstrieb einsetzte. Aber jetzt zeigte er Nerven. Er sah uns nicht an, obwohl seine Finger unser Handgelenk fest umschlossen. So als bräuchte er den körperlichen Beweis dafür, dass ich bei ihm war. »Peter ...«

Er stolperte über seine Worte. Meine eigenen Gedanken stolperten. Jeder Satz wurde schon im Ansatz von dem Anblick erstickt, den Peters Körper auf dem Boden liegend geboten hatte. Seine Augen. Die unnatürliche Starre seiner Glieder. Die Abruptheit des Ganzen.

Ich hatte kein Blut gesehen. So ein brutaler Tod hätte von Blut begleitet sein müssen, von Schreien und wildem Um-sich-Schlagen. Nicht von plötzlicher Stille.

Tod. War Peter tot?

Neben seinen Namen gesetzt, verlor das Wort jegliche Bedeutung. Addie und ich hatten den Tod unser ganzes Leben lang umkreist. Mir war es bestimmt gewesen, schon vor Jahren zu sterben. Sie nannten es nicht sterben, wenn eine rezessive Seele verschwand, aber nichts anderes war es. Der Tod versteckt unter Semantik.

Dann war Lyle krank geworden und der Tod hatte wochenlang unter seinem Bett geschlafen. Er trieb sich immer noch im Haus herum, in Schach gehalten von Dialysesitzungen und Medikamenten.

Aber ich hatte überlebt. Lyle hatte überlebt. Addie und ich waren dem Tod in Nornand nahe gewesen und ebenso in Powatt, und beide Male hatte er uns verschont. Vielleicht hatte uns das arrogant gemacht. Wir waren zu der Überzeugung gelangt, der Tod würde uns und die Menschen, die uns etwas bedeuteten, für immer in Ruhe lassen.

Peter war tot.

Ich wusste nicht, was das bedeutete.

Ich dachte an das kleine Stück Metall und wie es in Peters innere Organe geschossen war, das empfindliche Gewebe seiner Lunge, seines Herzens zerfetzt hatte, seine Rippen zerbeult und gebrochen hatte ...

Ich krümmte mich. Hustete und hielt die Luft an, um die wachsende Übelkeit zurückzudrängen, die Tränen aus unseren Augen presste, uns vor- und zurückstieß, wie ein Boden, der uns unter den Füßen wegkippte. Wie ein Kreisel, der sich drehte. Um die eigene Achse wirbelte.

Als ich die Augen wieder öffnete, kauerte Ryan neben uns.

»Wir müssen weiter«, sagte er leise. »Wir müssen die anderen finden.«

Ich nickte. Schloss die Augen erneut kurz. Zwang unsere Lunge einzuatmen, auszuatmen. Zwang mich, mit zitternden Beinen aufzustehen. »Wir haben einen Treffpunkt«, stieß ich durch Lippen hervor, die zu taub waren, um sich zu bewegen.

Peter legte stets einen fest, wenn wir unterwegs waren, für den Fall, dass etwas schiefging. Er hatte dafür gesorgt, dass wir alle uns diesen eingeprägt hatten, bevor wir das Bauernhaus verließen.

»Der ist meilenweit entfernt«, murmelte Ryan. »Es würde Stunden dauern, dorthin zu gelangen.«

Er fügte nicht hinzu: *Was, wenn wir dort auftauchen, aber niemand sonst?*

Das brauchte er nicht.

Um uns herum war alles still. Selbst von den Häusern drang kein Geräusch zu uns, nicht eine Person arbeitete im Garten.

»Wir können nicht zurück.« Unsere Stimme war leise, heiser. »Die Polizei wird dabei sein, den Van auseinanderzunehmen.«

Ich sah sie vor mir, wie sie unseren spärlichen Besitz durchforsteten, in den Stofffalten unserer Kleider nach Antworten suchten. Und Jaime. Sie hatten Jaime.

Ich griff nach unserer Handtasche. Der Reißverschluss war geschlossen, aber ich öffnete ihn, um sicherzugehen, dass Henris Telefon noch immer darin war. Eine Visitenkarte fiel mir entgegen. Ich fing sie auf, bevor sie auf die Erde flattern konnte.

‹Marion›, sagte Addie, und mehr brauchte sie nicht zu sagen. Wir waren zu demselben Schluss gelangt.

»Wir müssen die anderen finden«, sagte ich zu Ryan. »Aber das schaffen wir nicht allein. Wir haben kein Auto, keinen Ort, an dem wir bleiben können. Nichts.«

»Wir haben eine Telefonnummer für Notfälle ...«

»Unser nächster Kontakt lebt im Nachbarbundesstaat«, sagte ich. »Es würde Stunden dauern, dorthin zu gelangen.«

»Wer dann?«, fragte Ryan.

Ich hielt die Karte mit Marions Nummer hoch.

»Nein.« Ryans Augen blickten finster. Ich hatte ihm erzählt, was Marion von Addie und mir wollte. »Wie wahrscheinlich ist es, dass der Tag, an dem sie bei uns auftaucht, zufällig der ist, an dem Emalia in Schwierigkeiten gerät und wir von der Polizei angehalten werden? Wie sollen wir ihr da trauen?«

‹Jackson hat gesagt, wir könnten es›, sagte Addie leise. ‹Als er mich gebeten hat, mich ans Segeln zu erinnern.›

Es lag ein gewisser Schmerz in ihren Worten, eine Wunde, die zu heilen ich nicht helfen konnte. Ich bezweifelte, dass es etwas bringen würde, Ryan zu erzählen, dass Jackson Marion für vertrauenswürdig hielt. Sie waren nicht gerade als Freunde auseinandergegangen.

Also erwähnte ich ihn nicht. Stattdessen sah ich Ryan an und sagte: »Vertrau *mir*. Du musst niemand anderem vertrauen. Aber vertrau mir.«

Ich hatte Henris Satellitentelefon noch nie zuvor benutzt. Es war kleiner als die meisten Telefone, die ich kannte, kaum größer als unsere Hand. Der Bildschirm nahm beinah die Hälfte davon ein.

Der Bildschirm, der einen Sprung hatte, wie mir jetzt bewusst wurde. Ich versuchte, das Telefon anzuschalten. Es gelang mir nicht.

Nur wenige Stunden zuvor waren wir noch in unserem sicheren Versteck gewesen und hatten mit Henri darüber gescherzt, das Telefon auseinanderzunehmen und wieder zusammenzusetzen. Wir hatten es nicht auseinandergenommen, aber kaputt war es trotzdem. Etwas musste während des Unfalls dagegengeprallt sein.

»Kannst du es reparieren?«, fragte ich Ryan verzweifelt.

»Ich weiß es nicht«, antwortete er. »Für den Moment müssen wir uns einen Münzsprecher suchen. Hast du Geld dabei?«

Hatte ich. Addie und ich hatten extra welches eingesteckt – nicht viel, aber genug Münzen für ein paar Anrufe und genug Bargeld für ein paar Mahlzeiten, wenn wir sparsam damit umgingen.

Ich legte das Satellitentelefon so behutsam, wie ich konnte, in unsere Handtasche zurück. Wir liefen, bis wir den Rand der nächsten Stadt erreichten. Ich schlüpfte in die erste Telefonzelle, die wir entdeckten, und wählte mit steifen Fingern Marions Nummer.

Marion hob ab. Sie war an einem ruhigen Ort. In einem Hotelzimmer? Ich dachte an angezapfte Telefone und verwanzte Leitungen und traute mich fast nicht, den Mund aufzumachen.

Aber sie sagte: »Hallo? Hallo?«, und mithilfe von Addies Stärke, die meiner Auftrieb verlieh, gelang es mir zu antworten.

Ich teilte ihr keine Einzelheiten mit. Wahrscheinlich konnte sie die unterschwellige Panik in unserer Stimme hören. Sie stellte keine unnötigen Fragen. Nur, wo sie uns treffen sollte. Ob sie etwas mitbringen sollte.

Ich nannte ihr die nächstgelegene Kreuzung. Dann hängten wir auf und setzten uns mit Ryan in den Schatten eines großen Baumes. Mir war bis dahin, als wir aneinandergekauert dasaßen und den Kopf zum Schutz vor dem Wind senkten, nicht bewusst gewesen, wie kalt es war.

Marion kam innerhalb von einer Stunde. Ich erkannte ihr Auto, nichtssagend und silbern, als sie die Kreuzung erreichte. Sie sah sich um, entdeckte uns aber nicht verborgen in den Schatten und bog auf den Parkplatz eines Cafés, um zu warten.

Ryan sah mich prüfend an. »Bist du dir wirklich sicher, Eva?«

Ich nickte und stand auf. Er erhob sich langsamer. Kaltes Sonnenlicht fiel durch die Äste des Baumes, schillerte von den wenigen Blättern, die noch daran hingen. Er nahm unsere Hand und wir gingen zu Marions Wagen.

Ich hatte ihr nicht erzählt, dass es nur Ryan und wir waren. Sie hielt einen Moment inne, fragte aber nicht nach den anderen, sondern öffnete nur die Türen und ließ uns einsteigen. Ryan behielt eine Hand am Türgriff. Ich sah, wie er ihn ausprobierte, sicherging, dass die Tür sich von innen öffnen ließ.

Marion war, so sagte sie, von ihrem Hotelzimmer in der Nähe des Bauernhauses aus gekommen. Sie hatte die Haare hochgesteckt, ihre Augen waren hinter großen Sonnenbrillengläsern verborgen. Ich wünschte mir plötzlich, mir stünde dieselbe Möglichkeit zur Verfügung. Unser Gesicht – unser gesamter Körper – fühlte sich nackt an. Wir hatten uns so lange versteckt, gepuffert von Peter und Dr. Lyanne und den anderen. Diese Vielzahl hatte uns ein Gefühl der Sicherheit verliehen.

Jetzt waren es nur ich und Addie, Ryan und Devon.

»Wohin soll es gehen?«, fragte Marion.

»Haben Sie eine Karte?«, erwiderte ich. Marion zog eine aus dem Handschuhfach und ich faltete sie auf unserem Schoß auseinander.

»Das Hotel ist in der Steind Street.« Marion schob ihre Sonnenbrille in die Haare hoch und zeigte darauf. »Kurz nachdem sie die Mallers kreuzt.«

Der Treffpunkt lag in entgegengesetzer Richtung. Es war zu weit zum Laufen – es sei denn, wir hätten den Großteil des Tages damit zubringen und das Risiko eingehen wollen, gesehen zu werden.

Ich sah auf. Sah diese Frau mit dem nun unverhüllten Blick und der leicht gerunzelten Stirn offen an, musterte die Art, wie sie die Lippen schürzte. Ich versuchte, etwas daran abzulesen, wie sie den hautfarbenen Nagellack von ihren Nägeln blättern ließ, von der Tatsache, dass sie den Blick nicht abwandte, selbst als mein Starren bereits zu lange andauerte, als dass es noch als höflich hätte durchgehen können.

»Was wollen Sie wirklich?«, fragte ich leise und bemerkte das Zucken in ihrer Kehle, als sie schluckte.

»Ich möchte helfen«, sagte sie.

Da, endlich, wandte ich den Blick ab. Ich nickte.

»Hier.« Ich tippte auf einen Fleck auf der Karte, der vielleicht eine Meile vom Treffpunkt entfernt lag. »Bringen Sie uns hierhin.«

Marion studierte die Karte, dann ließ sie den Wagen an. Aber als sie den Wagen vom Parkplatz lenkte, konnte sie nicht anders, als zu fragen: »Was ist passiert, Eva? Ich tappe hier komplett im Dunkeln.«

»Bitte«, sagte ich. »Fahren Sie einfach.«

‹Glaubst du ihr?›, fragte Addie. Es war nicht herausfordernd gemeint. ‹Dass sie helfen will?›

‹Ich glaube›, sagte ich sanft, ‹dass sie unsere Hilfe will. Und dass sie alles tun wird, was nötig ist, um sie zu bekommen.›

## Kapitel 7

Der Treffpunkt befand sich in einer sauberen, touristisch wirkenden Stadt. Bäume säumten die Straßen, und obwohl die Luft bereits kühl war, hingen Körbe voller Plastikblumen von den Wegweisern und Ladenschildern und versuchten, die Menschen zu der Annahme zu verleiten, es sei Frühling.

Ryan und ich gingen so dicht nebeneinander, dass unsere Schulter immer wieder gegen seinen Arm stieß. Wir hatten Marion ein paar Straßen entfernt zurückgelassen, bei einem Einkaufszentrum. Sie hatte protestiert, aber nur halbherzig, und gefragt, wie lange sie auf uns warten sollte.

»Wir sind zurück, bevor es dunkel wird«, hatte Ryan gesagt.

Er klang in dem Moment so sicher, und ich hatte dafür gesorgt, dass unsere Miene dieselbe Überzeugung widerspiegelte. Aber die Fassade fiel in sich zusammen, sobald wir außer Sichtweite waren.

Addie und ich vergruben uns in unserer Jacke, warfen jedem Wagen, der an uns vorbeifuhr, einen schnellen

Blick zu, hielten Ausschau nach der Polizei oder jemandem, der uns zu lange musterte. Erkannt zu werden war eine Gefahr, wie Peter uns seit unserer Ankunft in Anchoit eingetrichtert hatte, und damals war unser Aussehen noch nicht überall verbreitet gewesen, so wie jetzt.

Peter hatte beschlossen, dass wir uns in der Danwill Street 137 treffen würden, die sich als altmodische Kneipe mit den üblichen Spielautomaten herausstellte. Wir hörten schon vom Bürgersteig aus die laute Musik, die von drinnen erschallte.

Mir war nicht bewusst gewesen, wie sehr ich mich auf Peters Pläne verließ, seine Verbindungen, sein Sicherheitsnetz, bis sie nicht mehr da waren. Bis er nicht mehr da war.

Tot war.

Das Wort traf mich dieses Mal härter. Als hätte es auf der Fahrt hierher an Substanz gewonnen. Wir befolgten die Pläne eines toten Mannes. Bewegten uns im Schatten von Peters Geist.

Ryan guckte durch ein Fenster ins Gebäudeinnere. Als er zu uns zurückkam, sagte er leise: »Da sind ein paar Typen drin. Wahrscheinlich Studenten. Und ein älterer Mann.« Seine Miene verriet uns, dass er seine Schwestern nicht entdeckt hatte. Oder Dr. Lyanne. Oder Kitty.

In diesem Moment wurde mir bewusst – in einem Ausmaß, wie es nie zuvor der Fall gewesen war –, wie leicht ein Mensch vom Erdboden verschwinden konnte. Wie er am einen Tag noch da sein konnte, greifbar und lachend und real, und am nächsten bereits verschwunden, so wie Rauch verfliegt.

»Wir warten besser drinnen«, sagte Ryan, dem aufgefallen war, dass ich zitterte.

Drinnen roch es etwas nach Zigarettenqualm, obwohl an der Wand ein schief hängendes Nichtraucherschild angebracht war. Es herrschte Dämmerlicht. An zwei der Spielautomaten waren Schilder angebracht, auf denen *Außer Betrieb* stand. Sie hingen schon so lange dort, dass sie mit wütendem Graffiti besprüht worden waren.

Ryan und ich bestellten eine kleine Portion Pommes frites und zwei Grilled-Cheese-Sandwiches. Wir behielten die anderen Gäste sorgsam im Auge. Sie schenkten uns keinerlei Aufmerksamkeit. Genauso wenig wie der Inhaber, obwohl es ein Schultag war und zumindest Addie und ich offensichtlich im schulpflichtigen Alter waren.

Die laute Musik, das heiße, salzige Essen und der hektische Lärm der Spielautomaten half mir, einen Teil meiner Angst auszublenden. Aber eine Stunde verging und niemand sonst kam zur Tür herein.

‹Was machen wir, wenn sie nicht kommen?›, fragte Addie leise. Es war eine Frage, die zu stellen ich nicht gewagt hatte.

‹Wir könnten einen von Peters Kontakten anrufen, damit er uns holen kommt. Oder ... wir bleiben bei Marion.›

Wir kannten Peters Kontaktperson nicht. Aber er hatte sie als verlässlich eingestuft und darauf vertrauten wir. Marion ... Marion verfolgte ihre eigene Agenda, die nicht unbedingt etwas mit uns zu tun hatte. Andererseits, war das nicht bei jedem so? Wenigstens wussten wir, was sie wollte – die Geschichte für ihren Artikel.

‹Falls die anderen nicht kommen›, sagte ich, ‹heißt das vielleicht, sie sind verhaftet worden. Und falls sie verhaftet worden sind ...›

‹Brauchen wir irgendeine Art von Verhandlungsmittel.› Addie hatte verstanden, worauf ich hinauswollte.

‹Wenn wir Marion helfen, dann wird sie uns zumindest Jackson geben. Vielleicht sogar etwas über die anderen für uns herausfinden. Und falls es uns gelingt, Videomaterial zu liefern ...›

Könnte es tatsächlich etwas bewirken.

‹Aber das alles hängt davon ab, ob wir ihr wirklich vertrauen können, Addie.› Ich sprach liebevoll. ‹Ich vertraue dir, wenn du sagst, du vertraust Jackson, aber ...›

Ich spielte mit einer übrig gebliebenen Fritte herum.

Addies Gefühle flackerten am Rand meines Bewusstseins auf, Blitze verwirrter, miteinander im Streit liegender Emotionen. ‹Als wir noch in Anchoit waren, hat Jackson mich einmal zum Segeln mitgenommen.›

Ich wusste, sie dachte in diesem Moment daran zurück, und ich strengte mich an, mich mit ihr daran zu erinnern. Aber ich konnte es mir nur ausmalen. Das Blau des Wassers. Das Auf- und Abtanzen des Bootes. Den Wind und den Geruch des Ozeans.

Ich fragte nicht, wann es gewesen war. Es hatte viele Tage in Anchoit gegeben, die ich schlafend verbracht hatte, während Addie ihr Leben führte. Es wäre leicht gewesen, ein paar Stunden zum Segeln abzuzweigen. Zur Anlegestelle aufzubrechen und wieder zurückzukehren, ohne dass ich davon erfuhr.

‹Als er erklärt hat, wie man das Boot steuert ...› Ihre Stimme wurde weicher. ‹Er hat gesagt, selbst wenn man eine richtig große Wende machen will, bräuchte man die Ruderpinne nur ein klein wenig zu bewegen. Es komme einem womöglich so vor, als sei es nicht genug, aber das wäre es. Man müsse sie nur gut festhalten und darauf vertrauen.› Sie machte eine Pause. ‹Ich erinnere mich, dass das seine exakten Worte waren. Dass ich darauf vertrauen müsse, dass es genug sei.›

‹Du möchtest es machen. Möchtest bei Marions Plan mitmachen.›

‹Wer weiß, ob wir eine weitere Chance bekommen, Jackson zu retten›, flüsterte sie. ‹Ich weiß, wir würden ein unglaubliches Risiko eingehen, aber ...›

Ich fühlte mich an einen Moment vor beinah einem halben Jahr zurückkatapultiert. An einen Sonntagmorgen in unserem Badezimmer zu Hause, als die Zehen unserer nackten Füße sich auf den kalten Fliesen krümmten, als ein feuchter, lauwarmer Waschlappen an unser Gesicht gedrückt wurde. Am Freitag zuvor waren wir mit zu den Mullans nach Hause gegangen und Hally war in der Abgeschiedenheit ihres eigenen Zimmers zu Lissa geworden. Sie hatte uns erzählt, wie mein Leben aussehen könnte. Hatte mir eine Chance angeboten, eine, die mit einem großen Risiko für Addie und mich verbunden war – aber mit einer noch größeren Aussicht auf Belohnung.

Es hatte jenen Moment in unserem Leben gegeben, als ich Addie darum gebeten hatte, ein unglaubliches Risiko um meinetwillen einzugehen, und jetzt bat sie mich um dasselbe.

‹Einverstanden›, sagte ich. Denn wenn es einen Weg gab, Addies Schmerz zu lindern, würde ich es auf einen Versuch ankommen lassen. ‹Einverstanden, lass es uns tun.›

Ehe Addie antworten konnte, öffnete sich die Tür der Kneipe und Hally kam herein. Ihre langen dunklen Haare hingen ihr ins Gesicht, ein Lockenvorhang, der ihre Miene teilweise vor Blicken verbarg. Sie setzte so vorsichtig einen Schritt vor den anderen, als könne der Boden unter ihren Füßen wegbrechen. Dann sah sie uns und auf ihrem Gesicht breitete sich Erleichterung aus.

Sie warf einen Blick hinter sich, zur Tür. Die Hoffnung war ein störrisches, flatterndes Ding in unserer Brust. Warum sollte sie über die Schulter blicken, es sei denn, sie hätte Leute draußen zurückgelassen? Es sei denn, da gäbe es noch andere, die auf sie warteten?

Hally erweckte die Aufmerksamkeit der Studenten auf eine Weise, wie Ryan und ich es nicht getan hatten. Ihre Blicke folgten ihr quer durch den Raum.

»Oh, Gott«, sagte Hally atemlos, als sie sich auf den

Stuhl neben unserem sinken ließ. Ihre Augen blickten irgendwie gebrochen. Die zackigen Kanten dieses Blickes gruben sich tief in unsere Brust, ließen unser Herz bluten.

»Geht es dir gut?« Ryan gelang es, seine Stimme leise und ruhig zu halten.

Sie nickte nervös. Ihre Hände zitterten. Ich schnappte mir eine. Sie war eiskalt.

»Hier drinnen können wir nicht reden.« Sie sah wieder zur Tür, und dieses Mal bemerkte sie, dass die Männer sie anstarrten. »Wir müssen hier raus.«

Draußen fuhr der Wind durch unsere Jacke. Hally trug noch nicht mal eine und Ryan warf seine über ihre Schultern, während wir aus der Kneipe eilten.

»Wo sind die anderen?«, fragte er. Ihm mussten ihre Blicke Richtung Tür ebenfalls aufgefallen sein.

Wir liefen um eine Ecke, bevor Hally antworten konnte. Kitty und Dr. Lyanne starrten uns mit blassen Mienen entgegen.

»Wo sind Jaime und Peter?«, verlangte Dr. Lyanne zu wissen. Und wurde noch blasser, als weder Ryan noch ich etwas erwiderten. Der Ausdruck in unseren Augen war Antwort genug.

Die Sonne ging früh unter, schließlich war der November schon weit vorangeschritten. Als Maron endlich vor dem Hotel hielt, war die Dämmerung über uns hereingebrochen. Die verschiedenen Gebäude der Anlage standen jedes für sich, sodass wir wenigstens nicht gezwungen waren, an einem Empfangstresen vorbeizugehen.

Man musste Marion zugutehalten, dass sie mit keiner Wimper gezuckt hatte, als Ryan und ich, Stunden nachdem wir verschwunden waren, mit drei weiteren Leuten im Schlepptau wieder auftauchten.

Wendy kam uns entgegengerannt, sobald Marion die Hotelzimmertür öffnete.

»Kannst du etwas zu essen für alle besorgen?«, fragte Marion und das Mädchen nickte. Ich war im Begriff, den anderen zu folgen, als ich bemerkte, dass Dr. Lyanne zurückgeblieben war, die schmale Hand gegen die Seite eines dunkelroten Trucks gepresst, so als bräuchte sie sie dort, um sich abzustützen.

Ich bedeutete Ryan, schon mal reinzugehen. Er nickte und schloss die Tür hinter sich.

Dr. Lyanne sah hoch, als Addie und ich nur noch ein paar Schritte von ihr entfernt waren. Ihre Augen, deren Röntgenblick einen normalerweise durchleuchten konnte, starrten ins Leere.

‹Was sagen wir zu ihr?›, fragte ich Addie. ‹Was um alles in der Welt könnten wir sagen, um ihr zu helfen?›

‹Nichts›, erwiderte sie. Und das entsprach der Wahrheit.

»Geh rein, Eva«, sagte Dr. Lyanne, als sie uns näher kommen sah. »Dass du noch krank wirst, ist das Letzte, was wir jetzt gebrauchen können.«

»Es tut mir leid«, sagte ich. Dürftige Worte. Aber sie waren alles, was ich hatte. »Das mit Peter.«

Mir wurden plötzlich all die Dinge bewusst, die ich nicht über Peter wusste. Über Warren, seine andere Seele, die wir nicht ein Mal mit Namen angesprochen hatten. Was hätten sie gerne mit ihrem Leben angefangen, hätte der Widerstand ihnen die Bedingungen nicht diktiert? Was waren ihre Pläne für die Zeit gewesen, wenn all dies vorüber sein würde?

Hatten sie Angst gehabt, als sie starben? Bereuten sie die Entscheidungen, die sie getroffen hatten; die sie zu diesem Punkt, diesem Moment geführt hatten?

War in Peters oder Warrens Geist während dieser letzten Sekunden Raum für etwas anderes als eine Explosion aus Schmerz gewesen?

War ihnen klar gewesen, dass sie starben?

War ihnen Zeit geblieben, ihren Frieden damit zu schließen?

Hatten sie Zeit gehabt, sich voneinander zu verabschieden?

»Wenn ich mache, was Marion will«, sagte ich leise, »dann könnten wir vielleicht über Jaimes ...«

»Nein, Eva«, sagte Dr. Lyanne. Ihre Stimme war eisern.

»Könnten wir vielleicht über Jaimes Freilassung verhandeln«, sagte ich über ihren Protest hinweg. »Oder so einen Wirbel veranstalten, dass sie ihm nichts mehr tun können ...«

»Eva«, fuhr sie mich an. Sie richtete den Blick gen Himmel. Ihre Stimme wankte. »Gib mir einen Moment, bevor du eine weitere deiner unmöglichen Ideen entspinnst.«

»Bitte«, flehte ich. »Ich möchte helfen.«

Dr. Lyannes Blick kehrte zu uns zurück. Die Verwundbarkeit, die für einen Moment darin gelegen hatte, war verschwunden. »Peter hatte andere Pläne.« Sie lachte, als sie unseren Gesichtsausdruck bemerkte. »Glaubst du etwa, er hätte keinen Notfallplan gehabt für den Fall, dass ihm etwas zustoßen würde?«

»Ich ... ich dachte, wir sollten einfach die Kontaktperson anrufen, die am nächsten wohnt.«

Dr. Lyanne rieb sich die Stirn. Legte die Hand über die Augen. »Nicht so, wie sich die Dinge entwickelt haben. Es wird immer schlimmer hier, Eva. Für den Fall, dass Peter etwas zustoßen sollte ...« Sie holte scharf Luft. Seufzte. »Er wollte uns alle im nächsten Flieger nach draußen wissen.«

»Draußen?«, echote ich.

»Nach Übersee.«

Addies Schock durchfuhr auch mich wie ein Schlag. Vereinte seine Kraft mit meinem. Meine Gedanken überschlugen sich. »Uns alle?«

»Dich, Jaime, die Mullans, Kitty, Emalia ... mich. Henri sollte seine Kontakte benutzen.«

»Henri ...«

»Er hat dir sein Telefon dagelassen, oder nicht?«, sagte

Dr. Lyanne. Unsere Hand wanderte instinktiv zu unserer Handtasche. Hielt sie beschützend fest. Wir hatten Dr. Lyanne erzählt, dass es bei dem Zusammenstoß kaputtgegangen war. »Auch wenn Gott allein weiß, ob es ihm selbst in diesem Augenblick gut geht. Wir müssen abwarten, bis wir das Ding repariert haben, dann anrufen und hoffen.«

<Übersee>, hauchte ich. Das Wort erzeugte ein Echo in meinem Geiste und brachte die Erinnerungen an Henris Geschichten mit sich. Das Versprechen von Frieden. Von Sicherheit.

<Das ist gut, Eva>, sagte Addie. <Das bedeutet, dass die anderen in Sicherheit sein werden. Während wir unterwegs sind.>

Dr. Lyanne stieß sich von dem Truck ab. Sie hatte sich gefangen, die majestätische Haltung kehrte nach und nach in ihre Schultern zurück. »Ich weiß, dieses Rumsitzen, das Verstecken macht dich verrückt, Eva. Aber ...«

Ich fiel ihr ins Wort. »Damals in Ihrem Haus ... damals in Anchoit. Da haben Sie zu mir gesagt, wir sollten uns darauf konzentrieren, das Chaos zu beseitigen. Genau das waren Ihre Worte. Ich kann nicht gehen, bevor ich das nicht erledigt habe.«

Wir sahen einander eine sehr lange Zeit in die Augen.

»Lassen Sie Addie und mich diese Sache tun«, flüsterte ich. »Wir könnten sonst nicht mit uns selbst leben. Das wissen Sie.«

Wir – ich – mussten Wiedergutmachung leisten. Indem wir Darcie Greys Platz in einer Anstalt einnahmen, würden wir Jackson und Vince befreien. Vielleicht würden wir damit sogar Emalia und Sophie zur Rettung verhelfen. Jaime helfen.

Und Addie – Addie wollte es tun.

Dr. Lyanne seufzte. »Du bist zu vertrauensselig, Eva Tamsyn. Eines Tages wird dir das noch das Genick brechen.«

Ich zögerte. Ich wusste nicht, was ich darauf antworten sollte.

Der Horizont verschluckte die letzten Sprenkel Sonnenlicht und ließ uns in der Dunkelheit zurück. Dr. Lyanne schüttelte den Kopf. »Mein Gott, Eva. Die unmöglichen Situationen, in die du dich immer wieder bringst.«

# Kapitel 8

Die anderen saßen auf den Hotelbetten und aßen Brote und Äpfel, als Dr. Lyanne die Tür öffnete. Ryan legte sein Essen beiseite, schnappte sich seine Jacke und kam zu mir nach draußen, ohne dass ich ein Wort hätte sagen müssen.

Wir liefen bis zum Rand des Hotelgrundstücks, wo wir neben einer mit Gras bewachsenen Böschung stehen blieben. Bis auf das Rauschen des weit entfernten Verkehrs war die Welt still und leer.

Ich wusste, was Ryan wollte, aber ich war nicht sicher, ob er darum bitten würde. Am Ende musste er das gar nicht. Addie kannte ihn – und uns – inzwischen gut genug.

‹Ich werde gehen›, sagte sie. ‹Ich brauche sowieso ein bisschen Zeit für mich.›

Sie meinte das Untertauchen. Mit der Zeit waren wir dazu übergegangen, den Vorgang des zeitweiligen Verschwindens aus unserem Körper so zu nennen. Es war ein Weg, das Bewusstsein zu verlieren, so als würde man schlafen. Aber ein Schlaf voller intensiver Erinnerungen, die Träumen glichen. Oder auch intensiver Träume, die Erinnerungen glichen.

Ob es nun Erinnerungen oder Träume waren, fröhliche oder traurige, sie schenkten einem eine seltsame Form von Frieden. Und sie nahmen einem dafür ein Stück Realität. Manchmal war es ein Preis, den man zahlte. Manchmal ein Geschenk.

<Bist du sicher?>

<Ich bin sicher>, sagte Addie und verschwand.

»Sie ist weg«, sagte ich zu Ryan und in die Nacht.

Er zog mich mit sich nach unten. Wir legten uns auf den Rücken, starrten die Unterseite der dichten dunklen Wolkendecke an. »Du denkst darüber nach, dich auf Marions Plan einzulassen«, sagte er.

Ich fragte ihn nicht, woher er das wusste. Vielleicht war ich leicht zu durchschauen. Vielleicht kannte er mich einfach nur gut genug, um zu erraten, in welche Richtung meine Gedanken gingen.

Ryan rollte sich auf die Seite, um mich anzusehen. Wartete, bis ich mich umdrehte und seinen Blick erwiderte. Es hing ein bisschen Gras in seinen dunklen Haaren. »Du hilfst niemandem damit, wenn sie dich schnappen. Und wir reden hier noch nicht einmal davon, vielleicht geschnappt zu werden. Wir reden hier davon, sich ins Gefängnis zu begeben und auf eine Du-kommst-aus-dem-Gefängnis-frei-Karte zu hoffen.«

»Es könnte uns helfen, etwas zu bewirken«, sagte ich.

»Nicht nur direkt, für Jackson. Sondern über das Videomaterial, wie Marion gesagt hat. Es könnte tatsächlich eine Veränderung herbeiführen.«

»Das heißt nicht, dass es richtig ist, es zu tun.«

»Das Attentat auf Powatt war etwas anderes«, flüsterte ich. »Das hier wird niemandem schaden.«

»Nur dir«, sagte Ryan. »Und Addie.«

Ich setzte mich auf. »Es ist unsere Sache, ob wir dieses Risiko eingehen wollen. Sie haben Jaime. Sie haben ... sie haben Peter umgebracht. Gott weiß, wo Henri und Emalia sind ...«

»Genau.« Ryan setzte sich ebenfalls auf. Seine Stimme wurde lauter. »Wir haben schon zu viele Leute verloren. Wir dürfen nicht auch noch dich verlieren.«

Meine Stimme wurde weicher. »Mir wird nichts passieren.«

»Das weißt du nicht.«

»Mir wird nichts passieren«, wiederholte ich. Und dann noch einmal: »Mir wird nichts passieren. Ich werde das wieder in Ordnung bringen.«

»Es ist nicht deine Aufgabe, es in Ordnung zu bringen.« Ryans Stimme war rau vor Frust. Oder Furcht.

Doch so war es. Tief in mir drin wusste ich, dass es meine Aufgabe war. Ich war diejenige gewesen, die zuerst auf Sabines Plan hereingefallen war. Die Peter nichts davon erzählt hatte und Hally und Lissa überredet hatte, Stillschweigen zu bewahren. Ich war diejenige, die darauf bestanden hatte, nach der Aktion am Lankster Square zurück auf den Dachboden zu gehen. Das Chaos am Lankster Square hätte mir eine Warnung sein sollen. Ich hatte nicht hingehört.

Einst war ich nicht mehr als ein Geist gewesen. Ohne eigenen Willen. Ohne Verantwortung. Ohne Handlungsfreiheit und daher auch ohne Konsequenzen. Ich hatte angenommen, ich wüsste, wer ich war: diejenige, die Addie an Dinge erinnerte, der Dinge auffielen, die ihr entgangen waren, die das Ruder übernahm, wenn sie zu verlegen war, es zu tun. Aber dann hatte ich die Fähigkeit wiedererlangt, meine eigenen Entscheidungen zu treffen und nicht bloß ihre zu beeinflussen. Und das hatte mich verändert.

Nach und nach, Stück für Stück. Ich war zu jemandem geworden, den man unwissentlich zum Mörder machen konnte.

Und diese Erkenntnis hatte mir einen Schock versetzt.

Ich konnte unmöglich diese Person sein.

Ich griff in meine Handtasche. Ich war auf der Suche nach Henrys Telefon, aber als ich es hervorzog, fiel das Foto von Darcie Grey mit heraus. Ryan hob es auf, ehe ich es tun konnte. Wie ich warf er einen Blick auf das Foto, dann sah er mich an. »Sie sieht dir nicht einmal besonders ähnlich.« Seine Stimme klang schneidend. Verbittert.

»Doch, tut sie«, sagte ich sanft. »Guck, wir haben dieselben ...«

Die plötzliche, drängende Gewalt seines Kusses fegte jedes andere Gefühl beiseite. Wie der grelle Blitz einer überbelichteten Fotografie. Er zog mich an sich. Das Bild zerknitterte in seiner Hand. Die Ränder pressten sich an meine erhitzte Haut.

Ich sank in die Wärme seines Körpers. Seine Lippen glitten zu der Kuhle direkt unter meinem Kiefer, wo mein Herzschlag flatterte.

»Tu es nicht, Eva«, sagte Ryan. Und ich wollte es nicht, aber ich löste mich von ihm. Das Mondlicht fing sich in seinen absurd langen Wimpern. »Geh nicht allein da hinein.«

Allein.

Ryan war mir stets gefolgt. Er war mir in unserer letzten Nacht in Nornand zurück die Treppe hinauf gefolgt, als ich darauf bestanden hatte, nach den anderen Kindern zu sehen. Er war mir zu unserem ersten Treffen mit Sabine und den anderen auf dem Dachboden gefolgt, war mir erneut gefolgt, als wir nach dem Feuerwerk am Lankster Square dorthin zurückkehrten. Er war mir nach Powatt gefolgt, obwohl ich mein Bestes versucht hatte, es zu verhindern. Jetzt ging ich an einen Ort, an den er mir nicht folgen konnte, egal mit welcher Hartnäckigkeit er sich darum bemühte. Also bat er mich darum, zu bleiben. Diesen Schritt nicht zu unternehmen.

Aber das konnte ich nicht.

»Ich muss es tun, Ryan«, sagte ich.

Ryan und ich blieben danach noch ein wenig draußen, aber zwischen uns war eine Kälte aufgezogen, die nichts mit der frischen Abendluft zu tun hatte. Schließlich stand er auf. »Los, komm. Es sieht aus, als würdest du jeden Moment erfrieren.«

Sobald wir wieder im Hotelzimmer waren, gesellte er sich zu seiner Schwester in einer Ecke des Raumes. Ich ging zu Marion. Sie stand neben dem Mülleimer, wo sie einen Apfel so schälte, dass dabei eine einzige, lange Spirale entstand.

»Wie wollen Sie mich dort herausbekommen?«, fragte ich. »Nachdem Sie das Filmmaterial haben?«

Marion ließ sich keinerlei Überraschung anmerken und antwortete so selbstverständlich, als hätten wir uns die ganze Zeit über ihre Pläne ausgetauscht. »Ich bin nun schon eine geraume Zeit Journalistin. Ich genieße das Vertrauen der Regierung und habe Kontakte an allen entscheidenden Stellen. Ich kann nicht versprechen, dass es die reibungsloseste Rettungsaktion der Welt wird, aber wenn man den richtigen Ausweis besitzt und die richtigen Leute kennt, ist es sehr viel einfacher, dorthin zu gelangen, wo man hinwill.« Sie legte das Taschenmesser aus der Hand. »Ich habe mir schon einen Weg überlegt, wie du mir ein Zeichen geben kannst. Nach dem Sicherheitsproblem, das sie im letzten Sommer hatten, achten sie sehr genau darauf, wen sie als Betreuer engagieren, aber bei Leuten, die keinen Kontakt zu den Patienten haben, sind sie sehr viel relaxter. Bei ihren Handwerkern zum Beispiel und ...«

Mich überlief es eiskalt. »Moment mal. Die Anstalt – es ist nicht ...«

»Hahns«, sagte Marion.

Hahns war eine Anstalt in den Bergen, weit oben im Norden. Diejenige, in die Peter mithilfe einer Frau namens Diane, die als Betreuerin eingeschleust worden war, versucht hatte einzubrechen. Das Ganze war schiefgegangen. Der Rettungsversuch war fehlgeschlagen und hatte die Frau und zwei Kinder das Leben gekostet.

Der Ausbruch war aufgrund der rauen Wetterbedingungen, die rund um die Anstalt herrschten, sobald es kälter wurde, für den Sommer geplant gewesen. Und jetzt sollten Addie und ich bei Wintereinbruch dort hingehen.

Marion war mein Gesichtsausdruck nicht entgangen. »Sobald du genügend Filmmaterial zusammenhast, hole ich dich da raus«, versprach sie. »Es wird nicht länger als ein paar Wochen dauern.«

Addie und ich waren nur eine Woche in Nornand gewesen. Das war lang genug gewesen.

»Sie sorgen dafür, dass Jackson befreit wird«, sagte ich.

»Das werde ich. Und sobald wir das Filmmaterial haben ...«

»Wir werden es vielleicht als Verhandlungsmittel für Jaime benutzen können«, sagte ich. »Ich weiß.«

»Jaime ist dreizehn Jahre alt«, sagte Marion. »Und er ist

ihr Beweis dafür, dass eine Heilung möglich ist. Sie werden ihn nicht schlecht behandeln.«

Mein Gelächter war nüchtern und trocken. Wie ein Donnerschlag. »Sie und ich haben eine sehr unterschiedliche Vorstellung davon, was es heißt, jemanden schlecht zu behandeln.«

Sie senkte den Blick, zurück auf den halb geschälten Apfel in ihrer Hand. Die Schale schraubte sich als rote Spirale gen Boden.

»Ich mache es«, sagte ich leise.

# Kapitel 9

Ryan küsste mich nicht, als wir uns am nächsten Morgen verabschiedeten. Er küsste mich nicht, weil er wusste, dass Addie da war und ich sie dabeihaben wollte. Er küsste mich nicht, weil seine Schwester im selben Raum war, genau wie Dr. Lyanne und Wendy und Marion und Kitty, die alle zusahen.

Vielleicht küsste er mich auch nicht, weil er immer noch aufgebracht über die Entscheidung war, die ich getroffen hatte.

Aber er bat mich nicht noch einmal zu bleiben. Er starrte uns nur an, mit zusammengepressten Lippen und unglücklicher Miene. Am Abend zuvor hatte er die Nummer von Henris Satellitentelefon aufgeschrieben, damit wir sie uns einprägten. Er hatte mich schwören lassen, dass ich sie nicht vergessen würde, egal, was passierte, sodass ich anrufen konnte, wann immer es nötig war. Falls ich mich je verlaufen sollte oder auf mich allein gestellt sein würde. Er versprach im Gegenzug, dass er das Telefon so rasch wie möglich reparieren würde.

Ich hatte mir die Nummer eingeprägt, um ihn glücklich zu machen und weil jede Form von Plan B sinnvoll war, die nur möglich war. Aber egal, wie sehr ich auf Ryan und Devons Fähigkeiten vertraute, ich wusste, dass die Technologie des Telefons meilenweit von allem entfernt war, was sie bisher zu Gesicht bekommen hatten. Es würde sich nicht so einfach reparieren lassen wie Kittys alte Videokamera.

Ich wiederholte in diesem Moment die Ziffern im Geiste. Eine Zahlenfolge des Trostes. Ich konnte den Chip nicht mitnehmen – denjenigen, der rot leuchtete, wenn sein Gegenstück in der Nähe war, denjenigen, der mir in Nornand Trost gespendet hatte, und danach. Das Risiko, dass er entdeckt würde, war zu groß. Daher waren die Zahlen alles, was ich hatte.

Hally warf die Arme um uns. Ich befürchtete, sie könnte anfangen zu weinen, und betete, dass sie es nicht tun würde, und im nächsten Moment kam ich mir ungeheuer selbstsüchtig vor. Sie weinte nicht. Sie sagte nur: »Komm gesund wieder, okay?«, und drückte uns so fest, dass ich kaum eine Antwort herausbrachte.

»Ich komme wieder«, sagte ich zu Nina, und sie nickte, als glaube sie mir das. Oder vielleicht wollte sie es mir auch nur glauben.

Dann verließen Marion und Addie und ich das Hotelzimmer, und damit hatte sich die Sache.

Es war ein bisschen erschreckend, wie schnell es passierte.

<So etwas wie das hier sollte uns nicht mehr überraschen>, sagte ich, während wir den Highway entlangbrausten. Wendy war im Hotel geblieben. <Wie oft hat sich unser Leben schon innerhalb eines Tages grundlegend verändert?>

»Um vollkommen ehrlich zu sein«, sagte Marion, nachdem wir zu viele Meilen schweigend dagesessen hatten, »bin ich ein wenig überrascht, dass es dir gelungen ist, Rebecca davon zu überzeugen, dich gehen zu lassen.« Sie lächelte verschwörerisch. »Sie flößt einem ein bisschen Angst ein, findest du nicht?«

»Genau das mag ich an ihr«, erwiderte ich.

Marion stieß ein kurzes, atemloses Lachen aus und strich sich eine Haarsträhne hinter das Ohr. Es war eine nervöse Angewohnheit, die Addie und mir an ihr aufgefallen war. »Ich kann nicht glauben, dass du fünfzehn Jahre alt bist.«

Ein paar Wochen zuvor hätten ihre Worte mich vielleicht geärgert. Jetzt berührten sie mich kaum noch. »Wie meinen Sie das?«

Marion zuckte mit den Schultern. »Du kommst mir älter vor. Das ist alles.«

Ich wandte mich ab, um aus dem Fenster zu gucken. »Ich bin immer vom Gegenteil ausgegangen. Ich hatte immer den Eindruck, ich wäre zu jung.«

»Nun«, sagte Marion, »vielleicht hast du dich ja verändert.«

Marion füllte die Stunden, die wir unterwegs waren, damit, alles zu erklären, was Addie und ich wissen mussten. Sie steckte einen Ring an unseren Finger, in dessen Schmuckstein aus Plastik eine winzige Kamera und ein Mikrofon verborgen waren. Mit einmal Drücken verschwand der Stein eine Idee tiefer im Ring, und die Aufzeichnung begann. Erneutes Drücken beendete die Aufnahme wieder. Wenn das Licht auf der Unterseite des Ringes rot leuchtete, hieß das, der Speicher war voll.

Einst hätten wir über die Vorstellung, dass eine solche Art von Technologie existierte, gelacht. Aber Henri hatte uns eines Besseren belehrt, und es schien nicht unmöglich, dass Marion mit ihren Verbindungen in der Lage sein sollte, etwas Derartiges in die Finger zu bekommen.

»Die Kinder sind in verschiedenen Räumen untergebracht«, sagte Marion. »Sie nennen sie Klassen. Und alle paar Wochen findet eine Rotation statt.« Sie hielt inne. »Ich schätze, das machen sie, damit die Mädchen sich nicht zu sehr anfreunden. Aber für dich wird es eine gute Möglichkeit sein, einen Überblick über die Zeit zu behalten. Eine Rotation sollte ausreichen, um genügend Material zu sammeln.«

Eine Rotation. Ein paar Wochen. Das war alles, was wir an Zeit innerhalb der Mauern von Hahns verbringen mussten.

Marion erklärte uns, wie wir ein Rettungssignal absetzen konnten. Sie gab uns die Baupläne von Hahns, die

Addie und ich über dem Armaturenbrett ausbreiteten und uns einprägten. Sie erzählte uns auch von Darcie selbst, diesem Mädchen, in das wir uns verwandeln sollten. Sie war ein Einzelkind. Sie war mit einem Herzfehler zur Welt gekommen – einem, der nie erfolgreich behandelt worden war, der sie aber dennoch nicht davon abgehalten hatte, schon sehr früh mit dem Fußballspielen anzufangen. Ich fragte mich, ob sie nach all dem noch spielen würde. Wo immer sie sie auch hinschickten.

Wir würden unser Haar aufhellen müssen, damit es ihrem glich. Darcie tendierte außerdem dazu, ihre Haare kürzer zu tragen als wir – über den Schultern. Dunklere, längere Haare konnten zwar auch mit weniger Zeit an der frischen Luft und selteneren Frisörbesuchen erklärt werden, aber wenn das Aufhellen und Kürzen unserer Haare es der anderen Seite erleichterte, die Lüge zu schlucken, dass Addie und ich Darcie waren, dann war es sinnvoll, es zu tun.

»Wahrscheinlich werden die Verantwortlichen keinerlei Verdacht schöpfen«, versicherte Marion uns. »Sie werden überhaupt nicht mit so etwas rechnen.«

‹Weil es verrückt ist›, sagte ich. Wir verbargen uns unter dem Deckmantel der Absurdität – ein hybrides Mädchen, das den Platz eines anderen einnahm. Und nicht einfach irgendein hybrides Mädchen. Addie und ich. Ein Mädchen, hinter dem die Regierung mehr her war als hinter irgendeinem anderen.

Wir würden uns direkt vor ihrer Nase verstecken. Dem letzten Ort, an dem sie suchen würden.

Wir begegneten Darcie Grey nie. Sie war bereits fort, als wir bei ihr zu Hause eintrafen, rasch weggeschafft im Schutz der Dunkelheit. Addie und ich schlüpften in die Leerstelle, die sie hinterlassen hatte, wie die Zweitbesetzung eines entsetzlichen Schauspiels.

Ich fragte mich jetzt, als wir Darcies Mutter und Vater gegenüberstanden, wie viel sie über Marions Plan wussten. Wie wichtig ihnen das Ganze war. Ihre Tochter entging der Einweisung in eine Anstalt.

Vielleicht war alles andere bedeutungslos.

»Sind Sie sicher, dass sie es nicht merken werden?« Mr Grey stand neben der Küchenanrichte, ein dünner Mann mit noch dünnerem grau meliertem Haar. Er schien zu alt, um der Vater eines Mädchens in unserem Alter zu sein. Er hatte, seit wir eingetroffen waren, kein Wort an uns direkt gerichtet und nur mit Marion und seiner Frau geredet.

»Sie werden es nicht merken«, versprach Marion ihm. Sie sah sich in der Küche um. »Sie haben alle Bilder neueren Datums entsorgt, so wie ich Sie gebeten habe?« Am Kühlschrank hing ein Foto, aber das Mädchen darauf war erst sechs oder sieben. Sie hätte wir sein können. Möglicherweise.

»Das haben wir«, beeilte Mrs Grey sich zu versichern.

Ihr Blick wanderte zu uns. Als sie bemerkte, dass wir sie bereits musterten, sah sie rasch wieder weg. »Und ich kann ihre Haare bleichen und schneiden.«

»Gut«, sagte Marion. Sie bat um einen Moment allein mit Addie und mir. Darcies Eltern kamen ihrem Wunsch nur zu gern nach. Sie eilten aus der Küche, als könnten sie es kaum abwarten, uns nicht länger ansehen zu müssen.

Marions Lächeln war furchtbar aufgesetzt, aber sie bemühte sich. Ich merkte, wie meine Gedanken zurück zu Ryan und den anderen wanderten. Marion hatte für ein paar weitere Nächte in dem Hotel bezahlt. Was machten sie gerade? Dachten sie an uns, so wie wir an sie?

Marion streckte die Hand aus und tätschelte unbeholfen unsere Schulter. »Dir wird nichts geschehen.«

Addie zeigte Mitleid mit ihr und wich nicht zurück. Ich hoffte, Marion würde keine weiteren Plattitüden vom Stapel lassen. Es sah so aus, als zöge sie es in Erwägung.

»Du erinnerst dich noch an alles, was wir besprochen haben?«, fragte sie stattdessen. Addie nickte. Einen langen Moment sagte keine der beiden etwas. Die Küchenuhr tick-tick-tickte über dem Kühlschrank. »Nun, dann ...«

»Halten Sie Ihre Versprechen.« Unsere Stimme war tief. Grimmig. Addie nagelte Marion mit der Kraft unseres Blickes fest. »Sie stecken jetzt mit drin. Sie können nicht mehr zurück.«

Nachdem Marion gefahren war, raubten uns Mrs Grey und eine scharfe Schere fünfzehn Zentimeter unserer Haare. Mrs Grey fegte die Lockenbüschel vom Laminatboden, während Addie an den neuen, stumpfen Enden des Haarschnitts herumfingerte.

Das Aufhellen dauerte länger. Addie und ich saßen auf dem Badewannenrand und versuchten, nicht zusammenzuzucken, wenn Mrs Grey uns berührte. Endlich war es geschafft.

»Es sieht gut aus«, sagte Mrs Grey kaum hörbar, sobald sie die Handschuhe abgestreift und alles weggeräumt hatte.

Die brennende Frage lautete natürlich: Sahen wir aus wie sie? Aber Addie stellte sie nicht.

Mr Grey war nach oben verschwunden. Ich war erleichtert, dem Unbehagen entkommen zu sein, das er mit versteinerter Miene zur Schau stellte.

»Möchtest du ... möchtest du einen Film gucken oder so?«, fragte Mrs Grey.

Zu meiner Überraschung stellte ich fest, dass ein Teil von mir Lust dazu hatte. Ein Teil von mir wollte sich mit dieser Frau hinsetzen, die ich kein bisschen kannte, und Familie spielen.

Aber es wäre nur die pantomimische Darstellung einer lange verlorenen Realität gewesen. Und Mrs Grey wollte nicht wirklich Zeit mit uns verbringen. Das Lächeln auf ihrem Gesicht war eine traurige, freundliche Lüge, aber nichtsdestoweniger eine Lüge. Wahrscheinlich wünschte sie sich nichts mehr, als zu ihrem Mann zu gehen, wo immer er sich auch versteckt haben mochte, und zu trauern. Sie hatte gerade eine Tochter verloren. Zwei Töchter, falls sie schon länger über Darcies Hybridität Bescheid wusste.

»Nein, danke.« Addie gab vor, die Erleichterung nicht zu bemerken, die sich bei ihren Worten auf dem Gesicht der Frau ausbreitete. »Darf ich ... darf ich mir Darcies Zimmer ansehen?«

»Dein Zimmer.« Die Worte klangen fest und bestimmt. Mrs Grey hatte sich dieser Scharade mit Hingabe verschrieben, egal, wie viel Schmerz es ihr bereitete. Das Leben ihrer Tochter stand auf dem Spiel.

»Mein Zimmer«, echote Addie.

Wir folgten Mrs Grey die Treppe hinauf und den Flur entlang. Ihrem Zimmer nach zu urteilen war Darcies Lieblingsfarbe Blau. Ihre Überdecke besaß die Schattierung eines Sommerhimmels. Ihre Kissen ruhten wie Zwillingswolken am Kopfende. Ihre transparenten, aquamarinfarbenen Vorhänge waren so lang, dass sie bis zum Boden reichten.

Mrs Grey blieb an der Türschwelle stehen, machte aber keinerlei Anstalten, den Raum zu betreten. Addie musste sich an ihr vorbeischieben. Wir betrachteten die Poster an den Wänden. Auf einigen waren Fußballspieler abgebildet. Eines war von einer Band, von der wir noch nie gehört hatten. Bei den restlichen handelte es sich um alte Filmplakate, hauptsächlich von Komödien.

In der Ecke stand ein kleiner Frisiertisch, dessen Tischplatte bis auf ein Schmuckkästchen aus Plastik leer war. Wir vernahmen ein kurzes Aufkeuchen, als Addie die Hand danach ausstreckte. Mrs Grey wandte den Blick ab, als Addie zu ihr hinübersah, und wir zogen langsam die Hand zurück. Es gehörte uns nicht. Nichts von alldem gehörte uns.

Steif wandte Addie sich ab, um sich auf das Bett zu setzen. Die Matratze gab unter unserem Gewicht stark nach.

»Es ist ein schönes Zimmer«, sagte Addie.

»Wir hatten vor, demnächst die Wände zu streichen.« Mrs Greys Stimme war ein hauchzartes Flüstern. »Creme anstatt Weiß. Du ... du wolltest Creme.«

»Darcie wollte Creme«, sagte Addie. Mrs Grey hob zu sprechen an, aber Addie fiel ihr sanft ins Wort. »Ich bin nicht Darcie. Vor morgen muss ich noch nicht Darcie sein. Heute Abend bin ich ... sind wir immer noch Addie und Eva.«

Die Frau zögerte, eingefasst vom Türrahmen des Zimmers ihrer Tochter. Dann kam sie langsam zu uns und setzte sich neben uns aufs Bett. Ihre Finger waren kalt, aber weich an unserer Schläfe, an unserer Wange. Sie steckte eine Haarsträhne hinter unser Ohr und plötzlich kämpften wir mit den Tränen. Wir gewannen den Kampf. Nur knapp, aber wir gewannen.

»Hübsche Namen«, sagte sie und küsste uns auf die Stirn, als gehörten wir zur Familie.

Am nächsten Tag kam eine Frau. Sie hatte dunkelrote Haare, dunkle braune Augen und eine sanfte Stimme. Und sie hatte Dokumente dabei, die erläuterten, warum die Regierung es für das Beste hielt, dass Darcie Grey ihrer Familie weggenommen wurde und in einer Anstalt lebte. Ihr schwarzes Auto vibrierte unter uns, als es uns fortbrachte. Addie und ich sahen durch die Heckscheibe zu, wie Darcies Haus, Darcies Eltern immer kleiner wurden. Sie winkten nicht.

Wir wurden gefahren, dann geflogen, dann gefahren. Es dauerte alles weniger als einen Tag. Addie und ich sagten nur wenig, was der Frau ganz recht zu sein schien.

Viel zu bald stiegen wir vor der Hahns-Anstalt aus dem Wagen. Die Bergluft war bitterkalt. Als wir in Nornand angekommen waren, hatten wir unseren roten Matchbeutel und den Chip umklammert, den Ryan in unsere Hosentasche hatte gleiten lassen. Zwei Dinge, die uns an die Welt da draußen erinnerten. Jetzt standen wir mit großen Augen zitternd vor Hahns, mit nichts als Marions Ring.

Das Erste, was mir an dem Gebäude auffiel, war, wie alt es zu sein schien. Nornand – und selbst Powatt – hatten wie ein Krankenhaus gewirkt. Kalt und nüchtern, ja, aber schön auf ihre spezielle Art: Nornand mit seinen großen

Fenstern und dem schimmernden Stahl; Powatt mit seinen klaren weißen Linien.

Hahns war ein allmählich verfallendes Gefängnis aus Stein. Wenn ich es gewagt hätte, den Mund aufzumachen, hätte ich gefragt, vor wie vielen Jahren die Anstalt gebaut worden war. Fünfzig? Sechzig? Mehr? Die ersten Anstalten waren in der Zeit direkt nach Ausbruch der Großen Kriege errichtet worden, nur wenige Jahrzehnte nach der Jahrhundertwende des zwanzigsten Jahrhunderts. Die Invasion der Americas hatte ausgereicht, dem Hass auf die Hybride zu neuen Extremen zu verhelfen. Tausende waren gestorben oder verschwunden, entweder von Amts wegen des Hochverrats angeklagt oder einfach den Händen wütender, verängstigter Nachbarn zum Opfer gefallen. Manchmal auch der eigenen wütenden, verängstigten Familie.

Nach den ersten Unruhen waren die Anstalten als Sicherheitsverwahrung für Hybride ins Leben gerufen worden. Ein Mittel, um alle zu beschützen. Ein Schild.

Hahns machte nicht den Eindruck, als könne es irgendwen vor irgendetwas abschirmen. Ich verstand jetzt, warum hier Kinder in der Kälte starben. Der Wind trieb uns Tränen in die Augen, raubte uns mithilfe unserer Haare die Sicht. Ich holte so tief Luft, wie unsere starren Lungen es zuließen. Dann richtete ich den Ring an unserem Finger neu aus, damit die Kamera die Fassade der Anstalt einfing.

»Komm mit«, sagte die Frau und führte uns nach drinnen.

Die Luft stank nach altem Schweiß und dem kupfrigen, metallischen Geruch von Rost. Ein Mann mit weichen, teigigen Gesichtszügen lehnte sich auf den Empfangstresen. Er musterte uns ohne großes Interesse. »Name?«

»Darcie Grey«, sagte die Frau, und als sie es sagte – als sowohl der Mann als auch die Frau sich uns zuwandten und uns ansahen –, packte mich plötzlich die Furcht und erschütterte mich einem Erdbeben gleich. Es war ein unermesslicher Schrecken, der so tief ging, dass er uns in zwei Hälften zu spalten drohte, unser nacktes Inneres ungeschützt dem hellen Licht der Neonröhren auslieferte.

Solange wir in Hahns blieben, waren Addie und ich Darcie Grey. Wir waren vierzehn Jahre alt. Wir spielten Fußball und liebten Blau und hatten uns gewünscht, die Zimmerwände cremefarben anstatt weiß zu streichen.

Der Mann drückte eine Taste seines Telefons. Sagte mit einer Stimme, die in erster Linie gelangweilt klang: »Könnte jemand runterkommen, um das neue Kind abzuholen?«

Die Frau wartete nicht einmal bis zur Übergabe. Sie löste sich einfach vom Empfangstresen und verschwand den Flur hinunter. Ein paar Minuten später tauchte ein Mann auf. Ein Betreuer, der hellbraunen Uniform nach zu urteilen.

»Darcie, stimmt's?«, sagte er, als er uns zum Aufzug führte. Er erinnerte uns an einen Lehrer, den wir früher gehabt hatten, mit seiner leise grollenden Stimme und dem dunklen Dreitagebart.

Ich nickte.

<Wir machen es tatsächlich.> Addies Worte ritten auf einem stillen, ungläubigen Lachen dahin. <Wir haben uns nichts mehr ersehnt, als zu fliehen, und jetzt spazieren wir einfach wieder mitten hinein. Und Hahns ...>

Hahns war bekannt dafür, brutal zu sein.

<Dieses Mal wissen wir, dass wir wieder rauskommen>, sagte ich.

Addie stieß erneut ein Lachen aus. Es klang falsch, drohte zu kippen. <Lustig, dasselbe haben wir auch gedacht, als wir auf dem Weg nach Nornand waren.>

<Dieses Mal ist es anders.>

<Ach ja?>

<Ja>, sagte ich ruhig. <Weil wir anders sind.>

## Kapitel 10

Der uralte Aufzug brachte uns ein Geschoss höher.

Irgendwann einmal hatte jemand den Flur in zwei Farbtönen gestrichen: den oberen Teil weiß, den unteren mit einem breiten gelben Streifen. Vielleicht hatte es ursprünglich ganz gut ausgesehen. Inzwischen war das Weiß an den meisten Stellen zu Grau geworden. Das Gelb war nicht mehr als eine ungesunde Schlammfarbe. Und überall blätterte die Farbe ab und offenbarte klaffende Risse, die die darunterliegende Trostlosigkeit zur Schau stellten.

Wir kamen an etlichen Türen vorbei, alle in gleichmäßigen Abständen zueinander, bevor der Betreuer stehen blieb. Dahinter mussten die anderen Klassenräume liegen, den Bauplänen nach zu urteilen, die wir uns eingeprägt hatten. Das Türschloss war altmodisch. Es gab kein Tastaturfeld wie im Keller von Nornand. Der Betreuer trug nur einen einzigen Schlüssel bei sich. Ich versuchte, auf alles zu achten. Noch konnte ich nicht wissen, was später einmal nützlich sein würde.

Die Tür ging auf und uns wurde der erste Blick auf unser neues Gefängnis zuteil.

In Nornand hatten wir uns ein Zimmer mit Kitty und Nina geteilt. Es war nichts Besonderes gewesen – zwei Betten, zwei Nachttische, ein paar Meter extra Raum. Es hatte ein Mindestmaß an Privatsphäre existiert.

So etwas wie Privatsphäre gab es hier nicht. Der Betreuer führte Addie und mich in einen langen, kalten Raum. Dutzende Metallbetten standen in zwei chaotischen Reihen. Die Mädchen in, neben und bei den Betten sahen alle hoch, als wir hereinkamen. Sie trugen Uniformen, so wie wir Uniformen getragen hatten. Aber ihre waren eierschalenfarben und sie hatten keine Schuhe – keine richtigen Schuhe. Stattdessen trugen sie merkwürdige weiche Slipper, beinah wie Ballettschühchen.

Ich holte tief Luft. Nestelte an unserem Ring.

‹Nicht›, sagte Addie. ‹Du lenkst nur Aufmerksamkeit darauf.›

Ich ließ die Hände zu den Seiten herabfallen.

»Es gibt jede Menge leere Betten, Darcie.« Als der Betreuer dies sagte, bewegten sich einige Mädchen verstohlen auf eines der Betten zu, beanspruchten es für sich. Doch der Mann hatte recht. Es gab vielleicht dreißig oder vierzig Betten, aber nur ungefähr fünfundzwanzig Mädchen. Beinah alle von ihnen sahen so aus, als wären sie unter dreizehn.

Nach Monaten, in denen wir die Jüngste in Sabines Gruppe gewesen waren, war es seltsam, auf einmal die Älteste zu sein. Unser Blick glitt von Mädchen zu Mädchen, beobachtete, wie sie uns beobachteten.

‹Eva›, sagte Addie plötzlich – mit hoher Stimme, so als würde ihr die Luft abgeschnürt. Eine Warnung.

Ich sah sie ebenfalls.

Erkannte sie ebenfalls.

Und dem Ausdruck auf ihrem Gesicht nach zu urteilen, erkannte sie auch uns.

Bridget Conrade, aus Nornand.

Bridget, die unsere Fluchtpläne ruiniert hatte. Die verhindert hatte, dass wir die anderen Patienten retteten, so wie wir es vorgehabt hatten.

Bridget, die wusste, dass wir nicht Darcie Grey waren.

‹Oh, Gott›, sagte Addie. Ihre Angst nahm uns die Luft zum Atmen. ‹Eva, was machen wir, wenn sie etwas verrät?›

Bridget hatte uns noch nie leiden können. Sie hatte keinen Grund, unser Geheimnis zu bewahren. Wie wahrscheinlich war es, so weit zu kommen, nach so langer Zeit, nur um hinter den Türen von Hahns von ihr erwartet zu werden?

Bridget sah uns in die Augen. Ihre Haare, die in Nornand stets zu Zöpfen geflochten gewesen waren, flatterten ihr wie helles Gold um die Schultern. Hatte sie ihre Haarbänder verloren?

»Ich werde dir etwas zum Anziehen besorgen«, sagte der Betreuer, und dann war er verschwunden. Ließ uns in diesem Raum zurück mit diesen Mädchen, für die wir eine Fremde waren, und dem einen Mädchen, dem es nicht so ging.

Solange Addie und ich nicht versuchten, ihnen ihr Bett wegzunehmen, schienen die meisten Mädchen mehr als zufrieden damit, so zu tun, als gäbe es uns nicht. Selbst Bridget hatte sich abgewandt.

‹Wir sollten mit ihr reden›, sagte ich.

‹Und was sagen?› Addie kämpfte gegen ihre Panik an und drängte sie zurück, aber die Anstrengung war so groß, dass sie zitterte. Ich war zu beschäftigt damit, meine eigene Angst in den Griff zu bekommen, um ihr beizustehen.

‹Ich weiß es nicht. Aber wir sollten etwas sagen.›

Wir suchten uns einen Weg an den Betten vorbei. Manche waren zu kleinen Grüppchen arrangiert, andere standen einsam für sich. Es sorgte für eine seltsame Art von Chaos. Die Mädchen in ihren zerknitterten Uniformen trugen zu der Unordnung bei.

Eine Gruppe von ihnen saß in einer Ecke, die Köpfe zusammengesteckt zu einer geflüsterten Unterhaltung. Die meisten blieben für sich. Einige knibbelten an der Wand, lösten Tapete und Farbe ab. Kleine Häufchen von beidem lagen auf dem Boden verstreut. Seit Wochen hatte sich niemand die Mühe gemacht, auch nur den Boden zu wischen. Jemand lag unter Decken vergraben in der gegenüberliegenden Ecke und hustete.

Ein Mädchen, dessen Haare so kurz geschnitten waren, dass sie ihm nur bis zum Nacken reichten, lief im Kreis immer an der Wand entlang. Ihre Finger strichen über die Tapete, ihre Lippen bewegten sich, als würde sie vor sich hin sprechen oder vielleicht singen. Ihr Blick begegnete zufällig unserem, huschte dann aber wieder weg. Abgesehen von Bridget und uns war sie wahrscheinlich die Älteste im Raum. Es lag eine gewisse Leere in ihrem Blick.

Bridget war bewusst, dass wir näher kamen. Das verriet mir die Art und Weise, wie sie Anstalten machte, sich von uns wegzudrehen, sich dann aber dabei ertappte und stur und genervt genau da blieb, wo sie war. Sie stand neben dem Fuß eines Betts, die Hand auf den Metallrahmen gelegt.

Damals in Anchoit hatten Addie und ich ständig an die anderen Kinder in Nornand gedacht. Diejenigen, die wir hatten retten wollen. Gerettet hätten. Hätten retten sollen. Addie und ich waren in den Keller des Gebäudes gegangen, weil wir darauf bestanden hatten, Jaime und Hally zu befreien. Dr. Lyanne war dafür verantwortlich gewesen, die anderen Kinder nach draußen zu bringen.

Wessen Schuld war es, dass sie es nicht geschafft hatten?

Unsere, weil wir uns von der Gruppe entfernt hatten?

Dr. Lyannes, weil sie es nicht bis zur Tür und zu Peters wartenden Vans geschafft hatte?

Oder Bridgets?

Bridget, die der Krankenschwester gesagt hatte, dass etwas Verdächtiges vor sich ginge und damit Dr. Lyanne hatte auffliegen lassen, als sie die übrigen Kinder durch den Flur in die Freiheit führte.

Bridget, die sich so sehr danach sehnte, gerettet zu werden. Nur eben nicht von Peter.

Ich kam neben ihr zum Stehen. Sie war etwas kleiner als wir, ihre Haare waren glatter und sogar noch blonder als unsere frisch gebleichten. Während unserer Zeit in Nornand hatte ich sie nie an den Nägeln kauen sehen, aber jetzt waren sie stumpf, zernagt bis auf das Bett.

Sie ballte die Fäuste, als sie meinen Blick bemerkte. »Darcie, hm?«

Sie sah sich um. Einige der anderen Mädchen hatten angefangen, uns zu beobachten. Neugierig auf eine abgestumpfte Art und Weise.

»Tja, Darcie.« Bridget legte eine winzige Betonung auf unseren falschen Namen. »Es ist so, wie der Mann gesagt hat. Es gibt hier jede Menge Betten. Fühl dich nicht verpflichtet, eines in der Nähe zu nehmen, verstanden?«

Es war irgendwie albern, wie sie sprach. So als habe sie sich von fast vergessenen Filmen oder Büchern abgeschaut, wie man sich hochmütig gibt. Sie bot eine Karikatur der Geringschätzung, und plötzlich konnte ich nicht länger nachvollziehen, wie Addie und ich je mehr in ihr gesehen hatten als ein dreizehn- beziehungsweise vierzehnjähriges Mädchen, das völlig verloren in einer Welt war, die seinen Tod wünschte.

Es änderte nichts an dem, was sie getan hatte. Aber es besänftigte meine Wut und meine Angst.

»Ich habe dir nichts getan«, sagte ich.

Sie stieß ein verbittertes, schnaubendes Lachen aus. »Du veränderst Dinge. Du kommst daher, du machst Ärger und ... und die Dinge verändern sich zum Schlechten. Also bitte ...« Ihre Stimme versagte. Sie rang damit. Obsiegte. »Bitte nimm eins der Betten ganz da hinten und sprich mich nie wieder an.«

‹Nett›, kommentierte Addie trocken, und ich hätte es beinah dabei belassen. Ich hätte beinah genickt und Bridget allein gelassen. Aber etwas flackerte in ihrer Miene auf. Oder vielleicht war es die Art, wie ihre Hand noch immer den verrosteten Bettrahmen aus Eisen umklammerte. Ich konnte es nicht in Worte fassen. Aber es ließ mich innehalten.

»Hören sie zu?«, flüsterte ich.

Bridget runzelte die Stirn und blickte sich nach den anderen Mädchen um. Dann breitete sich Begreifen auf ihrem Gesicht aus. Ihr Blick schoss zur Decke. Eine Sicherheitskamera hing dort oben, das kleine Lämpchen blinkte rot.

»Nein«, sagte sie. »Sie beobachten uns, aber sie hören nicht zu.«

Ich nickte. »Danke.«

Sie verschränkte die Arme vor dem Körper. »Wofür? Ich habe eine Frage beantwortet, das ist alles.«

Ich zuckte mit den Schultern und schenkte ihr ein kleines Lächeln. Wandte mich zum Gehen.

Ich hatte noch keine zwei Schritte gemacht, als sie sagte: »Sie werden dir alles wegnehmen. Sie achten sehr streng auf Sicherheit hier, vor allem nach dem, was im Juli passiert ist.«

Der Ausbruchsversuch, der mit Tod und Desaster geendet hatte.

<Bridget war damals schon hier>, sagte Addie leise. Ich verstand die Schuldgefühle, die sie überfielen. Bridget war hier gewesen, während Addie und ich im Versteck in Anchoit in Sicherheit gewesen waren.

Langsam drehte ich mich um.

Bridget zog etwas aus ihrer Tasche. Zwei kurze weiße Fäden, erkannte ich. Sie sahen aus, als stammten sie von einem T-Shirt, das jemand aufgeribbelt hatte. »Jedenfalls ist es, wie ich gesagt habe. Sie nehmen einem alles weg. Wenn du diesen Ring da also behalten willst, lässt du dir besser etwas einfallen, wie du ihn verstecken kannst.«

Ich ballte die Hand, so wie sie es getan hatte, als sie uns dabei ertappt hatte, wie wir ihre Nägel musterten.

»Hat dieser Junge ihn dir geschenkt?«, fragte sie. »Dieser fremd aussehende Junge. Ryan, oder ...«

»*Sch*«, zischte ich, ehe ich mich beherrschen konnte.

Bridgets Kopf fuhr herum, ihre Augen wurden schmal, ihre Schultern starr.

‹Eva›, sagte Addie. Leise Warnung und Trost zugleich.

»Bitte sprich nicht über ihn.« Es gelang mir nicht, den Anflug von Panik in unserer Stimme zu unterdrücken. Bridgets Worte stellten keine Gefahr da, und sie redete nicht laut genug, dass irgendwer etwas mitbekommen hätte. Aber dies ging über das Bedürfnis hinaus, unsere Tarnung zu wahren. Ich wollte nicht, dass Ryans Name an diesem Ort fiel. So, als würde ihn laut auszusprechen einen Zauber bewirken, der ihn hierherbrachte. Ich hätte es nicht ertragen, ihn hier zu haben, in diesem Gefängnis der Trostlosigkeit.

Einen Moment lang dachte ich, dass Bridget dennoch weiter von ihm reden würde. Ihr Blick war bohrend, aus Augen so grau wie von Frost überzogener Schiefer. Dann nickte sie so knapp, dass es mir beinah entgangen wäre.

»Der Ring ist hübsch«, sagte sie. Es sah so aus, als wäre sie im Begriff sich abzuwenden, doch im letzten Augenblick streckte sie die Hand aus und berührte ihn. Ihre Fingerspitzen strichen über den Ring und unsere Knöchel, bevor sie die Hand blitzschnell wieder zurückzog.

Der Betreuer, der das Mittagessen brachte, gab Addie und mir auch eine Uniform und führte uns zum Badezimmer am Ende des Gruppenraums. Als ich in der Toilettenkabine stand, konnte ich mich plötzlich nicht überwinden, die Schnürsenkel unserer Schuhe zu lösen. Sie waren Teil unserer Schuluniform gewesen, abgewetzte braune Oxfords, die das Einzige waren, was uns von zu Hause geblieben war.

Addie und ich standen lange Zeit so da, lehnten uns an die Kabinentür, holten tief und zitternd Luft und versuchten, uns zu beruhigen. Die geringe Größe der Kabine half nicht gerade. Addie und ich benutzten in öffentlichen Einrichtungen wenn möglich die Behindertentoilette. Hier gab es keine, nur schmale Kabinen, die für Kinder entworfen worden waren, die jünger waren als wir.

Ich zog unsere Schuhe aus. Stellte sie nebeneinander auf den Toilettendeckel. Trat in weiße Slipper, die identisch mit denen der anderen Mädchen waren, das Elastikband flitschte um unsere Knöchel an Ort und Stelle. Durch die dünnen Sohlen konnten wir den Boden unter unseren Füßen spüren.

Nach einem Moment ließ ich den Ring in einen der Slipper fallen. Hoffentlich würde niemand daran denken, dort nachzusehen.

Der Rest der Uniform war ähnlich dünn. Während der Stoff raschelnd über unsere Haut glitt, vernahm ich darin das Echo von Jacksons Worten über Hybridanstalten.

*Lagerbehälter. Nichts anderes sind diese Anstalten nämlich. Sie lagern uns dort, bis wir sterben, und abgesehen davon, uns eine Kugel durch den Kopf zu jagen, tun sie alles, um den Prozess zu beschleunigen.*

Ich erschauderte. Versuchte ebenso mich zu beruhigen wie Addie, als ich sagte: ‹Nur ein paar Wochen. Wir bleiben nur bis zur nächsten Rotation.›

Als Addie und ich in den Hauptraum zurückkehrten, hatte der Betreuer bereits die Tabletts mit dem Essen ausgeteilt. Es waren irgendwelche Brote. Ein Becher Wasser. Schrumpelige Bohnen in einem See aus Öl. Die Mädchen aßen schweigend. Viele waren zu dünn, als dass es noch gesund gewesen wäre, aber die meisten stocherten in ihrem Essen herum, als würde es sie kaum interessieren. Jemand hustete. Es war ein tiefes, feuchtes Husten, bei dem sich unser eigener Brustkorb schmerzhaft zusammenzog.

»Hier, ich nehme dir das ab.« Der Betreuer streckte die Hände nach unseren Sachen aus und ich drückte das Bündel an uns. Das Lächeln des Mannes erstarb.

»Ich möchte die Jacke behalten«, sagte ich. »Es ist kalt.«

Er packte meine Sachen und zerrte daran – so plötzlich und mit so großer Gewalt, dass ich keine Möglichkeit hatte, dagegen anzukommen. »Die Kälte ist nur vorübergehend. Ein kleines Problem mit dem Heizungssystem. Es wird bald wieder wärmer werden. Es ist gegen die Vorschriften, dass du etwas anderes als die Standarduniform hast.«

Sein Lächeln kehrte zurück. Er reichte uns ein Tablett und ertappte uns dabei, wie wir in Bridgets Richtung guckten.

»Kennst du sie?«, fragte er. Ich schüttelte den Kopf. Darcie Grey kannte Bridget nicht. »Ihr seht euch ein wenig ähnlich, meinst du nicht auch?«

»Kann sein«, sagte ich. Und dann, um die Scharade aufrechtzuerhalten: »Wie heißt sie?«

Er zuckte mit den Schultern. Das war die einzige Ausrede, die ich brauchte, um an Bridgets Seite zurückzukehren. Sie saß im Schneidersitz auf der kratzigen grauen Bettdecke und balancierte das Tablett auf den Knien.

Als sie nicht protestierte, setzte ich mich neben sie und flüsterte: »Kennen sie hier eure Namen nicht?«

Sie schüttelte den Kopf. »Wir kennen ihre auch nicht. Es spielt auch keine Rolle. Sie arbeiten nur ein paar Wochen hier.« Sie wischte sich die Finger an der Seite ihrer Matratze ab. »Ein neues System. Die weiter oben bleiben dieselben, glaube ich. Wir bekommen sie sowieso nicht besonders oft zu Gesicht. Aber die Betreuer kommen und gehen die ganze Zeit.«

<Auf die Art bleibt einem Maulwurf weniger Zeit, die Anstalt auszukundschaften und einen Plan in die Tat umzusetzen>, sagte ich.

<Auf die Art entwickelt keiner eine Beziehung zu den Patienten>, erwiderte Addie sanft.

Auf die Art mussten sie sich am Ende nicht mit einer weiteren Dr. Lyanne herumschlagen.

Der Betreuer blieb in der Nähe der Tür stehen. Aber er beobachtete uns nicht, so wie die Krankenschwester in Nornand es getan hatte. Es schien ihn nicht besonders zu kümmern, was wir machten.

Die Mädchen benahmen sich sowieso sehr verhalten. Ihr Blick war glasig. Ein paar redeten, aber es war nur ein leises Murmeln. Das Mädchen, das immer an der Wand entlanglief, ignorierte sein Essenstablett zu lange, und ein anderes Mädchen nahm es ihm weg. Der Mann bekam davon nichts mit. Das Mädchen in der Ecke, das ständig hustete, setzte sich lange genug auf, um einen Schluck Wasser aus seinem Becher zu trinken, dann sank es auf sein Kissen zurück. Niemand fasste ihr Tablett an, selbst als es offensichtlich wurde, dass sie nichts davon essen würde.

Ich drehte mich wieder zu Bridget. »Was macht ihr den ganzen Tag?«

»Nichts.« Sie stocherte in ihrem Essen herum, dann ließ sie die Gabel fallen. »Als ich hierherkam, ist mir klar geworden, warum sie uns in Nornand haufenweise Hausaufgaben und die vielen Brettspiele gegeben haben. Es ist eine Ablenkung. Es sorgt dafür, dass man sich auf etwas konzentrieren kann, bei Verstand bleibt. Tag um Tag hier rumzuhocken ... das treibt einen in den Wahnsinn.« Sie grinste trocken. »Nicht dass ohne das alles für uns viel Hoffnung bestünde.«

Ich dachte an die Pamphlete aus unserer Kindheit, die

vor dem labilen Geisteszustand der Hybride warnten, vor unserem Hang, dem Irrsinn anheimzufallen.

»Bridget«, sagte ich, »Hybride werden nicht einfach so wahnsinnig. Das ist eine Lüge.«

Sie warf uns ein kleines, mitleidiges Lächeln zu. »Man braucht nur lange genug hier zu sein, dann fängt man echt an sich zu fragen, ob da nicht doch was dran ist.«

# Kapitel 11

Es war erschreckend, wie schnell wir uns an den Lebensrhythmus in Hahns gewöhnten. Es war leicht, weil der Rhythmus so einfach war.

Wir machten nichts.

Die Lichter gingen frühmorgens an, mit einem *Klack*, das genauso gut funktionierte wie jeder handelsübliche Wecker. Die Zeit verstrich schleppend bis zum Frühstück. Dann Mittagessen. Dann Abendessen. Dann gingen die Lichter mit einem weiteren *Klack* aus.

*Klack*. Monotonie. *Klack*.

Es gab keine Uhren und nur ein einziges Fenster ganz weit oben im Badezimmer. Das machte es beinah unmöglich zu bestimmen, wie spät es war. Die Tage waren einer wie der andere.

Addie und ich filmten so viel wie möglich. Die Betreuer, die uns das Essen brachten. Die Mädchen beim Essen. Wie das Badezimmer aussah. Die Grüppchen von Kindern, die aneinandergedrängt auf den Betten hockten wie spindeldürre weiße Vögel. Das kurzhaarige Mädchen.

Ihr Name war Viola, und sie war fünfzehn, obwohl sie

jünger aussah. Jeden Tag lief sie im Kreis das Zimmer ab. Sie redete mit niemandem außer mit sich selbst, ihre Lippen bewegten sich, als spräche sie ein Gebet oder unterhielte sich mit einem unsichtbaren Geist.

Sie war außerdem die Einzige, die je in die Nähe von Hannah ging, dem kranken Mädchen. Und dann auch nur, weil Hannahs Bett an der Wand stand und Viola ihre Runde durch das Zimmer nicht beenden konnte, ohne an Hannahs zusammengekauerter Gestalt vorbeizuwandern.

»Wie lange ist sie schon krank?«, fragte Addie Bridget, die mit den Schultern zuckte.

»Sie war bei der letzten Rotation schon krank. Aber es ist rapide schlimmer geworden.«

Bridget hatte das Rotationssystem uns gegenüber schon mal erwähnt und es Addie dann erläutert, die Verblüffung vortäuschte. Wir waren in Klasse 6 – die Mädchen waren immer in den Klassen mit den geraden Nummern, die Jungen in denen mit den ungeraden. Bridget nahm an, dass es sich insgesamt um ungefähr zwanzig Klassen handelte, obgleich es davon abhing, wie viele Kinder im Gebäude waren.

Alle paar Wochen kamen die Betreuer in die Gruppen und teilten den Insassen willkürlich neue Klassennummern zu. Die ständige Überraschungsrotation warf alle aus der Bahn. Eine neue Freundin konnte mit der nächsten Rotation fort sein und man sah sie womöglich monatelang nicht wieder – wenn überhaupt. Es verschwanden ständig Mädchen. Ein paar bei der Rotation, sie wurden aussortiert, während die Übrigen neuen Klassen zugeteilt wurden. Andere in den Wochen darauf, aufgrund einer Erkrankung oder Gott weiß was sonst.

Wir sahen Hannah an, die krank war und allein vor sich hin litt.

»Kümmert das niemanden?«, fragte Addie. Hannah aß kaum etwas. Sie sagte kein Wort. Schleppte sich aus dem Bett ins Bad und wieder zurück. Niemand half ihr.

»Was sollte das bringen?« Bridget spielte an der Bettdecke herum. Viele Mädchen ribbelten die überzähligen ein Stück auf, damit sie die Fäden benutzen konnten, um Armbänder zu flechten oder etwas zu basteln, womit sie ihre Haare zusammenbinden konnten. Es hielt die Hände beschäftigt. Gab dem Verstand die Gelegenheit, sich auf etwas anderes als endlose Langeweile zu konzentrieren. »Sie ist nur die Erste. Wenn der Winter so richtig einbricht, wird es noch kälter, als es jetzt schon ist. Die meisten Mädchen haben furchtbar schwache Immunsysteme. Die Betreuer – sie schleppen Viren ein und ...« Sie verstummte. Zuckte ernüchtert mit den Schultern.

»Woher weißt du das?«, fragte Addie. »Du ...«

Du bist doch erst seit letztem Sommer hier.

Aber Addie beendete ihren Satz nicht. Wir versuchten, Nornand nicht zu häufig zu erwähnen. Über Nornand zu reden bedeutete, zuzugeben, dass wir nicht die waren, die wir zu sein vorgaben, und es war Teil des unausgesprochenen Waffenstillstandes zwischen Bridget und uns, unsere angebliche Identität nicht zu thematisieren.

Vielleicht ging sie davon aus, dass wir erfolgreich aus Nornand geflohen waren und dann wieder geschnappt worden waren. Oder vielleicht zog sie es auch vor, zu denken, dass wir keinen Erfolg gehabt hatten – dass wir irgendwo anders hingebracht worden waren, wie die übrigen Nornand-Patienten, und durch Verlegungen in Hahns gelandet waren. Übertriebene Neugierde hatten wir mit Bridget nie in Verbindung gebracht. Selbst in Nornand hatte sie vorgezogen, das zu glauben, was sie glauben wollte, und war nie davon abgewichen.

Bridgets Blick huschte zu Viola, die ihre übliche Runde drehte. »Als ich hier ankam, waren Viola und ich zusammen in Klasse 14. Damals hat sie noch geredet. Wir wurden gleich bei meiner ersten Rotation getrennt. Als ich sie das nächste Mal gesehen habe ...« Sie zögerte. »Wenn man lange genug hierbleibt, verliert man den Verstand. Es ist nur eine Frage der Zeit.«

»Und dann?«, fragte Addie. »Was wird nun aus ihr?«

»Wer weiß?«, sagte Bridget und weigerte sich, ein weiteres Wort darüber zu verlieren. Aber wir ertappten sie häufig dabei, wie sie Viola einen Blick zuwarf. Alle Mädchen machten das, und wir filmten ihre Gesichtsausdrücke, versuchten sie zu entziffern.

‹Angst›, stellte ich fest, aber Addie schüttelte den Kopf.

‹Sie gucken ein bisschen so, wie alle in Nornand Eli und Cal angesehen haben.›

‹Das war Angst.›

‹Nein›, widersprach sie. ‹Es war mehr als das.›

Sie hatte recht. Es war ein Knäuel aus Grauen und Niedergeschlagenheit und Mitleid, alles wirr miteinander verstrickt.

Hannah hörte tagelang nicht auf zu husten. Viele Stunden war es das einzige Geräusch im Klassenzimmer. Die anderen Mädchen sprachen selten lauter als flüsternd, wenn sie überhaupt etwas sagten.

Ich träumte von Ryan. Davon, mit ihm zu reden, ihn zu sehen. Davon, seine Haut zu spüren, seinen Mund, seine Hände.

Eines Nachts wachte ich schreiend auf – nicht von einem Albtraum, sondern weil ich geträumt hatte, ich wäre mit ihm auf dem Dachboden des Fotoladens, inmitten jener Lichterketten.

*Und es war nicht wahr gewesen.*

Der Schmerz, den es mir bereitete, ihn zu vermissen, die Frustration über diesen Raum, diesen Raum und diese Gleichförmigkeit, loderten so hell in mir auf, dass es kaum auszuhalten war.

Manchmal fand ich mich im Bett liegend wieder, wo ich die Nummer von Henris Satellitentelefon im Stillen wiederholte wie ein Mantra. Ein Gebet. Ein Seil aus Ziffern, das uns eines Tages hier rausholen würde.

Vielleicht machte Viola es richtig. Im Kreis zu gehen war besser, als gar nichts zu tun. Wir begannen, die extra Decken aufzuribbeln, so wie die anderen Mädchen, lösten lange Stränge der rauen Fasern und flochten sie zu einem Seil. Manche der Betten waren mit Schleifen aus geflochtenen Schnüren dekoriert, die rostigen Stäbe waren mit verschiedenen Arten von Flechtwerk umwickelt. Eine Reviermarke. Der Versuch, eine Sache, einen Flecken sein Eigen zu nennen, egal wie vorübergehend es sein mochte. Im Gruppenraum war das Bett eines Mädchens seine Burg.

Eines Tages kamen wir beim Mittagessen an Hannahs Bett vorbei, als das Mädchen sich nach seinem Becher ausstreckte und ihn umstieß. Unsere Hand schoss vor, um ihn am Umkippen zu hindern – aber es war zu spät. Das Wasser floss über, tränkte unseren Ärmel. Addie zuckte zurück.

Zum ersten Mal sahen wir Hannah direkt ins Gesicht. Sie konnte nicht älter als Bridget sein – dreizehn oder vierzehn. Ihre Haut war so blass, dass es nicht so aussah, als wäre noch Leben in ihr, wenn sie die Augen geschlossen hielt. Aber jetzt waren sie offen – offen und braun wie Kaffeesatz.

»Tut mir leid«, krächzte sie heiser.

Wir waren seit Tagen an diesem kranken Mädchen vorbeigegangen und hatten nichts gesagt und nichts anderes gehört als den Klang ihres Hustens. Die plötzliche Kontaktaufnahme war überraschend.

»Mö-möchtest du meins?«, stotterte Addie. »Mein Wasser, meine ich.«

Die Betreuer gaben uns nur zu den Mahlzeiten Wasser. Den Rest des Tages tranken die Mädchen vom Wasserhahn, wenn sie Durst hatten. Es gab keine Garantie, dass das Wasser in den Plastikbechern sauberer war, aber zumindest schmeckte es besser.

Hannah zögerte, dann nickte sie. Addie schoss zurück zu unserem Tablett und holte ihr unseren Becher.

»Darcie, richtig?« Die Worte stahlen sich in kurzen, keuchenden Atemzügen von Hannahs Lippen. Sie musste gehört haben, wie Bridget unseren Namen sagte. Was hatte sie sonst noch gehört, während sie Tag für Tag fast reglos dalag?

Addie nickte. Hannah sah uns weiter an. Aber es lag keinerlei Erwartung in ihrem Blick. Wir hätten uns problemlos verabschieden können oder uns damit herausreden, dass wir zu unserem Mittagessen zurückkehren mussten.

Doch stattdessen sagte Addie leise: »Darf ich mich zu dir setzen?«

Hannahs Überraschung war offensichtlich, aber sie nickte. Addie setzte sich, wobei sie darauf achtete, Hannahs Tablett nicht umzustoßen, das der Betreuer auf die

Matratze gestellt hatte. Das Essen – kleine, runde Karottenstücke gemischt mit Fleischwürfeln – war noch unberührt.

»Möchtest du nichts davon?«, fragte Addie.

Hannah zuckte mit den Schultern. Sie schien kaum etwas zu essen. Schien sich nicht darum zu kümmern, welche Auswirkung das auf ihre Gesundheit haben könnte. Addie rutschte unbehaglich hin und her. Das Bett quietschte. Wir wandten den Blick nicht von Hannah ab, aber ich hatte das Gefühl, alle anderen im Raum warfen heimlich Blicke in unsere Richtung. Würden wir die neue Aussätzige der Gruppe sein?

Die Addie von vor ein paar Monaten hätte mich gefragt, was sie sagen sollte. Wäre zu nervös gewesen, sich selbst etwas zu überlegen. Ich spürte die scharfen Kanten ihres inneren Tumults, aber sie bat mich nicht um Hilfe.

»Brauchst du etwas?«, sagte sie stattdessen zu Hannah, die sie anstarrte, als wäre die Vorstellung, ihr könne erlaubt sein, etwas zu brauchen, und es dann sogar zu bekommen, vollkommen neu für sie. Sie schüttelte den Kopf. »Also«, sagte Addie langsam, »wenn du etwas brauchst, ruf einfach nach mir, einverstanden?«

An diesem Abend, nach dem Licht-Aus, wandte sich Addie Bridget in dem Bett neben unserem zu. Ich dachte zuerst, Bridget würde weiter abrücken. Es machte einen Moment den Eindruck, als zöge sie es in Erwägung. Aber sie tat es nicht.

»Wir sollten etwas zum Betreuer sagen«, flüsterte Addie. »Hannah hat hohes Fieber. Und sie müssen Medizin für solche Fälle haben.«

Bridget rutschte auf der vergeblichen Suche nach Wärme tiefer unter die Bettdecke. »Vielleicht. Aber warum sollten sie sich die Mühe machen, ihr welche zu geben?«

»Es kann nicht schaden, nachzufragen.«

Bridget hielt inne. »Vielleicht doch. Viola hat gesagt, sie würden die Kranken abholen, wenn sie zu krank werden.«

»Und?«

Selbst in der Dunkelheit entging mir Bridgets *Bist-du-dämlich*-Blick nicht. »Und das war's dann«, sagte sie. »Sie kommen nicht wieder.«

# Kapitel 12

Mit Hannah ging es kontinuierlich bergab. Wir bemühten uns, sie zum Essen zu bewegen, aber sie wurde immer dünner, wie ein bleicher, abnehmender Mond. Jedes abgehackte Husten klang, als drohe es, ihre Rippen zu sprengen.

Wir sahen Hannah an und spürten einen schmerzhaften Stich in unserer eigenen Brust. Das Wissen, was Marion mit dem Filmmaterial von ihr anstellen konnte, löste zu gleichen Teilen Scham und Ekel in mir aus. Dieses schwerkranke Mädchen würde Herzen zu Mitleid rühren, die nie zuvor hybride Kinder bemitleidet hatten.

<Es fühlt sich schäbig an, sie zu filmen>, sagte Addie, als ich den kleinen Schmuckstein drückte, der die Videokamera einschaltete, während ich gleichzeitig darauf achtete, dabei nicht von der Sicherheitskamera über unseren Köpfen gefilmt zu werden. <So als benutzten wir sie.>

<Wir benutzen sie nicht.> Ich war mir nicht sicher, ob das der Wahrheit entsprach oder nicht, aber ich sagte es trotzdem, und dann verdoppelte ich meine Anstrengung, es Hannah so angenehm wie möglich zu machen.

Wenn sie schlief, lenkten wir uns ab, indem wir versuchten, das Schloss des Badezimmerfensters zu knacken. Marions Anweisungen für den Fall, dass der Speicher des Rings voll war oder er kaputtging, waren einfach gewesen: Schafft ihn aus dem Gebäude und wartet auf einen Ersatz. Jeder Gruppenraum verfügte über ein einziges Fenster – und es gab nur ungefähr zwanzig Gruppenräume. Jemand, der geschickt worden war, den Ring zu finden, würde nicht an allzu vielen Orten suchen müssen.

Das Fenster war ungefähr einen Meter breit und dreißig Zentimeter hoch und im rechten Winkel zu den Toilettenkabinen in der Wand eingelassen. Es befand sich außerdem gut einen Meter achtzig über dem Boden und war abgedunkelt, sodass wir kein echtes Sonnenlicht sehen konnten, obwohl wir direkt darunter standen. Aber es ließ sich öffnen. Das Schloss diente zumindest dazu, uns den Beweis dafür zu liefern.

Addie und ich hatten die vorangegangenen Tage, wann immer wir konnten, einzelne Plastikbesteckteile mitgehen lassen. Wir hatten sie auf dem Badezimmerboden zerbrochen, in der Hoffnung, Splitter zu gewinnen, die dünn genug waren, um sie als Dietrich zu benutzen. Devon hatte seinen Schwestern und uns das Schlossknackerhandwerk beigebracht, während wir von Unterschlupf zu Unterschlupf zogen.

Aber Devon hatte Büroklammern und Schraubenzieher zur Verfügung gehabt. Addie und ich hatten Scherben von Plastikutensilien. Und bevor wir überhaupt den Versuch starten konnten, das Schloss zu knacken, mussten wir erst mal drankommen.

Wir würden die nächste Rotation abwarten, um ein Signal zur Rettung abzusetzen, aber es konnte nicht schaden, schon mal zu üben.

<Versuch, auf das Waschbecken zu klettern>, wies Addie mich an.

Ich warf einen Blick über die Schulter. Es gab keine Badezimmertür, aber niemand sah in unsere Richtung. Vorsichtig schob ich mich auf die Kante des Waschbeckens, spürte das Porzellan kalt durch unsere dünne Hose. Das Fenster war noch gute sechzig bis neunzig Zentimeter entfernt, aber ich konnte die Schattenumrisse von Wolken erkennen, die dunkel hinter der getönten Scheibe vorbeizogen.

»Was machst du da, verdammt noch mal?«, fragte Bridget.

Ich wäre beinah vom Waschbeckenrand gefallen. Im letzten Moment fing ich mich und warf ihr einen wütenden Blick zu. »Nichts.«

»Das ist nicht mal der Versuch einer Lüge.« Bridget kam näher, hielt ihre Stimme aber dankenswerterweise gesenkt. Ihre Haare waren zu den gewohnt ordentlichen Zöpfen geflochten. »Das Fenster ist abgeschlossen.«

»Ich weiß.«

»Du hast doch nicht vor, es zu zertrümmern, so wie du es mit dem Fenster in Nornand gemacht hast, oder?«

Ich wollte nicht an jenen Tag zurückdenken. Wir hatten versucht, mit Lissa und Hally zu fliehen, und an sie zu denken, ließ mich an Ryan denken und an Devon und an all die anderen, die wir zurückgelassen hatten. Ließ sie mich mit einer Macht vermissen, die mir beinah die Sicht nahm.

*Du könntest jetzt bei ihnen sein*, flüsterte der schwächste Teil von mir. *Sie wollten nicht, dass du gehst. Ryan hat dich gebeten zu bleiben. Er hat dich praktisch angefleht zu bleiben. Aber du warst zu starrköpfig. Und jetzt sieh, wohin dich das gebracht hat.*

»Ich zertrümmere das Fenster nicht«, fuhr ich Bridget an. Meine Gereiztheit führte dazu, dass sie die Lippen zusammenpresste.

‹Eva›, sagte Addie in dem Ton, in dem ich stets ihren Namen sagte, wenn ich mich bemühte, sie zu beruhigen. Sie zu beschwichtigen, weil ich spürte, dass sie panisch wurde oder zu nervös war, um einen klaren Gedanken zu fassen.

‹Mir geht's gut›, sagte ich. Das stimmte nicht. Aber ihre Stimme half. Mich daran zu erinnern, dass sie da war, dass sie immer da sein würde, half. Wenigstens Addie würde ich nie zurücklassen. Und sie würde mich nie zurücklassen. Manche Menschen hätten das für einen Fluch gehalten. In diesem Moment war es für mich das größte Geschenk von allen.

Als ich erneut sprach, sorgte ich dafür, dass meine Stimme ruhiger klang. »Sie haben doch keine Alarmanlage am Fenster installiert, oder?«

Ich wusste, dass sie das nicht getan hatten. Marion hatte es uns verraten. Aber es schadete nicht, es sich von Bridget bestätigen zu lassen, und sie danach zu fragen, war meine Art, mich bei ihr zu entschuldigen.

Sie schnaubte. »Eine Alarmanlage? Wozu? Es würde sowieso niemand durch dieses Fenster passen.«

Ich zögerte, dann öffnete ich unsere Faust und zeigte ihr die selbst gemachten Dietriche. Bridget warf einen kurzen Blick darauf, dann sah sie uns wieder ins Gesicht.

»Ein bisschen frische Luft wäre schön«, sagte ich leise. »Meinst du nicht auch?«

Bridget setzte sich auf den kalten Badezimmerboden, legte die Arme um die Knie und sah mir dabei zu, wie ich jedes der dünnen Plastikstücke an dem Schloss ausprobierte.

»Sie beobachten uns nicht sehr genau hier, oder?«, sagte ich.

Bridget zuckte mit den Schultern. »Es ist ein altes Gebäude. Ich glaube, es war kompliziert genug für sie, die Videoaufzeichnung im Gruppenraum einzurichten. Und ehrlich gesagt interessiert es sie auch nicht, was wir tun. Wir könnten wahrscheinlich eine Schlägerei anfangen und sie würden uns einfach machen lassen.«

Ich tippte den Dietrich an, so wie Devon es uns beigebracht hatte, und versuchte auf die Weise, die Stifte an die richtige Stelle zu bekommen. Ich betete, die Plastikstäbchen würden nicht brechen, wenn ich an ihnen drehte.

»Kannst du mir das beibringen?«, fragte Bridget plötzlich. Die Bitte überraschte mich so sehr, dass ich innehielt und zu ihr hinunterblickte. Ihr Kinn war störrisch vorgereckt, als rechne sie mit meinem Unglauben und verwahre sich bereits dagegen.

<Bittet sie uns auf die Weise um unsere Freundschaft?>

<Ich weiß es nicht>, gab ich zu, laut sagte ich jedoch nur: »Klar. Ist ja nicht so, als hätten wir sonst viel zu tun.«

Der letzte Stift glitt mit einem kaum hörbaren *Klack* an Ort und Stelle. Ich grinste Bridget an. Zu meiner Überraschung grinste sie zurück.

»Bereit?«, flüsterte ich.

Sie nickte und stand auf. Ich ließ uns vorwärtsfallen – *rums* –, unser volles Gewicht prallte gegen die Glasscheibe. Das Fenster öffnete sich stöhnend ein paar Zentimeter, und zwar bloß diese paar Zentimeter.

Ich lehnte keuchend an der Glasscheibe. Wartete.

Das Fenster ging nicht weiter auf. Niemand brüllte uns an. Selbst wenn sie es getan hätten, wäre ich nicht in der Lage gewesen, mich umzudrehen. Wir hätten das Gleichgewicht nicht halten können. Unsere Knie stützten sich immer noch auf den Waschbeckenrand, unser Gewicht ruhte an der Fensterscheibe.

Das Sonnenlicht roch frisch. Kalt. Ich sog die klare Luft ein. Mir war nicht bewusst gewesen, wie abgestanden die Luft in unserem Zimmer war, wie künstlich das Licht. Ich zog mich weiter hoch, um nach draußen sehen zu können. Die Höhe ließ mich schwindeln, besonders nachdem wir so lange nichts als den einen Raum gesehen hatten.

Das Gelände lag verlassen da. Weiß vom Schnee. Nur vereinzelte Grasbüschel lugten am Rand des Gebäudes daraus hervor.

»Bridget«, flüsterte ich. »Das musst du dir ansehen.«

Bridget antwortete nicht.

Ich wandte den Kopf, um sie anzusehen.

Und entdeckte, dass die gesamte Klasse 6 der Hahns-Anstalt unseren Blick erwiderte.

## Kapitel 13

Bridget übernahm das Kommando.

»Los«, sagte sie zu den anderen Mädchen und scheuchte sie mit den Armen, als triebe sie eine Gänseschar vor sich her. »Zurück zu den Betten. Schnell!«

Zu meiner Überraschung gehorchten sie ihr. Ich stieß das Fenster wieder zu. Bridget wirbelte zu Addie und mir herum. »Sie werden auf dem Überwachungsmonitor beobachtet haben, wie die Mädchen alle hergekommen sind. Sie können jeden Moment hier sein. Du lässt dir besser eine gute Ausrede einfallen.«

Ich sprang vom Waschbecken, unsere Schienbeine zitterten, als wir mit den Füßen auf dem Fliesenboden auftrafen. Die Slipper federten den Aufprall kein bisschen ab. Ich verzog schmerzhaft das Gesicht und kämpfte stolpernd darum, das Gleichgewicht nicht zu verlieren.

»Ich bin hingefallen«, zischte ich Bridget zu. Es war die erstbeste Ausrede, die mir in den Sinn kam. Mir blieb nicht einmal Zeit, mich mit Addie zu beraten. »Sag, ich bin hingefallen. Das ist alles. Ich bin hingefallen und das hat Lärm gemacht.«

Bridget rief zur Tür hinaus »Sie ist hingefallen, okay? Das sagt ihr allen, die euch danach fragen.« In ihrer Stimme lag dieselbe Schärfe wie in Nornand, dieselbe Botschaft eines *Macht, was ich sage, oder ihr werdet es bereuen.* Falls das eine oder andere Mädchen zu protestieren wagte, hörten wir zumindest nichts davon.

Was wir hörten, war, wie sich die Tür öffnete. Dann eine Frauenstimme, der eine Mischung aus Verärgerung und Besorgnis eine harsche Note verlieh. »Was ist hier los?«

Bridget und ich sahen uns an. Mir stockte der Atem. Lange Zeit sagte niemand etwas. Schritte näherten sich – das Klacken von richtigen Schuhen auf den Fliesen.

Addie und ich stützten einander schweigend.

Dann sagte eine schüchterne Stimme, die wir nicht erkannten: »Jemand ist hingefallen.«

Eine Frau erschien im Türrahmen des Badezimmers. Sie trug nicht die Uniform der Betreuer aus beigefarbenem Hemd und dunkler Hose. Stattdessen hatte sie eine schöne Bluse an, in einem dunklen pflaumenfarbenen Lila. Unsere Augen konnten sich gar nicht sattsehen an dieser neuen Farbe, bei der es sich nicht um Rost handelte oder um Wände, von denen die Farbe blätterte, oder um schmutzig-weiße Uniformen.

»Wer ist hingefallen?« Sie bemühte sich, streng, scharfsinnig und selbstbewusst zu wirken. Das spürte ich. Aber ich konnte nicht anders, als zu denken: Du bist nicht annähernd so gut darin wie Dr. Lyanne.

»Ich bin ausgerutscht«, sagte ich. Und dann, weil ich den Eindruck hatte, als erwarte diese Frau es von uns, fügte ich hinzu: »Es tut mir leid.«

Ich versuchte, zerknirscht auszusehen. Ich versuchte, nervös auszusehen und jung und ahnungslos. Die Pflaumenblusenfrau sah sich im Badezimmer um, musterte die Fenster, die Kabinen. Alles schien in bester Ordnung zu sein.

»Geht es dir gut?«, fragte sie ruppig.

Ich nickte. Plötzlich verengten sich die Augen der Frau. Ihre Stirn legte sich in Falten. Sie musterte uns etwas genauer und unser Herz, unser Herz, unser Herz blieb stehen.

<Sie weiß es>, flüsterte Addie. <Sie erkennt uns.>

<Tut sie nicht. Tut sie nicht.>

Ich stand vollkommen still, ganz darauf konzentriert, mich durch nichts zu verraten.

»Wie heißt du?«, fragte die Frau.

»Darcie«, erwiderte ich leise. »Darcie Grey.«

Sie starrte uns noch einen Moment länger an. Dann nickte sie und ging.

Ich sank gegen die Wand, direkt unter dem Fenster. In kalten Schweiß getränkt.

Addie und ich saßen auf unserem Bett. Obwohl wir vollkommen starr vor Angst waren, kämpften wir darum, es nicht zu zeigen. Wir mussten der Sicherheitskamera etwas vorspielen, die Tatsache verbergen, dass wir mit jeder Sekunde, die verrann, fürchteten, dass die Pflaumenblusenfrau zurückkommen könnte; dass sie mit dem Finger auf uns zeigen und uns befehlen würde, mit ihr zu kommen.

Bridget kam mit ernster Miene auf uns zu.

»A...«, setzte sie flüsternd an, fing sich aber gerade noch. »Darcie. Wirst du mir dieses Mal verraten, was vor sich geht? Bevor die Dinge im Chaos enden? Du hast das Fenster doch nicht bloß der frischen Luft wegen geöffnet. Du hast doch nicht nur so zum Spaß gelernt, wie man ein Schloss mit Plastikscherben knackt. Und es gibt einen guten Grund dafür, dass du so große Angst vor dieser Frau hattest.«

Unsere Blicke trafen sich.

Addies Nerven flatterten, obwohl ich spürte, dass sie darum bemüht war, sich zu beruhigen. ‹Wir hätten vorsichtiger sein müssen. Wir hätten niemals ...›

‹Bridget hat schon die ganze Zeit vermutet, dass etwas vor sich geht›, sagte ich. ‹Wie sollte sie auch anders?›

»Gibt es einen Plan?« Bridget beugte sich zaghaft zu uns, so als befürchte sie, wir würden vor ihr zurückschrecken. »Wird es eine weitere Rettungsaktion geben? Bist du deshalb hier?«

Sie sprach das Wort *Rettungsaktion* aus, als wäre es ein Juwel. Als wäre es so kostbar, dass es ihr kaum über die Lippen kommen wollte. Ihre Augen, grau wie die Wolken eines Wintersturms, hielten unseren Blick fest und machten keinerlei Anstalten, ihn loszulassen.

»Ich dachte, du wolltest nicht gerettet werden«, sagte ich und bereute meine Worte, sobald ich sie ausgesprochen hatte. Bridgets Blick wurde härter. Ich ertrug den Schmerz nicht, der sich hinter ihrer verschlossenen Miene verbarg, aber ich wusste nicht, was ich sagen sollte.

Ich ging in Gedanken immer noch mögliche Sätze durch, von denen einer schlimmer klang als der andere, als Bridget sich auf dem Bett zurücksinken ließ.

»Ich möchte nach Hause«, sagte sie leise. »Das wollte ich schon immer.«

Das glaubte ich ihr unbesehen.

»Es ist nur so, dass ich früher gehofft habe, ich könnte zuerst geheilt werden. In Nornand haben sie gesagt, sie könnten uns helfen. Hier versuchen sie es nicht mal. Wenn ich also wählen könnte, ob ich hier verrückt werde oder zu Hause, dann wäre ich lieber zu Hause.«

»Bridget«, sagte ich, »du wirst nicht verrückt werden.«

Viola kam ein paar Schritte entfernt an unserem Bett vorbei, und wir schwiegen beide, während ihre in Slipper gehüllten Füße über den Boden raschelten, ihre Finger langsam an der Wand entlangklopften. Ihre Lippen bildeten Wörter, die wir nicht hören konnten. Viola und wer noch? Mit wem unterhielt das Mädchen sich? Wo war sie in ihrem Kopf gerade?

Irgendwo, wo es besser war als hier, hoffte ich.

Bridget starrte ihr hinterher, als sie sich von uns entfernte. »Als ich Viola zum ersten Mal begegnet bin, war sie etwas zurückhaltend. Wie die anderen. Mitunter ganz still. Sie sah einen an, als wäre man nicht wirklich da. Aber das ging vorüber. Dann war sie wieder normal – oder zumindest so normal, wie unsereins sein kann. Dann wurde es schlimmer. Sie hörte auf, mit uns zu reden. Sie begann, umherzuwandern. Ich fragte sie, was sie da mache, und sie erzählte mir, sie versuche, eine Spur zu verfolgen. Welche, weiß ich nicht.« Bridget nestelte an unserer Decke herum, löste einen Faden an ihrem ausgefransten Ende. »Eine Zeit lang tauchte sie ab und zu aus diesem Zustand auf. Und war vollkommen klar, verstehst du? Wenn auch nur für eine kurze Weile. Und dann wirkte sie so furchtbar verängstigt. Sie lag da und gab Laute von sich, als müsse sie jeden Moment sterben. Sagte, sie könne nicht mehr klar denken. Könne den Alltag nicht mehr bewältigen. Sie schnitten ihr die Haare kurz, die schrecklich verknotet waren, weil sie ständig an den Strähnen zog und zwirbelte.«

Viola war inzwischen auf der entgegengesetzten Seite des Raumes angekommen. Zwei jüngere Mädchen machten ihr den Weg frei.

»Ich bin jetzt die Älteste hier«, sagte Bridget. »Zumindest war ich es, bis du kamst. Es sind immer die Älteren. Das hat Viola mir erzählt. Die Älteren verlieren den Verstand. Und dann werden sie abgeholt.« Sie schwieg kurz.

»Also. Falls die Hoffnung besteht, dass ich hier rauskomme, bevor das geschieht, wüsste ich es gerne.«

‹Können wir ihr trauen?›, fragte ich Addie.

Sie zögerte. ‹Wir sollten es nicht, Eva. Wir sind heute beinah erwischt worden. Falls diese Frau Verdacht geschöpft hat, ist das Letzte, was wir jetzt brauchen können, unser Geheimnis weiterzuerzählen.›

Sie hatte recht.

‹Außerdem›, sagte sie sanft, ‹wird Marion sie nicht retten.›

‹Wir müssen ihr nichts über Marion oder den Plan verraten. Wir könnten ihr einfach von Henri erzählen. Vom Untergrundnetzwerk. Von dem Leben, das wir geführt haben, ehe wir ... zum zweiten Mal in einer Anstalt gelandet sind.›

Davon, dass wir nicht allein waren und nicht verrückt waren und es nicht verdient hatten, einfach weggesperrt zu werden.

Addie seufzte. ‹Ich weiß nicht, Eva. Das brauchen wir nicht. Wir müssen es nicht. Und wir ... wir schulden es ihr nicht.›

Nicht, nachdem sie diejenige gewesen war, die unseren letzten Rettungsplan ruiniert hatte. Wenn Bridget es nicht verhindert hätte, wäre sie vielleicht auch in Anchoit gelandet, so wie Addie und ich. Vielleicht wären dann Eli und Cal und all die anderen Kinder aus Nornand mit uns in Peters Vans entkommen.

Aber es brachte nichts, darüber nachzugrübeln. Und es war auch nicht so, als würde Bridget es nicht bereuen.

‹Sie hat einen Fehler gemacht›, sagte ich. ‹Wir haben auch Fehler gemacht.›

Ich holte tief Luft. Hörte im Geiste das Echo von Dr. Lyannes Stimme: *Du bist zu vertrauensselig, Eva Tamsyn. Eines Tages wird dir das noch das Genick brechen.*

Aber vielleicht nicht heute. Nicht in diesem Moment, in dem dieses Mädchen auf unsere Antwort wartete und sein Leben und seine Hoffnungen daran geknüpft waren.

Ich rutschte auf dem Bett näher an sie heran, und sie lehnte sich zu uns, so als rechne sie damit, ein Geheimnis zu erfahren. Ich glaube, sie wagte nicht einmal mehr zu atmen.

»Nach Nornand«, sagte ich leise, auf die Art, wie Addie und ich in der Stille der sicheren Verstecke Geschichten mit den anderen ausgetauscht hatten, »bin ich einem Mann begegnet, der aus Übersee kam. Und er hat mir erzählt, dass so vieles, was wir über den Rest der Welt zu wissen glauben, nicht der Wahrheit entspricht.«

Die Pflaumenblusenfrau hatte uns nicht erkannt, wie es schien. Sie kehrte nicht zurück und unsere Tage in Hahns verfielen wieder in ihr übliches Muster.

Aber nicht ganz. Denn jetzt vertrauten Addie und ich Bridget unsere Geschichten an. Wir erzählten ihr von Henris Welt jenseits des Ozeans, wo so vieles war wie bei uns und so vieles anders. Wo es größtenteils allgemein bekannt war, dass die Menschen bis zum Mond gereist waren. Wir erzählten ihr, dass die Großen Kriege, über die wir so viel gehört hatten, tatsächlich verheerend gewesen waren, aber nicht vernichtend. Dass es den Hybriden nicht bestimmt war, verrückt zu werden.

Wir verrieten ihr nicht im Detail, warum wir in Hahns waren. Verrieten ihr nicht die Wahrheit über den Ring.

Ich hoffte, wir taten das Richtige. *Bewahrt die Hoffnung*, hatte Jackson zu uns gesagt, und Hoffnung war gut. Hoffnung half uns zu überleben. Aber Hoffnung war auch schmerzhaft. Hoffnung konnte gefährlich sein, wenn sie zu groß wurde und dann zerschmettert wurde.

Eines Tages, während ich Bridget etwas über das Klonen erzählte – wie sie auf der anderen Seite des Ozeans eine Möglichkeit gefunden hatten, die Körper von Tieren zu duplizieren, und dass es eines Tages vielleicht auch mit Menschen machbar sein würde –, hob ich den Kopf und bemerkte, dass das Mädchen, von dem ich annahm, dass es sich nur in der Nähe unseres Bettes aufhielt, sich nicht einfach dort aufhielt. Sie hörte uns zu. Ihr Blick begegnete unserem und zuckte schnell wieder weg.

Einen Moment war ich starr vor Schreck. ‹Was ist, wenn sie uns verrät?› Aber der Ausdruck auf ihrem Gesicht war nicht misstrauisch gewesen, sondern neugierig. Hungrig.

Also tat ich so, als hätte ich ihr Lauschen nicht bemerkt. Und als das nächste Mädchen kam, tat ich dasselbe. Bis die Gruppe, die sich um unser Bett versammelt hatte, zu offensichtlich wurde und wir etwas sagen mussten, bevor derjenige, der sich das Überwachungsvideo ansah, Verdacht schöpfte.

Das Geschichtenerzählen ging nach dem Licht-Aus weiter. Die Glühbirne über dem Badezimmerdurchgang und diejenige über der Klassenraumtür gingen nie aus. Wahrscheinlich eher der Überwachungskamera zum Gefallen als uns.

Aber wenn die übrigen Lichter mit einem Klacken erloschen, lag der Großteil des Raumes im Dunkeln, und die Ecke, in der unser Bett stand, war die dunkelste von allen.

Mädchen kamen angeschlichen und saßen stundenlang dort, derart begierig, wie Addie und ich sie seit unserer Ankunft nicht erlebt hatten.

Endlich lernte ich auch die Namen der anderen Mädchen. Während des Tages verband ich Stimmen mit Gesichtern. Da war Janice, eine große Dreizehnjährige mit dem zarten Knochenbau eines Vögelchens. Sie hatte milchweiße Haut, schmale Lippen und Augenbrauen, die wie dicke dunkle Balken wirkten. Ruth war elf, hatte Sommersprossen und Augen, die uns an die von Jackson erinnerten, so hellblau waren sie. Dann waren da noch Jeanie und Lauren und Alexandra und Brooke und viele weitere.

Einige scharten sich um uns, nachdem sie ihre anfängliche Scheu überwunden hatten. Andere achteten darauf, uns nicht zu nahe zu kommen, sie sprachen nie mehr als ein paar Worte, tauchten aber Nacht für Nacht auf, um zuzuhören. Und manche von ihnen begannen, ebenfalls Geschichten zu erzählen, als die Tage ins Land gingen und Addie und mir nichts geschah.

Wir hörten von Müttern und Vätern und Familienhunden. Von Geschwistern, die nicht hybride waren, und von solchen, die es waren, aber woanders hingeschickt worden waren, auf Nimmerwiedersehen. Von Freunden, die aufgehört hatten, Freunde zu sein, als sie älter wurden und offenbar wurde, dass einer von ihnen keinen Frieden fand; nicht normal war.

Anfangs machten wir keine Mitschnitte. Es kam uns nicht einmal in den Sinn, es zu tun, besonders, da es zu dunkel war, als dass die Kamera etwas hätte filmen können. Aber als es so weit war, dass mehr als die Hälfte der nächtlichen Geschichten nicht unsere waren, nahmen Addie und ich alles auf. Wir machten es noch nicht einmal für Marion. Wir machten es für uns und für die Geschichtenerzähler, auch wenn sie nichts davon ahnten. Ich wollte dieses kleine Stück von ihnen festhalten. Diese geflüsterten Bruchstücke ihres Lebens retten.

<Ist es gefährlich?>, fragte ich Addie eines Nachts. <Falls Marion das Material benutzt ...>

<Das ist doch der Sinn der Sache, oder?>, sagte Addie. <Außerdem sind wir diejenige, die die Regierung zur Zielscheibe machen würde, und bis dahin werden wir nicht mehr hier sein. Uns würde man beschuldigen, nicht sie. Was haben sie schon Unrechtes getan? Geschichten erzählt?>

<Wer weiß.>

Wir verbrachten die Nächte damit, Geschichten zu erzählen. Tagsüber hielten wir unser Versprechen, Bridget beizubringen, wie man ein Schloss knackte. Sie besaß eine rasche Auffassungsgabe, und obwohl sie leicht die Geduld mit sich verlor, war sie auch unermüdlich und extrem zielstrebig.

Wenn Addie und ich nicht mit ihr zusammen waren, verbrachten wir so viel Zeit wie möglich mit Hannah – oder Millie, wie ihre andere Seele hieß. Sie schafften es nachts nicht in die Nähe unseres Bettes, also flüsterten wir tagsüber mit ihnen. Aber sie wurden immer schwächer. Sie husteten nicht länger. Sie schienen nicht mehr die Kraft dafür aufzubringen.

<Wir müssen dafür sorgen, dass sie Hilfe bekommen>, sagte ich verzweifelt. <Medizin. Irgendwas.>

<Es gibt nichts, was wir tun können.> Addies Stimme klang so zum Zerreißen gespannt wie meine. <Bridget hat gesagt …>

<Bridget hat gesagt, sie würden vielleicht abgeholt, wenn wir etwas sagen. Aber wenn wir nichts sagen?> Ich betrachtete die Todesblässe von Hannahs Haut. Die Röte ihrer Augenlider. Die bläuliche Verfärbung ihrer Lippen. Ihr Bett stank und der Geruch hatte sich im ganzen Zimmer ausgebreitet. Einige der anderen Mädchen waren ebenfalls krank geworden. Ihr Husten und Schniefen reichten aus, um Hannahs Stille zu kompensieren. Aber Gott sei Dank schien keine von ihnen etwas Schlimmeres als eine Erkältung zu haben. <Sie werden sterben, Addie.>

Ich hatte mir nicht gestattet, es zu glauben. Nicht wirklich. Nicht bis zu diesem Moment, als ich die Worte von meinem Geist in Addies hinübergleiten ließ, sie den zugleich lächerlich geringen und unendlich weiten Raum zwischen uns durchqueren ließ.

Daher protestierte Addie nicht, als ich beim Abendessen den Betreuer ansprach, als er uns ein Tablett reichte. »Hannah braucht Hilfe«, sagte ich.

Alle Mädchen im Raum hielten mit dem inne, was sie gerade machten, und starrten uns an. Alle Mädchen bis auf Hannah und Viola. Die Erstere lag vollkommen still da. Die Letztere hatte nicht damit aufgehört, durch den Raum zu laufen. Ihr Geist hatte sich an einen Ort zurückgezogen, an dem meine Worte sie nicht mehr erreichten.

»Wie bitte?« Der Betreuer schien in erster Linie verwirrt zu sein.

»Hannah.« Ich zeigte in die Ecke, wo ihr Bett ganz für sich stand. »Sie ist seit ...« Mir wurde klar, dass ich nicht wusste, wie lange wir schon in Hahns waren. »Sie ist seit Wochen krank. Und es ist schlimmer geworden. Ich glaube nicht, dass sie ohne Medizin wieder gesund wird.«

Im Raum herrschte Schweigen.

»Ich werde sehen, was ich machen kann«, sagte der Betreuer schließlich. Er lächelte, nur ein wenig. So als wollte er uns damit trösten.

Wir aßen. Er ging. Das Licht ging aus.

Alle kamen zum Geschichtenerzählen zusammen, wie üblich. Aber Addie und ich trugen nichts dazu bei. Wir konnten an nichts anderes denken als an das Mädchen in dem Bett in der Ecke und dass wir es nicht atmen hören konnten.

Wir gehörten zu den Ersten, die am nächsten Morgen erwachten. Die anderen Mädchen kuschelten sich in ihre Betten, eingehüllt in mehrere Lagen Decken. Bridgets Lider flatterten hoch, dann schlossen sie sich wieder.

Benommen setzte ich mich auf.

Und sah es.

Hannahs Bett war vollkommen nackt. Kein Kissen. Keine Decke. Noch nicht einmal die Matratze war geblieben. Nur der kalte Metallrahmen. Ein Skelett.

Hannah und Millie waren fort.

## Kapitel 14

Wegen eines fehlenden Mädchens hätte der Raum nicht so anders wirken sollen, besonders wegen eines, das kaum ein Wort gesagt, sich so gut wie nie gerührt hatte. Aber Hannahs Abwesenheit riss ein Loch in den Stoff, aus dem der Raum gewoben war. Die anderen Mädchen waren stiller als sonst, und sie machten einen großen Bogen um das Bett in der Ecke, so als würde es von Geistern heimgesucht oder wäre verflucht.

Als sich die Tür des Klassenraums scheppernd öffnete, machte ich keinerlei Anstalten, dorthin zu blicken. Es war beinah Frühstückszeit und ich war zu sehr auf das Skelett von Hannahs nacktem Bett konzentriert. Aber Addie sagte: ‹Eva ...›, und das reichte, damit mir auffiel, wie Bridget sich versteifte. Unser Blick flog zur Tür. Die Betreuerin, die auf der Schwelle stand, hatte keinen Servierwagen dabei.

»Was ist los?«, fragte ich.

Bridget sah mich nicht an. Sie hielt den Blick starr auf die Bettdecke gerichtet und fuhr fort, ihre Haare zu Zöpfen zu flechten. Ihre Stimme klang gepresst. »Wir werden neu gemischt.«

Unsere Brust wurde eng.

Die Rotation. Darauf hatten wir seit dem Tag unserer Ankunft gewartet. Wir hatten uns selbst versprochen, eine Rotation lang zu bleiben, bevor wir signalisierten, gerettet werden zu wollen, und jetzt hatten wir unsere Zeit abgesessen.

Aber die übrigen Mädchen – diejenigen, die Addie und ich gerade angefangen hatten kennenzulernen –, sie verfügten nicht über ein solches Freiheitsversprechen.

Die Betreuerin rief alle dazu auf, das Bett zu verlassen. Wir drängten uns in der Mitte des Raumes zu einem dichten Knäuel zusammen. Alle, bis auf Viola, die weiter ihre Runden drehte. Niemand packte sie und holte sie zu uns.

»Bridget«, flüsterte ich. »Falls wir getrennt werden, wollte ich nur sagen ...«

Sie wurde plötzlich unwirsch, schubste uns weg und warnte uns mit einem scharfen Blick, Abstand zu halten. Ich endete stattdessen neben Jeanie und Caitlin – bis diese sich ebenfalls beeilten, uns stehen zu lassen.

<Was machen sie da?> Addies Verwirrung spiegelte meine wider.

<Vielleicht ist es wegen Hannah und Millie>, sagte ich. <Sie wissen, wir haben etwas gesagt, und dann ...>

»Stillgestanden«, bellte die Betreuerin und begann uns abzuzählen. Sie zog jedes Mädchen aus der Gruppe, nachdem sie ihm eine Nummer zugeteilt hatte – zwei, vier, sechs, acht, zehn, zwölf ... – und ließ ein Plastikarmband um sein Handgelenk zuschnappen. Krankenhausarmbänder, unmöglich abzubekommen ohne eine Schere oder ein Messer.

Die Betreuerin ging nicht in einer bestimmten Reihenfolge vor, aber zwei Mädchen, die nebeneinander standen, bekamen nie dieselbe Nummer.

‹Sie versuchen, mit uns zusammenzubleiben›, sagte ich langsam. ‹Deshalb wollten sie nicht neben uns stehen.›

Diese Erfahrung war uns fremd. Addie und ich waren nie diejenige gewesen, deren Nähe andere suchten. Wenn überhaupt, waren wir diejenige gewesen, die niemand in seiner Gruppe haben wollte.

»Zwölf«, sagte die Betreuerin, als sie zu Addie und mir kam, und ließ das entsprechende Armband um unser Handgelenk schnappen. Wir stellten uns neben Ruth, die einzige Zwölf bislang.

Ich konnte praktisch sehen, wie sich in Bridgets Gehirn die Rädchen drehten. Wie sie versuchte, sich zu überlegen, wo sie am besten stehen sollte, um dieselbe Nummer wie wir zu bekommen, und ob sie ihre Position verändern konnte, ohne dass es der Betreuerin auffiel. Die restliche Gruppe war nicht besonders groß.

»Vierzehn«, sagte die Betreuerin zu dem Mädchen, das neben mir gestanden hatte. Mayree. Dann »Sechzehn« zu dem Mädchen neben ihr. Claire. Dann wieder »Zwei, vier, sechs, acht, zehn ...«

»Zwölf«, sagte sie zu Bridget.

Bridget ließ sich nichts anmerken, als sie zu uns kam.

Viola erhielt ihre Nummer als Letzte, eine Vier. Aber es waren immer noch zwei Mädchen übrig: Coreena und Iris. Sie bekamen keine Nummern. Oder Armbänder.

Ich erinnerte mich plötzlich an das, was Bridget über die Mädchen gesagt hatte, die während der Rotation verschwanden. Marion hatte uns gegenüber nicht erwähnt, dass die Möglichkeit bestand, ausgemustert zu werden – wohin? Und zu welchem Zweck?

Coreena und Iris sahen uns mit weit aufgerissenen Augen an, als die Betreuerin sie von der Gruppe wegscheuchte.

Zum ersten Mal seit Wochen ließen wir die engen Grenzen des Klassenraums hinter uns und traten auf den Flur. Wir registrierten jede Kleinigkeit. Das Muster der Risse im Putz. Die Schrammen und kleinen Dellen im Boden.

Die Betreuer ließen nicht alle Klassen auf einmal hinaus. Es waren nicht genügend Mädchen auf dem Flur, als dass es der Fall hätte sein können. Aber es befanden sich mindestens zwei weitere Klassen hier draußen, die in neue Gruppen aufgeteilt worden waren. Die Mädchen aus unserer Klasse starrten sie an. Manche von ihnen starrten zurück, aber die meisten schienen zu abgestumpft, um ein irgendwie geartetes Interesse zu zeigen. Ihre Arme hingen leblos an den Seiten, in den Plastikarmbändern spiegelte sich der schwache Schein der Oberlichter.

Der Ring war in unserer Hand verborgen, obgleich ich den Schmuckstein durch unsere Finger lugen ließ. Ich filmte so viel wie möglich von dieser ruhigen, ernsten Kinderwanderung. Es gab nur zehn Türen auf diesem Stockwerk. Waren die Klassenräume der Jungen mit unseren gemischt? Es schien wahrscheinlicher, dass sie sich im dritten oder vierten Stock befanden.

»Oh ...«

Das war die einzige Warnung, die wir bekamen – Bridgets überraschten Ausruf –, bevor Viola fiel.

Ich streckte die Arme aus und erwischte sie gerade noch, ehe sie zu Boden stürzte.

Es war das erste Mal, dass wir sie berührten, und ihre Schultern fühlten sich zerbrechlich in unseren Händen an. Sie sah uns nicht in die Augen.

Ich hatte den Ring fallen gelassen.

Panik injizierte Eis unter unsere Haut, blies Frost in unsere Lunge. Ich ließ Viola los, die schwankend zurück auf die Füße kam, und fuhr herum.

<Siehst du ihn?>, rief ich.

Addies panisches Schweigen war Antwort genug. Eine Hitzeexplosion verdrängte den anfänglichen Kälteschock, ließ unsere Gedanken zertrümmert zurück. Unser Blick suchte den Boden ab. Der Ring konnte nicht weit sein. Aber da waren so viele Paar Füße ...

Die Betreuerin hinter uns hatte die Verzögerung bemerkt. Sie kam näher ...

Bridget schoss los. Schnappte sich blitzschnell etwas Helles vom Boden.

»Geht weiter, Mädchen«, sagte die Betreuerin. »Ihr haltet den Verkehr auf.«

Wir gingen weiter. Selbst Viola mit ihrem stumpfen Blick.

»Hier«, flüsterte Bridget, als sie uns einholte. Ihre Hand streifte unsere, für die Übergabe des Ringes reichte ihr eine kurze Berührung.

Ich teilte ihr unseren Dank mit einem Blick mit. Ich wagte nicht, die Hand zu öffnen, bis wir in unseren neuen Klassenraum geführt wurden. Dieses Mal waren wir weniger Mädchen. Nur ungefähr fünfzehn. War es nur eine Eigenart des Nummernsystems? Oder hatte Hahns in den vergangenen Wochen seit der letzten Rotation tatsächlich so viele Mädchen verloren? Wie viele andere Mädchen waren im Dunkel der Nacht geholt worden wie Hannah? Oder heute weggeschafft worden?

Der Raum war beinah identisch mit dem letzten. Der einzige Unterschied lag in der individuellen Abnutzung der Wände – dem Anblick aus trostloser Zerstörung, Langeweile und Zahn der Zeit, den sie boten. Eine Betreuerin erwartete uns mit einer großen Schere und zerschnitt die Krankenhausarmbänder an unseren Handgelenken. Einige Mädchen liefen bereits auf die Betten zu, musterten die Bänder aus geflochtenen Fäden, die um die Metallstreben gewickelt waren. Erhoben Anspruch.

Ruth zögerte, dann ließ sie uns stehen, um es den anderen gleichzutun. Nur Bridget blieb an unserer Seite. Aber sie folgte uns nicht, als wir ins Badezimmer eilten. Dort, in einer Kabine vor Blicken geschützt, öffnete ich endlich die Hand.

Der Ring sah normal aus. Auf den ersten Blick.

Dann fiel mir der Riss am Rand des Schmucksteins auf. Als ich ihn vorsichtig nach unten drückte, rastete er nicht ein wie zuvor. Stattdessen kratzte er auf eine Weise an der Fassung, die mir so viel Angst einjagte, dass ich es nicht noch einmal versuchte – was, wenn der Stein sich vollkommen gelöst hätte?

‹Jemand muss draufgetreten sein.› Addies Stimme klang hohl.

Ich antwortete nicht.

Es gab nichts, was ich hätte sagen können.

# Kapitel 15

Wir wussten nicht mit Sicherheit, ob die in den Ring eingelassene Kamera kaputt war. Genauso wenig wie wir wussten, ob alles, was wir in den letzten paar Wochen gefilmt hatten, gelöscht worden war.

Falls alles weg war ...

Diese Rotation hatte uns die Freiheit garantieren sollen. Stattdessen würde sie uns vielleicht dazu verurteilen, noch länger hierzubleiben.

<Wir hängen den Ring aus dem Fenster und warten>, sagte ich. <Es ist das Einzige, was wir tun können.>

Addie verbrachte den Großteil des Morgens damit, ein Band zu flechten, das bis auf die Erde reichen würde. Dann knackte sie das Fensterschloss. Die frische Luft, die durch die Öffnung hereinwehte, ließ uns zittern. Addie knotete das Ende der Schnur um den Ring, unsere Finger wurden taub vor Kälte.

Wir spähten auf die Erde unter uns. Der Schnee war so hoch, dass selbst die Büsche, die dicht an der Gebäudewand wuchsen, zur Hälfte unter einer Schneedecke begraben waren.

*Wir schicken jemanden*, hatte Marion gesagt. *Schaff den Ring aus dem Fenster und jemand wird ihn holen kommen.*

Hahns hatte nach Peters letztem Befreiungsversuch die Sicherheitschecks der Betreuer intensiviert, aber sie waren weniger strikt bei den Leuten, die den Rasen mähten. Den Müll abholten. Den Schnee wegschippten.

Addie legte den Ring auf das Fensterbrett und stieß ihn über die Kante. Er hing an der Außenmauer, ein glitzerndes Ding in der Morgensonne.

‹Schnell›, sagte ich. ‹Bevor ihn jemand sieht.›

Addie wickelte die Schnur von unserem Handgelenk. Senkte den Ring Stück für Stück hinab, bis er im Gebüsch verschwand. Sie band das Ende der Schnur an einen der Nägel, die den Fensterrahmen an Ort und Stelle hielten. Dünn und grau, war er so gut wie unsichtbar.

Sie schloss das Fenster und schauderte wieder, massierte unsere Finger, um sie aufzuwärmen.

‹Jetzt warten wir›, sagte ich.

Nachdem in jener Nacht die Lichter erloschen waren, wollten Addie und ich gerade die Augen schließen, als eine schattenhafte Gestalt neben unserem Bett erschien. Es war Ruth. Sie knetete nervös die Hände. Bridget im Bett neben uns setzte sich auf.

»Willst du nicht anfangen?« Die Sanftheit von Ruths Stimme erinnerte mich an Kitty und Nina – und daran, wie sehr wir sie vermissten.

»Womit anfangen?«, fragte Addie müde. Wir wollten nichts anderes tun, als die Stunden wegzuschlafen, bis jemand den kaputten Ring abholen würde. Bis sich unser Schicksal erfüllte.

Ruth biss sich auf die Lippe. »Ich dachte, du würdest vielleicht wieder alle zusammenholen. Fürs Geschichtenerzählen.«

Bridget wartete ebenfalls auf unsere Antwort. Aber das Letzte, was Addie und ich in diesem Moment wollten, war zu reden.

»Ich weiß nicht, ob mir etwas einfällt«, sagte Addie. »Ich ...«

»Es muss nichts Neues sein«, sagte Ruth voller Ernst. »Keine von ihnen kennt deine Geschichten. Sie würden nicht wissen, ob du eine alte oder neue erzählst.«

»Mir ist nicht so gut«, sagte Addie. »Vielleicht morgen, okay?«

Ruth schwieg. Genau wie Bridget. Wir ertrugen ihre stumme Enttäuschung nicht; wir rutschten aus dem Bett und flohen ins Bad. Dort angekommen stieß Addie das Fenster auf und lehnte unsere Stirn an die kalte Glasscheibe, sie schloss die Augen. Der Nachtwind peitschte von draußen herein. Wir blickten an der Schnur entlang nach unten. Der Schnur, an der ein Ring hing, den niemand abgeholt hatte.

<Was, wenn wir verlangen, hier rausgeholt zu werden, verlorenes Filmmaterial hin oder her?>, flüsterte Addie.

<Wir sind doch gar nicht in der Position, etwas zu verlangen. Marion allein bestimmt über unsere Rettung.>

Es war die harte Realität, mit der ich mich bis dahin nicht näher hatte auseinandersetzen wollen. Unser Leben lag in Marion Prytts Händen. Ich hatte es dort hineingelegt, aller Warnungen zum Trotz, entgegen Ryans Wut und Hallys Ohnmacht und meiner eignen Bedenken.

<Es tut mir leid, Eva>, sagte Addie. <Wir haben es meinetwegen gemacht – weil ich Jackson helfen wollte …>

<*Wir* wollten Jackson helfen.> Ich verstummte kurz. <Und es ging stets um mehr als nur das.>

Wir waren auch nach Hahns gekommen, weil ich Vergangenes wiedergutmachen wollte.

Addie fuhr mit dem Finger die Fensterscheibe entlang. Die Glühbirne, die über dem Badezimmerdurchgang brannte, spendete gerade genug Licht, um sich in dem beengten Raum zurechtzufinden. Die Dunkelheit auf der anderen Seite des Fensters war total. Vielleicht war gerade Neumond.

Ich sagte Henris Telefonnummer in Gedanken immer wieder auf, wie ein tröstendes Mantra.

»Addie«, sagte Bridget, und Addie wandte sich um. Dann fiel beiden auf, was passiert war, und Bridget korrigierte sich rasch. »Darcie.« Sie stand im Badezimmerdurchgang, hatte sich noch nicht einmal eine Decke um die Schultern gelegt. »Komm mit, das musst du dir ansehen.«

Als Erstes fiel uns auf, dass die Betten in der Nähe des Waschraums leer waren. Sie waren zuvor belegt gewesen. Addie wandte sich alarmiert zu Bridget um. Aber Bridget bedeutete ihr, leise zu sein. Sie zeigte auf das andere Ende des Raumes. Wir kniffen die Augen zusammen, aber es war zu dunkel und zu weit weg, um etwas zu erkennen.

Dann hörten wir eine Mädchenstimme. Erst, als wir fast bei ihr waren – wir suchten uns in der Dunkelheit behutsam einen Weg zwischen den Betten hindurch –, erkannte ich, wer da sprach. Und wohin die verschwundenen Mädchen gegangen waren.

Ruth Tarvie, elf Jahre alt, saß auf ihrem Bett in der dunkelsten Ecke des Raums und erzählte, wie sie die Regionalmeisterschaft im Springreiten gewonnen hatte. Wir hatten die Geschichte schon einmal gehört, als wir beide noch in Klasse 6 gewesen waren. Ruth war eine gute Geschichtenerzählerin. Sie verstand es, den Faden einer Geschichte so zu entspinnen, dass er sich um ihre Zuhörer wand und sie sich darin verfingen. Mit jedem Wort zog sie sie mehr in ihren Bann.

Mädchen drängten sich um ihr Bett, manche teilten sich die Matratzen, die am nächsten waren, andere saßen auf dem Boden.

Ruth hob den Kopf, als sie uns näher kommen hörte. Sie hielt inne und die anderen Mädchen taten es ihr gleich. Selbst in der beinah pechschwarzen Dunkelheit spürten wir ihre bohrenden Blicke. Bridget hatte bereits auf der Ecke eines Betts Platz genommen. Das Mädchen, dem das Bett gehörte, sagte nichts. Sie rutschte sogar beiseite, damit Bridget mehr Platz hatte.

Addie setzte sich im Schneidersitz auf den Boden.

»Erzähl weiter«, sagte sie leise. »Was ist dann passiert?«

Ruth räusperte sich und erzählte es uns.

Und so begann es aufs Neue. Jede Nacht kamen mehr Mädchen dazu. Jeden Tag wurde es kälter. An manchen Morgen erwachten wir und sahen unseren weißen Atem im Schein der Neonlampen. Bis zum Mittagessen wurde es gewöhnlich etwas wärmer, aber nicht viel. Ich entdeckte, wie erleichtert ich war, dass wir nur fünfzehn Mädchen waren und es mehr als dreißig Betten gab – das hieß, dass wir jede zwei Decken haben konnten. Alle verbrachten ihre Zeit wachend wie schlafend darin eingehüllt.

Aber es wurden auch immer mehr Mädchen krank. Bisher ging es keiner so schlecht wie Hannah am Anfang. Aber Addie und ich teilten uns das Zimmer mit Mädchen, die vor Fieber brannten, und solchen, die bleich vor Kälte waren, und wir konnten nur sehr wenig tun, um ihnen zu helfen.

<Schadet es ihnen mehr, als es hilft?>, fragte ich Addie eines Abends. Neben uns saß ein Mädchen, das rasselnd ein- und ausatmete. <Dass sie hier alle so zusammenkommen ... vorher hatten sie eine Methode, und jetzt ...>

Sie hatten eine Methode gehabt, egal wie unausgereift sie gewesen sein mochte, sich selbst so gut wie möglich zu schützen. Wir hatten damit gebrochen. Wir waren davon ausgegangen, etwas Gutes zu tun, und während unserer Zeit in Klasse 6, als weniger Mädchen krank gewesen waren, schien es noch so, als müsse niemand einen Preis dafür zahlen. Aber unsere Handlungen hatten eine Eigendynamik entwickelt. Die anderen Mädchen versammelten sich nicht mehr nur nach dem Licht-Aus, sie hatten begonnen, sich auch tagsüber in kleineren Grüppchen zusammenzufinden.

An einem Morgen lachte jemand, und es war, als wären wir alle plötzlich vom Blitz getroffen worden. Es wurde still. Köpfe wandten sich um.

Es war Lilac Helms gewesen, und sie presste die Finger an die Lippen, als hätte sie gerade etwas Falsches getan. Einen Moment dachte ich, sie würde sich womöglich entschuldigen. Aber sie wandte nur den Blick ab. Nach einem kurzen Moment taten alle anderen es ihr gleich.

Aber der Nachhall ihres Lachens blieb.

Addie und ich überprüften die Schnur, so oft es ging. Jedes Mal verspürten wir einen aufgeregten Stich, wenn der goldene Schimmer sich vom Boden löste. Und jedes Mal wurde aus der gespannten Erwartung herbe Enttäuschung. Eine Woche verging. Niemand kam, um den Ring abzuholen oder uns eine Botschaft zu hinterlassen – irgendein Zeichen, dass wir Freunde da draußen hatten, die nur darauf warteten, uns zu helfen, falls etwas schiefging.

Vielleicht war Marion aufgeflogen. Vielleicht hatte sie eine falsche Entscheidung getroffen, jemanden misstrauisch gemacht, und musste sich jetzt bedeckt halten. Vielleicht hatte sie beschlossen, dass die ganze Sache zu gefährlich war, und aufgegeben.

Das konnte sie schließlich tun. Es war nicht wirklich ihr Kampf.

*Du bist viel zu vertrauensselig, Eva Tamsyn. Das wird dir eines Tages noch das Genick brechen.*

Angst und Verzweiflung waren wie Geier, die über uns kreisten und darauf warteten, dass wir aufgaben. Aber ich weigerte mich, vor ihnen die Waffen zu strecken. Wenn ich selbst zweifelte, wie konnte ich dann von allen anderen in der Klasse erwarten, dass sie die Hoffnung bewahrten?

Eines Morgens, der Ring hing immer noch unberührt aus dem Fenster, kam ich aus dem Waschraum und sah Bridget mit dem Rücken an die Wand gelehnt dasitzen. Ihre Augen blickten hart, ihre Lippen waren so fest zusammengepresst, dass sie eine mürrische Linie bildeten.

‹Geh zu ihr und rede mit ihr, Eva›, sagte Addie. Obwohl sie anfangs gezögert hatte, Bridget als unsere Freundin zu bezeichnen, war sie ihr gegenüber mitfühlender geworden.

Ich setzte mich zu Bridget auf den Boden. Wir saßen genau auf der Strecke, auf der Viola im alten Gruppenraum ihre Runden gedreht hatte. Ihr ständiges Im-Kreis-Laufen war in der Eintönigkeit unserer Tage wie ein Hintergrundrauschen gewesen, tröstlich in gewisser Weise, aufgrund seiner Gesetzmäßigkeit. Wir hatten uns darauf verlassen.

Von hier aus hatten wir die untere Raumhälfte im Blick: das Labyrinth aus Metallbeinen der Betten, die Decken, die bis auf den Boden hingen, die Beine und in Slippern steckenden Füße der Mädchen.

Ich sah Bridget an, dann unsere Hände. Die Finger kamen uns ohne den Ring immer noch nackt vor. »Ist etwas?«

Sie warf uns einen schrägen Blick zu. »Abgesehen vom Üblichen?«

Ich hatte die Kunst des trockenen Lächelns erlernt. »Ja.«

Sie wandte den Blick ab. Zuckte mit den Schultern. »Ich habe nur an Viola denken müssen. Ob sie ... ob sie immer noch in Klasse 4 ist oder ...«

Ob sie abgeholt worden war. So wie Hannah und Millie.

*Was Viola passiert ist, wird dir nicht geschehen*, wollte ich sagen, tat es aber nicht.

Nach allem, was wir wussten, hätte auch Viola nie geschehen dürfen, was ihr passiert war.

»Weißt du, wie ihr zweiter Name gelautet hat?«, fragte ich. »Violas, meine ich. Der ihrer anderen Seele.«

Bridget sah zu Boden. »Spielt das eine Rolle?«

»Es spielt eine Rolle«, sagte ich. »Wenn ich anderen Menschen von ihr erzähle – von ihnen –, möchte ich ihre Namen benutzen.«

»Wer sollte das denn sein?«, fragte Bridget provozierend.

Ich sah sie entschlossen an. »Wir werden hier rauskommen. Daran musst du einfach glauben, Bridget.«

Sie schien damit zu kämpfen, ihre Gefühle unter Kontrolle zu halten. »Was spielt es schon für eine Rolle, was ich glaube?«

»Es spielt eine«, insistierte ich. Das Mädchen in dem Bett, das uns am nächsten war, sah uns an, dann schnell wieder weg. Eine ganze Weile sagten weder Bridget noch ich etwas.

»Ihre Namen waren Viola und Karen Fairlow.« Sie sah uns endlich wieder in die Augen, und da war etwas Nacktes, Verletzliches in ihrem Blick.

Etwas Fremdes.

»Du bist nicht Bridget«, flüsterte ich.

Sie wurde starr. Wandte das Gesicht wieder ab.

Sagte so leise, dass ich es fast nicht gehört hätte: »Grace. Du kannst mich Grace nennen, wenn du willst.«

## Kapitel 16

Die Schneefälle waren inzwischen noch stärker geworden. Jeden Tag deckte eine neue Schicht die alte zu und sorgte für eine unberührte Welt. Es waren nie irgendwelche Fußabdrücke zu entdecken. Addie und ich versuchten, einander zu überzeugen, dass vielleicht auch keine zu sehen sein würden, selbst wenn jemand käme, um den Ring auszutauschen. Der Schnee verhüllte alles.

Da war stets ein Hauch von Widerstand, wenn wir die Schnur einholten, an deren Ende es golden funkelte. Die Schnur war stets feucht von geschmolzenem Schnee. Der Ring war stets bitterkalt, wenn er endlich in unsere Hand fiel.

Dann, eines Morgens, war es nicht derselbe Ring.

Einen Moment lang dachte ich, unsere Augen spielten uns einen Streich. Dass unser Wunschdenken uns Dinge vorgaukelte. Aber nein, der Riss im Schmuckstein war verschwunden. Und als ich auf den Stein drückte, rastete er ein, so wie es gedacht war.

Erleichterung ließ uns die Kälte vergessen. Ich löste die Schnur und zog das Fenster zu, sank auf dem Rand des

Waschbeckens zusammen. <Oh, Gott sei Dank>, sagte ich und spürte Addies Gefühle, die ein Widerhall meiner eigenen waren, viel mehr, als dass ich sie vernahm.

Man hatte uns nicht aufgegeben.

Erst als ich den Ring über unseren Finger streifte, fiel mir auf, dass er auf der Innenseite nicht mehr so glatt war wie zuvor. Stattdessen kratzte etwas an unserer Haut.

Ich streifte den Ring wieder ab und hielt ihn ins Licht, kippte ihn etwas, damit wir die Innenseite betrachten konnten. Dort, ins Metall eingraviert, ließen sich die groben Züge eines winzigen Vogels ausmachen. Flügel ausgebreitet. Kopf erhoben.

Und zwei Worte, gefolgt von einem Paar Initialen.

*Wir kommen.*

*R. M.*

Ryan Mullan.

»Wo hattest du den Ring versteckt?«, fragte Bridget ein paar Tage später. Reflexartig verbarg Addie unsere Hand in unserem Schoß.

»Was meinst du?«

Bridget zuckte mit den Schultern. »Du hast ihn eine Weile nicht getragen. Das ist alles.«

Jetzt war es an Addie, mit den Schultern zu zucken. Sie wandte sich ab, doch Bridget hielt uns auf, indem sie hervorstieß: »Bedeutet das, du glaubst wirklich, dass wir hier irgendwann wieder rauskommen?« Sie presste die Lippen aufeinander. Als sie erneut sprach, waren ihre Worte ruhiger, klangen aber seltsam steif: »Als du aufgehört hast, ihn zu tragen ... also, du hast ihn behalten, weil er dich an draußen erinnert, stimmt's? Und wenn du tatsächlich die Hoffnung aufgegeben hättest, jemals hier rauszukommen, würdest du ihn vielleicht nicht mehr tragen, weil es alles nur noch schlimmer machen würde – erinnert zu werden. Aber die letzten paar Tage hast du ihn wieder angehabt.«

Addie sah auf den Ring hinunter. ‹Ich weiß nicht, was ich sagen soll›, gestand sie mir.

Daher sagte ich: ‹Komm, lass mich.› Und sie ließ mich, trat beiseite, damit ich die Kontrolle übernehmen konnte.

Ehe ich zu lange darüber nachdenken konnte, zog ich den Ring aus und ließ ihn in Bridgets Hand fallen. Sie zuckte überrascht zusammen. Und als ihr Blick den unseren suchte, fragte ich mich, ob sie den Wechsel bemerkt hatte. Ob sie Addie und mich unterscheiden konnte. Ich kannte sie seit Wochen und in diesem Moment hätte ich nicht mit Sicherheit sagen können, ob das Mädchen, das vor mir saß, Bridget oder Grace war.

»Er erinnert mich«, sagte ich leise, »an Ryan.«

Sein Name blieb uns fast im Halse stecken. Ich hatte bisher nicht über ihn reden wollen. Nicht an diesem Ort, so als würde es seinen Namen beflecken, ihn inmitten abblätternder Wände und verdreckter Böden auszusprechen.

Aber ich hatte gelernt, dass das Gegenteil der Fall war. Glückliche Erinnerungen an einen schrecklichen Ort zu bringen, trübte die Erinnerungen nicht. Stattdessen ließen die Erinnerungen die Umgebung heller erscheinen.

Bridgets Kopf war geneigt, ihre Finger hielten den Ring behutsam fest. »Du hast Glück«, sagte sie. »Du hattest schon immer wahnsinniges Glück. Ich …«

Dann erstarrte sie. Hob den Kopf und sah uns an.

»Er hat eine Gravur.« Ihre Augen waren groß geworden. »Er hat eine Gravur. Die hatte er vorher nicht.«

Die Tür des Gruppenraums flog scheppernd auf.

Ich wäre beinah aufgesprungen. Bridget stopfte den Ring unter ihr Kissen.

Die Frau, die den Raum betrat, war keine Betreuerin, aber wir erkannten sie. Es war die Pflaumenblusenfrau. Sie war gekommen, als Addie und ich im anderen Klassenraum zum ersten Mal das Fenster geöffnet und behauptet hatten, hingefallen zu sein. Sie hatte mich nach meinem Namen gefragt.

Jetzt starrte sie uns an und alle starrten zurück.

Ich musste ein Schaudern unterdrücken, als der Blick der Frau auf uns landete. Aber er wanderte weiter und wir atmeten auf. Ein Betreuer stellte sich neben die Frau.

‹Was geht hier vor?›, fragte Addie.

Ich sollte nie die Gelegenheit bekommen, etwas zu erwidern. Die Frau sagte: »Die da«, und zeigte auf jemanden.

Auf Bridget.

Bridgets Stimme löste sich von ihren Lippen, sehr klein und verwirrt: »Was?«

Sie duckte sich weg, als der Betreuer nach ihr griff. Ich hielt ihre Hände fest, während er sie an den Schultern packte. Die anderen Mädchen saßen oder standen wie angewurzelt da, die Augen weit aufgerissen, die Münder fest verschlossen.

»Nein!«, brüllte ich, als der Mann uns Bridget entriss.

Bridgets Schrei schallte durch den Raum. Er drohte, unser Trommelfell zu zerfetzen, raubte uns die Luft zum Atmen. Sie kratzte den Betreuer. Er packte ihr Handgelenk, während sie versuchte, ihm mit der Faust gegen die Brust zu trommeln. Ihr Oberteil bauschte sich auf, fesselte sie. Sie schrie und schrie und schrie.

Und dann konzentrierte sich ihr Schreien. Verwandelte sich in dem Chaos zu einem Wort.

Zu einem Namen.

»Addie!«

Ich zuckte zusammen. Bridget erstarrte. Der Mann machte sich den Moment zunutze und packte sie fester um die Taille. Schleifte sie zur Tür.

Es passierte alles so schnell.

Sie war hier. Sie war fort.

Die Tür fiel zu.

Stille.

Dann, von hinten, das Klappern von Schuhen. Schritte, die sich näherten. Eine Hand schloss sich wie ein Schraubstock um unseren Arm.

Die Pflaumenblusenfrau schwebte in Sicht. Unser Verstand war wie benebelt, aber ihr Gesicht war aus irgendeinem Grund kristallklar. Wir sahen jede Einzelheit. Die leichten Falten auf ihrer Stirn. Die dunklen Strähnen, die ihren Haarklämmerchen entkommen waren. Die teigige Konsistenz des Make-ups direkt unter ihren Augen. Ihre Lippen bildeten eine grimmige, schlecht gelaunte Linie.

»Tja«, sagte sie. »Du kommst wohl auch besser mit.«

# Kapitel 17

Im Gegensatz zu Bridget wehrten Addie und ich uns nicht. Zwei Betreuer warteten an der Tür, als wir dort ankamen, und keiner sah so aus, als könne er von einem fünfzehnjährigen Mädchen besiegt werden.

Also gingen wir stumm mit. Aber im Geiste waren wir alles andere als stumm.

<Denk an die Baupläne>, sagte ich. Ich rang die Panik nieder – nicht allein meine, sondern auch Addies, die ich wie den hektischen Flügelschlag eines geleimten Vogels spürte, der darum kämpft, freizukommen.

<Mach ich.> Addies Stimme war gepresst, aber klar.

Wenn wir wussten, wohin sie uns brachten, hatten wir eine bessere Chance, zu entkommen. Zumindest redete ich mir das ein.

Der Aufzug kam. Sie brachten uns nicht nach unten, wie ich erwartet hatte, sondern hinauf in den dritten Stock.

Das Atmen fiel uns jetzt schwerer. Wir konnten nichts dagegen tun. Ich versuchte, mich auf unsere Umgebung zu konzentrieren – versuchte mir einzuprägen, wo wir langgingen, und alles andere auszublenden. ‹Addie, Addie, Addie›, schoss mir durch den Kopf. Ich wusste nicht, warum. Ich musste es einfach sagen. Brauchte die Vergewisserung, dass sie hier bei mir war.

Dass wir das hier überstehen würden.

Die Betreuer stießen uns in einen Raum. Eine Zelle. Vier weiße Wände, vielleicht acht Quadratmeter groß. Eine Toilette in der Ecke. Ein Bett, das an der Wand stand.

Dann waren wir allein.

‹Such nach Kameras.› Schritt für Schritt vorzugehen half mir, die Ruhe zu bewahren. Ich musste die Panik in Schach halten, sie eindämmen, damit sie uns nicht mit sich riss.

Auf den ersten Blick war nichts zu sehen. Dann entdeckte ich etwas Winziges, das in der hintersten Ecke montiert war, gegenüber der Tür. Es hätte eine Kamera sein können.

Wir setzten uns aufs Bett, lehnten den Rücken an die Wand.

Was nun?

‹Der Ring›, sagte Addie. ‹Jemand könnte ihn finden.›

‹Falls jemand ihn findet, wird es eines der Mädchen sein.› Ich zwang mich dazu, optimistisch zu klingen, obwohl ich das nicht war. ‹Und sie würden ihn für sich behalten wollen. Sie würden ihn nicht rausrücken. Und selbst wenn ... selbst wenn sie es täten, würden die ihn für einen ganz normalen Ring halten. Sie würden nicht wissen, dass er uns gehört ...›

<Das hier ist eine Regierungseinrichtung>, sagte Addie. <Sie wissen möglicherweise alles über diese Art von Technologie. Und wenn sie die Gravur bemerken ...>

Mir schwirrte der Kopf, es war ein Ansturm aus bruchstückhaften Gedanken. Über den Ring. Über Bridget und darüber, was mit ihr geschehen würde. Was mit uns geschehen würde. Ich musste die Gedanken immer wieder zum Schweigen bringen. Ich konzentrierte mich auf das Atmen. Darauf, die Ruhe zu bewahren.

<Keine Sorge>, sagte ich zu Addie. <Es wird alles gut werden. Uns wird nichts passieren. Wir haben schon viel Schlimmeres überlebt.> Ich versuchte ein Lachen und scheiterte daran. <Wir sind in Nornand vom Dach gefallen, sind in Anchoit von unseren Freunden verraten und gefesselt worden, haben uns aus dem Schutt in Powatt gegraben. Wir werden auch das hier überleben.>

Das mussten wir, oder etwa nicht? Wie hätten wir alles andere überstehen können, nur um dann aufzufliegen? Auf diese Weise zu enden? Wir hatten so viel gelernt, waren schon so weit gekommen. Es wäre nicht fair. Die Welt durfte es nicht zulassen.

Aber die Welt hatte zugelassen, dass Viola und Karen den Verstand verloren. Hatte Wendys Schwester umgebracht und Peter. Hatte eine Seele aus Jaime Cortaes Körper geschnitten und sie vom Erdboden getilgt.

Es war dumm, so etwas wie Fairness von ihr zu erwarten.

Wir warteten stundenlang, bevor die Tür erneut aufging. Wir sprangen vom Bett auf. Wichen nach hinten, damit wir Platz hatten zu manövrieren – zu rennen oder uns zu wehren.

»Du kannst dich wieder hinsetzen«, sagte die Pflaumenblusenfrau. Sie schloss die Tür hinter sich.

Ich setzte mich nicht. Die Frau dagegen schon, mitten aufs Bett, so als wäre es ihres. Addie und ich zitterten vor Kälte. Das Zimmer war nicht besser geheizt als der Gruppenraum.

»Hier.« Die Frau streifte ihr Jackett ab. Es war maßgeschneidert, violett. Ich nahm es nicht an. Nach einem Moment zog sie die Hand zurück. »Wie heißt du?«, fragte sie.

»Darcie Grey.«

»Das ist nicht der Name, den Bridget gerufen hat.«

»Wo ist sie?«, fragte ich. »Was haben Sie mit ihr gemacht?«

»Du zitterst«, sagte die Frau. »Bist du sicher, dass du meine Jacke nicht haben willst?«

»Wo ist Bridget?«, wiederholte ich lauter.

»Sie bedeutet dir ganz schön viel.«

Ich stieß ein ersticktes Lachen aus. »Ich war seit ... seit *Wochen* im selben Raum mit ihr.«

Die Frau zog bedächtig ihr Jackett wieder an und studierte die Manschettenknöpfe. »Seit über einem Monat. Aber du kennst sie schon länger, oder? Ich habe mir Bridgets Akte angesehen. Bevor sie hierherkam, war sie in der Nornand-Klinik. Genau wie ein Mädchen namens Addie Tamsyn.«

Ich schwieg weiter.

Sie sah hoch. »Die Addie Tamsyn, die an dem Bombenattentat in Powatt beteiligt war. Es heißt, Mark Jenson hätte ein besonderes Interesse an ihr gehabt, aber nun, da er Jaime Cortae wiederhat, ist es ihm nicht mehr annähernd so wichtig.«

Jaime. Ich bemühte mich krampfhaft, den Schmerz nicht zu zeigen, der uns bei ihren Worten durchzuckte. So wie die Frau uns ansah, gelang es mir nicht vollständig.

»Jenson hat den Jungen und seine Pläne für ein Heilmittel.« Die Frau sprach jetzt langsam, beinah zu sich selbst. »Aber ich habe dich.«

»Ich bin nicht Addie«, sagte ich leise. Es war zutreffender, als diese Frau ahnte.

Sie lächelte nur. Addie und ich hatten irgendwo gehört, dass man ein echtes Lächeln von einem falschen unterscheiden konnte, indem man einem Menschen in die Augen sah. Ihre Lippen verzogen sich, ihre Augenwinkel bildeten Falten, aber es war immer noch das falscheste Lächeln, das wir je gesehen hatten.

»Wer hat dich geschickt?«, fragte sie. »Wie gelangen sie an das Filmmaterial?«

»Das Filmmaterial?« Unsere Stimme spiegelte die verheerende Wirkung nicht wider, die ihre Worte in unserem Innern anrichteten. Sie zerfetzten unsere Lungen. Zerquetschten unseren Magen. Unser Herz rannte stolpernd Marathons, raste und stockte in unserer Brust, das Blut toste als Antwort in unseren Adern.

»Für die Piratensendung«, sagte die Frau. Als ich sie einfach nur anstarrte, unfähig, etwas zu erwidern, verblasste ihr Lächeln. »Du weißt es wirklich nicht.«

Es dauerte nicht lange, bis sie einen kleinen Fernseher hereingerollt hatten. Die Frau schob die erste Kassette in den Rekorder. Drückte auf *Play*.

Das Bild des Präsidenten der Americas erschien. Und neben ihm Jenson. Die Lautstärke war anfangs zu schwach, um zu hören, was er sagte. Die Frau beugte sich vor und stellte den Ton lauter. Dann verstanden wir die Worte.

Er redete über die hybride Gefahr und Aufstände an der Ostküste, um die man sich kümmere. Über das Heilmittel. Er erwähnte Jaime ...

Die Übertragung brach ab. Einen Moment bestand das Bild nur aus Schnee und Rauschen.

Dann tauchte dort, auf dem Bildschirm, plötzlich Wendy Howard auf. Die kleine Wendy Howard, die sich Marion um ihrer toten Schwester willen angeschlossen hatte.

Marion hatte nicht einmal versucht, ihr Gesicht unkenntlich zu machen. Wir sahen jedes nervöse Zucken der

Augenbrauen, jedes Beben der Lippen, als sie über Anna sprach. Und davon erzählte, wie es war, eine Schwester zu haben, die einem entrissen wurde, und ihr Schicksal nicht zu kennen.

Sie weinte mittendrin, während die Kamera auf ihr Gesicht gerichtet blieb. Da wandten wir den Blick ab, weil wir es nicht länger ertrugen.

In diesen paar Sekunden endete der Film mit Wendy. Aber wir kehrten nicht zum Präsidenten und Jenson zurück. Stattdessen kehrten wir in jene Nacht in den dunklen Straßen von Anchoit zurück, als Jackson Montgomery verhaftet wurde und Kitty den Vorgang mit zitternden Händen filmte.

Wir hatten den Film nie zuvor gesehen. Wir hatten ihn noch nicht einmal entwickeln lassen – hatten ihn in jenem Hotelzimmer mit dem übrigen Inhalt unserer Handtasche zurückgelassen. Jemand musste ihn Marion gegeben haben. Oder sie hatte ihn gestohlen.

<Das war privat>, flüsterte Addie. <Wir haben ihr nie die Erlaubnis erteilt, den Film zu benutzen.>

Der Bildschirm konnte uns nur einen Bruchteil dessen zeigen, was passiert war. Meine Erinnerung füllte die Lücken. Die Lichtkegel, die die Taschenlampen der Polizisten geworfen hatten. Die Art, wie die Beamten Jackson zu Fall gebracht hatten.

Die elende Angst.

Addie war ein von Wut befeuertes Erdbeben. Ich hielt

sie fest. Versuchte, ihr Halt zu geben. Aber ich zitterte ebenfalls am ganzen Körper.

Jackson verschwand im Polizeiauto.

Auf dem Bildschirm.

Die Pflaumenblusenfrau drückte die Pausetaste. Dann auf *Eject.* »Das ist vor zwei Wochen gesendet worden.«

Sie schob ein weiteres Band in den Rekorder. Dieses Mal sprach nur Jenson, bevor die Aufzeichnung unterbrochen und durch eine unscharfe, aber seltsam vertraute Aufnahme ersetzt wurde. Wir kniffen die Augen zusammen.

Erkannten, warum uns der Anblick vertraut vorkam.

Wir hatten die Aufnahme gemacht.

»Das«, sagte die Frau, und ihre Augen blickten hart, »wurde gestern verbreitet.«

Wir konnten nur starren. Klasse 6 wurde wieder lebendig, ausgestrahlt in kurzen Schnipseln. Die Wände, von denen die Farbe blätterte. Die Metallbetten. Hannahs Husten. Viola, die mit leerem Blick umherwanderte.

Dann Dunkelheit und die geflüsterten Geschichten der Mädchen.

Marion wusste, dass wir noch immer in Hahns waren, und sie hatte das Filmmaterial dennoch veröffentlicht.

Wir konnten unmöglich darüber nachdenken, was das bedeutete. Nicht jetzt. Nicht, während diese Frau uns so aufmerksam beobachtete. Wir mussten die Ruhe bewahren. Die Unschuldige spielen.

Durften uns nichts anmerken lassen.

Uns blieb keine andere Wahl. Nicht, bis wir Zeit gehabt hatten, über alles nachzudenken.

»Anfangs dachte ich, es wäre Bridget gewesen, weil sie eine Verbindung zu Nornand hat«, sagte die Frau. »Aber nun, da ich weiß, wer du wirklich bist, ergibt alles viel mehr Sinn.«

Wir schluckten. »Ich weiß nicht, wovon Sie reden.«

Das war das Letzte, was wir laut sagten.

Die Frau blieb weitere zwanzig oder dreißig Minuten und wurde unterdessen immer ärgerlicher. Ihre Augen blitzten. Ihre Stimme wurde schärfer.

Sie wechselte zwischen Flüstern und Brüllen, Drohen und Schmeicheln.

Wir schwiegen weiter.

Endlich ließ sie uns allein.

<Wir kämpfen, wenn sie das nächste Mal die Tür aufmachen>, sagte ich. <Wir rennen los. So schnell wir können.>

Sie versuchten, uns mit Essen zu versorgen. Wir schleuderten das Tablett dem Mann entgegen, der es gebracht hatte, und versuchten, an ihm vorbeizustürmen. Er warf uns zurück in die Zelle.

Als wir dasselbe Stunden später erneut versuchten, hatte der nächste Betreuer, den sie schickten, eine Nadel dabei.

Jetzt wehrten wir uns mit allen Mitteln. Wir kreischten und spuckten und schlugen und traten.

Wir verspürten einen Anflug von Stolz, weil sie drei Leute brauchten, um uns unten zu halten.

Dann glitt die Nadel in die Vene, Schmerz breitete sich in unserem Körper aus, während sie uns die Droge injizierten, und die Welt um uns herum wurde schwarz.

# Kapitel 18

Die Zeit wurde zu einer Endlosschleife.

Ich erwachte und sah Ryan neben meinem Bett stehen. So unglaublich real. So unglaublich nah. Aber als ich die Hand nach ihm ausstreckte, glitten unsere Finger durch ihn hindurch.

*Ryan*, sagte ich. *Ryan, ich* ...

*Sch*. Er legte einen Finger an die Lippen. Begann rot zu blinken, wie die Chips, die wir beide hatten. Blinken bedeutete, sie waren dicht beieinander. Es bedeutete ...

Er schmolz. Zerfiel zu Asche, die sich wie ein lebendiges Wesen auf dem Boden ausbreitete und in Flammen aufging. Ich schrie. Die Flammen knisterten. Von der Decke regnete Ruß in unsere Augen. Ich rieb an ihnen und rieb an ihnen, aber er kam nicht raus.

Jemand packte unsere Hände. Zog sie von unserem Gesicht weg. Jemand schrie etwas und ich schrie zurück ... Ich konnte nicht aufhören zu schreien ...

*Der Schiffskompass*, sagte unser Vater

Er zeigte auf den Himmel, der so unendlich,
Dunkel und blau war
Sein Arm umfing uns
Schirmte uns vor dem Wind ab

*Da sind Gespenster in unserer Kleidung*, berichtete ich ihnen.

Eine Nadel funkelte.

*Nein*, stöhnte ich. Ich schlug um mich. Ich brüllte. *Nein, nein, bitte …*

Schmerz. Schmerz und Druck. Unser Herz. Heiß.

Es war so kalt gewesen und jetzt war es so heiß …

Ein Sternbild, nach dem Kompass der Seefahrer benannt
Drei blasse Sterne am Südhimmel
*Erzähl mir ihre Geschichte*, sagte ich
Vier Jahre alt und müde
Und im nächsten Moment eingeschlafen.

Addie?

Addie. Addie. Addie. Addie …

*Zu viel*, sagten sie.

*Dumm*, flüsterten sie.

*Warum läufst du ständig?*, fragte ich Viola. Viola mit dem Finger an unserer Wange neben unserem Bett. *Was hast du gesehen?*

*Du musst die Tage zählen*, sagte sie.

1

2

3

Dann verbrannte sie und wir brannten mit ihr.

Es gibt keine Geschichte über den Schiffskompass.

Lyle klopfte Morsecodes an die Wand.

Ich klopfte welche zurück. Die Welt war schwarz vor Qualm, und in der Dunkelheit lauerten Dinge mit feuchtem, schlürfendem Atem, und ich konnte nichts mehr sehen, aber mein kleiner Bruder klopfte Nachrichten für mich an unsere Schlafzimmerwand, und er war nicht bereit, schlafen zu gehen, bevor ich nicht eine Antwort klopfte. Er musste schlafen gehen.

Schlafen.

S

C

H

L

A

F

...

# Kapitel 19

*Ich bin kein Geist.*

Ich erwachte, als würde ich mich durch Wasser an die Oberfläche kämpfen. Durch Rauch und Dunst und Nebel. Meine Gedanken zwangen sich durch Watte, versuchten aufzutauchen. Dinge gingen verloren auf dem Weg von unseren Augen zu unserem Gehirn, von unserem Gehirn zu unseren Lippen. Ich sprach und hörte nichts. Hörte nichts und doch etwas; alles zugleich ...

Ich sah wieder Ryan. Er guckte uns nicht an, denn er war auf etwas in seinen Händen fixiert. Dabei runzelte er die Stirn, wie er es immer tat, wenn er sich auf ein Problem konzentrierte, auf ein Maschinenteil, das nicht so wollte wie er.

Er war nicht wirklich da, aber ich sah ihm trotzdem zu.

Da war etwas in der Haut unseres Handrückens vergraben. Ein dünner, durchsichtiger Schlauch, der sich hoch, hoch, hoch hinaufwand, bis zu einem kleinen, durchsichtigen Beutel. In dem Beutel war Flüssigkeit. Flüssigkeit, die, so nahm ich an, in uns hineinfloss.

An manchen Morgen brannte ich immer noch lichterloh. Ich gab zusammenhanglose Laute von mir, und niemand kam, und dann kam doch jemand. Eine Frau mit einer tiefen, rauen Stimme, die leise sprach.

»Du hattest eine schlimme Reaktion«, sagte sie und fuhr mit dem Finger über unsere Wange, wo die Haut feucht war.

»Sie haben dir zu viel gegeben«, sagte sie. Sie erinnerte mich an die Krankenschwestern in Nornand. »Sie sind es nicht gewöhnt, achtsam vorzugehen.«

Sie drückte unsere Lider zu.

»Normalerweise müssen sie sich keine Gedanken darum machen, ob die Versuchsperson überlebt.«

# Kapitel 20

Ich riss den Schlauch raus.

Und hätte beinah aufgeschrien.

Es tat weh. Blut perlte aus der Wunde, tropfte unser Handgelenk entlang. Aus dem Ende des Schlauchs tropfte es auch – eine durchsichtige Flüssigkeit, die in unsere Bettdecke sickerte.

Die Tür schlug auf. Ein Mann stürzte herein. Packte unsere Hand. Ich versuchte, mich zu wehren, aber unsere Arme waren wie Spaghetti.

»Nicht«, rief ich. »Ich will das nicht.«

Er zögerte, gab aber nach und klebte ein Pflaster auf unseren Handrücken, um die Blutung zu stillen. Er sammelte den tropfenden Schlauch und den Rest der Infusion ein. Dann war er wieder verschwunden.

Ich schaffte es kaum, mich aufzusetzen. Unsere Haut fühlte sich hyperempfindlich an. Unsere Augen. Unser Hals.

‹Addie?›, flüsterte ich.

Eine plötzliche Welle der Übelkeit ließ mich die Augen schließen. Als ich sie wieder öffnete, war das Zimmer deutlicher zu erkennen. Das Licht blendete weniger. Unser Blick schärfte sich. Ich atmete durch den Mund.

Mein Kopf war immer noch mit Watte gefüllt. Ich streckte mich suchend nach Addie aus, bemühte mich, sie zu erhaschen und mit mir dorthin zu bringen, wo Klarheit herrschte.

Ich fand nichts.

Da war nicht das Loch, das normalerweise da war, wenn Addie untertauchte, ob mithilfe von Refcon oder durch eigenen Antrieb. Da war kein klaffender Spalt, kein ultimatives Nichts.

Da war nur der Nebel. Und der verzog sich auch allmählich. Mein Kopf, meine Gedanken wurden klarer.

Und Addie war einfach nicht da.

Ich schluckte die Panik hinunter. Unsere Hände ballten sich auf der Decke zu Fäusten. Ich streckte mich wieder nach ihr aus, in meinem Geiste, aber da war nichts Greifbares. Es gab keinen zusätzlichen Raum. Keine Verbindung.

Nur mich.

Die Tür ging auf. Die Pflaumenblusenfrau war zurück, obgleich sie an diesem Tag eine rote Bluse mit einem weiten Rollkragen trug. Sie kam auf uns zu. Auf mich.

‹Addie?›, rief ich. Ihr Name erzeugte ein Echo in der einsamen Kammer meines Geistes. Meine Gedanken – meine Gefühle – der Raum in unserem Kopf –, alles kam mir so verschlossen vor. So als hätte ich mein ganzes Leben in einem Haus verbracht, und nun wäre die Hälfte der Zimmer verschwunden, und ich kratzte an Wände, die einst Türen gewesen waren.

»Wenn du den Tropf nicht willst«, sagte die Frau, »wirst du vernünftig sein und essen müssen.«

Ich sah sie an, ohne zu begreifen.

»Addie.« Sie beugte sich zu uns. Ich wäre zurückgewichen, wenn ich gekonnt hätte. Aber ich drückte mich bereits an die Wand. »Bist du bei klarem Verstand?«

Ich hoffte, es wäre nicht so. Dass das hier nur ein weiterer Albtraum wäre.

Unsere Stimme klang brüchig. Unser Hals schmerzte noch immer. Aber ich sprach. »Wenn ich nicht bei klarem Verstand wäre, würde ich es dann wissen?«

Ihre Lippen schürzten sich. »Addie ...«

»Ich bin nicht Addie«, flüsterte ich.

Jetzt war es an der Frau zu lachen. »Ein bisschen spät, das zu sagen. Besonders nach all den Dingen, die du während deiner Träume gebrüllt hast.«

Unser Mund klappte zu.

»Die Droge sollte das bewirken«, sagte die Frau. »Dir helfen, die Wahrheit zu sagen. Deine Zunge lösen. So was in der Richtung. Wir hatten schon bessere Versuche. Manche der Mädchen – sie erzählen uns einfach alles.«

Ich konnte sie nur unentwegt anstarren. Sie log. Was sie sagte, musste einfach gelogen sein.

»Du hast jedoch schlecht darauf reagiert«, fuhr die

Frau fort. »Hybride Gehirne ... ich habe die Erfahrung gemacht, dass sie alle etwas unterschiedlich sind, je nachdem, wie dominant das eine oder andere Bewusstsein ist. Es ist schwierig, eine Substanz zu finden, die vorhersagbare Ergebnisse erzielt. Aber ich schätze, diese Problematik wird von Vorteil für mich sein, sobald der Erfolg sich einstellt.«

»Refcon«, flüsterte ich. »Haben Sie mir Refcon gegeben?«

Ihre Augenbrauen schossen nach oben. »Warum hätte ich das tun sollen?«

Ich schluckte. »Um zu versuchen, uns zu heilen.«

Sie lächelte mitleidig. »Du denkst an Einrichtungen wie Nornand, Addie, und Powatt. Hier in Hahns halten wir uns nicht damit auf, Hybride heilen zu wollen.«

Ich wartete darauf, dass Addie zurückkam. Im Geiste zählte ich die Sekunden. Sekunden, die zu Minuten wurden, die wiederum zu Stunden wurden. Sie brachten Nahrung. Eine Schüssel mit so etwas wie Hafergrütze. Frühstück? Mittagessen? Abendessen?

*Die längste Abwesenheit, von der ich je gehört habe, ist ein halber Tag,* hatte Emalia einst zu mir gesagt. War Addie während des Deliriums noch bei mir gewesen? Ich konnte es nicht mit Sicherheit wissen. Falls sie zu dem Zeitpunkt bereits fort gewesen war ...

Aber so durfte ich nicht denken.

Anfangs verweigerte ich die Nahrung. Mir war zu übel. Aber sie rollten den Tropf zurück ins Zimmer und drohten mir damit, also würgte ich hinunter, was ich konnte. Es schmeckte wie Asche und Schmirgelpapier in unserer Kehle, lag wie Motoröl in unserem Magen.

Ich wagte nicht, ihnen zu sagen, dass Addie verschwunden war. Niemand erwähnte es. Geschah das absichtlich? Hatten sie versucht, Addie verschwinden zu lassen, weil sie annahmen, die rezessive Seele wäre leichter zu kontrollieren? Leichter zu manipulieren? Oder war es nur eine unvorhergesehene Nebenwirkung ihrer experimentellen Droge? Eine unzuverlässige Reaktion unseres hybriden Geistes?

War dies der Ort, an dem die aussortierten Mädchen endeten? Um als Laborratten benutzt zu werden? Es konnte keinesfalls legal sein, aber was bedeutete das schon hier, mitten im Nirgendwo, wenn es Kinder betraf, die die Welt ohnehin schon abgeschrieben hatte?

Sie räumten das Tablett ab. Überließen mich der Einsamkeit und dem Dahinkriechen der Zeit.

Ich zog mich in mich selbst zurück. Zerkratzte die Wände, die meinen Geist umschlossen. Riss mit den Fingernägeln klaffende Wunden in meine Gedanken.

<Addie?>

Ein halber Tag, hatte Emalia gesagt. Aber das war nur etwas, das sie gehört hatte, oder nicht? Da draußen existierte eine ganze Welt, zu der sie keinen Zugang gehabt hatte. Die Menschheit war im Weltall gewesen. Henris Satellitentelefon konnte Informationen über die gesamte Weite eines Ozeans transportieren.

Vielleicht hatte Emalia unrecht gehabt.

Was mir am meisten Angst einjagte, war, dass ich den Raum, wo Addie hätte sein sollen, nicht mehr spüren konnte. Teile von mir waren abgeriegelt worden. Verschwunden.

Ein Betreuer brachte mir Essen.

»Ich habe gerade erst etwas bekommen«, erklärte ich ihm.

»Das ist schon Stunden her«, sagte er.

Ich übergab mich in die Toilette, Magensäure ätzte sich ihren Weg unsere Kehle hinauf. Er packte uns an den Schultern. Fragte mich, ob alles in Ordnung sei. Ich hatte nicht gedacht, dass es ihn kümmerte. Aber die Pflaumenblusenfrau war noch nicht fertig mit mir, daher brauchten sie mich wohl lebend.

Es war einfach rein gar nichts in Ordnung. Wie konnte er das nicht sehen?

Addie war fort, und das bedeutete ...

Ich versuchte zu sprechen, aber ich konnte nicht genügend Luft in unsere Lungen ziehen. Unser Brustkorb brannte.

Der Mann brüllte etwas. Das Essenstablett fiel hin, verteilte Hafergrütze über den ganzen Boden.

Noch mehr Leute kamen. Es war so laut.

So laut. Und voll, und …
Immer noch so still in meinem Geiste.
*Ich bekomme keine Luft*, versuchte ich ihnen zu sagen.
*Ich bekomme keine Luft.*
*Ich bekomme alleine keine Luft.*

# Kapitel 21

Einst, als Addie und ich vier Jahre alt waren, betrachteten wir zusammen auf einem grasbedeckten Hügel die Sterne und versuchten, sie zu zählen, einen nach dem anderen.

Als Addie und ich sieben Jahre alt waren, brachte ein Junge uns dazu, in eine Truhe zu steigen, und sperrte uns darin ein. Wir lagen stundenlang in der Dunkelheit, und Addie wiederholte immer wieder: ‹Sie werden uns finden. Sie werden uns rauslassen›, bis ich es zu glauben begann.

Als Addie und ich zehn Jahre alt waren, verlor ich mitten im Gang der Grundschule die Kontrolle über unsere Gliedmaßen und sie sprang ein, rettete uns, ehe wir zu Boden stürzen konnten. Sie rettete mich vor der Beschämung meiner eigenen aus Horror und Frust entsprungenen Tränen.

Als Addie und ich zwölf Jahre alt waren, flüsterte Addie: ‹Es tut mir leid›, als wir an unserem Zimmerfenster standen, und ich spürte, wie mich das letzte bisschen Kraft verließ.

Als Addie und ich fünfzehn Jahre alt waren, riskierte

sie alles – alles –, damit ich die Chance bekam, frei zu sein.

Ich beschloss, dass es nicht von Dauer sein konnte.

Es war unmöglich.

Addie war für den Moment fort, aber sie würde wiederkommen.

Es spielte keine Rolle, wie viele Stunden vergangen waren. Wie viele Tage.

Die Pflaumenblusenfrau kam Tag für Tag wieder und stellte dieselben Fragen: Wer uns geschickt hatte, wie viele Leute darin verwickelt waren, wo sie sich jetzt aufhielten. Wie ich Kontakt zu ihnen aufnahm.

Ich gab keinerlei Antwort. Manchmal lachte ich sie aus. Ich sagte zu ihr, ich freue mich darauf, sie zu sehen, und das stimmte. Wenn sie da war, gab es etwas, auf das ich mich konzentrieren konnte. Etwas, das ich mir anhören konnte, selbst wenn es nur Fragen waren, die zu beantworten ich mir nicht gestatten konnte.

Wenn sie wieder weg war, zermalmte mich die Stille, als befände ich mich einhunderttausend Meilen tief unter dem Meer.

Ich begann mit Addie zu reden, obwohl sie nicht da war.

<Meinst du, sie wird jemals aufgeben?>, fragte ich.

<Eines Tages wird das hier eine Wahnsinnsgeschichte sein>, sagte ich.

‹Du hast so ein Glück, dass du das nicht miterleben musst›, flüsterte ich.

Ein unregelmäßiger blauer Fleck zierte unseren Handrücken, dort, wo der Infusionsschlauch angebracht gewesen war. Ich drückte manchmal darauf, einfach um den Schmerz zu fühlen. Eine Erinnerung daran, dass es mich noch gab.

Die Tür ging auf. Die Frau kam herein. Ich kannte ihren Namen nach wie vor nicht, und ich nahm an, es spielte auch keine Rolle. Ich hatte mir genug zusammengereimt, um zu wissen, dass sie die Leitung von Hahns innehatte, so wie Mr Conivent die Hybridabteilung in Nornand geleitet hatte.

»Ihre Bluse passt farblich zu meinem blauen Fleck«, teilte ich ihr mit. Es war tatsächlich so.

Die Frau ignorierte meine Bemerkung. Sie stellte einen Stuhl neben mein Bett, setzte sich und schlug die Beine übereinander. Mein Instinkt sagte mir, dass es ihr in den vergangenen Tagen nur gelungen war, ihr Temperament zu zügeln, weil sie mich noch für teilweise geistig umnachtet hielt. Vielleicht war ich das.

»Mir gefallen Ihre Schuhe.« Ich wackelte ihr mit den Zehen zu. Je länger sie mich für verrückt hielt, desto länger konnte ich sie hinhalten. »Sie haben mir sogar meine Slipper weggenommen. Haben Sie noch meine ursprünglichen Schuhe? Die Oxfords. Die mochte ich gern.«

»Heute gab es eine weitere Ausstrahlung.« Sie klang müde. Ich las es in ihren Augen, ihren hängenden Schultern. Sie hatte das Stadium der Frustration, selbst der Wut hinter sich gelassen. Jetzt war sie nur noch erschöpft.

»Oh?«, sagte ich. Es klang beinah gleichgültig, so wie es aus meinem Mund kam. Dabei war es mir alles andere als gleichgültig.

Die Frau muss ebenfalls gedacht haben, es klänge gleichgültig, denn ihre Erschöpfung löste sich in Luft auf, hinweggefegt von einem Sturm der Entrüstung.

»Ich könnte dich melden«, sagte sie. »Egal wie sehr Jenson mit seinen eigenen albernen Plänen beschäftigt ist, ich bin überzeugt, für das Mädchen, das das Filmmaterial bereitgestellt hat, das uns so viel Ärger macht, würde er sich Zeit nehmen.«

Hatte es Ärger gemacht? Ich spürte einen Anflug von Stolz und bemühte mich, ihn nicht zu zeigen.

‹Warum meldet sie uns nicht?›, fragte ich Addie und wartete ab, so als würde sie antworten. Als würden wir uns die Bälle zuwerfen, so wie wir es stets getan hatten. Wir lösten Probleme doppelt so schnell, wenn wir zusammenarbeiteten.

Doch Addie war nicht da und ich musste mir alles alleine zusammenreimen.

‹Vielleicht will sie die Anerkennung›, sagte ich. ‹Die Quelle der Piratensendungen aufzudecken ... das würde sie weit bringen. Wenn sie uns Jenson übergäbe, würde sie nur die Anerkennung dafür bekommen, uns gefunden zu haben – und selbst dann würde sie vielleicht Ärger bekommen, weil sie nicht direkt gemerkt hat, wer wir waren.›

Ich hob den Kopf, studierte die Frau vor mir. In ihrem Gesicht waren Spuren der Verzweiflung erkennbar, sie sickerten durch die Risse ihrer Maske. Hatte sie im Juli bereits die Leitung der Anstalt innegehabt? Wahrscheinlich. Also war das Sommerfiasko – die entflohenen und verunglückten Kinder – unter ihrer Aufsicht geschehen. Sie würde keinen weiteren Fehler auf dem Gewissen haben wollen. Insbesondere da sie experimentelle Drogen an den Kindern ausprobierte, die ihr anvertraut worden waren. Das hatte die Regierung doch sicherlich nicht genehmigt.

Auch wenn ich davon ausging, dass es am Ende keine Rolle spielen würde, sollte sie tatsächlich einen Durchbruch erzielen. Die Regierung wäre mehr als glücklich darüber, eine weitere Waffe im Kampf gegen die Hybriden an der Hand zu haben.

»Ich möchte Jenson da nicht mit reinziehen«, sagte die Pflaumenblusenfrau leise. »Und ich glaube, das möchtest du auch nicht.« Sie lächelte ein um Entspannung bemühtes Lächeln. »Ich könnte ein Treffen mit deinen Eltern arrangieren. Mit deiner Mutter zum Beispiel? Ich könnte sie herbringen lassen. Es war nicht allzu schwer, ihre Telefonnummer herauszufinden. Ich könnte sie herfliegen lassen, falls du sie gern sehen möchtest.«

Ich öffnete den Mund, aber unsere Kehle war zu eng, als dass ich ein Wort herausgebracht hätte.

Mir kam plötzlich ein Gedanke, bei dem mir übel wurde.

Wenn sie mich mit meiner Familie bestechen konnte, konnte sie mir auch mit ihr drohen. Hatte Mr Conivent nicht das Gleiche getan? Niemand würde Verdacht schöpfen, falls sich bei Lyle Komplikationen einstellten. Falls er wieder im Krankenhaus landete.

Falls er es nicht schaffte.

Sie wusste, was sie tat. Ich erkannte es an ihrer Miene. An dem befriedigten Ausdruck in ihren Augen.

»Sag mir, wer hinter den Ausstrahlungen steckt, und ich könnte deine Familie bis morgen hierherschaffen«, sagte sie.

Sag mir, wer hinter den Ausstrahlungen steckt, oder deiner Familie könnte schon morgen etwas zustoßen, und es wäre allein deine Schuld.

»Jenson lässt meine Familie bestimmt überwachen. Er würde erfahren, wenn etwas im Gange wäre.«

»Was weißt du über Jenson?«, fragte die Frau.

Ich erzählte ihr nicht von der Explosion in Powatt. Wie wir im Schutt gelegen hatten, er und Addie und ich. Wir hatten uns gegenseitig das Leben gerettet. Er hatte uns zur Tür getragen, als wir nicht mehr laufen konnten. Vielleicht wären Addie und ich auch ohne Jensons Hilfe aus dem Gebäude entkommen. Vielleicht hätte er das Bombenattentat auch ohne unsere Warnung überlebt. Es war etwas, das wir nie erfahren würden.

»Addie ...«, sagte die Frau.

»Ich bin nicht Addie«, sagte ich mit solcher Vehemenz, dass sie verstummte.

Und endlich verstand sie.

»Eva«, sagte sie, und ich erschauerte. Sie wiederholte meinen Namen, etwas ruhiger. »Eva, verrate es mir. Dir bleibt gar keine andere Wahl. Wer hat dich geschickt?«

Es kostete mich alle Kraft, die ich hatte, ihr die Antwort zu verweigern, da das Wohl meiner Familie auf dem Spiel stand. Aber nichts ließ sich mit Gewissheit sagen. Das letzte Mal, als ich auf ganzer Linie versagt hatte, hatte ich dadurch nicht nur in meinem Leben großen Schaden angerichtet, sondern auch in dem so vieler anderer Menschen, die mir am Herzen lagen, die unschuldig waren.

Das durfte nicht noch mal passieren.

Wenn ich nicht redete, brachte das meine Eltern und Lyle in Gefahr. Wenn ich es tat, gerieten dadurch alle anderen in Gefahr – Ryan und Hally und Kitty und Dr. Lyanne. Nicht zu vergessen Marion und Wendy. Wahrscheinlich sogar Jackson und Emalia und Henri, da ihre Rettung womöglich von dem Ergebnis unserer Mission abhing.

Selbstverständlich waren sie alle so oder so in Gefahr.

Schließlich ließ die Frau uns allein. Aber sie hatte noch nicht aufgegeben. Wenn überhaupt, dann hatte ihre

Stimmung sich aufgehellt. Und warum auch nicht? Es spielte keine Rolle, dass ich es ihr an diesem Tag nicht erzählt hatte. Sie würde am nächsten Tag wiederkommen. Und sie wusste, dass ich nicht ewig durchhalten würde.

Ich zog die Decke enger um uns. Ich hatte mich noch immer nicht vollständig von den Tagen im Delirium erholt. Ich wurde rasch müde. War nicht immer in der Lage, klar zu denken. ‹Wir ... ich werde mir irgendeine Geschichte ausdenken müssen. Es wird sie eine Weile beschäftigen. Uns ein bisschen Zeit erkaufen.›

Ich schloss die Augen.

Natürlich brachte es nur etwas, uns Zeit zu erkaufen, wenn ich sie auch zu nutzen wusste.

‹Addie›, flüsterte ich, als ich in den Schlaf hinüberglitt. ‹Falls du mich irgendwie hören kannst ... Ich brauche dich. Du musst unbedingt zurückkommen.›

Irgendwann, sehr viel später, wachte ich davon auf, dass die Tür sich einen Spalt öffnete. Das Licht war bereits abgedunkelt worden. Es muss schon spät gewesen sein.

»Endlich«, stieß jemand hervor. »Man sollte meinen, dieses Schloss zu knacken wäre einfacher als das vom Fenster.«

Eine Mädchenstimme.

Bridget.

## Kapitel 22

Ich fiel aus dem Bett, in den Laken verfangen. Bridget rannte herbei, um mir aufzuhelfen. Zischte in mein Ohr: »Komm mit. Uns bleibt nicht viel Zeit.«

Ich stellte keine Fragen. Ich nahm ihre Hand und ließ mich aus dem Raum führen. In letzter Sekunde schoss sie noch einmal zurück und schnappte sich meine Decke, um sie mitzunehmen.

Wir rannten den schwach beleuchteten Flur entlang. Ich hörte Rufe in der Ferne. Nicht solche, die Angst oder Schmerz ausdrückten, sondern Rufe wie von Leuten bei einem Wettrennen, Kindern auf dem Spielplatz. Und darüber die Rufe von Erwachsenen, die darum kämpften, die Ordnung wiederherzustellen.

»Was ist los?« Meine Worte waren mehr Hauch als Laut, aber irgendwie verstand Bridget mich.

»Wonach sieht es denn aus?«, sagte sie herausfordernd. »Wir verhelfen dir zur Flucht.«

»Sie sind gekommen?« Unsere Stimme stieg zum Satzende hin an, war zum Zerreißen gespannt. Marion? Ryan?

Bridget sah mich über die Schulter hinweg mit gerunzelter Stirn an. »Niemand ist gekommen, Addie.« Ihr Name traf mich wie ein Dolchstoß in die Rippen. »Wir haben das getan. Wir. Die Mädchen. Die Patientinnen.«

Ich starrte sie an. Sie zerrte an unserer Hand. Unsere Lunge stand in Flammen.

»Klasse 12?«, flüsterte ich.

Sie warf mir ein grimmiges Lächeln zu. »Klasse 12 ist nicht länger Klasse 12. Nachdem sie mich freigelassen hatten, haben sie mich wieder in dieselbe Gruppe gesteckt, aber am darauffolgenden Tag alle neu zusammengewürfelt. Ich schätze, sie wollten nicht, dass ich Geschichten verbreite. Doch das hatte ich bereits getan. Ich habe jedem Mädchen in meinem Gruppenraum alles über dich erzählt. Wie bescheuert du bist, wie unglaublich idealistisch und naiv.«

Wir waren beinah an der Treppe angekommen. Bridget blieb stehen. »Als sie uns dann rotiert haben, hielt jedes Mädchen in der Klasse dich für eine verfluchte Märtyrerin. Dafür habe ich gesorgt. Und ich habe dafür gesorgt, dass sie die Info auf jeden Fall in ihrer neuen Klasse verbreiten. Dass wir dich heute retten würden.« Das Ausgangsschild leuchtete grün. Bridget presste ihr Ohr an die Tür, dann riss sie sie auf und schubste mich zur Treppe. »Also, auf geht's.«

Bridget fuhr mit ihren Erklärungen fort, während wir die Treppe hinunterrasten. Sie hatten sich einen Plan ausgedacht. Während der nächsten Rotation würden die ersten Klassen, die aus ihren Räumen gelassen wurden, ausschwärmen und so großes Chaos wie möglich verursachen. Die Klassen, die noch in ihren Räumen eingeschlossen waren, würden sich dem Tumult anschließen. Sie hatten ihre Betten wie Rammböcke gegen die Tür gestoßen. Hatten sich auf die Betreuer gestürzt, die es wagten – unsicher, was sie tun sollten –, die Tür einen Spalt weit zu öffnen. Ich nehme an, ihre Ausbildung – falls so etwas wie eine Ausbildung überhaupt stattfand – erstreckte sich nicht auf Situationen wie diese.

»Unterschätze niemals einen Mob vorpubertärer Mädchen«, sagte Bridget trocken.

In dem Chaos war es Bridget gelungen, zu entwischen. Sie hatte sich überlegt, dass sie mich wahrscheinlich im selben Stockwerk festhielten wie sie zuvor.

»Ich hatte nicht damit gerechnet, dass die nächste Rotation so bald erfolgen würde – die letzte ist kaum eine Woche her. Aber ich schätze, sie wollten verhindern, dass wir uns zu wohlfühlen. Und das kam uns entgegen.« Sie lächelte zaghaft. Dann sagte sie leise: »Das Glück hat dich also noch nicht ganz verlassen.«

»Es ... kommt mir so simpel vor«, sagte ich.

Bridget zuckte mit den Achseln. »Niemand hat damit gerechnet. Keins von diesen Mädchen wird heute Abend hier rauskommen. Sie wissen es und die Betreuer wissen es. Daher können sie auch nicht begreifen, warum sich alle zusammengetan haben, um dennoch den Aufstand zu proben.«

Sie zögerte, als wir das Erdgeschoss erreichten, und mir wurde bewusst, dass sie sich nicht an den Weg nach draußen erinnerte. Wie hätte sie auch, wo es doch Monate her war, dass sie durch die Eingangstür gekommen war?

Aber ich hatte mir Hahns' Grundriss eingeprägt, und nun folgte Bridget mir, während wir durch die Flure schlichen. Unsere Schritte wurden vom Brummen der Generatoren und dem Summen der Klimaanlage verschluckt.

Es gab nur zwei Wege aus der Anstalt: den Haupteingang und die Hintertür neben der Treppe. Ich führte uns daran vorbei, nahm aber an, dass sie abgeschlossen war. Da eine Kamera darauf gerichtet war, wagte ich nicht, es zu überprüfen. Wir würden nur eine Gelegenheit bekommen, das hier durchzuziehen. Es war besser, die Lage am Haupteingang zu überprüfen, ehe wir eine Entscheidung trafen.

Wir konnten das Gebrüll aus dem ersten Stock hören, es drang gedämpft durch die Decke an unsere Ohren.

Die Eingangshalle war nur wenig besser beleuchtet als die Flure. Ein einsamer Wachmann war auf seinem Posten geblieben und blickte auf eine Reihe von Überwachungsmonitoren. Darauf sahen wir das Chaos in den oberen Stockwerken. Die Massen an Mädchen. Einige hatten sich ihre Kopfkissen geschnappt und schlugen damit nach den Betreuern, als wäre das Ganze eine Art makabre Kissenschlacht.

Das Pult des Wachmanns war nur wenige Meter von der Eingangstür entfernt. Ich zog Bridget den Flur zurück, bis wir außer Hörweite waren, und flüsterte: »Was wird hier los sein? Wenn wir abgehauen sind?«

»Ach, nimm dich selbst nicht so furchtbar wichtig«, sagte Bridget. »Wir haben bis jetzt überlebt. Wir werden auch das überleben.«

*Nicht alle haben überlebt*, dachte ich. Laut sagte ich: »Wir? Du hast wir gesagt.«

Bridget warf mir jenen speziellen Blick zu, zu dem nur sie imstande war. Denjenigen, der so unverblümt besagte: *Bist du bescheuert?* »Was denn?«

Ich nahm ihre Hand. »Du hast gesagt: *Wir haben bis hierhin überlebt. Wir werden auch das überleben.* Wir.«

Ihre Schultern sackten eine Idee nach unten. Aber sie wandte den Blick nicht ab.

»Nein«, sagte ich. »Du kommst mit mir.«

Ich würde sie nicht noch einmal zurücklassen.

Bridget riss ihre Hand los. »Jemand muss bleiben. Um auf die Mädchen aufzupassen, die noch hier sind. Die meisten von ihnen sind ziemlich dämlich. Sie haben schließlich diesem Plan zugestimmt, oder etwa nicht?« Ihr Grinsen war großspurig, dann flackerte es. »Außerdem muss jemand die Wache ablenken.«

Ich brachte kein Wort heraus.

»Wag es ja nicht, zu erfrieren.« Bridget musterte mich von oben bis unten und drückte mir die Decke in die Arme. Ihre Slipper ebenso, nachdem sie sie sich von den Füßen gezogen hatte. Ich nahm sie automatisch entgegen. »Ich werde höllisch wütend werden, falls ich höre, dass du im Schnee erfroren bist, nachdem wir uns so ins Zeug gelegt haben.«

»Bridget …«

»Ach ja«, sagte sie. Sie hob die linke Hand, der ich bisher keine Aufmerksamkeit geschenkt hatte – nicht in der Dunkelheit, nicht inmitten von allem anderen. Dort, an ihrem Finger, war unser Ring. Sie zog ihn ab und drückte ihn uns in die Hand. »Den darfst du nicht vergessen. Eines der anderen Mädchen hat ihn an sich genommen, nachdem wir weg waren. Ich habe ihn für dich zurückgeholt.«

Ich umklammerte den Ring. Bückte mich, um die Slipper überzustreifen.

»Tu, was du immer tust«, sagte Bridget, als sie sich zum Gehen wandte. »Sorg dafür, dass die Dinge sich ändern.«

Ich brauchte einen Moment, bis ich meine Worte wiederfand. Aber ich rief sie hinter ihr her, so laut ich mich traute.

»Das werde ich. Ich werde die ganze Welt verändern.«

Sie wandte sich um. Nickte. Nur ein Mal.

Dann rannte sie los, auf den Wachmann zu.

Schrie. Brüllte.

Lenkte ihn ab, während ich zur Tür hinaus in den Schnee huschte.

Ich landete in einer weißen Welt, und mein erster Gedanke war: *Oh Gott, ich habe einen riesigen Fehler gemacht.*

Bridget hatte recht gehabt. Der Schnee türmte sich überall zu Schneeverwehungen.

Außerdem tobte ein Schneesturm.

Ich würde hier draußen auf keinen Fall überleben. Noch nicht einmal mit einer Decke. Der Schnee brannte durch unsere Slipper, die sich im Nu voll Wasser sogen.

Ich rannte immer weiter. Adrenalin war Freund und Feind zugleich, Engel und Dämon. Es katapultierte mich vom Grundstück der Anstalt. In einen Wald aus kahlen Bäumen.

Ich rannte und es schneite. Es schneite und ich rannte.

Ich rannte, rannte, rannte.

Bis ich stürzte.

Ich konnte nicht atmen. Die eisige Luft zerschnitt unsere Lunge, riss sie in Fetzen. Sie konnte sich nicht ausdehnen.

Um Luft ringend kämpfte ich mich auf die Knie.

<Lauf weiter>, sagte ich und tat so, als wäre es Addie, die es sagte. <Lauf weiter, Eva.>

Und das tat ich.

Irgendwann hörte es auf zu schneien. Der Wind ließ

nach. Die Erde war stellenweise zu sehen, hier unter dem skelettartigen Baumkronendach des Waldes. Ich versuchte, mich die freien Stellen entlangzubewegen, in der Hoffnung, dass der gefallene Schnee unsere Fußabdrücke zugedeckt hatte.

Es war so kalt. Unsere Hände und Wangen brannten. Unsere Füße wurden taub.

Ich kämpfte mich weiter. Durch die Bäume. Den Berg hinunter. Es war die einzige Richtung, von der ich wusste, dass es die richtige war.

Der Mond war halb voll, er hing eidottergelb an einem dunklen Nachthimmel.

Ich lief, bis die Beine unter mir nachgaben. Es existierte keine Möglichkeit, zu bestimmen, wie weit ich von der Zivilisation entfernt war. Ob ich überhaupt in die richtige Richtung steuerte. Ich lief zwar den Berg hinunter, aber die Gegend um Hahns herum war nur spärlich bevölkert.

Ich dachte an die Geschichte, die Peter uns über den im Juli unternommenen Befreiungsversuch erzählt hatte. Diane und die sechs Kinder, die sie zu retten versucht hatte, waren mit dem Wagen von der Straße abgekommen und verunglückt. Nur vier Kinder hatten es in die Stadt unterhalb der Unfallstelle geschafft, und sie hatten dafür wie lange gebraucht? Zehn Stunden? Zehn Stunden, und es war Sommer gewesen.

Ich brach unter einem Baum zusammen. Unsere Augen schlossen sich, ehe ich darüber nachdenken konnte.

Ich zwang sie dazu, sich wieder zu öffnen. Ich wusste genug über Unterkühlung, um zu wissen, dass einzuschlafen nicht gerade hilfreich war.

Aber ich musste mich ausruhen. Zumindest musste ich abwarten, bis der Tag anbrach. Ich war bereits seit Stunden unterwegs, hatte mich wie auf Autopilot bewegt, was gereicht hatte, solange ich nur rennen, nur wegrennen musste. Aber jetzt musste ich mir eine Wegstrecke überlegen. Ich musste herausfinden, in welche Richtung im mich wenden musste, um in die nächste Stadt zu gelangen.

Ich brauchte Schlaf. Aber um schlafen zu können, brauchte ich Wärme. Ich durfte es nicht riskieren, mich hinzulegen und nie wieder aufzustehen.

Ich sammelte Äste von den Bäumen, so trocken wie möglich, dann fegte ich eine Stelle frei, grub, bis ich auf trockene Erde traf. Ich verließ mich zur Hälfte auf Erinnerungen an Dads Hände, während unserer Campingtrips, und zur Hälfte auf frischere Erinnerungen an Lyles Abenteuerbücher, an seine übereifrigen Erklärungen, wie man ein Feuer baute, während Addie und ich versuchten, unsere Hausaufgaben zu machen.

Es war die reine Freude, die ersten Funken vom Ende des Stöckchens fliegen zu sehen, das mir als Spindel diente. Das Feuer zu füttern, bis es knisterte und flackerte; bis ich die feuchten Slipper von den Füßen ziehen und zum Trocknen auslegen konnte. Es war die reine Freude, langsam wieder ein Gefühl in den Zehen zu bekommen, zu sehen, wie die Farbe zurück in unsere Gliedmaßen kehrte. Ich taute im Schein der Flammen auf.

<Wenn wir Lyle wiedersehen>, sagte ich zu Addie, als ich in unsere Decke gewickelt einschlief, <werden wir ihm so viel zu erzählen haben.>

## Kapitel 23

Ich entdeckte die Hauptstraße am Morgen, hauptsächlich durch Glück. Glück und die beinah unheimliche Stille, die in den Wäldern jeden Laut dämpfte. Es war so ruhig, dass ich die Autos hörte, lange bevor ich sie sah, als sie begannen, in der Nähe vorbeizurauschen.

Ich musste die Straße entlanggehen. Es war meine beste Chance, zurück in die Zivilisation zu finden, ehe es Nacht wurde. Aber in der Nähe der Straße zu bleiben bedeutete auch, dass die Gefahr wuchs, gesehen zu werden.

Ich trottete weiter. Bald war unsere Gesichtshaut wieder taub, die Kälte stach wie tausend winzige Nadelstiche in unsere Beine. Die Sohlen unserer Slipper, für die glatten Böden der Anstalt gemacht, wurden immer dünner. Ich humpelte, bemühte mich, das größer werdende Loch in der Nähe der Ferse des linken Slippers zu meiden. Unser rechter Knöchel, den wir uns in Powatt verletzt hatten, schmerzte tief im Knochen.

Jedes Mal, wenn ich ein Auto näher kommen hörte, ließ ich mich tiefer ins Gebüsch zurückfallen, bis der Wagen vorbeigefahren war. Die meisten schienen ins Tal unterwegs zu sein, aber ein paar fuhren auch den Berg hinauf, Richtung Anstalt. Hatte die Frau doch noch Jenson alarmiert?

Zum ersten Mal seit langer Zeit war ich hungrig. Verglichen mit Kälte und Erschöpfung war es die geringste meiner Sorgen. Aber als die Stunden verstrichen, setzte sich der Hunger als scharfer Schmerz direkt unter unserem Brustbein fest, als Schwäche in unseren Beinen, als Benommenheit in unserem Kopf.

Ich ging weiter, bis ich den wunderbarsten Klang der Welt hörte.

Den Verkehrslärm einer Stadt.

Ich erkannte die Stadt wieder. Wir waren auf dem Weg nach Hahns hindurchgefahren. Addie und ich hatten uns gefragt, ob es derselbe Ort war, an dem die vier Kinder nach ihrer Flucht im Juli aufgetaucht waren, blutverschmiert und mit wildem Blick.

Ich war nicht blutverschmiert, aber ich fror ganz erbärmlich. Und ich hatte kein Geld, hatte noch nicht mal die Möglichkeit, einen Anruf zu machen. Ich konnte nicht einfach in einen Laden marschieren und darum bitten, ihr Telefon benutzen zu dürfen. Die Menschen hier erinnerten sich zweifellos an das, was im Sommer passiert war. Sie würden eine Hahns-Uniform vielleicht wiedererkennen.

Die Sonne stand wieder tief, sie färbte den Schnee dunkelgelb, als sie über den Dächern versank. Ich drückte mich am Waldrand herum. Zögerte trotz allem, den Schutz der Bäume zu verlassen.

<Ich komme mir vor wie ein Verbrecher>, murmelte ich. Dann lachte ich. <Wir sind Verbrecher, Addie. Das hatte ich ganz vergessen.>

Mein Lachen erstarb so rasch, wie es gekommen war. Ich würde eine noch viel größere Verbrecherin sein, wenn das hier alles vorüber war. Ich brauchte Kleidung und Nahrung. Und das war nur der Anfang.

Glücklicherweise war es den meisten Leuten zu kalt, um sich im Freien aufzuhalten. Ich wartete, bis keine Autos mehr kamen, dann schoss ich zwischen den Bäumen hervor und duckte mich hinter einem Gebäude. Einem Restaurant. Ich atmete die berauschenden Essensgerüche ein, als könnten sie meinen Magen füllen.

Die Hintertür des Restaurants öffnete sich langsam.

Ich machte einen Satz hinter die Mülltonnen. Ein beständiger Geräuschfluss drang aus dem Restaurant: das leise Raunen von Stimmen, das Klirren der Gläser. Ein Fernseher plärrte, es lief irgendeine Sportsendung.

Vorsichtig spähte ich um die Mülltonnen herum. Das Mädchen, das im Türrahmen stand, knöpfte sich gerade seine Jacke über der Kellnerinnenuniform zu und zitterte, als es über den Parkplatz davonging.

Ich ließ die Decke zu Boden fallen und fing die Tür ab, bevor sie zufallen konnte.

Wenn ich Essen stehlen wollte, ohne aufzufallen, war ein dunkles, lautes Restaurant vielleicht der beste Ort dafür.

Das Lokal war groß genug, dass es niemandem auffiel, als ich mich zur Hintertür hineinstahl. Im vorderen Bereich befand sich eine lange Theke, an der sich eine Menschentraube versammelt hatte, um sich ein Footballspiel anzuschauen. Der Restaurantbereich war leerer, mit wenigen Tischen und noch weniger Sitznischen. Obwohl die Sonne bereits unterging, war es noch ein wenig zu früh, um Essen zu gehen.

Ein Tisch im hinteren Bereich war verlassen, aber noch nicht abgeräumt worden. Ein gutes Viertel eines Sandwiches lag noch da, aus dem halb geschmolzener Käse hervorquoll. Ich wickelte es in das rot-weiß karierte Wachspapier und hielt es mit einer Hand fest, während ich mit der anderen die Vierteldollarmünzen aufsammelte, die als Trinkgeld gedacht waren.

Eine der Mannschaften erzielte ein Tor. Die Gruppe, die um die Bar herumstand, brach in Freudenrufe aus. Im Schutz ihrer abgelenkten Aufmerksamkeit schlich ich mich ein bisschen weiter ins Restaurant hinein.

Jemand hatte seinen Mantel über einem Stuhl hängen gelassen. Ich sah mich um. Alle, die nicht ins Gespräch vertieft waren, schienen auf das Footballspiel fixiert zu sein oder auf ihr Essen. Ich schnappte mir den Mantel und zog mich rasch in die Schatten zurück.

Er war viel zu groß, aber besser als nichts. Ich sah lieber wie ein Mädchen aus, das sich die Jacke des Freundes ausgeliehen hatte, als wie eines, das aus einer Irrenanstalt geflohen war.

Auf den Tischen standen noch mehr Essensreste, aber ich wollte nichts riskieren. Der Besitzer des Mantels konnte jeden Moment zurückkommen. Ich huschte zur Hintertür, schlüpfte hindurch und ging zügig weiter, bis ich das Restaurant weit hinter mir gelassen hatte.

Es dauerte nicht lange, ein Münztelefon zu finden, selbst in so einer kleinen Stadt. Es befand sich jedoch in der Nähe eines öffentlichen Platzes und ich zögerte, ehe ich mich ihm näherte.

Ein Mann beschwerte sich unweit des Telefons darüber, dass ihm Schnee in die Stiefel gefallen sei. Zwei Frauen plauderten angeregt über eine Skipiste, auf der sie ein paar Stunden zuvor noch unterwegs gewesen waren. Ein kleiner Junge bettelte seine Mutter an, ihm etwas Geld zu geben. Die Weihnachtsdekorationen waren bereits angebracht worden, die Schaufenster der Läden mit Girlanden aus Immergrün und leuchtend roten Schleifen geschmückt.

Während ich in der Anstalt saß, hatte ich ganz vergessen, dass es so etwas wie Weihnachtsdekorationen gab.

Ich wickelte mir den Mantel fester um die Schultern

und eilte in die Telefonzelle. Meine gestohlenen Vierteldollarmünzen fielen klimpernd in den Schlitz.

Die Ziffern von Henris Telefonnummer waren mir so oft durch den Kopf gegangen, dass es sich beinah unwirklich anfühlte, sie tatsächlich einzugeben. *Wir kommen*, hatte Ryan in den neuen Ring graviert. Aber er vermutete mich immer noch in Hahns. Ich konnte mich unmöglich weiter in der Nähe der Anstalt aufhalten – nicht jetzt, da es nur eine Frage der Zeit war, bis die Polizei die gesamte Stadt nach mir durchkämmen würde.

Ich musste Kontakt zu ihm aufnehmen. Aber aus dem Hörer schallte ein schnelles Tuten, das alle meine Hoffnungen zerstörte. Das Satellitentelefon hatte keine Verbindung oder es war kaputt. Ryan hatte es noch nicht repariert.

Zweifel griff, eisigen Fingern gleich, nach meinem Innersten. Vielleicht hatte ich mich bei der Nummer vertan. Es war so lange her, und es war nicht auszuschließen, dass ich eines Nachts in meinem Kopf die Ziffernfolge durcheinandergebracht hatte.

Wenn Addie hier gewesen wäre, hätte ich sie fragen können. Die Gegenprobe machen können.

Aber sie war nicht hier.

Ich wollte gerade den Hörer einhängen.

Da hörte ich das Knirschen von Schuhsohlen auf dem Schnee.

Und wirbelte herum, die Finger fest um den Telefonhörer geklammert, um demjenigen gegenüberzutreten, der sich von hinten an uns herangeschlichen hatte.

## Kapitel 24

Seine blassen Augen wurden groß.

Wir starrten einander an. Ich packte den Telefonhörer wie eine Waffe.

Ich träumte. Ich fror immer noch im Wald, oder in meiner Zelle in Hahns, und träumte von diesem unmöglichen Moment.

Dann grinste er. Ein Aufflammen im Schnee. Es wärmte mich von innen heraus.

Ich ließ den Hörer fallen und warf ihm die Arme um den Hals.

Weil ich nicht träumte. Und es Jackson war.

»Eva«, sagte er leise. Es war keine Frage, sondern eine Feststellung. Er wich zurück und hielt mich auf Armlänge, damit er mich ansehen konnte. »Wo ist Marion? Hat sie dich rausgeholt? Ich ...«

Ich schüttelte den Kopf, zum Bersten mit eigenen Fragen gefüllt. »Die anderen Mädchen in der Anstalt haben mir geholfen. Es ist eine lange Geschichte. Aber wir können auf keinen Fall hierbleiben. Die Frau, die Hahns leitet, wird schon auf der Suche nach mir sein.« Ich warf einen Blick auf die abendliche Menge vor der Telefonzelle. »Ich muss die Stadt verlassen.«

»Da hast du ja ganz schön Glück«, sagte Jackson grinsend, »dass du mir über den Weg gelaufen bist.«

Ich blieb in der Nähe der Telefonzelle, während Jackson jemanden namens Ben anrief. Ihre Unterhaltung war kurz: »Ja, ich habe sie gefunden. Nein, du musst sofort herkommen. Wir warten beim Spielfeld.«

Er hängte den Hörer auf und wandte sich wieder mir zu. Seine Haare waren noch länger geworden. Sie reichten ihm beinah bis zu den Schultern und waren dunkler, als ich in Erinnerung hatte. Seine Haut wirkte dagegen heller. Ihn umgab eine Aura der Müdigkeit, selbst wenn er lächelte.

»Wer ist Ben?«, fragte ich.

»Das ist auch eine lange Geschichte. Komm mit. Lass uns wohin gehen, wo wir ungestörter sind.«

Ich folgte ihm zu einem abgeschlossenen Baseballplatz am Stadtrand. Jemand – Jackson? – hatte das Vorhängeschloss zerschmettert, das an der Toilettentür hing.

Jackson zögerte, als ich ihm in den kleinen Raum folgte. »Eklig, ich weiß.«

Ich sah mich um. Eine zerlöcherte Decke bedeckte einen Großteil des Bodens zwischen den Kabinen und dem Waschbecken. Ein Schlafsack lag darauf. »Eigentlich ist es für eine öffentliche Toilette ziemlich annehmbar.«

»Ja, das Fünf-Sterne-Etablissement im Toilettenuniversum.« Er grinste. »Natürlich gibt es keine Heizung. Aber die Wände und das Dach sind echt cool.«

Die anfängliche überwältigende Erleichterung darüber, Jackson zu sehen, hatte ausreichend nachgelassen, um andere Gefühle hindurchsickern zu lassen. Um mich daran zu erinnern, wie unser Leben gewesen war, als wir uns zuletzt gesehen hatten.

Während jener ersten Tage in Anchoit war Jackson eine unserer wenigen Verbindungen zur Außenwelt gewesen. Doch das war alles *vorher* gewesen. Jetzt war Jackson für mich untrennbar mit Addies Gefühlen für ihn verbunden, mit Sabines Verrat, mit Powatt.

»Eva?«

Unser Kopf fuhr hoch. Ich hatte vergessen, wie intensiv sein Blick sein konnte. Wie genau er uns stets musterte. Oder Addie, nehme ich an. Ich musste darum kämpfen, den Blick nicht niederzuschlagen.

»Wer hat dich hergebracht?«, fragte ich.

»Niemand«, erwiderte er. »Vince und ich haben vor ungefähr einer Woche Marions Freunde abgeschüttelt. Sie wollten nicht hierherkommen. Haben gesagt, sie würden mich zu ihr bringen, und sie waren nicht bereit, etwas anderes in Betracht zu ziehen.«

»Du wusstest, dass ich in Hahns war.«

»Nur weil ich mitbekommen habe, wie Marions Freunde sich darüber unterhalten haben.« Jackson stellte sicher, dass ich ihn ansah, ehe er fortfuhr. Sein Blick war ausgesprochen ernst. »Als sie mir erzählt hat, dass sie mir helfen wollte, hat sie nichts von einem Deal erwähnt. Ich hatte keine Ahnung, dass sie dich nach Hahns geschickt hatte – von dem ganzen Deal mit dem Filmmaterial –, bis ich frei war.«

Ich spielte mit dem Ring an unserem Finger. Spürte, wie die Gravur an der Unterseite mich kratzte. Da ich voll und ganz mit den Folgen beschäftigt gewesen war, hatte ich noch keine Zeit gehabt, in Ruhe über Marions Verrat nachzudenken. Denn nichts anderes war es gewesen, oder? Ihr hatte klar sein müssen, was sie da tat, als sie mit dem Filmmaterial an die Öffentlichkeit ging.

Und Ryan? Und alle anderen?

<Sie wussten es auf gar keinen Fall>, flüsterte ich Addie zu.

Mein Schweigen muss Jackson unangenehm gewesen sein. Wie immer, wenn er sich unwohl fühlte, begann er zu plappern: »Ich bin noch nicht sehr lange hier. Sie haben mich erst vor zehn Tagen befreit, dann musste ich noch herkommen und ...«

Ich rang mir ein Lächeln ab. »Was war dein Plan? Wolltest du in die Anstalt stürmen und mich retten?«

Als er ebenfalls lächelte, wurde mir bewusst, warum mein eigenes Lächeln mir so vertraut erschienen war – es war die Sorte Lächeln, die Jackson und Vince so oft im Gesicht trugen. Das beständige Lächeln, dem Anstand oder Umstände egal waren. Die Sorte, die besagte: *Vor die*

*Wahl gestellt, zu ertrinken oder zu schwimmen, entscheiden wir uns zu schwimmen.*

»Entschuldige mal«, sagte er, »machst du dich etwa über meine Pläne lustig? Du, diejenige, die in ein Gebäude gerannt ist, von dem sie wusste, dass es in die Luft fliegen würde?«

Himmel, es fühlte sich gut an, zu lachen. Es fühlte sich seltsam an, zu lachen. Ich hätte es beinah Addie gegenüber erwähnt, aber da fiel es mir wieder ein und mein Gelächter erstarb in unserer Kehle.

»Es gab keinen richtigen Plan«, räumte er ein. »Ich wusste bloß, dass ich kommen und dich und Addie finden musste.« Es war das erste Mal, dass er ihren Namen erwähnte. Die Silben schienen in der kalten Luft zu knistern. Er räusperte sich. »Aber es sieht ganz danach aus, als wärst du gut allein klargekommen.«

»Schwerlich«, sagte ich leise. Ich erzählte ihm von Bridget und den anderen Mädchen. Was sie getan hatten und was ich getan hatte, indem ich sie zurückließ. Ich erzählte ihm von der Pflaumenblusenfrau, die Tag für Tag in unser Zimmer gekommen war und Informationen von uns verlangt hatte. Von den Experimenten, die sie durchführte, und den Drohungen, die sie ausgesprochen hatte.

Ich erzählte ihm nichts von den Nebenwirkungen unseres drogenindizierten Deliriums. Von Addies Abwesenheit.

Ich brachte es nicht über mich.

Jackson berichtete mir von der Welt außerhalb der Anstaltsmauern. Er war noch nicht frei gewesen, als Marions erste zwei Sendungen ausgestrahlt wurden, aber er hatte seitdem genug gehört und gesehen, um zu wissen, welche Wirkung sie gehabt hatten.

»Der Mitschnitt meiner Verhaftung ...«, sagte er mit einem trockenen Lächeln. »So hatte ich mir meine fünfzehn Minuten Ruhm nicht gerade vorgestellt.«

»Kitty hat das Ganze aus Versehen gefilmt«, sagte ich. »Und Marion hätte es eigentlich nie in die Finger kriegen sollen ...«

Er nickte. »Tja, die Ausstrahlung hat ihren Zweck erfüllt. Und ich schätze, unserem hat sie ebenso gedient.«

Hybride waren schon vorher das Tagesgespräch gewesen, doch jetzt redete niemand mehr über etwas anderes.

»Die Dinge hatten gerade angefangen sich zu beruhigen, als das Filmmaterial über Hahns publik wurde«, sagte Jackson. »Diese Mädchen? Das kranke ...«

»Hannah und Millie«, sagte ich leise, und sein Blick trübte sich etwas. Er nickte.

»Jenson dreht wahrscheinlich gerade durch, während er herauszufinden versucht, wer hinter allem steckt.«

Ich zuckte mit den Schultern. Wie lange es wohl dauern würde, bis die Pflaumenblusenfrau einknickte und Jenson die Wahrheit erzählte? Bis Addie und ich erneut in seinem Fadenkreuz landeten?

»Es ist auch nicht alles bloß Gerede«, sagte Jackson.

Er erzählte mir, dass einige Leute, die ihre Kinder an das System verloren hatten, begonnen hatten, nach ihnen zu suchen – selbst solche, die sie seit Jahren verloren glaubten. Die Regierung war ihnen dabei keinerlei Hilfe, daher schlossen sie sich zusammen.

Manchmal mussten sie große Entfernungen zurücklegen. Nicht jeder konnte es sich leisten, ins Hotel zu gehen, und die Menschen begannen, diese Reisenden in ihrem Zuhause willkommen zu heißen – insgeheim, natürlich, aber die Neuigkeit verbreitete sich unter den Hybridsympathisanten und eine neue Art Netzwerk entstand.

»Es ist wie ein Unterschlupf-System«, erklärte Jackson. »So habe ich mich durchgeschlagen, nachdem ich Marions Freunden entwischt war.«

Das Wort *Unterschlupf* ließ mich an Peter denken.

Jackson wusste nicht, was mit Peter geschehen war.

Ich bemühte mich, mir den plötzlichen Schmerz nicht anmerken zu lassen.

»Sabine hat geahnt, dass so was passieren würde«, sagte ich leise. »Sie hat immer geglaubt, Hybride müssten nur erfahren, dass sie nicht allein sind. Du hast nichts ... du weißt nicht, wo sie ist, oder? Oder Christoph und Cordelia?«

Jackson schüttelte den Kopf. »Zumindest sind sie nicht geschnappt worden, soweit ich weiß.« Es sah aus, als wollte er noch mehr sagen, aber er schluckte es hinunter.

»Was ist?«, fragte ich.

Er zögerte, dann brachen die Worte aus ihm hervor, als müsse er sie loswerden, ehe er den Mut dazu verlor. »Deine ganze Familie – offenbar sind sie verschwunden. Niemand weiß, wo sie sind. Das habe ich jedenfalls gehört.«

Meine Familie wurde vermisst.

»Seit wann?«, verlangte ich zu wissen.

»Ich weiß es nicht«, erwiderte er. »Mindestens ... mindestens seit ein oder zwei Monaten.«

»Ein oder zwei Monate?«

Er beeilte sich zu erklären: »Ich kann es nicht mit Sicherheit sagen, ich habe es aus zweiter Hand erfahren, und ehrlich gesagt, denke ich eher aus fünfter oder sechster oder siebter Hand. Im Moment ist alles ein einziges Wirrwarr aus Gerüchten und wilden Spekulationen ...«

Die Anstaltsleiterin musste es gewusst haben. Hatte sie gelogen, als sie behauptet hatte, sie könne meine Mutter herbeischaffen?

Oder hatte sie die Wahrheit gesagt?

War sie in der Lage, meine Mutter nach Hahns zu holen, weil sie sie bereits eingesperrt hatten? Eine Gefangene, genau wie mein Vater. Und Lyle. Lyle brauchte medizinische Betreuung – Dialysen, falls er kein Transplantat erhalten hatte, Medikamente, falls er eines bekommen hatte, um seinen Körper daran zu hindern, die neue Niere abzustoßen. Ich kannte sämtliche Fakten, die Bedürfnisse unseres kleinen Bruders hatten sich mir seit Langem eingebrannt.

Plötzlich konnte ich an nichts anderes denken als an Lyle – Lyle, wie er die Treppe hoch- und runterpolterte; Lyle, der uns durch die Wand Morsecodes zuklopfte; Lyle, der las, Lyle, der krank war; Lyle, der gesund war.

Meine Schuldgefühle waren alt und vertraut. Sie wussten genau, wo sie ansetzen mussten, um den größten Schmerz zu bereiten. Wie sie mich zum Krüppel machen konnten, ohne mich dabei umzubringen. Wie sie die Qual in die Länge ziehen konnten.

<Addie ... Addie, was sollen wir ...>

»Ich ... ich brauche frische Luft.« Ich stand auf. Jackson stand ebenfalls auf, aber ich winkte ab, unser Herz und Kopf hämmerten. »Ich werde einfach ... ich werde einfach um das Baseballfeld herumlaufen. Ich komm schon klar.«

Er zögerte. »Eva, kann ich Addie sprechen?«

*Addie ist fort*, hätte ich sagen können.

*Ich weiß nicht, was mit ihr geschehen ist*, hätte ich sagen können.

*Ich weiß nicht, wann sie zurückkommt.*

*Ich weiß nicht, ob ...*

»Sie ist untergetaucht«, sagte ich. »Ich ... nachher, wenn sie wieder da ist.«

Nach einer langen Weile nickte er.

Ich drehte mich um und floh nach draußen.

## Kapitel 25

Ich lief fünf langsame Runden um das Baseballspielfeld herum. Es war schon vollkommen dunkel, obwohl es nicht später als sechs Uhr gewesen sein kann. Der Himmel war wolkenverhangen, der Mond teilweise vor Blicken verborgen. Ich fuhr mit dem Finger die Sitzplätze der Tribüne entlang, so wie Viola es mit den Wänden des Gruppenraums gemacht hatte.

Was war aus den Mädchen geworden, die ich zurückgelassen hatte? Vielleicht hatten die Betreuer sie alle bis zur Besinnungslosigkeit mit Drogen vollgepumpt. Vielleicht hatten sie beschlossen, dass es zu gefährlich war, sie weiter zu behalten, jetzt, da sie eine Ahnung davon bekommen hatten, wie sich Rebellion anfühlte. Vielleicht waren sie alle nicht mehr da. Weggeschafft worden, um als Versuchspersonen benutzt zu werden. Niemanden würde es kümmern. Alles konnte passieren, weil niemand hinsah.

Ich hätte mir etwas einfallen lassen sollen, um alle zu retten. Wenn ich nur ernsthafter darüber nachgedacht hätte oder mich mehr bemüht hätte oder ...

Jetzt war ich wieder frei und sie waren es nicht.

‹Glück›, sagte ich bitter, ‹wir haben immer so viel Glück, Addie.›

Aber der Gedanke an die Mädchen, die wir in Hahns zurückgelassen hatten, verblasste, verglichen mit den Gedanken an Mom, Dad und Lyle. Ich brachte es kaum über mich, an ihr Verschwinden zu denken – konnte die Tatsache nur umkreisen. Und versuchen, mich davor abzuschirmen.

Als Jackson mich schließlich suchen kam, stand ich vor dem Maschendrahtzaun, die Finger in den rostigen Metallrauten vergraben, und kämpfte gegen den Drang an, so lange an ihm zu rütteln, bis der ganze Zaun zu Boden krachte.

Er fragte mich nicht, ob es mir gut ging. Ryan hätte das getan. Addie verabscheute es. In ihren Augen war es ein Zeichen mangelnden Vertrauens – ein Beweis dafür, dass er uns für schwach hielt.

Ich fand es schön zu wissen, dass jemandem genug an mir lag, um mir diese Frage zu stellen.

Ich vermisste ihn so sehr, dass ich nicht klar denken konnte. Nicht bloß Ryan, sondern auch Devon. Ich vermisste seine Zuverlässigkeit. Die selbstsichere Art, mit der er alles anging. Den trockenen Humor, den er von Zeit zu Zeit aufblitzen ließ. Ich vermisste es, wie Hally stets ein Lächeln auf den Lippen hatte. Lissas unerschütterliche Loyalität. Ninas Geplapper über unwichtige Dinge, und dass Kitty manchmal Lieder summte, die ihr Bruder früher auf der Gitarre gespielt hatte.

»Ich bin sicher, deiner Familie geht es gut«, sagte Jackson leise.

Ich nickte, während ich auf die andere Seite des Zauns starrte, wo das Mondlicht auf dem Schnee glitzerte.

»Sind die anderen bei Marion?«, fragte er. »Peter und so, meine ich. Weißt du, ich kann nicht fassen, dass Peter zugelassen hat ...«

»Peter ist tot«, flüsterte ich. Ich verbarg bereits ein ungeheuer großes Geheimnis vor Jackson; ein weiteres für mich zu behalten hätte mich völlig überfordert. Dann wandte ich mich zu ihm um und bereute, dass ich ihm die Nachricht nicht schonender beigebracht hatte.

Abgrundtiefe Verzweiflung zeichnete sich in Jacksons Gesichtszügen ab. Ließ seine Gliedmaßen erstarren, während der kalte Wind zwischen uns fegte. Behutsam erzählte ich ihm alles, was er nach jener Nacht in Anchoit verpasst hatte. Das Vagabundieren und Verstecken, zu dem wir mit Peter und den anderen gezwungen gewesen waren. Marions Ankunft. Henris Abreise. Die Nachricht von Emalias Verschwinden. Die Verfolgungsjagd, der Unfall, der sich ereignete, als wir zu flüchten versucht hatten.

Peters Tod. Jaimes Gefangennahme.

Als ich mit dem Erzählen fertig war, blickten Jacksons Augen vollkommen leer. Er ballte die Hände zu Fäusten, und ohne darüber nachzudenken, streckte ich den Arm aus und legte meine Hand über seine.

Er sagte nichts. Genauso wenig wie ich. Aber in diesem Moment verstanden wir einander auch ohne Worte blind.

Ben traf ein. Er war ein Mann mittleren Alters mit einem wettergegerbten Gesicht. Seine Lippen waren so schmal, dass sein Mund fast unsichtbar war, und ich zuckte jedes Mal überrascht zusammen, wenn er ihn aufmachte, um etwas zu sagen.

»Bist du dir sicher bei ihr?«, fragte er Jackson, so als stünde ich nicht direkt daneben.

Jackson nickte. »Ich bin sicher.«

Ben zeigte keinerlei Zeichen der Entspannung. Aber er nickte und öffnete die Türen seines verbeulten alten Vans, und ich nahm an, ein eindeutigeres *Steigt ein* würden wir nicht von ihm bekommen.

Auf dem Rücksitz türmten sich bereits Sachen. Ich schob einen Stapel Kleidung beiseite – Jacken, Hosen, verknitterte Hemden – und versuchte, Platz für unsere Füße zu finden. Jackson riss eine Packung Cracker mit Käsegeschmack weiter auf und bot sie mir an, als wären es seine. Ich warf Ben einen Blick zu, aber er sagte nichts, und so nahm ich mir welche.

Cracker essend, eingezwängt zwischen Jackson und dem, was aussah wie die Puzzleteile von Bens Leben, begann ich meine Reise zurück zur übrigen Welt.

Bens Van kam rüttelnd zum Stehen und riss mich damit aus dem Dämmerzustand, in den die Fahrt und die Musik aus dem knisternden Radio mich versetzt hatten. Die Autoscheinwerfer beleuchteten ein altes, gelb gestrichenes Haus im Kolonialstil. Schnee bedeckte ein dunkles, schiefes Dach. Ich setzte mich benommen auf.

»Wir sind da«, sagte Vince.

Ich hatte den größten Teil der Fahrt damit verbracht, aus dem Fenster zu gucken, aber das letzte Mal, als ich ihm einen Blick zugeworfen hatte, war es noch Jackson gewesen, der neben mir saß. Der Wechsel überraschte mich. In Hahns hatten viele der Mädchen extrem selten die Kontrolle von einer Seele zur anderen geswitcht. Und die meisten von ihnen kannte ich sowieso nicht gut genug, um zwischen den Seelen unterscheiden zu können.

»Das hier war mal ein Bed and Breakfast«, sagte Vince, als wir uns der Haustür näherten. Er packte den Messingtürklopfer und klopfte zweimal damit.

Ein kleiner Junge von vielleicht neun oder zehn Jahren öffnete die Tür. Er grinste erst zu Vince hoch, dann zu mir. »Bist du die, die er retten gehen wollte? Keiner hat geglaubt, dass er es schafft.«

»Das hab ich auch nicht.« Vince' Lächeln war schwächer, als es hätte sein können, aber er bemühte sich. Ich katalogisierte die vielerlei Arten, auf die er sich von Jackson unterschied: Er ging schneller, sein Lächeln war nicht ganz so unbekümmert, sein Blick verweilte nicht auf mir. »Das brauchst du aber keinem zu sagen.«

Der Junge trat beiseite und ließ uns drei herein, nachdem wir uns den Schnee von den Füßen getreten hatten. »Hier ist ein Typ, der quer durch das ganze Land gereist ist«, sagte er. »Er hat gehört, dass sein Bruder in Hahns ist. Warst du in Hahns?«

Vince nickte mir zu. »Ich nicht. Aber sie.«

Der kleine Junge sah mich an, sein Blick war aufmerksam und ernst. »Hast du einen David Birnes getroffen?«

»Ich ... das habe ich nicht«, sagte ich. »Ich habe keine Jungen kennengelernt. Nur die Mädchen.«

Der Mund des Jungen verzog sich enttäuscht, aber seine Miene hellte sich rasch wieder auf. »Ich glaube, im ersten Stock gibt es einen Mann und eine Frau, die nach einem Mädchen suchen, das in Hahns sein könnte. Ich erinnere mich nicht an ihren Namen, aber ich könnte fragen gehen ...«

»Warte, warte«, sagte Vince. »Zuerst könntest du uns einen Gefallen tun, Aiden.«

Der Junge strahlte. Er stellte sich unwillkürlich aufrechter hin.

Vince sah zu mir, dann zurück zu Aiden. »Erinnerst du dich noch an die Leute, die ich dir beschrieben habe? Geh und hör nach, ob die Neuankömmlinge etwas über sie wissen.«

Der kleine Junge nickte, warf mir ein Grinsen zu und

rannte davon. Er sauste um die Ecke und verschwand die Treppe hinauf.

»Jeder, der hierherkommt«, sagte Vince, während er mich den Flur entlangführte, »ist auf der Suche nach jemandem.«

Es hielten sich nicht besonders viele Leute in dem Bed and Breakfast auf. Die meisten stellten sich nur mit ihrem Vornamen vor. Manche gaben sich gar nicht erst damit ab, sich vorzustellen, sondern nannten nur den Namen der Person, die sie suchten. Ein älteres Paar, das zwei Bundesstaaten weiter wohnte, folgte der Spur einer Enkelin, die drei Jahre zuvor abgeholt worden war. Eine Frau im Alter meiner Mutter suchte nach einer Tochter mit denselben leuchtend orangefarbenen Haaren.

Es gab auch ein paar von der anderen Seite der Suche. Hybride, wie Vince und ich es waren. Sie verrieten nicht, ob sie aus einer Anstalt geflohen waren oder im Verborgenen gelebt hatten. Sie waren stiller.

Manche, so hatte ich das Gefühl, erkannten mich. Blicke folgten mir, ruhten ein wenig zu lange auf mir. Ich hatte keine Ahnung, ob unser Bild weiterhin in den Nachrichten gezeigt wurde.

Andererseits besaßen Addie und ich nach unserer Zeit in Hahns kaum noch Ähnlichkeit mit der Aufnahme von früher. Unsere Haare waren ein bisschen gewachsen, der dunkle Ansatz war zu sehen. Wir waren schon immer hellhäutig gewesen, aber noch nie so bleich wie jetzt – es war eine kränkliche, fahle Schattierung, die uns ein gespenstisches Aussehen verlieh. Unsere Gliedmaßen sahen merkwürdig aus, die Muskeln waren verkümmert. Wir hatten Schatten um die Augen.

»Wahrscheinlich ist es besser, wenn du deinen richtigen Namen nicht erwähnst«, flüsterte Jackson mir ins Ohr. Er war jetzt wieder Jackson und ich wünschte mir beinah, er wäre es nicht. Wenn Vince mich ansah, wurde ich nicht jedes Mal an Addies Abwesenheit erinnert. »Wie hast du dich in Hahns genannt?«

Aber ich wollte Darcies Namen nicht verwenden. Darcie war ein echtes Mädchen, mit einer echten Familie, denen geschadet werden konnte. Daher eignete ich mir den Vornamen eines Mädchens an, mit dem Addie und ich in der zweiten Klasse befreundet gewesen waren, und den Nachnamen eines Jungen, in den ich mit acht verknallt gewesen war. Bis auf Weiteres war ich Morgan Shelly.

Ich hörte mir die Beschreibungen jener vermissten Personen an und versuchte, meine eigenen zu beschreiben. Marion. Ryan. Hally. Dr. Lyanne. Henri. Emalia. Allerdings ließ ich ihre Namen dabei nicht fallen. Ich bezweifelte sowieso, dass sie ihre richtigen benutzten. Und ich wollte das Risiko nicht eingehen, dass jemand einen der Namen aus den Nachrichten wiedererkannte.

Diese Leute hätten eigentlich alle auf unserer Seite sein

sollen. Aber es schadete nicht, auf Nummer sicher zu gehen.

Am Ende stellte sich heraus, dass niemand etwas von ihnen gehört hatte. Es war enttäuschend, aber nicht überraschend. Ich hatte auch von keinem ihrer geliebten Menschen gehört.

‹Natürlich›, murmelte ich Addie zu, ‹haben wir den Nachteil, die letzten anderthalb Monate weggesperrt gewesen zu sein.›

Die einzige Antwort war Stille.

*Vielleicht,* flüsterte ein Teil von mir, der sich weigerte, beiseitegeschoben zu werden, *vielleicht wird von jetzt an nur noch Stille herrschen.*

Ich schluckte. Kämpfte gegen das plötzliche Summen in meinen Ohren an, das die Welt um mich versinken ließ. Jackson und ich waren in der Küche, so wie der ganze Rest des Hauses, wie es schien. Das Abendessen wurde gemeinsam eingenommen, und die Leute rempelten sich bei ihrer Suche nach Tellern und Besteck oder einer Portion der Grillhähnchen, die auf riesigen Keramikplatten angerichtet waren, gegenseitig an. Mrs Shay, die Inhaberin des B&B, drängte alle, sich rasch zu bedienen.

»Bin gleich wieder da«, murmelte ich Jackson zu. Jedenfalls hoffte ich das. Die Worte kamen ein bisschen undeutlich aus meinem Mund.

Ich stolperte von ihm weg, weg von der Hitze – dem klaustrophobischen menschlichen Gewusel in der Küche – ins Wohnzimmer. Ich fiel auf die Couch und zog die

Beine an. Bedeckte das Gesicht mit den Händen. Kreischte, so laut ich konnte, in die Dunkelheit, in die Addie verschwunden war.

Verschwunden.

»Hey«, sagte Jackson. »Ist schon gut.«

Mein Kopf fuhr hoch. Er musste mir aus der Küche gefolgt sein. Er schloss die Glastür hinter sich und verbannte damit das abendliche Geplauder, dann blieb er einen Augenblick vor der Couch stehen, ehe er sich neben mich setzte.

»Sabine hatte früher Panikattacken, wusstest du das?« Er wartete nicht auf eine Antwort und ich war ihm dankbar dafür. »Christoph hat mir das irgendwann mal erzählt. Sie begannen, als sie noch eingesperrt war, und dauerten noch Monate an, nachdem sie endlich raus war. Aber sie ...«

»Sie ist weg«, flüsterte ich.

Er runzelte die Stirn. »Sabine?«

Ich schüttelte den Kopf. Schloss die Augen, aber dadurch wurde alles nur noch schlimmer. Stattdessen starrte ich den Kamin an. Er war erloschen, die Scheite schwarz vor Ruß und tot. Ich konzentrierte mich auf die Wirbel und Risse im Holz, auf die Asche, die überall verstreut lag.

»Addie ist weg.«

»Was sagst du da?« Seine Stimme war flach geworden. Es sah ihm so wenig ähnlich, dass es mir Angst machte.

Mein erster Impuls war, mich seiner Kälte anzupassen. Meine Gefühle zu unterdrücken. Mein Inneres in Stein zu verwandeln.

»In Hahns«, sagte ich, »haben sie uns Drogen gegeben. Ich weiß nicht genau, was. Einen Cocktail aus verschiedenen Substanzen. Addie und ich ... wir haben übel darauf reagiert. Ich ... ich habe halluziniert und ... als ich wieder klar denken konnte, war sie weg.« Ich atmete tief ein. Und aus. »Ich dachte anfangs, sie würde zurückkommen. Ich ... ich dachte, die Wirkung der Medikamente würde schon noch nachlassen. Aber die Tage vergingen, und jetzt ... jetzt glaube ich nicht ...«

Ich wandte mich Jackson zu. Sah ihm fest in die Augen, so als wäre sein Blick das Einzige auf der Welt, das mich aufrecht halten könnte. Hier gab es jemanden, der zumindest einen Bruchteil meines Schmerzes nachvollziehen konnte. Meines Verlustes.

»Ich glaube nicht, dass sie zurückkommen wird«, flüsterte ich.

## Kapitel 26

Meine Worte froren den Moment ein. Überzogen uns mit Eiskristallen.

Es war nicht real gewesen, bis ich es laut ausgesprochen hatte. Bis ich es jemand anderem gegenüber eingestand. Und mir selbst.

Ich spürte, wie sich mir die Kehle aufs Neue zuschnürte. Spürte den schnellen Trommelschlag unseres Herzens – *meines Herzens.*

Es war jetzt nur noch mein Herz.

Mir war nicht bewusst, dass ich weinte, bis das Zimmer vor meinen Augen zu verschwimmen begann. Bis Jackson sich aus seiner Schockstarre löste. Einen Augenblick lang sah er einfach nur hilflos aus.

Von allen Dingen verstand ich das am besten.

»Du weißt es nicht mit Sicherheit«, sagte Jackson leise, aber mit Nachdruck. »Du kannst es nicht mit Sicherheit wissen.«

Ich erzählte ihm nicht, wie es sich in meinem Kopf anfühlte. Dass es ganz und gar nicht dasselbe war, als wäre Addie von alleine untergetaucht.

Er war Jackson. Er musste die Hoffnung bewahren. Das durfte ich ihm nicht nehmen.

Jemand öffnete die Tür, die in die Küche führte. Leute strömten heraus, Teller in der Hand, und suchten sich einen Platz. Jackson wandte sich ab. Starrte ins Nichts. Sprach er mit Vince?

Vince würde wissen, welche Dinge er am besten zu ihm sagte. Dinge, die niemand sonst wusste, weil niemand sonst Jackson so gut kannte. Niemand sonst hatte sich ein Leben lang mit ihm den Körper geteilt, durch gemeinsame Augen gesehen.

Addie und ich hatten ein Leben geteilt. Jetzt war sie verschwunden, so wie Jaimes zweite Seele.

Dieser Gedanke hinterließ eine Spur der Verwüstung in mir.

Ich flüchtete nach oben in das Zimmer, das Mrs Shay uns zugeteilt hatte. Kroch ins Bett und machte das Licht aus und lag dort in der Dunkelheit und fühlte mich einsamer als je zuvor in meinem Leben.

War ich immer noch hybride?

War ich immer noch hybride, wo Addie doch verschwunden war?

Hunger weckte mich. Hunger und irgendein Albtraum mit Zähnen und Klauen, der sich in wirre Einzelbilder auflöste, sobald ich erwachte, mich aber am ganzen Körper zitternd zurückließ.

Im Zimmer war es dunkel. Mein Nachttischwecker verriet mir, dass es kurz nach Mitternacht war. Ich hörte das leise Rasseln von Jacksons Atem. Sah den Schatten seines Körpers im Bett neben meinem.

Ich schlüpfte aus dem Zimmer und bewegte mich in der Dunkelheit langsam die Treppe hinunter. In der Küche brannte schon Licht. Ich spähte zur Tür hinein. Offenbar war ich nicht ganz so leise gewesen, wie ich dachte, denn Ben erwiderte meinen Blick geradeheraus. Er saß an der Küchentheke und bediente sich von einem Teller mit Resten des Grillhähnchens.

»Hast du auch Hunger?«, fragte er. Als ich nickte, zeigte er auf den Kühlschrank. »Ich bringe nichts runter, wenn so viele Leute um mich herumwuseln. Zu viel Rummel.«

Ich brachte eine Art Lächeln zustande. »Dann magst du wahrscheinlich keine Restaurants.«

»Nicht wirklich, nein«, sagte er. »Hotels hasse ich auch, also ist das hier schlichtweg die Hölle für mich.«

Er spießte ein Stück Hähnchen auf und wedelte mir damit auf eine vage einladende Weise zu. Ich schlenderte näher und kletterte auf den Barhocker neben seinem.

In der Hektik der vergangenen Nacht hatte ich nicht daran gedacht, Jackson nach dem Mann zu fragen, der so kurzfristig den ganzen Berg hochgefahren war, um einen Jungen abzuholen, den er kaum kannte, und ein Mädchen, das er gar nicht kannte. War er selbst hybride? Hatte er Verwandte, die es waren?

»Nur zu, frag schon«, sagte er. Ich sah ihn überrascht an und er verlagerte das Gewicht auf seinem Stuhl. »Es ist ein krasser Umschwung, nicht wahr? Die ganze Zeit wird einem eingetrichtert: Erwähne deinen verschwundenen Sohn nicht. Erzähl den Leuten nicht, was mit ihm passiert ist. Dann, aus heiterem Himmel, ist man von Menschen umgeben, die ohne Punkt und Komma von ihren eigenen verlorenen Kindern erzählen, oder Geschwistern, oder was auch immer, und es wird erwartet, dass man sich so einfach ... mitteilt.« Er schnaubte. »Aber ich werde nicht herausfinden, was ich wissen muss, indem ich weiter schweige. Also frag mich.«

»Du hattest einen Sohn?«, fragte ich behutsam.

»Ich hatte einen Sohn«, wiederholte er. Er aß noch einen Bissen von dem Hähnchen und kaute einen Moment lang nachdenklich. »Ich hoffe, ich habe noch immer einen Sohn, aber mir ist klar, dass es allmählich wahrscheinlicher wird, dass, ja, ich einen Sohn hatte und jetzt keinen mehr habe.«

»Es ... es tut mir leid«, sagte ich. »Ich wollte nicht ... wie heißt er?«

»William«, erwiderte er, den Mund noch voller Hähnchen. »Er wäre jetzt achtzehn. Ich würde dir ja beschreiben, wie er aussieht, aber ich habe ihn nicht mehr gesehen, seit er elf Jahre alt war, daher kann ich nur sagen, dass er braune Augen und Haare hat und eine Narbe am Kinn, von dem Mal, als er gestürzt ist, als er mir auf der Farm geholfen hat.«

Ich erzählte ihm nicht, wie die älteren Kinder in Hahns verschwunden waren. Ich war nicht sicher, ob es anderswo auch der Fall war, und außerdem wusste er es wahrscheinlich bereits. Vielleicht war William vor Jahren die Flucht gelungen. Vielleicht vagabundierte er durch die Verstecke des Landes, auf der Suche nach seiner verlorenen Familie.

Vielleicht würden sie sich eines Tages wiederfinden.

»Soweit ich mitbekommen habe«, sagte Ben und zeigte mit der Gabel auf mich, »suchst du nach zwei fremdländisch aussehenden Geschwistern und einer Ärztin.«

Ich nickte. Ich hatte alle erwähnt, aber Ryan, Hally und Dr. Lyanne waren diejenigen, die ich am besten hatte beschreiben können.

»Mir ist aufgefallen, dass du deine Eltern nicht erwähnt hast. Es sei denn, deine Mutter ist die Ärztin.«

Ich schüttelte den Kopf.

Er sah mich ernüchtert an. »Weißt du schon, wo sie sind? Oder bist du einfach nicht daran interessiert, sie zu finden?«

Ich zögerte. »Ich schätze mal ... es gibt andere Dinge, die ich zuerst erledigen muss. Bevor ich darüber nachdenken kann, nach Hause zu gehen.«

Ben schüttelte ungläubig den Kopf. »Dinge erledigen.

Ich sollte ein Mädchen in deinem Alter auslachen, das mit solchem Ernst so etwas sagt. Aber in den vergangenen Monaten hat sich viel verändert. Diese Leute, die Powatt in die Luft gejagt haben, das waren auch nur Kinder.«

Ich behielt einen neutralen Gesichtsausdruck bei.

»In dem Haus, in dem ich vorher war«, fuhr Ben fort, »da gab es ein kleines Mädchen, kaum älter als dieser Aiden hier, das ganz allein herumrannte. Sie sagte, sie versuche, ihre Familie zu finden. Ihren Bruder.« Er lachte leise. »Wie viele von uns werden tatsächlich finden, wonach sie suchen? Was glaubst du? Was wird aus der Kleinen, wenn sie es nicht schafft? Wer wird sie bei sich aufnehmen? Selbst so ein hübsches, feengleiches Kind wie sie.«

Ich erstarrte. »Wie hieß sie? Das Mädchen?«

Ben runzelte die Stirn. »Glaubst du, du kennst ihren Bruder?«

»Ich ...« Ich umklammerte die Theke, damit ich das Gleichgewicht nicht verlor. »Verrat mir einfach ihren Namen.«

»Ich würde mich normalerweise nicht daran erinnern«, sagte Ben. »Aber er war leicht zu merken – Kitty.«

# Kapitel 27

Ich verbrachte den Rest der Nacht damit, Ben danach zu löchern, an was er sich über Kitty und Nina erinnerte. Er versicherte mir, dass es ihr gut zu gehen schien. Sie war die meiste Zeit still gewesen, aber voller Entschlossenheit. Sie war kurz nach ihm eingetroffen, im Wagen einer Frau, die sie nicht zu kennen schien. Die Frau war bald darauf weitergefahren, aber Kitty war geblieben und hatte sich nach Neuigkeiten von ihrem Bruder umgehört. Ben hatte den Eindruck gewonnen, dass der Mann früher in der Nähe gewohnt hatte, aber jetzt vielleicht nicht mehr, was Kittys Suche ausgelöst hatte.

Er hatte keine Ahnung, warum sie allein unterwegs gewesen war.

Nachdem Ben ins Bett gegangen war, blieb ich noch eine Weile in der Küche und grübelte vor mich hin. Ich nahm das Telefon von der Anrichte und wählte erneut Henris Nummer. Jedes Tuten konterte ich mit einem *Bitte, bitte, bitte.*

*Bitte funktioniere.*

Aber das tat es nicht.

*Du solltest es doch reparieren, Ryan,* dachte ich verzweifelt. *Warum hast du es noch nicht repariert?*

Ich war zurück in unserem Zimmer, als Jackson Stunden später erwachte, mit einem Keuchen hochfuhr und schauderte. Er beruhigte sich schnell. Schloss die Augen und fiel auf sein Kissen zurück.

Erst als er die Augen zum zweiten Mal öffnete, bemerkte er, dass ich im Schneidersitz auf dem anderen Bett saß.

»Hey«, sagte ich.

»Hey«, erwiderte er ebenso leise. »Du hast schon geschlafen, als ich gestern Abend hochkam.«

»Ich war wohl müde«, sagte ich, und er nickte. »Ich habe mich mit Ben unterhalten und er hat Kitty erwähnt.«

Jackson setzte sich auf. »Er hat sie getroffen? Mir hat er nichts davon erzählt. Wo waren ...«

»Sie war in einem sicheren Versteck in Grental Plains«, sagte ich. »Und sie war allein. Aber das ist schon Wochen her. Er weiß nicht, wo die anderen sein könnten oder warum sie nicht bei ihnen ist. Ich habe noch mal auf dem Satellitentelefon angerufen, aber es ist immer noch kaputt.«

»Trotzdem ist es definitiv eine bessere Spur als alles, was ich herausgefunden habe«, sagte Jackson im selben Moment, als ich sagte: »Alles ist ein einziges Chaos.«

Meine Stimme zitterte, aber ich musste es sagen – musste es jemandem erzählen, und es war niemand anders da. »Manchmal frage ich mich ... wenn wir nicht getan hätten, was wir am Lankster Square und in Powatt gemacht haben. Dann, nun ... die Dinge wären nicht, wie sie jetzt sind. Wir wären immer noch in Anchoit. Wir wären alle zusammen. Peter wäre noch am ...«

»Nicht, Eva«, sagte Jackson sanft. »Es bringt nichts, die Vergangenheit zu analysieren. Wir konnten nicht wissen, dass irgendetwas davon hierzu führen würde.« Ich wollte ihn unterbrechen, aber er sprach hastig weiter. »Außerdem, wenn wir nicht getan hätten, was wir gemacht haben, wäre vielleicht auch nichts von all dem anderen passiert. All diese Veränderungen – all die Gespräche über Hybride, die zuvor unter den Teppich gekehrt wurden. Die Leute äußern ihre Meinung wie schon seit Jahrzehnten nicht mehr. Das ist doch gut, oder? Im Moment herrscht vielleicht großes Chaos, aber wenn die Dinge dermaßen in Aufruhr sind, heißt das auch, dass sie nicht länger feststehen. Und das heißt, dass sie sich vielleicht ändern werden. Ich ... ich sage nicht, dass es das wert war oder dass es irgendetwas wiedergutmacht oder so. Nur ...« Ich spürte seine Anspannung so deutlich, als wäre es meine. »Es ist passiert. Es bringt nichts, sich zu wünschen, es wäre nicht so.«

Ich erwähnte Addie nicht, genauso wenig wie er. Vielleicht war uns beiden klar, dass dazu schon alles gesagt war.

Es reichte, dass wir beide es wussten. Und wir beide es verstanden.

Er schob seine Decke weg. »Bis Grental Plains sind es mindestens sechs oder sieben Stunden Autofahrt. Ich glaube nicht, dass ich genug Geld habe, um uns allein auf uns gestellt dorthinzubringen. Lass uns herausfinden, ob in nächster Zeit jemand in die Richtung fährt. Zwei Türen weiter wohnt dieses Paar, und ich glaube, ich habe sie sagen hören ...«

Ich holte tief Luft und er sah hoch und brach mitten im Satz ab. Er schenkte mir ein Grinsen. Es war unsicherer, als es vor Powatt gewesen war. Vor all dem. Aber das war nachvollziehbar.

Ich liebte es noch ein bisschen mehr, wegen seiner Unsicherheit. Wegen des Risses darin, der die Risse widerspiegelte, die ich in jeder Faser von mir spürte. Wir gaben einander Halt.

»Wir bekommen sie zurück«, sagte er, und ich nickte. Ich fragte ihn nicht, welche *sie* er damit meinte.

Das Paar, das Jackson erwähnte hatte, Frank und Elizabeth, war tatsächlich Richtung Grental Plains unterwegs. Sie hatten vor, am nächsten Tag weiterzufahren, womit mir ganze vierundzwanzig Stunden blieben, um mich verrückt zu machen. Ich wusste, ein zusätzlicher Tag würde nicht viel ändern, wenn man bedachte, dass es bereits Wochen her war, seit Ben Grental Plains verlassen hatte. Aber es gelang mir nicht, das Gefühl abzuschütteln, dass wir es uns nicht leisten konnten, eine weitere Minute zu vergeuden, geschweige denn einen ganzen Tag.

Ich versuchte, mich beschäftigt zu halten. Nach der Trostlosigkeit von Hahns war das kleine Bed and Breakfast der reinste Zirkus. Mrs Shay war dankbar für jede Hilfe. Ich war keine tolle Köchin, aber ich war gerne bei ihr in der Küche. Es war ein gutes Gefühl, wenn sie mich anlächelte und mir sagte, ich erleichtere ihr das Leben ein bisschen.

Erst um die Mittagszeit, als ich in die Speisekammer ging, um eine Dose Bohnen zu holen, und den Kalender sah, der dort an einem Haken hing, wurde es mir bewusst.

Vince war derjenige, der mich fand. Mich wie angewurzelt dastehen sah.

»Was ist?« Er spähte über meine Schulter. »Hast du einen Kobold entdeckt, der sich hier versteckt?« Er grinste mich an, aber ich erwiderte das Lächeln nicht.

»Ich bin sechzehn«, sagte ich.

Sein Blick tauchte in meinen. »Was?«

»Ich hatte Geburtstag«, sagte ich wie betäubt. »Vor zwei Tagen. Am vierzehnten Dezember. Das war mir gar nicht klar.«

Sein Grinsen wurde breiter. »Alles Gute nachträglich.«

Aber nichts war gut.

Mein sechzehnter Geburtstag war der erste in meinem ganzen Leben, den ich nicht mit Addie gefeiert hatte.

Wir brachen am nächsten Tag direkt nach dem Mittagessen auf, als die meisten Bewohner des Hauses noch in der Küche versammelt waren und halfen, sauber zu machen. Ich wartete in der Eingangshalle, während Frank und Elizabeth ihr weniges Gepäck in den Kofferraum luden. Mrs Shay wollte uns noch etwas zu essen mitgeben, und Vince war mit ihr gegangen, um ihr zu helfen.

Die anderen Hausgäste hatten mich mit einer neuen Garderobe überrascht, die sie aus ihren eigenen Koffern zusammengewürfelt hatten. Mrs Shay schenkte mir ein richtiges Paar Schuhe – getragen, aber genau in der passenden Größe und ein viel besserer Schutz gegen die Elemente und den kalten Erdboden als die kaputten Slipper. Elizabeth gab mir zwei T-Shirts, die mir etwas zu groß waren, und eine Hose, die ich mit einem von Bens Gürteln am Rutschen hinderte.

Ich stand allein da, als Ben mich entdeckte. »Finde das Mädchen«, sagte er.

»Das werde ich«, versprach ich und fügte hinzu: »Viel Glück. Bei deiner Suche nach William, meine ich.«

Er nickte. Mrs Shay und Vince kehrten mit zwei Plastikbeuteln voll belegten Broten und was sie an Knabberzeug erübrigen konnte zurück. Sie drückte mir einen der Beutel in die Hand. Dann küsste sie mich so sanft auf die Wange, dass mir die Tränen kamen.

Bis ich schließlich zu Vince auf den Rücksitz stieg, hatte ich sie weggeblinzelt. Und dann ging das ganze Spiel von vorne los, als ich den Beutel mit den verschieden belegten Broten durchkramte und einen schmalen Briefumschlag entdeckte, in dem ein zerknitterter Zehndollarschein lag.

Grental Plains erinnerte mich an Lupside. Der Vorort, den wir erreichten, nachdem wir Stunden unterwegs gewesen waren, hätte genauso gut in direkter Nachbarschaft zu meinem alten Viertel liegen können, zumindest wenn man den Baustil der Häuser außer Acht gelassen hätte. Sie verfügten alle nur über ein Stockwerk, aber eine entsprechend große Grundfläche und ausladende Dächer, und boten ein kastenförmiges Erscheinungsbild.

Es war schon dunkel. Wir orientierten uns anhand der Straßenlaternen und einem gelben Mond.

»Hier?« Meine Stimme war gedämpft. »Sind Sie sicher? Wo sind alle?«

Das Haus, vor dem wir gehalten hatten, war kaum größer, als unseres in Lupside gewesen war. In der Einfahrt standen keine Autos.

»Sie bitten die Leute wahrscheinlich, woanders zu parken«, sagte Elizabeth über die Schulter. »Es wäre verdächtig, wenn ständig massenweise Autos vor dem Haus parkten.«

Vince stieg aus dem Van, um an der Tür zu klingeln und zu fragen. Ich sah zu, wie er kurz mit dem Mann an der Tür sprach, dann zurück zum Auto kam und uns anwies, vor einem Shoppingcenter zu parken, das die Straße hinunter lag.

Elizabeth bestand darauf, dass ich ebenfalls ausstieg, um mir den Rückweg zu Fuß zu ersparen. So wie sie mich musterte, schien ich wohl immer noch etwas schwach auszusehen.

Der Mann, dem das Haus gehörte, hieß Lucas, und er wirkte kaum alt genug, um ein Studium abgeschlossen zu haben. Er hatte das Haus von seinem Onkel gemietet, der, wie er uns versicherte, auf der anderen Seite des Bundesstaates lebte und nie unangemeldet auftauchte, um nach ihm zu sehen. Aber ich merkte, dass das Arrangement Vince dennoch nervös machte. Er warf immer wieder Blicke zu Tür, während Lucas uns erklärte, dass keine Betten oder Sofas mehr frei wären, es aber reichlich Platz auf dem Boden gäbe, und Kissen, falls wir Schlafsäcke dabeihätten.

»Eigentlich«, sagte ich zögernd, als er uns anbot, uns das Haus zu zeigen, »suchen wir nach jemandem. Einem Mädchen namens Kitty. Sie ist elf. Klein. Und sie hat unheimlich lange, dunkle Haare ...«

Lucas' Miene leuchtete auf. »Kitty. Ja, aber sie ist vor ungefähr einer Woche weitergezogen, nach Brindt. Sie war auf der Suche nach ihrem Bruder, Ty. Einem Gitarrenspieler. Sie hatte von jemandem gehört, dass er vor ein paar Monaten dort hingezogen ist und downtown in einigen Bars spielt ...« Er verstummte, als er meine offensichtliche Enttäuschung bemerkte. Rasch fügte er hinzu: »Es gibt einen Bus, der von hier nach Brindt fährt. Braucht nicht länger als ein paar Stunden. Aber ich glaube nicht, dass so spät noch einer fährt. Ihr werdet bis morgen warten müssen.«

Wir hatten Kitty um eine Woche verpasst. Also hatte der zusätzliche Tag, den wir in dem Bed and Breakfast verbracht hatten, keinen Unterschied gemacht – wir hätten sie auf jeden Fall verpasst.

Aber jede Sekunde, die wir verschenkten, war von Bedeutung. Dieses Mal hatten wir Kitty um eine Woche verpasst, aber was war mit dem nächsten Mal? Nächstes Mal könnte es sich um eine Stunde handeln oder eine halbe oder noch weniger.

Man brauchte nur einen Moment, um in ein Auto zu steigen. Innerhalb von zehn Minuten konnte sie schon meilenweit entfernt sein.

## Kapitel 28

In jener Nacht wurde ich nicht von meinen eigenen Albträumen geweckt, sondern von Jacksons. Sobald er aufstand, öffneten sich auch meine Lider flatternd. Das Wohnzimmer lag komplett im Dunkeln. Ich hatte keine Ahnung, wie spät es war. Aber ich setzte mich auf und flüsterte: »Jackson?«

Ich hörte das Rasseln seines Atems, so als wäre er gerannt und sei außer Atem.

»Ich werde einfach ein bisschen vor die Tür gehen«, murmelte er.

»Darf ich mit dir kommen?«, fragte ich, und er zögerte, nickte dann aber.

Wir schlichen uns aus dem Haus, öffneten und schlossen die Eingangstür so leise wie möglich, schnappten uns auf dem Weg nach draußen unsere Jacken. Die Nacht war bitterkalt. Ihre eisige Luft ließ mich schaudern und ich war schlagartig wach.

Jackson zitterte ebenfalls, aber er sagte nichts davon, wieder reinzugehen. Wenn überhaupt schien er die Wachheit, die die kalte Nachtluft mit sich brachte, willkommen zu heißen. Wir ließen das Haus hinter uns, schlenderten durch die Nachbarschaft. Ich warf einen Blick auf jedes dunkle Fenster, stellte mir die Familien vor, die dahinter verborgen schliefen, staunte über den Frieden, den sie genossen.

Jackson sah mich an. Die Kälte verlieh allem eine Dringlichkeit und Klarheit. Die nächste Straßenlaterne war einen halben Block entfernt, aber sie schien mir das Strahlendste zu sein, das ich je gesehen hatte.

Während unserer Zeit im Bed and Breakfast hatte ich Jackson manchmal dabei ertappt, wie er mich auf diese spezielle Weise ansah. So als suche er nach einer Spur von Addie in der Art, wie ich lief, einen Apfel teilte oder etwas Verschüttetes aufwischte.

Ich hatte ihn ebenfalls betrachtet. Ich hatte versucht, ihn so zu sehen, wie Addie ihn gesehen hatte. Ich hatte versucht, die Welt so zu sehen, wie Addie sie gesehen hätte. Mich für eine kurze Zeit in sie zu verwandeln. Nur für einen Augenblick. Als würde sie das zurückbringen.

Ich verstand jetzt ein bisschen besser, wie Addie sich in diesen Jungen hatte verlieben können. Noch mehr als das - ich verstand ihn. Wenn er vor sich hin starrte, verstand ich ihn. Wenn er zusammenzuckte, wenn man ihn an der Schulter berührte, verstand ich ihn. Wenn er alles unter einem Lächeln begrub, verstand ich ihn.

»Was würdest du machen, wenn all das hier morgen vorbei wäre?«, fragte er.

»Wie meinst du das?« Ich war mir nicht sicher, ob es an der Kälte lag, der Tatsache, dass ich so plötzlich aufgewacht war, oder einer Kombination aus beidem und weiteren Dingen, die sich nicht genau benennen ließen, aber ich hatte gleichzeitig das Gefühl, zu träumen und wacher zu sein als je zuvor.

»Wenn es schon morgen plötzlich kein Problem mehr wäre, hybride zu sein. Und alle dich akzeptierten und du einfach wie jeder andere sein könntest, was würdest du dann machen?«

Er flüsterte. Wir wollten niemanden stören. Aber wir konnten auch nicht wissen, wer uns vielleicht belauschte. Wer womöglich diese Worte vernahm, die mit solcher Unschuld ausgesprochen worden waren, und uns ihretwegen verfolgen würde.

»Ich wäre wie jeder andere«, sagte ich.

Seine Lippen zuckten. »Würde dir das reichen?«

»Ich weiß es nicht«, sagte ich. »Ich habe es noch nie erlebt. Aber es wäre ein Anfang und dann könnte ich von da aus weitermachen.« Ich wandte den Blick ab, ließ ihn wieder durch die Dunkelheit schweifen. »Um ehrlich zu sein, gelingt es mir kaum, es mir auszumalen. Es scheint so weit entfernt. Es gibt noch so viel zu tun.«

»Aber welchen Sinn hat es, etwas zu tun, wenn man sich nicht erträumt, wie alles ausgehen wird?« Er klang so ernsthaft.

»Was ist, wenn die viele Träumerei einen daran hindert,

Dinge tatsächlich in die Tat umzusetzen? Was, wenn einem keine Zeit zum Träumen bleibt?«

»Zeit zu träumen hat man immer«, sagte Jackson. »Wenn es einen glücklich macht, dann hat man auch die Zeit dafür.«

»Ich schätze schon.« Ich lächelte, nur ein wenig. »Du hast immer kleine Weisheitshäppchen in petto, was?«

»Außer, was Powatt angeht«, sagte er, und ich nickte.

»Außer, was Powatt angeht«, sagte ich mit Nachdruck. »Denn bei Gott, war das dämlich.«

Einen Wimpernschlag herrschte Schweigen. Dann lachte Jackson los. Er lachte, bis ich ebenfalls lachte, wir krümmten uns beide, gackerten wie irre, schnappten nach Luft. Langsam beruhigte sich mein Gelächter, wurde zu einem Kichern, dann zu einem aufgekratzten Lächeln.

Wir sahen uns an. Das Mondlicht und das Licht der Straßenlaterne mischten sich und warfen flackernde Glanzlichter auf sein Haar, tauchten sein Gesicht in seltsame Schatten.

Ich verspürte das Verlangen, ihn zu küssen.

Ich verspürte das Verlangen, ihn zu küssen, und der Wunsch fühlte sich normal an. Fühlte sich richtig an. Ich reckte mich nach oben, auf den Zehenspitzen, meine Lippen eine Haaresbreite von seinen entfernt, bevor mir überhaupt klar war, was vor sich ging.

Er erstarrte.

Ich erstarrte ebenfalls.

Er atmete nicht. Wenn er geatmet hätte, hätte ich den Luftzug an meiner Haut gespürt, so nah waren wir uns.

Ich schrak zurück. Presste die Finger an die Schläfen, versuchte meine Gedanken in geordnete Bahnen zu lenken, meine Gefühle zurück auf vertrautes Terrain zu drängen. Sie wieder ins Lot zu bringen.

*Addie*, dachte ich. Das hier waren Addies Gefühle – es musste sich um Addies Gefühle handeln. Aber als ich nach ihr rief, in der Stille meines Geistes ihren Namen schrie, erntete ich nichts als Schweigen und Echos.

»Tut mir leid«, sagte ich und meine Stimme wankte am Ende. »Ich ... ich ...«

Ich sah ihn nicht an. Er sagte nichts.

»Wir könnten so tun, als wäre es nie passiert«, flüsterte ich und zwang mich, mit meinem Blick den seinen zu suchen. Einen Moment später fing ich ihn ein.

Er starrte mich an. Mich an. Durch mich hindurch.

Seine Stimme klang rau. »Ist sie wirklich fort, Eva?«

Meine Kehle schnürte sich zu. »Warum ... warum sollte ich das behaupten, wenn es nicht so wäre?«

Er brach den Blickkontakt ab. Schüttelte den Kopf. »Ich weiß es nicht. Ich schätze, es war nur ... als du ...«

»Es war ein Fehler«, sagte ich am ganzen Körper zitternd. Mein Herz versuchte mich zu überreden, dass es mehr als das gewesen war. Dass es ein Zeichen gewesen war. Ein Beweis dafür, dass Addie immer noch irgendwo in diesem Körper existierte, schlafend, aber am Leben.

Doch sosehr ich es auch versuchte, ich entdeckte nicht den geringsten Hinweis auf sie.

War es nur Einbildung?

Ich wollte nicht glauben, dass Addie fort war.

Mein Herz hätte alles getan, um mich davon zu überzeugen, dass sie es nicht war.

Ein Auto rauschte mit lauter Musik an uns vorbei. Ich spürte das Dröhnen des Basses bis in die Knochen.

»Nur ein Fehler«, wiederholte Jackson.

Ich war so durcheinander, dass mir der zweite Wagen nicht gleich auffiel, als er in die Nachbarschaft bog. Ich realisierte nicht, dass er mit dunklen Scheinwerfern auf uns zuhielt.

Dann tat ich es und zerrte Jackson tiefer in die Schatten. »Polizei.«

Mein erster Impuls war, zum Haus zurückzulaufen – Jacksons, in die andere Richtung zu rennen. Wir hielten uns noch an den Händen. Rissen einander zurück.

»Wir müssen sie warnen«, flüsterte ich.

Er versuchte, mich mit sich zu ziehen. »Zu spät. Bis wir sie aufgeweckt haben, hat die Polizei das Gebäude umstellt.«

Er war stärker als ich, aber ich wehrte mich weiter, und endlich hörte er auf, an mir zu zerren. Ich blickte über die Schulter. Ein zweiter Polizeiwagen war eingetroffen, so leise wie der erste. Wer hatte ihnen den Tipp gegeben? Ein Nachbar, der Verdacht geschöpft hatte? Lucas' Onkel?

Es spielte im Grunde keine Rolle mehr. Nicht für die Leute, die ahnungslos in jenem Haus schliefen, die dadurch aufwachen würden, dass jemand ihre Tür aufbrach.

Jackson hatte recht. Wir waren zu weit entfernt, und wir würden das Haus durch die Vordertür betreten müssen – vor den Augen der Polizei. Höchstwahrscheinlich würden wir nicht mehr erreichen, als das halbe Haus aufzuwecken, bevor wir verhaftet würden.

Aber das war nur höchstwahrscheinlich so. Ein großer Teil von mir rebellierte gegen die Vorstellung, davonzulaufen, solange auch nur die kleinste Möglichkeit bestand, sie zu retten. Geringe Chancen waren mir nicht fremd – meine Existenz, mein ganzes Leben hatte aus einer Serie von geringen Chancen bestanden, von Risiken, die ich eingegangen war.

»Eva«, flüsterte Jackson. »Das können wir nicht tun.«

Die Türen des Polizeiautos öffneten sich.

Ich konnte sie retten. Ich konnte sie vielleicht retten. Und würde alles riskieren: die Möglichkeit, Kitty wiederzufinden, Ryan wiederzufinden, Emalia und Jaime, und Bridget zu helfen.

»Du hast recht«, flüsterte ich. Ich schluckte. Wandte mich von dem Haus ab und bemühte mich, den Schmerz zu ignorieren, der Löcher in mein Herz bohrte. »Lass uns abhauen.«

Wir konzentrierten uns anfangs darauf, nicht gesehen zu werden, hielten uns im Verborgenen, bemühten uns, zu schweigen. Dann begannen die Rufe – das Brüllen und An-die-Tür-Hämmern – und wir verabschiedeten uns davon, nicht gesehen werden zu wollen, und setzten stattdessen ganz auf Geschwindigkeit.

Wir rannten, so schnell wir konnten. Raus aus der Nachbarschaft. Die stillen, verlassenen Vorortstraßen entlang. Wir rannten, bis wir nicht mehr rennen konnten, und dann gingen wir. Wir taten alles, um uns so weit wie möglich von dem nicht länger sicheren Unterschlupf und der Polizei und von meinem Schuldgefühl zu entfernen. Erst Peter und Jaime, dann die anderen Mädchen in Hahns und jetzt das. Irgendwie lief ich immer davon. Ich ließ stets Leute zurück.

»Wir hätten absolut nichts tun können«, sagte Jackson, als das Schweigen zwischen uns erdrückend wurde.

»Ich weiß«, erwiderte ich.

Aber war es eine Lüge? Eine hohle Phrase? Etwas, das ich mir einredete, weil ich nicht mutig genug gewesen war, zu bleiben?

Die Sonne ging allmählich auf, ein gelber Streifen am Horizont, der aufwärts in die vorüberziehenden Wolken kroch. Bei Tagesanbruch hatten weder Jackson noch ich eine Vorstellung davon, wo wir uns befanden. Wir riskierten, uns in eine Tankstelle zu schleichen, um uns eine Karte der Umgebung zu schnappen und den Busbahnhof zu finden. Wie sich herausstellte, lag er am anderen Ende der Stadt.

»Das gefällt mir ganz und gar nicht«, murmelte Jackson, als wir tief in unsere Jacken vergraben durch die Straßen eilten. »Wir fallen zu sehr auf.«

Er hatte recht. Es war besser gewesen, solange es noch dunkel gewesen war. Jetzt, da die Sonne aufgegangen war, fuhren mehr Autos auf der Straße, aber fast niemand sonst war zu Fuß unterwegs. Gott sei Dank besaß keiner von uns einen Schlafanzug, sodass wir in unseren normalen Klamotten geschlafen hatten. Mrs Shays Zehndollarschein war sicher in meiner Hosentasche verstaut.

Als wir den Busbahnhof schließlich erreichten, war ich das reinste Nervenbündel. Den alten Bahnhof zu sehen, an dem noch blaue und weiße Farbreste zu erkennen waren, war, als erwache man aus einem schlimmen Traum. Wir hasteten ins Gebäudeinnere, wo die plötzliche Wärme mich erschauern ließ, mich dazu veranlasste, einen tiefen Atemzug zu nehmen, der sich den Weg in meine Lunge nicht mit einem Stechen suchen würde.

Die Frau am Schalter schenkte uns kaum Beachtung. Sie war zu beschäftigt damit, sich durch die Kanäle ihres Fernsehers zu schalten, einem niedrigen, kleinen Gerät, dessen Bildschirm bei jedem zweiten Sender nur Schnee produzierte.

»Ich besorge die Fahrkarten«, sagte ich zu Jackson. »Ich sehe mir weniger ähnlich als du.«

Er sah aus, als wolle er protestieren, aber ich ging bereits auf den Schalter zu. Als ich ihm einen Blick über die Schulter zuwarf, sah er mir beunruhigt nach, blieb aber, wo er war.

Ich erinnerte mich plötzlich daran, seine Lippen auf meinen zu spüren. Wie seine Finger sich in meine Haare gruben. Es war dunkel gewesen, als ich an jenem Tag in Anchoit in seinem Zimmer erwacht war. Aber ich erinnerte mich daran, wie blau seine Augen gewesen waren, als das Licht anging. An dem Tag hatte ich die Wahrheit über ihn und Addie herausgefunden, und ich war damals außer mir vor Wut gewesen. Ich war weggezuckt.

Aber letzte Nacht ...

‹Ich war gestern Nacht nicht ich selbst›, flüsterte ich Addie zu. Es war das erste Mal, das ich mit ihr sprach, seit ich Jackson gegenüber zugegeben hatte, dass sie fort war. ‹Ich wollte in dem Moment nicht ich sein. Ich wollte du sein.›

Ich erhielt keine Antwort, so wie es seit Hahns stets gewesen war.

»Wohin soll's gehen?«, fragte die Frau am Schalter. Sie hatte sich für den überregionalen Nachrichtensender entschieden, einer der wenigen, die beinah überall mit gutem Bild zu empfangen waren. Ich versuchte, nicht hinzugucken, weil ich große Angst davor hatte, sie könnten einen Bericht über mich bringen. Drei Tage waren seit meiner Flucht aus Hahns vergangen. War Jenson informiert worden?

»Brindt«, sagte ich. »Zwei Fahrkarten, bitte. Wann geht der nächste Bus?«

Sie war im Begriff, meine Frage zu beantworten, als der Fernseher plötzlich nur noch Schnee zeigte. Sie seufzte und haute mit der flachen Hand dagegen. Der zweite Schlag brachte das Bild zurück.

Aber es handelte sich nicht länger um die Nachrichtensendung. Die Fahrkartenverkäuferin und ich starrten ...

... Henri an.

## Kapitel 29

Henri lebte.

Henri lebte und war in Übersee. Er hatte es zurückgeschafft. Das sagte er. Er blickte aus dem flimmernden Fernsehbildschirm in diesem abgerissenen Busbahnhof und berichtete, wie er heimlich in die Americas gereist war, um ein Land aus erster Hand zu erleben, das sich so lange vor dem Rest der Welt abgeschottet hatte. Wie er die Lügen entdeckt hatte, die den Menschen hier eingetrichtert wurden – in der Schule, mithilfe von Zeitungen und Geschichten.

»Die Welt jenseits eurer Grenzen«, sagte er mit dem uns inzwischen vertrauten, weichen Akzent, »ist nicht so, wie ihr glaubt. Wie eure Regierung euch erzählt.«

Er sagte, er würde uns die Wahrheit zeigen.

Aber mein Blick war von etwas anderem angezogen worden. Ganz in der Ecke des Bildschirms, beinah verborgen unter einem von Henris Blättern, lag ein Chip in der Größe einer Vierteldollarmünze. Er blinkte schwach rot auf.

Er sah wie mein Chip aus. Oder Ryans. Nicht genau so,

und das konnte auch nicht sein, weil unsere nicht bei Henri waren. Aber jemand hatte sich die Mühe gemacht, eine Kopie anzufertigen. Um meine Aufmerksamkeit zu erregen.

Das Blinken war ungleichmäßig. Wie ...

Wie ein Morsecode.

R

U

F

A

N

Er blinkte einmal, dann noch einmal.

*Ruf an.*

Und dann blinkte eine neue Botschaft auf – etwas Langes, das ich nicht erkannte, bis es von vorne losging. Eine Ziffernfolge.

Eine Telefonnummer.

Das Bild wechselte. Zu einem jungen Mann, der eine Sprache sprach, die wir nicht verstanden. Er stand an einer Straßenecke und lächelte in die Kamera. Lenkte unsere Aufmerksamkeit winkend auf eine Stadt, wie wir noch nie eine gesehen hatten, voller riesiger, schillernder Reklametafeln und fremder Lichter. Dann folgte ein anderes Video. Eine andere Person. Frauen. Männer. Kinder. Groß- und Kleinstädte, Schulen und traute Heime und Abendbrottische und Geburtstagspartys und Fremde, die ihre Welt so unbedingt mit uns teilen wollten. Manche sprachen Englisch. Manche nicht.

Die Übertragung endete abrupt. Im Schneegestöber. Hatte jemand im Sender die Kontrolle wieder an sich gebracht und die Videoübertragung unterbrochen?

Die Fahrkartenverkäuferin und ich blickten in das Schneegestöber, als könne es noch weitere Geheimnisse enthüllen. Dann lehnte die Frau sich auf ihrem Stuhl zurück, als schüttele sie einen Traum ab.

»Tja.« Sie schien nicht zu wissen, was sie sonst sagen sollte. Sie sah mich an. »Das war ja wohl offensichtlich eine Fälschung, oder nicht?«

»Wie bitte?«, hauchte ich. In Gedanken wiederholte ich immer wieder die Zahlenfolge, prägte sie mir fest ein. Aber ich wurde von den Aufnahmen abgelenkt, die auf Henris Erscheinen gefolgt waren – der visuelle Beweis, dass eine vollkommen andere Welt existierte.

»Das Video, Liebes«, sagte sie, als halte sie mich für beschränkt. Sie runzelte die Stirn. »Geht es dir gut?«

Eine Hand legte sich auf meine Schulter. Ich zuckte zusammen, fuhr herum, doch es war bloß Jackson. Er lächelte die Frau an. »Ich glaube, die Übertragung hat sie etwas durcheinandergebracht.«

»Ja ...«, sagte ich rasch, nachdem ich meine Stimme wiedergefunden hatte. »Ich war nur ... es war so seltsam. Und ständig diese Piratensendungen. Es macht mir Angst. Ich ... ich frage mich, was sie als Nächstes anstellen werden, verstehen Sie? Wer sie sind ...«

»Ausländer, natürlich.« Ihre Augenbrauen hoben sich

bis zum Haaransatz. »Das ist doch klar, oder? Es ist alles ausländische Propaganda, die versucht ... nun, Gott allein weiß, was genau sie im Schilde führen. Es muss mit den Hybriden zusammenhängen, egal was es ist.« Sie beäugte mich. »Aber wenn dir das alles Angst macht, solltest du nicht nach Brindt fahren. Dort konzentriert sich im Moment der ganze Ärger.«

Ich fragte mich, ob sie je von dem sicheren Versteck erfahren würde, das nur wenige Minuten Fahrt von hier entfernt war. Wie dicht der *Ärger* ihr eigenes Leben gestreift hatte.

»Was ist denn in Brindt los?«, fragte Jackson.

»Anarchie«, erwiderte sie. »Demonstranten und Vandalismus und Menschen, die zu Tode verängstigt sind. Meine Schwester lebt dort. Ihr Sohn musste das Basketballteam verlassen, weil sie nicht möchte, dass er sich länger auf der Straße aufhält als unbedingt notwendig.« Sie blickte zurück zu mir. »Der nächste Bus fährt in einer halben Stunde. Möchtest du die Fahrkarten jetzt oder nicht?«

»Wir kommen gleich wieder«, sagte ich, bevor Jackson Ja sagen konnte.

Jackson verbarg seine Verwirrung gut. Er lächelte der Frau erneut zu und schlenderte mit mir zurück zur Bahnhofstür. Ich wartete ab, bis ich mir sicher war, dass niemand uns belauschte. Dann erzählte ich ihm von der versteckten Botschaft in dem Video.

Ich fing an zu grinsen und konnte gar nicht mehr damit aufhören. Henri war am Leben und es ging ihm gut. Ryan und die anderen mussten Kontakt zu ihm gehabt haben. Ich hatte eine neue Nummer.

Jackson eilte mit mir zur nächsten Telefonzelle. Glücklicherweise hatte er ein paar Münzen dabei. Er stieß die Tür auf und lehnte sich dagegen, um sie offen zu halten, während ich den Anruf machte.

Wir waren beide vollkommen still, als das Rufzeichen ertönte.

Dann verstummte es. Ich hörte ein *Klack*, das signalisierte, dass es zu einer Verbindung gekommen war.

Niemand sagte etwas.

Das Schweigen dehnte sich aus. Jackson bildete ein lautloses *Was?* mit den Lippen, und wenn ich jetzt nichts gesagt hätte, wäre die Verbindung vielleicht beendet worden.

Ich sagte atemlos: »Hallo?«

»Eva?«

Er musste es ein zweites Mal sagen, ehe ich eine Antwort herausbrachte. Und selbst dann konnte ich nur sagen: »Ja, ja, ich bin es.«

Ich holte scharf Luft, und es war eine Mischung aus Lachen und dem Beginn einer ungeheuer peinlichen Tränenflut.

»Eva, geht es dir gut?«, sagte Ryan Mullan, und es war, als fügten sich die Puzzleteile meiner Welt endlich wieder zu einem klaren Bild zusammen. Als hätte sich Woche um Woche eine eiserne Faust um meine Lunge geballt, und mir war nicht klar gewesen – war gar nicht richtig aufgefallen –, wie schlimm es war, bis ich plötzlich wieder frei atmen konnte.

»Mir geht es gut«, sagte ich lachend und legte erschrocken die Hand über den Mund, so überrascht war ich von dem Klang. Ich zwang mich, die Hand wieder fallen zu lassen. »Und dir? Und allen anderen?«

»Allen geht es ausgezeichnet«, sagte er. Ich hörte die Erleichterung in seiner Stimme. Und ich hörte noch jemand anderen, ein Mädchen, sagen: »Ryan, ist sie das?«

»Ist das Hally?« Ich konnte mich nicht daran erinnern, wann ich das letzte Mal so glücklich gewesen war.

»Wo sind sie?« Jackson lächelte ebenfalls, aber es konnte die Sorge in seinem Blick nicht vollständig verdecken.

Ryan stellte mir genau dieselbe Frage.

»Ich bin in Grental Plains«, sagte ich. »Wo seid ihr? Ist Kitty bei euch?«

»Du hast von Kitty gehört?« Ryans Stimme wurde sofort ernst. »Wo?«, verlangte Hally im Hintergrund zu wissen, aber er brachte sie zum Schweigen. »Von wem? Was hast du gehört?«

Ich erzählte ihm von Ben und den Dingen, die er an mich weitergegeben hatte.

Ryan schwieg einen Augenblick. Lange genug, damit ich sagen konnte: »Wie ist sie von euch getrennt worden?«, um es gleich im Anschluss zu bereuen.

Ich konnte sein Gesicht nicht sehen, aber ich hörte die Schuldgefühle deutlich genug, als Ryan erwiderte: »Wir sind jetzt in Brindt. Ihr Bruder ist hier irgendwo. Wir werden sie finden.«

»Sie sind in Brindt«, flüsterte ich Jackson zu.

»Wer ist da bei dir?«, fragte Ryan.

Ich zögerte. »Jackson.«

»Oh«, sagte Ryan. Es gab eine Pause – Hally redete wieder, oder vielleicht waren es auch sie und jemand anderes. Er übertönte sie. »Hat er dir geholfen, aus Hahns zu fliehen?«

Ich setzte zu einer Erwiderung an, aber ein deutlicher Satz löste sich aus dem Hintergrundgemurmel und schnitt mir das Wort ab. »Redet nicht zu lang. Sag ihr, wo sie uns treffen soll.«

»Dr. Lyanne.« Ich hatte nicht geplant, es laut auszusprechen. Mir wurde klar, dass ich nach ihrem Anblick hungerte. Nach dem Trost, den ihre scharf geschnittenen Gesichtszüge, ihre schmalen Lippen boten. Es gab ein raschelndes Geräusch, so als würde der Telefonhörer von einer Hand zur nächsten gereicht.

»Wie schnell kannst du hier sein?«, fragte Dr. Lyanne geschäftsmäßig. Wenn ich sie nicht so gut gekannt hätte, wäre ich von ihrer Gefühlskälte vielleicht verletzt gewesen. Aber ich kannte sie und in diesem Moment half es mir. Es gab mir die Kraft, meine eigenen Gefühle wieder unter Kontrolle zu bringen.

»In ein paar Stunden«, sagte ich. »Wir sind in der Nähe eines Busbahnhofs und der nächste Bus fährt in einer halben Stunde.«

»Wir treffen dich dann hier am Bahnhof«, sagte Dr. Lyanne.

Ich nickte, wollte gerade *Ja, ist gut* sagen, als sie erneut sprach.

»Es ist schön, von dir zu hören, Eva.«

Dann war sie wieder weg und Ryan erneut am anderen Ende. »Wir können die Verbindung nicht so lange offen halten«, sagte er hastig.

»Ich kaufe jetzt die Busfahrkarten«, sagte ich – es gab noch so viel mehr, was ich ihm sagen wollte. »Ich werde dann am Bahnhof sein ...«

»Und ich werde dort auf dich warten«, sagte er.

Ich umklammerte den Telefonhörer und lächelte, als wollte ich nie wieder damit aufhören. Für den Rest meines Lebens nicht.

»Bis später, Eva«, sagte er.

»Bis später«, sagte ich und wartete darauf, dass er auflegte, weil ich es nicht tun würde. Selbst nachdem er es getan hatte, lauschte ich noch dem Tuten der getrennten Verbindung.

Mein Blick schoss hoch, zu Jacksons Gesicht. Zu behaupten, mir wäre seine Anwesenheit entfallen, entspräche nicht ganz der Wahrheit. Es war eher so, als hätte ich mich verirrt. Ich war für ein paar Sekunden verschwunden, irgendwohin, wo es nicht nur keinen Jackson gab, sondern auch keine Telefonzelle, keine Straße, auf der wir standen, und keine Stadt, die uns umgab.

Wo es nichts gab außer dem Telefon, das mich und den Jungen verband, der mir einst Geschichten zugeflüstert hatte, während ich reglos auf seinem Sofa lag und mir den Weg zurück aus einem Leben als Geist erstritt. Ich erinnerte mich daran, wie seine Hand mich mit der Welt verbunden hatte. Mein Anker gewesen war. Ich erinnerte mich an das erste Mal, als ich unter meiner Kontrolle die Augen geöffnet hatte und sah, wie er meinen Blick erwiderte.

‹Er fehlt mir, Addie›, sagte ich und mir schwindelte und wurde etwas schwummrig. ‹Er fehlt mir so sehr.›

Und endlich würde ich zu ihm zurückkehren.

## Kapitel 30

Der Bus hielt mit zwölf unerträglichen Minuten Verspätung vor dem Bahnhof. Die Bremsen quietschten auf eine Art, die meiner Vermutung nach darauf hindeutete, dass mit ihnen etwas ganz und gar nicht in Ordnung war. Aber zu diesem Zeitpunkt wäre ich sogar in einen Bus mit drei Rädern gestiegen, wenn er mich nach Brindt befördert hätte.

Jackson und ich fanden zwei Plätze nebeneinander, dann warteten wir zehn qualvolle Minuten, bis alle anderen eingestiegen waren. Mein Herz pochte erwartungsvoll.

Endlich waren wir unterwegs. Ich blickte aus dem dreckigen Fenster und sah die Vororte vorüberziehen, bevor wir auf den Highway bogen. Ich war in den vergangenen Monaten auf so vielen Highways unterwegs gewesen. War so viel gereist.

Es war schon seltsam. Vorher war ich so gut wie nie von zu Hause weg gewesen. Erst seit ich gezwungen war, unterzutauchen – seit ich auf der Flucht war –, bekam ich etwas von dem Land zu sehen, in dem ich lebte.

Nach der kleinen Touristenstadt, in die ich nach der Flucht aus Hahns hineingestolpert war, dem abgeschiedenen Bed and Breakfast und dem ruhigen Vorort von Grental Plains war es ein Schock, in Brindt anzukommen. Wolkenkratzer schossen um uns herum in die Höhe, sie ragten silbern glänzend über uns auf. Werbetafeln reckten sich gen Himmel. Auf den Straßen waren unzählige Menschen unterwegs.

Wir fuhren an Schaufenstern vorbei, die mit Weihnachtsdekorationen geschmückt waren, Plakate priesen Sonderangebote und kostenfreies Einpacken von Geschenken an. Das alles war mir seltsam fremd geworden. Mein Geburtstag. Die Feiertage. Sie hatten gegenüber allem anderen an Bedeutung verloren.

Der Bus kam mit quietschenden Reifen vor dem Bahnhof zum Stehen. Ich starrte aus dem Fenster, sah aber niemanden, den ich kannte.

»Vielleicht sind sie drinnen«, sagte Jackson.

»Vielleicht«, erwiderte ich, glaubte aber nicht wirklich daran. Ryan würde nicht drinnen warten wollen, wo er unsere Ankunft nicht mitbekommen würde.

Endlich waren wir dran mit Aussteigen. Wir stolperten auf die Straße. Ich drehte mich hin und her. Ausschau haltend. Suchend.

»Ich sehe sie nicht.« Jackson blieb dicht bei mir, während die anderen Fahrgäste sich von uns entfernten. Manche feierten das Wiedersehen mit Freunden und Familie, andere begaben sich zum Straßenrand, um ein Taxi heranzuwinken.

Ich tat nichts von beidem.

Bis ich es doch tat.

Hally sah ich zuerst. Hally, oder vielleicht war es auch Lissa, sie war immer noch zu weit weg, um es mit Sicherheit zu sagen. Sie hatte die Haare unter eine cremefarbene Wollmütze gestopft. Jackson fuhr herum, als er mich nach Luft schnappen hörte. Ich versuchte, etwas zu sagen, konnte aber nur grinsen. Arme schlangen sich von hinten um meine Schultern, zogen mich in eine Umarmung, die mein Herz vor Freude hüpfen ließ.

»Hab dich«, sagte Ryan, ein Flüstern an meinem Ohr.

Und dann brachte ich wirklich kein Wort mehr heraus.

Irgendwann fand ich meine Stimme wieder. Als es so weit war, hatte auch Hally uns erreicht. Es war Hally, dem schwungvollen Gang und den funkelnden Augen nach zu urteilen, und so wie sie mich ohne Entschuldigung von Ryan wegzerrte und mich mit ihrer Umarmung beinah erdrückte.

»Es ist zu gefährlich«, sagte ich immer wieder. »Ihr solltet nicht beide hier sein. Was ist, wenn uns jemand sieht …«

Ryan lächelte. »Das haben wir auch gesagt. Aber dann sind wir doch alle mitgekommen.«

»Alle?«, fragte Jackson.

»Dr. Lyanne wartet ein Stück die Straße runter.« Ryan klang nicht gerade freundlich, aber er sah Jackson an, während er mit ihm sprach, was gegenüber dem letzten Mal schon eine Verbesserung war.

»Sie ist beim Wagen.« Hally zumindest grinste Jackson an. Obwohl – im Grunde hatte sie einfach ein Dauergrinsen im Gesicht. »Wir sollten zu ihr zurückgehen, bevor sie sich Sorgen macht.«

Ryan und Hally nahmen mich in die Mitte, als wir vom Bahnhof zu einer alten Blechkiste flitzten, die ich nicht wiedererkannte. Aber ich erkannte die Frau hinter dem Steuer. Sie hatte ihre langen braunen Haare im Nacken zusammengebunden. Sie lächelte nicht. Entriegelte nur die Türen und fragte: »Gab es irgendwelche Probleme?«, als Hally die vordere öffnete.

»Nein«, erwiderte Hally fröhlich.

Dr. Lyanne nickte. »Dann steigt ein. Schnell.«

»Wo ist Marion?«, fragte Jackson. Er stieg als Letzter ein und so zögerlich, als befürchte er, Ryan würde nicht weiterrutschen, um ihn ins Auto zu lassen. Ryan machte ihm natürlich Platz, aber Jackson schien sich in seiner Haut nach wie vor nicht wohlzufühlen. »Seid ihr die ganze Zeit mit ihr zusammen gewesen?«

Mir entging der Blick nicht, den Dr. Lyanne und Ryan sich im Rückspiegel zuwarfen. »Nicht die ganze Zeit, aber fast.«

»Darüber können wir doch später reden, oder nicht?«,

sagte Hally und drehte sich auf dem Beifahrersitz um, damit sie uns ansehen konnte. Ihre Miene bewahrte hartnäckig ihre Fröhlichkeit. *Was würde sie sagen*, dachte ich, *wenn sie das mit Addie wüsste? Wäre sie selbst dann noch in der Lage, sich ein Lächeln abzuringen?* Ich schluckte schwer.

»Wir werden nachher keine Gelegenheit mehr haben, darüber zu reden.« Ryans Finger waren mit meinen verschränkt. Er hatte meine Hand nicht losgelassen, seit wir uns am Busbahnhof gefunden hatten. »Marion wartet im Hotel.«

»Was ist mit Wendy?«, fragte ich.

»Marion konnte sie nicht nach Hause schicken. Nicht nach der Videoausstrahlung. Aber sie wollte sie auch nicht mit uns überall hinschleifen. Deswegen hat sie sie irgendwo hingebracht, wo sie in Sicherheit ist.« Nach einer kurzen Pause fügte er hinzu: »Das behauptet sie jedenfalls.«

Hally war still. Alle waren einen Moment still, bis ich das Schweigen brach. »Wisst ihr, wo Kitty ist?«

»Wir hoffen, hier«, sagte Dr. Lyanne, während sie den Wagen vom Bordstein wegsteuerte und sich in den Verkehr einfädelte.

»Ihr ältester Bruder ist zumindest in Brindt«, sagte Hally. »Aber es sieht nicht danach aus, als wären die übrigen Geschwister auch hier. Marion hat einen Kontakt, der behauptet, sie hätten sich getrennt, kurz nachdem ...

nun, nachdem Kitty damals abgeholt worden ist. Die jüngeren Kinder leben alle bei einer Tante oder so. Aber Ty ist hierhergezogen.«

Ich kannte Kitty und Ninas Vergangenheit in groben Zügen. Ihre Eltern waren schon vor Jahren gestorben und hatten sie der Obhut einer Tante überlassen. Ty, der Älteste, war so bald wie möglich ausgezogen. Kitty hatte immer so gern über Tys Gitarrenspiel geredet. Darüber, wie er begonnen hatte, es ihr beizubringen. Und versprochen hatte, er würde sie auch weiterhin unterrichten.

Ryan erzählte, dass Kitty und Nina sich davongestohlen hatten, während sich die Gruppe in der Nähe von Grental Plains aufhielt. Die Schuldgefühle, die ich am Telefon herausgehört hatte, waren zurück, und der Griff seiner Hand wurde fester. Kitty hatte endlos davon gesprochen, wie nahe sie ihrem alten Zuhause waren, aber niemand hatte geglaubt, dass sie tatsächlich wegrennen würde. Sie hatten anfangs befürchtet, sie sei von den Behörden aufgegriffen worden. Aber eine Nachfrage im nächstgelegenen sicheren Versteck hatte ihr Vorhaben enthüllt.

Also waren sie in der Hoffnung nach Brindt gekommen, Tyler Holynd zu finden – und damit auch Kitty und Nina. Aber es war keine leichte Angelegenheit. Ty war nicht im Telefonbuch verzeichnet. Selbst Marion, mit all ihren Verbindungen, hatte es nicht geschafft, eine Adresse zutage zu fördern.

»Wir glauben, er ist Teil des Widerstands hier«, sagte Hally. Wir waren auf die Hauptstraße gebogen, rollten langsam im dichten Verkehr vorwärts.

»Man kann es kaum Widerstand nennen«, sagte Dr. Lyanne. »Es sind nur ein paar Jugendliche, die Gebäude mit Graffiti besprühen und Plakate kleben. Die den Leuten Angst machen und sich völlig unnötig in Gefahr bringen.«

»Nicht völlig unnötig«, entgegnete Ryan ruhig. Dr. Lyanne seufzte, widersprach aber nicht. »Tatsache ist, es wird nicht einfach werden, aber wir werden ihn dennoch finden.«

»Marion hat schon eingegrenzt, wo der Widerstand sein Hauptquartier haben könnte«, sagte Hally. »Falls Ty also wirklich dazugehört ...«

»Marion liegt etwas daran, Kitty zu finden?«, fragte Jackson.

»Ich glaube, sie will nur die Story.« Ryan klang verbitterter, als ich ihn je erlebt hatte. »So was wie: Elfjähriges Mädchen mit tapferem Demonstranten wiedervereint. Und falls dabei jemand draufgeht, umso besser.«

Die Gefühlskälte seiner Worte, auch wenn sie ironisch gemeint waren, überraschte mich. Sie kamen mir wie etwas vor, das Devon gesagt haben könnte, nur war das hier nicht Devon.

Ryan hatte sich in den fast zwei Monaten, die wir voneinander getrennt gewesen waren, ebenfalls verändert.

Ich wusste nicht, wie ich so mit mir selbst hatte beschäftigt sein können, dass ich davon ausgegangen war, ich wäre die Einzige. Dass die Menschen, die ich zurückgelassen hatte, auf wundersame Weise dieselben sein würden, wenn wir erst wieder zusammen wären.

Ich hatte Woche um Woche in eine Anstalt gesperrt verbracht. Aber Ryan war hier draußen gewesen, inmitten von allem. Hatte miterlebt, wie das Land sich veränderte.

»Ist es so schlimm geworden?«, fragte ich leise. »Sind Menschen verletzt worden?«

Hally nickte. Sie war ebenfalls still geworden.

»Alles wird gut«, sagte Ryan. Er hob meine Hand, um einen genaueren Blick auf den Ring an meinem Finger zu werfen, dann lachte er. Ich hatte es vermisst, ihn lachen zu hören. »Du musstest ihn nicht weiter tragen. Marion wird sowieso die Daten überspielen wollen.«

»Ich werde ihn ihr geben«, sagte ich. »Aber dann möchte ich ihn wiederhaben. Er gefällt mir.«

»Du hast ihn dir zweifellos verdient«, sagte Ryan.

Hally verdrehte die Augen und beugte sich zu mir, um mir ins Ohr zu flüstern: »Ich habe ihm gesagt, dass es furchtbar anmaßend ist, die eigenen Initialen in einen Ring zu gravieren, den man einem Mädchen gibt. Besonders, wenn sie ihn unmöglich ablehnen kann, weil es sich dabei gleichzeitig um eine streng geheime Spionagekamera handelt.«

Ich musste ein Lachen unterdrücken.

Ryan warf seiner Schwester einen misstrauischen Blick zu. »Was ist?«

»Nichts, liebes Brüderlein«, sagte sie geziert. Dann zwinkerte sie mir zu.

# Kapitel 31

Das Hotel, in dem sie wohnten, lag in einem abgeschiedenen Teil der Stadt. Die Gebäude hier waren nicht ganz so glanzvoll, die Straßen verliefen kreuz und quer und von geschäftigem Treiben konnte keinerlei Rede sein. Dr. Lyanne setzte uns ab und fuhr dann weiter, um einen Parkplatz zu suchen.

Ich warf Jackson einen Blick zu, als wir in die Hotellobby traten. Er war sehr in sich gekehrt, verschmolz trotz seiner Größe mit dem Hintergrund. Hally füllte die Stille mit ihrem Geplauder, während wir zu unseren Zimmern gingen. Sie lagen im Erdgeschoss. Dr. Lyanne wollte nicht, dass wir in den oberen Stockwerken gefangen waren, falls etwas schiefging.

Hally hakte sich bei mir unter. »Du bleibst bei Ryan und mir. Dr. Lyanne und Marion teilen sich das andere Zimmer.«

»Heißt das, ich muss bei ihnen schlafen?« Jackson sagte es scherzhaft, aber nicht scherzhaft genug.

»Natürlich nicht«, erwiderte Hally ein bisschen zu schnell. »Du kannst auch bei uns schlafen. Es gibt einen

Sessel und so – nicht, dass du darin schlafen musst, meine ich. Ich könnte das. Es gibt nur zwei Betten. Wir müssten …«

»Ich kann überall schlafen«, sagte Jackson mit einem schiefen Grinsen. »Es spielt keine Rolle.«

Ryan blieb vor einem der Zimmer stehen, bevor jemand noch etwas sagen konnte. Er wollte gerade die Tür aufschließen, als sie von selbst aufschwang.

Und da stand Marion und sah mit ihren hellbraunen Haaren und den schroffen Gesichtszügen noch genauso aus, wie ich sie in Erinnerung hatte. Sie bemühte sich, mich anzulächeln, und es gelang ihr ansatzweise. Es war beinah komisch anzusehen, wie ihre Miene sich beklommen verzog. »Ich habe euch reden gehört. Kommt rein.«

Ich hatte damit gerechnet, außer mir vor Wut zu sein, wenn ich Marion das nächste Mal gegenüberstehen würde, aber stattdessen machte es mich nur krank. Wir betraten den Raum nacheinander, schweigend und voller Unbehagen. Ich vermisste die unbeschwerte Ausgelassenheit vom Busbahnhof.

»Wir hatten etwas zu essen«, sagte Marion und sah überallhin, nur nicht zu mir. Oder zu Jackson. »Ich kann mich nicht erinnern, wo …«

»Es ist in unserem Zimmer«, sagte Ryan. »Ich gehe es holen.«

»Ich komme mit«, sagte ich rasch, und glücklicherweise bot niemand sonst seine Hilfe an.

Wir schlüpften zur Tür hinaus. Ryan ging den Flur entlang voraus, bis wir zum zweiten Hotelzimmer kamen. Er schloss die Tür hinter uns, und ich wollte gerade einen Witz darüber machen, dass Hally und Lissa im Laufe der letzten Monate nicht gerade ordentlicher geworden waren, als er zu mir herumwirbelte.

»Ich hatte keine Ahnung, was sie tun würde, Eva.« Er sprach mit solcher Eindringlichkeit, dass ich alles andere vergaß. »Ich hatte keine Ahnung. Ich hätte ihr niemals erlaubt ...«

»Ich glaube dir«, sagte ich.

Er verstummte. Die Tüte mit dem Essen lag auf der Kommode, aber keiner von uns griff danach. »Haben sie dir wehgetan?«

Hatten sie mir wehgetan?

Ich versuchte zu antworten, schaffte es aber nicht. Es war, als sitze ein Gummipfropfen in meiner Kehle fest.

Ja. Ja, sie hatten mir wehgetan. Sie hatten mir auf die schlimmste erdenkliche Weise wehgetan. Sie hatten mir das Kostbarste gestohlen, das ich besaß.

Ryan war sofort voller Sorge. »Eva? Was ist – was haben sie gemacht?«

»Weißt du noch, was Emalia zu uns gesagt hat?«, flüsterte ich. Wir hatten uns auf eines der Betten gesetzt. »Darüber, dass Hybride nur für ein paar Stunden abtauchen können – einen halben Tag höchstens?«

Er nickte, seine Verwirrung war offensichtlich.

Die Decke zerknautschte in meinen Fäusten. »Addie ist schon seit mehr als einer Woche verschwunden.«

Ich erzählte ihm zögernd von den Medikamenten und dem Delirium und der Einsamkeit, die mich beim Aufwachen begrüßt hatte. Ich musste die Worte herauspressen – denn die Worte brachten die Erinnerung zurück, die Erinnerung daran, wie Schmerz und abgrundtiefer Schrecken mich beherrscht hatten.

Ryan stand auf. Fuhr sich mit der Hand durch die Haare und tigerte zur Kommode und wieder zurück und starrte dann auf mich herunter, als wüsste er nicht, was er sonst tun sollte.

»Gott, Eva«, krächzte er heiser.

»Ich habe ihnen nicht verraten, was sie getan haben«, flüsterte ich. »Sie wissen es nicht. Damit sie es niemand anderem antun können.«

»Sie wird zurückkommen ...«

»Es ist schon über eine Woche vergangen.« Ich begann, am ganzen Körper zu zittern. »Was, wenn sie für immer fort ist? Was, wenn ich für den Rest meines Lebens allein sein werde ...?«

Er setzte sich neben mich. Nahm mein Gesicht in beide Hände. »Ich kann nicht mit Sicherheit sagen, ob Addie zurückkommen wird. Aber ich sage dir hier und jetzt: Du wirst nicht allein sein.«

Als er mich küsste, glaubte ich ihm. Ich wollte ihm glauben. Mehr als alles andere.

Ich schloss die Augen. »Ich liebe dich. Das weißt du, oder?«

Zuerst hatte ich Angst, dass er die Worte nicht erwidern würde. Ich hatte Angst, und ich hatte Angst, und dann tat er es. Er sprach sie mit einer solchen Klarheit und Gewissheit aus, dass ich nicht verstand, wie ich je Angst deswegen gehabt haben konnte.

Als Ryan und ich schließlich wieder zu den anderen gingen, war Dr. Lyanne vom Parken des Wagens zurück. Ihr Blick ruhte auf mir, während die Schachteln mit dem Essen herumgereicht wurden. Sie betrachtete mich auf dieselbe Art und Weise, wie sie Addie und mich in den Tagen nach der Explosion in Powatt studiert hatte, als die Nachwirkungen unserer Verletzungen allmählich zutage traten.

Sie war nicht die Einzige, deren Blick ich auf mir spürte. Jackson sah jedoch weg, wenn ich versuchte, seinen Blick zu erwidern. »Dr. Lyanne hat uns gerade erzählt, wie Henri ihnen ein neues Telefon besorgt hat«, sagte er.

Ich warf einen Blick zu Ryan. Wir hatten uns beeilt, mit dem Essen zurück zu sein, ehe jemand nach uns suchen kam, und jetzt hatte ich das Gefühl, als würden wir beide uns so übertrieben normal benehmen, dass es schon wieder verdächtig war. »Wie hat er Kontakt zu euch aufgenommen?«

»Mit enormem Aufwand«, erwiderte Ryan trocken.

Er erklärte, wie Henri in Panik geraten war, als er nach Hause zurückgekehrt war und entdeckt hatte, dass er sie nicht mehr über das Satellitentelefon erreichen konnte. Es hatte Wochen gedauert, aber schließlich war es ihm gelungen, ihren Aufenthaltsort durch gemeinsame Kontakte herauszufinden und ihnen ein neues Telefon zu schicken.

Danach mussten sie mir nur noch die neue Nummer mitteilen. Ich stellte mir vor, dass es keine leichte Entscheidung gewesen war, Marion unseren Kontakt in Übersee zu offenbaren, aber die Frau schien in erster Linie begeistert und aufgeregt darüber zu sein.

»Wir mussten einen Weg finden, die Telefonnummer in der Übertragung zu verstecken«, sagte Marion. »Die anderen versicherten mir, dass du das Morsealphabet kennst, also versteckten wir die Nummer in einem von Henris Videos. Das Filmmaterial aus Übersee war ein bisschen zusammengeschustert.« Es klang, als würde sie das ernsthaft bedauern; so als wäre es ein Kunstwerk gewesen, das mit ein wenig mehr Zeit noch verbessert und in ein aussagekräftigeres Werk hätte verwandelt werden können. »Aber es hat seinen Zweck erfüllt.«

Sie wandte sich mir zu und ihr Lächeln wurde etwas schwächer. Ihr Blick jedoch war nervtötend aufrichtig. »Es waren deine Aufnahmen aus Hahns, die Henri geholfen haben, die Statements zu bekommen. In gewisser Weise hast du also selbst zu deiner Rettung beigetragen.«

Ich sah sie ungläubig an. »Nichts davon hatte irgendetwas mit meiner Rettung zu tun.«

Sie kannte die Mädchen nicht einmal, die meine Flucht ermöglicht hatten. Die sich für mich in Gefahr gebracht hatten. Niemand sagte etwas. Wir musterten einander, Marion und ich.

»Henris Filmmaterial löst bereits Proteste aus«, sagte Dr. Lyanne. »Und so schnell wird die Lage sich nicht beruhigen. Falls Ty Verbindungen zu der Gruppe hat, die hier in Brindt Unruhe stiftet, wird er sich im Gefängnis wiederfinden, wenn er nicht aufpasst.«

»Wir finden ihn, bevor das geschieht«, sagte Hally, aber ihre Miene offenbarte mir ihre Sorge. »Und Kitty auch.«

»Es war vorherzusehen, dass es schwierig werden würde.« Marion unterbrach unseren Blickkontakt. »Das, was wir machen, ist Revolution.«

Damals auf dem Dachboden über dem Fotoladen hatten Addie und ich von der Revolution geträumt. Sie war uns stets als Furcht einflößende Sache erschienen. Wie eine Welle, die immer schneller heranrollte, bis sie völlig außer Kontrolle geriet und alles in ihrem Weg in winzige Stücke schmetterte. Uns blieb nichts als ein inständiges Gebet, dass das, was sich aus dem Schutt erhob, besser sein würde als das, was zuvor dort gestanden hatte.

Das war nicht immer der Fall. So viel wusste ich mit Sicherheit.

Schließlich hatte einst eine Einzelseele gegen die Hybriden rebelliert und die Americas geschaffen.

Als Folge von Henris aktueller Ausstrahlung nahm die Empörung über die Hybride eine bis dahin unbekannte Schärfe an. Die Nachrichten brachten diverse *Beweise* dafür, dass Henris Bildmaterial gefälscht war – von der Behauptung, dass Teile des Hintergrunds eindeutig zweidimensional wären, bis hin zu der Idee, das Video wäre in Wahrheit hier, in den Americas, gedreht worden. Ich war mir nicht sicher, wie man annehmen konnte, dass jemand das glauben würde, da ich Technologie in dem Film entdeckt hatte, die weit über alles hinausging, was ich bei uns zu Hause oder auf der Straße gesehen hatte. Aber es war ein großes Land, und die meisten Leute lebten ziemlich isoliert auf dem Land. Ich schätze, sie konnte man überzeugen.

Manchmal befürchtete ich, wir hätten nur die Fremdenfeindlichkeit befeuert. Oder die Angst vor den Fremden, da Angst und Feindseligkeit so problemlos Hand in Hand gingen. Aber wir versuchten, einem Land die Wahrheit einzuflößen, das sie eine lange Zeit begraben hatte. Ich nahm an, das musste zwangsläufig eine unbequeme Reaktion hervorrufen, wie ein Fieber, das im Körper wüten musste, bevor endlich Besserung eintrat.

Für den Moment hieß das, dass wir keinen Verdacht erregen durften und jeder Versuch, Ty zu kontaktieren, mit extremer Vorsicht verbunden sein musste. Eine neue Vandalismuswelle war über die Stadt hereingebrochen. Schaufensterscheiben waren zerschlagen und die Hauswände der Ladenlokale mit Graffitis besprüht worden. Zusätzlich zu den Schimpftiraden gegen die Regierung, die Hybridanstalten und das angebliche Heilmittel griffen die tropfenden, gesprühten Worte jetzt Henris Film auf und brüllten:

*Warum hat man die Wahrheit vor uns verheimlicht?*

*Was sonst wissen wir alles nicht?*

Marion kam zu dem Schluss, dass wenigstens ein Mitglied der Gruppe mit der Umgebung vertraut sein musste. Sie hatten Läden ohne Sicherheitskameras zum Ziel gemacht. Nur hatten sie sich bei einem Geschäft vertan, und die Kamera hatte die undeutliche Aufnahme eines Mädchens und eines Jungen festgehalten, die nicht älter als zwanzig oder einundzwanzig sein konnten.

»Es reicht nicht, um ihre Gesichter zu identifizieren«, sagte Marion, »aber es ist besser als nichts. Es ist eine Spur.«

Ich spürte, wie feindselig Ryan auf ihren Enthusiasmus reagierte. Er hatte mir erzählt, dass Marion die Fernsehsender unterwandert hatte, indem sie das Material an einen Mann weitergab, den sie kannte und der beim Fernsehen angestellt war. Aber sie konnten nicht ewig so weitermachen; Schlupflöcher im System wurden so schnell geflickt, wie sie entdeckt wurden, und die Sicherheitsmaßnahmen wurden immer strenger.

»Sie ist von der Idee besessen, eine letzte große Story an Land zu ziehen«, sagte Ryan verbittert, und ich wusste, er hatte dabei Kitty und Nina im Sinn.

Ich wünschte, ich hätte ihm versichern können, wir würden nicht zulassen, dass Marion sie für ihre Zwecke missbrauchte. Aber was immer Marions Motive sein mochten, weder Ryan noch ich konnten leugnen, dass wir bei der Suche nach Ty von ihrer Hilfe profitierten.

Jackson und Vince fehlten seltsamerweise bei vielen unserer Besprechungen. Falls es den anderen auffiel, so brachten sie es nicht zur Sprache. Aber eines Nachmittags stahl ich mich schließlich aus Marions Zimmer und ging den Flur hinunter zu unserem.

Jackson hob den Kopf, als ich hereinkam. Er hatte sich schließlich doch dafür entschieden, in dem Sessel zu schlafen, aber in diesem Moment saß er nicht darin. Stattdessen hockte er auf dem Boden, mit dem Rücken an der Wand.

Ich setzte mich neben ihn und er lächelte müde. »Wo sind die anderen?«

»Bei Marion. Sie beratschlagen, was wir als Nächstes tun.«

Er nickte. »Du solltest zu ihnen gehen. Sie werden sich fragen, wo du bist.« Ich hatte mir nicht eingebildet, was sein Blick mir zu verstehen gab, denn er fuhr fort: »Besonders Ryan. Besonders, da er weiß, dass Addie fort ist.«

»Es ist kompliziert«, erwiderte ich. »Das weiß er auch.«

»Nur vom Verstand her«, sagte Jackson lachend. »Was kaum etwas zählt.«

»Du solltest mit zu den anderen kommen«, sagte ich.

»Ja, mach ich.«

Aber er stand nicht auf und ich auch nicht.

»Addie hat mir vom Segeln erzählt«, sagte ich endlich. Ich war nicht sicher, warum ich es gesagt hatte, abgesehen davon, dass ich ihn nicht hier allein lassen wollte. Mir wurde bewusst, dass ich Jackson nie als Person gekannt hatte, die sich von anderen fernhielt. Nicht wirklich. Als wir ihm anfangs in Nornand begegnet waren, hatte er die Hand nach uns ausgestreckt – stellvertretend für Peters Untergrundnetzwerk. In Anchoit hatte er Wochen damit verbracht, uns alles über die anderen zu erzählen, und uns am Ende Sabine und ihrer Gruppe vorgestellt.

Jackson war stets derjenige gewesen, der uns in einen Kreis von Freunden eingeladen hatte, und jetzt hatte er keine mehr.

Als Jackson antwortete, hörte ich in seiner Stimme ein Echo dessen, wie Addie geklungen hatte, als sie mir von dem Ausflug erzählte. »Ich vermisse den Strand. Ich vermisse Anchoit. Ich hätte nie gedacht, dass ich es so sehr vermissen würde.«

»Du vermisst, wie alles war«, sagte ich. »Das verstehe ich.«

Sein Grinsen war wie ein Schulterzucken. »Ich bin derjenige, der ständig von Veränderungen faselt.«

Ich sah zur Seite. »Also ...«

Etwas in mir – ein Teil von mir und doch nicht Teil von mir – erschauerte. Erbebte.

Ich erstarrte.

‹Addie?›, flüsterte ich.

Die Ränder meines Bewusstseins zitterten erneut. Als wären die Wände, die da gewesen waren, seit ich halb wahnsinnig und allein in Hahns erwacht war, plötzlich nachgiebig geworden.

Dann hörte ich sie. Den ersten zarten Hauch eines Lauts. Ein Flüstern, das zur Hälfte meiner Fantasie und zur Hälfte einer irrsinnigen Hoffnung entsprungen zu sein schien.

Sie fragte: ‹Geschieht das hier gerade wirklich?›

# Kapitel 32

Ihre Stimme kam wie ein Echo bei mir an. Wie Worte, die durch Wasser perlten. Ich holte scharf Luft.

‹Ja›, sagte ich. ‹Ja, es ist ...›

Sie schnitt mir das Wort ab. ‹Bridget!› Ihre Verwirrung brach über mich herein. Ihre bodenlose Angst hämmerte auf die Wand ein, die uns trennte. Brachte sie Stück für Stück zu Fall. ‹Was ist mit Bridget passiert?›

Ich spürte den Moment, als ihr klar wurde, was unsere Augen sahen: das spärlich eingerichtete Hotelzimmer, die Tapete mit Paisleymuster. Zuerst Erleichterung. Die sie durchbrach wie ein heller Lichtstrahl. Dann erblühte ihr Entsetzen wie eine gewaltige Blume.

‹Wie lange war ich weg?›, fragte sie leise.

Ich zögerte. ‹Über eine Woche. Beinah zwei.›

Ihr Aufkeuchen kam nicht aus den Lungen oder über unsere Lippen. Es war Emotion in Reinform. Und es brachte mich zu Fall wie eine Kanonenkugel.

‹Wie ist das möglich?›

Ich erzählte ihr, was die Frau in Hahns zu mir gesagt hatte. Über die Medikamente, die sie uns gegeben hatten. Dass wir in unerwarteter Weise darauf reagiert hatten.

Sie protestierte: <Aber Emalia hat immer gesagt ...>

<Emalia hat sich geirrt>, flüsterte ich.

»Eva?«

Addie zuckte beim Klang von Jacksons Stimme zusammen. Nicht physisch, natürlich – schließlich hatte ich die Kontrolle –, aber ich spürte es dennoch. Ich realisierte, dass ich aus Jacksons Sicht einfach mitten im Satz verstummt war. Langsam wandte ich mich ihm zu. Addie bestand aus einer namenlosen, wortlosen Gefühlsmasse.

»Was ist los?«, fragte Jackson stirnrunzelnd.

<Nicht>, sagte Addie. <Nicht, Eva, bitte. Verrat es ihm nicht. Noch nicht. Jetzt noch nicht. Ich ... ich kann nicht.>

Also log ich, weil Addie mich darum gebeten hatte. Und in meinem Herzen würde sie stets an erster Stelle stehen.

»Mir ist nur gerade etwas eingefallen«, sagte ich zu Jackson. »Es ... es tut mir leid. Ich muss Ryan suchen gehen.«

Ich hastete aus dem Zimmer, versuchte, mich nicht darauf zu konzentrieren, wie er mich – uns – beobachtete.

Ich machte mich natürlich nicht auf die Suche nach Ryan. Ich rannte in eine stille Ecke des Hotels und ließ mich dort zu Boden sinken, war Addies Anker, während ihr Entsetzen größer wurde – bis ich es beinah auf unserer Zunge schmeckte, sauer und ätzend.

<Ich kann mich an nichts erinnern>, sagte sie. <Ich ...>

<Schon gut, Addie. Ist schon gut. Ich verspreche es.>

Ich füllte ihre Erinnerungslücken so behutsam, wie ich konnte. Sie erinnerte sich daran, in der Zelle eingesperrt gewesen zu sein. Sie erinnerte sich an den Nadelstich. Die wahnhaften Träume.

Nur hatten diese Träume für sie nie aufgehört. Bis jetzt.

Ich erzählte ihr von unserer Flucht. Bridgets Hilfe. Der qualvollen Wanderung den Berg hinunter. Und natürlich, wie ich Jackson wiedergetroffen hatte.

Addie war immer noch benommen. Das spürte ich. Nach so vielen Tagen, die ich auf meine eigenen Gefühle – mein eigenes Sein – zurückgeworfen gewesen war, war es zugleich befremdlich und tröstend, von ihren berührt zu werden.

<Zwei Wochen. Ich hätte nie ... ich hätte nie gedacht, dass so viel in zwei Wochen passieren könnte.> Sie verstummte für einen Moment. <Du hast gedacht, ich käme nicht zurück.>

<Ich hatte Angst. Ich ... ich bin vor Angst schier verrückt geworden.> Ich hielt inne. <Aber Jackson ... er hat nie bezweifelt, dass du wiederkommen würdest. Er möchte so gerne mit dir reden.>

Es gab für mich keine Möglichkeit, zu wissen, was Addie gerade dachte. Was sie mit Jackson verband, war stets von dem Leben, das sie mit mir teilte, getrennt gewesen. Sie hatte es so gewollt, selbst nachdem er verhaftet worden war.

Ich hatte mich an dem Tag auf dem Dachboden des

Fotoladens zutiefst verraten gefühlt, als Sabine und die anderen zugaben, dass sie alle in den Plan eingeweiht gewesen waren, die Regierungsbeamten zu ermorden, wenn sie Powatt besuchten. Als sie uns – initiiert von einem tobenden Christoph – zu Boden warfen und fesselten. Aber für Addie war es noch schlimmer gewesen.

Sie waren meine Freunde gewesen. Für Addie war Jackson mehr als nur das gewesen. Und selbst als er zurückgekommen war, um uns zu helfen, die Regierungsleute doch noch zu retten, hatten Addie und er kein Wort miteinander gesprochen.

‹Ich könnte verschwinden. Falls du allein mit ihm sein willst.› Es war das Letzte, was ich in diesem Moment wollte, aber ich hätte es getan, wenn es ihr wichtig gewesen wäre.

‹Nein›, sagte Addie entschieden. ‹Mach das nicht. Du … dir ist es noch nicht aufgefallen, oder?›

Ich wusste nicht, wovon sie sprach, und mein Schweigen war Antwort genug.

‹Ich habe versucht, die Kontrolle zu übernehmen. Nur um zu sehen, ob ich es kann. Aber ich kann es nicht. Ich … ich glaube nicht, dass ich jetzt mit Jackson reden könnte, Eva. Ich glaube, ich kann mit niemandem außer dir reden.›

Es war eine Vorstellung, die mich schwindeln ließ. Ich war als rezessive Seele zur Welt gekommen – es war etwas Unveränderliches, das ich zu akzeptieren gelernt hatte, selbst als ich mich weigerte, meinen Tod davon einläuten zu lassen.

Aber zum ersten Mal in unserem Leben war ich stärker als Addie.

<Das ist nur vorübergehend>, versicherte ich ihr. <Du warst beinah zwei Wochen weg. Die Drogen haben das ausgelöst. Sie werden wahrscheinlich noch von unserem Körper abgebaut.>

<Du hast recht>, sagte sie. Aber sie war nicht überzeugt, und ich wusste es.

»Eva?« Lissa näherte sich uns zögernd über den Hotelflur, die Augenbrauen zusammengezogen. »Alles in Ordnung mit dir? Ist etwas geschehen?«

Mir gelang es, zu lächeln und den Kopf zu schütteln. Sie schien etwas sagen zu wollen. Doch stattdessen warf sie uns nur die Arme um den Hals. Sie drückte uns so fest, dass es uns die Luft abschnürte.

»Es kommt alles wieder in Ordnung«, sagte sie leise.

Ich hatte ihr von Addies Verschwinden erzählt, aber niemandem sonst. Es war ein sorgfältig gehütetes Geheimnis, das nur sie, Ryan, Jackson und ich miteinander teilten. Nicht einmal Dr. Lyanne wusste Bescheid.

<Darf ich es ihr sagen?>, fragte ich Addie, weil es mich schmerzte zu sehen, wie Lissa mit mir litt.

Aber Lissa sprach als Erste, ihre Miene war beunruhigt. »Jenson hat das mit dem Filmmaterial aus Hahns herausgefunden. Dass es von dir stammt.«

Die Nachrichtensendung war beinah vorbei, als Lissa und ich das Hotelzimmer erreichten, aber wir bekamen noch genug mit. Unser Foto flimmerte wieder einmal über den Bildschirm. Es war dasjenige, das Addie für unseren vorläufigen Führerschein hatte machen lassen, nur wenige Monate bevor wir nach Nornand kamen. Die Frau auf dem Amt hatte uns befohlen, nicht zu lächeln. Also hatte der Blitz uns mit ernster Miene aufs Bild gebannt. Er hatte uns auch jeglicher Farbe beraubt, sodass wir unnatürlich blass aussahen.

Die Aufnahme hatte uns noch nie gefallen. Addie hatte argumentiert, wir würden eine neue machen lassen, wenn wir die Prüfung für den endgültigen Führerschein ablegten. Aber hier waren wir, fast ein Jahr später. Die Vorstellung, den Führerschein zu machen, erschien geradezu lachhaft. Und das verhasste Foto wurde auch noch im letzten Winkel des Landes ausgestrahlt.

Genau wie unser Name. Unsere beiden Namen. Addie und Eva Tamsyn.

Mein Leben lang hatte ich mich danach gesehnt, wahrgenommen zu werden. Aber ganz bestimmt nicht so.

Natürlich teilte sich Jenson den Bildschirm mit unserem Foto. Wie gewöhnlich war er tadellos gekleidet. Wir hatten ihn nie etwas Schlichteres als einen Anzug tragen sehen. Ihn umgab stets eine Aura kühler Formalität. Und ein Wille, der jeden zu Staub zermalmte, der es wagte, sich ihm zu widersetzen.

Addie und ich seien gefährlich, sagte er. Gefährlich und gewalttätig und nicht bei Sinnen. Während unserer Flucht aus einer Anstalt hätten wir einen Mann auf brutale Weise angegriffen. Während unserer Zeit in Anchoit hätten wir Chaos am Lankster Square ausgelöst und großes Unheil in Powatt – die Zerstörung von Zehntausenden von Dollar an Regierungsbesitz, nicht zu erwähnen die Leben, die wir in Gefahr gebracht hätten. Und jetzt versuchten wir mit diesen illegalen Sendungen, das Land zu entzweien. Mit den Lügen und Anschuldigungen.

Er räumte ein, dass wir jung seien.

Dass wir womöglich manipuliert worden waren.

Er sagte sogar, dass ein Teil von ihm uns bemitleidete, weil wir mit der geistigen Verwirrung und Instabilität zu kämpfen hatten, die es mit sich brachte, wenn zwei Seelen sich in einen Körper zwängten. Aber das ändere nichts an der Tatsache, dass wir gefährlich seien. Und es beweise alles nur die Notwendigkeit eines Heilmittels. Eines Heilmittels, das dem Land nicht nur den Frieden zurückbringen, sondern andere hybride Kinder vor sich selbst retten würde.

<Uns vor uns selbst retten?>, sagte ich bitter. Ich hatte soeben zwei Wochen allein in unserem Körper überstanden. Ich wollte das nie wieder durchmachen. Es hatte Nachteile, hybride zu sein, das konnte ich nicht leugnen. Aber es brachte auch so viel Freude mit sich.

Jensons kalter Blick verriet mir, dass er uns nicht wegen unseres angeblich instabilen hybriden Gehirns bedauerte. Er bedauerte uns wegen dem, was er mit uns machen würde, sobald er uns in seiner Gewalt hatte.

Jenson legte eine kunstvolle Pause ein. Und dann – so als wüsste er, dass Addie und ich irgendwo zuhörten – sagte er ruhig: »Die Tamsyn-Familie wird von der Regierung beschützt und unterstützt unsere Anstrengungen mit vollen Kräften. Sie verstehen, so wie wir alle, dass Addie und Eva festgesetzt werden müssen, bevor sie weiteren Schaden anrichten können.«

Der Bericht endete. Das Bild wechselte zurück zum Moderator, der eine Telefonnummer nannte, die man anrufen sollte, falls man irgendwelche Informationen oder Hinweise hatte.

‹Er lügt›, sagte ich. Unsere Beine drohten nachzugeben. ‹Er lügt. Das ist nicht wahr.›

‹Dass er unsere Eltern und Lyle hat?›, fragte Addie leise. ‹Oder dass sie kooperieren?›

»Warum ist *er* damit befasst?«, sagte Marion. Ihre Frage rief uns schlagartig in Erinnerung, dass wir nicht die Einzigen waren, die sich die Sendung angesehen hatten. Ich hatte die anderen Menschen im Raum völlig vergessen. Langsam wurde mir bewusst, dass Devon und Lissa uns anstarrten, Letztere mit einer Miene, die unverhohlene Besorgnis ausstrahlte.

Vince sah Marion verärgert an. »Es ist eine Hybrid-Angelegenheit, oder? Und er ist Direktor des Amtes für Hybrid-Angelegenheiten. Was spielt es für eine Rolle?«

»Das stimmt zwar, aber er ist nur Direktor von Sektor Zwei«, widersprach Marion. »Ich fand es schon seltsam, dass er derjenige war, der diesen Sommer die erhöhten Sicherheitsvorkehrungen verkündete, und nicht der Präsident selbst. Aber das ergab einen Sinn, weil es direkt in Zusammenhang mit dem Heilmittel stand. Doch jetzt ... das hier sieht danach aus, als ginge es über seine Entscheidungsgewalt hinaus – sie reden über Fragen der nationalen Sicherheit.«

»Hybrid-Angelegenheiten sind schon immer als Frage der nationalen Sicherheit betrachtet worden.« Dr. Lyanne stellte den Fernseher stumm und drehte sich zu uns um. »Wichtig ist jetzt, dass wir die Stadt verlassen müssen.«

Das riss mich aus meiner Gelähmtheit.

»Was?«, rief Marion. Zur Abwechslung war ich einmal vollkommen ihrer Meinung. »Wir könnten nicht abhauen, nur weil ...«

»Was ist mit Kitty?«, warf ich herausfordernd ein.

»Ich brauche nur noch ein paar Tage.« Marion war die personifizierte Frustration. »Ich habe eine ziemlich genaue Vorstellung davon, wo Tyler vielleicht sein könnte. Ich weiß, die anderen Adressen waren Nieten, aber bei dieser bin ich mir ganz sicher. Wann haben meine Kontakte am Ende mal nicht geliefert, wenn wir ihnen genug Zeit gelassen haben?«

Mir wurde plötzlich klar, dass ich bisher noch nie gehört hatte, wie Marion die Stimme erhob. Dr. Lyanne genauso wenig. Jetzt schienen beide kurz davor zu sein. Ich war so auf die Feindseligkeit konzentriert gewesen, die Ryan Marion entgegenbrachte, dass mir völlig entgangen war, wie stark Dr. Lyannes Abneigung offenbar war.

»Sie können sich die Zeit gerne nehmen«, sagte sie in diesem Moment. Ihre Stimme war gelassen, ihre Miene kontrolliert. Aber ich erkannte ihre Verärgerung daran, wie sie die Lippen zusammenpresste. »*Sie* können gerne hierbleiben und weiter nach ihm suchen. Aber Brindt ist im Begriff, ein weiteres Anchoit zu werden, und es würde mich nicht überraschen, wenn Jenson die Stadt bereits ins Visier genommen hätte. Ich möchte uns weit entfernt von all dem wissen.«

»Wie soll ich Kontakt zu Tyler herstellen, wenn keiner von euch mehr hier ist?«, fragte Marion herausfordernd. »Der Junge ist untergetaucht. Er wird mir nicht vertrauen ...«

Selbst wenn sie Tys Gruppe auf eigene Faust finden konnte, brachte ich Marion nicht genug Vertrauen entgegen, um das Ganze ihr zu überlassen. Ihr lagen Kitty und Nina nicht so am Herzen wie uns.

»Ihnen wird schon etwas einfallen«, sagte Dr. Lyanne. Der Blick, den sie Marion zuwarf, war bedeutungsschwer und hart. »Es ist Ihnen ja auch gelungen, unser Vertrauen zu gewinnen, als Sie bei uns auftauchten.«

Addies Erschöpfung färbte auf mich ab, erschwerte es mir, klar zu denken. Das war alles zu viel für sie. Und wie hätte es auch anders sein können? In ihrer Vorstellung waren wir gerade noch in Hahns gewesen. Im einen Moment hatte sie noch darum gekämpft, aus einem Sieben-Quadratmeter-Zimmer zu fliehen, und im nächsten musste sie sich mit all dem hier auseinandersetzen. Ich kämpfte darum, die Ruhe zu bewahren, meine Furcht vor ihr zu verbergen.

»Wir ziehen morgen weiter«, sagte Dr. Lyanne. »In Diale gibt es ein sicheres Versteck. Wir können dort bleiben, bis wir uns überlegt haben, wo wir als Nächstes hingehen.«

<Wo wir als Nächstes hinflüchten, meint sie wohl>, sagte ich erschöpft. Ich war ebenfalls müde. Ich war es leid, ständig davonzulaufen. War es leid, Jensons Beute zu sein.

Und ich war es leid, Menschen zu verlieren, die ich liebte. Menschen zurückzulassen.

<Jemand muss Ty sagen, dass die Polizei ihm auf der Spur ist>, sagte ich. <Wir können unmöglich riskieren, dass er geschnappt wird. Nicht solange Kitty und Nina vielleicht bei ihm sind.>

<Also was tun wir?> Addies Vertrauen war Balsam auf die Wunden, die der Tag geschlagen hatte. Addie glaubte an mich. Das war genug.

Ich sah mich im Zimmer um, suchte Devons Blick. Die Angst um meine Familie schob ich beiseite, damit würde ich mich später beschäftigen. Ich konnte mir nicht erlauben, jetzt die Nerven zu verlieren.

<Marion hat eine letzte Spur>, sagte ich. <Heute Abend werden wir ihr helfen, sie zu verfolgen.>

# Kapitel 33

Mein kurzer Blick reichte aus, dass Devon Addie und mir auf den Flur folgte, nachdem das Treffen sich aufgelöst hatte. Er wurde zu Ryan, sobald sie bei uns waren, der Wechsel vollzog sich völlig nahtlos inmitten eines Atemzugs.

»Es tut mir leid«, sagte er leise. »Das mit deiner Familie.«

Ich konnte nur nicken. Ich wollte nicht getröstet werden. Der Drang zu handeln war so stark, dass es mich beinah schüttelte. Aber ich wusste auch, dass ich alles gut durchdenken musste. Risiken einzugehen war unvermeidbar, aber ich hatte dafür zu sorgen, dass sie es auch wert waren.

Ryan berührte uns am Arm. »Was hast du vor, Eva? Denn ich weiß genau, dass du etwas vorhast.«

Ich begann zögernd: »Ich weiß, ich kann nicht jeden retten. Ich weiß, manchmal versuche ich es und mache alles nur noch schlimmer. Aber dieses Mal geht es um Kitty und Nina. Falls ihnen irgendetwas zustößt und ich wüsste, ich hätte etwas dagegen unternehmen können ...« Ich verstummte, weil ich keine Worte dafür fand. »Ich kann die Sache nicht auf sich beruhen lassen, Ryan. Zumal Dr. Lyanne uns alle meinetwegen aus Brindt raushaben will.«

»Das stimmt nicht«, sagte Ryan. Aber so war es und wir wussten es beide. Wir waren alle in Gefahr, aber Addie und ich waren diejenigen, die Jenson erneut zur Fahndung ausgeschrieben hatte.

»Ich werde mir die Adresse von Marion holen«, verkündete ich. »Und heute Nacht werde ich überprüfen, ob Ty tatsächlich dort ist. Falls er bereit ist, jemandem zu vertrauen, dann bin ich das. Soweit die Öffentlichkeit weiß, bin ich so hybridfreundlich und regierungsfeindlich, wie man nur sein kann.«

Ryan studierte unser Gesicht. Den entschlossenen Zug um unseren Mund.

»Ich komme mit dir«, sagte er.

»Das musst du nicht. Es ...«

»Oh, doch«, erwiderte er. »Komm schon. Lass uns Marion suchen.«

Ich überzeugte Ryan, dass ich allein mit Marion reden wollte. In Wahrheit wollte ich ihn nicht dabeihaben, während Marion und ich die Details besprachen. Wer wusste schon, was sie womöglich sagte, das ihn verärgern würde, und ich wollte nicht, dass seine Feindseligkeit unsere Mission gefährdete.

Daher stahl ich mich später am Abend in Marions

Zimmer, als ich Dr. Lyanne weit entfernt wusste. Marion schien mitten beim Packen zu sein. Auf dem Tisch lagen verschiedene Teile ihrer Kameraausrüstung verstreut – ein kleines Stativ, zwei verschiedene Objektive, etwas, das wie eine Filmrolle aussah.

Marion erschrak, als sie uns bemerkte, erholte sich aber rasch von dem Schock. »Glaubt diese Frau wirklich, Brindt sei die einzige Stadt, die gerade in Aufruhr ist?« Ihre Wangen waren hochrot. »In Roarke gab es gestern eine handfeste Revolte.«

Ich sah sie perplex an und meine Überraschung schien ihr zu gefallen. »Es liegt an Henris Film. Und deinem, selbstverständlich. Die Leute reagieren darauf. Ich wusste, dass es so sein würde.«

»Die Nachrichten haben nichts darüber berichtet ...«

»Natürlich nicht«, sagte Marion. »Sie wollen nicht, dass die Leute auf Ideen kommen. Sie wollen die Menschen darüber im Dunkeln lassen, dass dieses Land gerade aus den Fugen gerät.« Sie zögerte. Das Unbehagen stahl sich zurück in ihre Gesichtszüge. Aber sie schüttelte es rasch wieder ab und gab sich den Anschein von Aufrichtigkeit. »Eva, du weißt, warum ich die Filmaufnahmen von Hahns so früh veröffentlichen musste, nicht wahr?«

Ich spürte, wie Addie zusammenzuckte.

»Deswegen bin ich nicht hier«, sagte ich ruhig.

Sie sprach weiter, als hätte sie mich nicht gehört. »Ich

hätte sonst den richtigen Zeitpunkt verpasst. Der Präsident hat eine Ansprache an das Volk gehalten ...« Allein die Erinnerung daran brachte sie zum Lächeln. »Die erste Ausstrahlung ist mitten in seine Ansprache hineingeplatzt und ich durfte bis zur zweiten nicht zu viel Zeit vergehen lassen. Ich wusste, du würdest alles tun, um die Sache zu unterstützen, also nahm ich an, dass du nichts dagegen haben würdest ...«

»Dass ich nichts dagegen haben würde, dass es uns das Leben kosten könnte?«, fuhr ich sie an. Ich war nicht zu ihr gekommen, um mit ihr darüber zu streiten, aber sie hatte die Sache zur Sprache gebracht und damit zugleich meine gesamte unterdrückte Wut entfesselt. Sie flammte hell lodernd auf, brannte so heiß, dass Addie davor zurückschreckte.

‹Eva›, sagte sie, und der Klang meines Namens brachte mich zur Räson. Erstickte meine Wut, bis sie kalt statt heiß war.

Marions Blick ruhte wieder auf der Kameraausrüstung. »Ich wusste nicht mit Sicherheit, dass sie herausfinden würden, um welche Anstalt es sich handelte oder dass du diejenige warst, die alles filmte – in dem Gebäude waren Hunderte Mädchen.« Sie warf einen raschen Blick zu Addie und mir. »Es waren Leute auf dem Weg zu dir, um dich zu retten. Ich hatte schon alles arrangiert.«

Hahn war Vergangenheit. Es brachte nichts, sich jetzt darüber aufzuregen, da ich einen klaren Kopf benötigte.

»Ich möchte die Adresse haben, bei der Sie Ty vermuten«, sagte ich leise. »Heute Nacht, wenn alle anderen schlafen, werden Ryan und ich nachsehen, ob er dort ist.«

Ich sah, wie Marions Augen aufleuchteten, wie ihre Mundwinkel zuckten. Aber sie unterdrückte ihr Lächeln rasch und behielt eine ernste Miene bei. »Ich könnte mit euch kommen …«

Ich schüttelte den Kopf. Marion wäre bloß eine weitere unbekannte Größe. »Es reicht, wenn Ryan und ich gehen. Und ich möchte nicht, dass die anderen davon erfahren.«

Der Ausdruck auf unserem Gesicht erstickte jeden Widerspruch im Keim. Sie gab uns die Adresse.

»Eins noch«, sagte ich, bevor wir gingen. Ich nagelte Marion mit unserem Blick fest. »Nutzen Sie die Kontakte, die zu besitzen Sie dauernd behaupten. Finden Sie heraus, was in Hahns vor sich geht. Wie die Lage dort ist. Ob jemand verletzt oder getötet wurde.«

*Meinetwegen. Weil sie mir zur Flucht verholfen hatten.*

Aber das sagte ich nicht.

Marion nickte.

Damals in Anchoit hatte ich davon geträumt, nach Sonnenuntergang um die Häuser zu ziehen, den umtriebigen Downtown-Distrikt zu erleben, wo die Lichter der Bars und Schaufenster die ganze Nacht lang blinkten.

Addie und ich hatten Menschenmengen nie gemocht. Die Vorstellung, im Dunkeln zu tanzen und dabei von der Masse und der Energie Hunderter anderer Leute zermalmt zu werden, die sämtliche Hemmungen über Bord geworfen hatten, klang erschreckend. Und dennoch. Irgendwie reizte die Musik, die Ausgelassenheit des Ganzen uns.

Jetzt waren Ryan und ich in einer Stadt, die beinah ebenso groß war, auf dem Weg downtown, aber aus Gründen, die nichts mit Feiern oder Sightseeing zu tun hatten. Der Karte zufolge, die Marion uns mitgegeben hatte, war es nicht mehr weit.

‹Wir kennen Ty im Grunde gar nicht, oder?› Ich behielt die Leute, die die Straßen bevölkerten, sorgfältig im Auge – wachsam gegenüber jedem, der uns vielleicht trotz des weiten Kapuzenpullis erkannte, den wir uns von Ryan geliehen hatten. Aber niemand auf dieser pulsierenden, hell erleuchteten Straße schenkte uns Beachtung.

‹Wir wissen, dass er Kitty und Nina nicht hergeben wollte›, sagte Addie. ‹Und sie lieben ihn so sehr, dass sie sich auf die Suche nach ihm gemacht haben.›

Marions Tipp führte uns zum ruhigeren Abschnitt der Kneipenmeile, wo statt der Menschenmassen nur noch einige Grüppchen kichernder Mädchen und vereinzelte Paare auf der Suche nach etwas Abgeschiedenheit unterwegs waren. »Frohe Weihnachten!«, grölte uns jemand betrunken zu, obwohl es erst in ein paar Tagen so weit sein würde.

Der Türsteher, der vor der Bar stand, warf mir einen

skeptischen Blick zu. Weder Ryan noch ich hatten einen Ausweis dabei, geschweige denn einen, der besagte, dass wir einundzwanzig waren.

»Ich bin auf der Suche nach jemandem.« Ich versuchte, an dem Mann vorbei in die dunkle Bar zu spähen. Sie war klein und nicht sehr voll. Ein Barkeeper spülte Gläser hinter dem Tresen und ein leiser, langsamer Song kam aus den Lautsprechern. Eine Kellnerin benutzte das Telefon, das auf der Theke stand, um Klatsch zu verbreiten. Ein Mann, der in Türnähe saß, sah uns und runzelte die Stirn. Ich wandte den Blick ab.

»Arbeitet er hier?«, fragte der Türsteher.

Ich zögerte. »Ich weiß es nicht. Sein Name ist Ty. Tyler?«

»Hier gibt es niemanden namens Tyler.« Der Rausschmeißer platzierte sich etwas breiter vor der Tür. »Und es tut mir leid, aber ohne Ausweis kommst du nicht rein.«

Der Mann, der uns vorhin schon aufgefallen war, blickte immer noch in unsere Richtung. Er war korpulent, mit geröteten Wangen und dickem, dunklem Haar. In seinen Augen blitzte so etwas wie Wiedererkennen auf.

‹Wenn der Türsteher uns nicht reinlässt, sollten wir nicht länger hierbleiben›, sagte Addie unbehaglich.

Ich schenkte dem Türsteher ein schmallippiges Lächeln und zog Ryan von der Tür weg.

»Marion hat mir nicht gesagt, dass es sich um eine Bar handelt«, murrte ich, sobald wir außer Hörweite waren. Wir waren um die Hausecke gegangen und in einer schmalen Gasse zwischen der Bar und dem nächsten Laden gelandet. »Ich hatte angenommen, es wäre eine Wohnung.«

‹Vielleicht wusste sie es selbst nicht›, sagte Addie. ‹Was jetzt?›

Ich biss mir auf die Unterlippe. Die Musik, die aus den Lautsprechern drang, verstummte, und in der kurzen Pause zwischen zwei Songs hörte ich es. Ein weiteres Lied, wenn auch schwächer. Das Spiel einer Gitarre, die leise Stimme eines Mannes.

Anfangs hätte ich nicht sagen können, wo die Musik herkam. Dann fiel unser Blick auf einen Seiteneingang des Gebäudes, ein paar Meter die Gasse hinein. In der Dunkelheit war er uns bis dahin nicht aufgefallen.

‹Das Lied hat Kitty immer gesungen›, sagte ich.

## Kapitel 34

»Ty?« Ich rief seinen Namen, so laut ich wagte. Ryan hastete hinter mir her, als ich auf die Tür zuging. »Ty, bitte … ich kenne deine Schwester.«

Die Musik erstarb.

Wir warteten mit klopfendem Herzen.

Die Tür des Hintereingangs öffnete sich gerade weit genug, dass ein junger dunkelhaariger Mann heraustreten konnte. In einer Hand hielt er seine Gitarre, teils, als wolle er sie beschützen, und teils, als wäre sie eine potenzielle Waffe.

»Du kennst Willa?« Seine Stimme war tiefer, als ich es bei jemandem erwartet hätte, der so schmal gebaut war.

Nach einer kurzen Pause sagte ich: »Nein, nicht Willa. Du bist Tyler Holynd, stimmt's?« Der Art nach zu urteilen, wie sein Blick über uns glitt, hatte er ebenfalls eine gute Vorstellung davon, wer wir waren. »Ich bin Eva. Eva Tamsyn.«

Ich war im Begriff, ihm alles zu erzählen – dass Kitty und ich uns in Nornand ein Zimmer geteilt hatten. Wie wir zusammen geflohen waren. Dass sie weggelaufen war und ich unbedingt wissen musste, dass sie in Sicherheit war.

Da rief aus dem Inneren des Zimmers eine Mädchenstimme: »Eva!«, und all meine Worte wurden überflüssig.

Sie schob sich durch den Türspalt, zwängte sich an ihrem Bruder vorbei und flog auf uns zu. Ihre Arme umschlangen mich – sie war stärker, als ich erwartet hatte –, aber vielleicht wäre mir das Atmen in diesem Moment so oder so schwergefallen.

»Du bist wieder da!« Ihre Stimme war hoch und atemlos, ihre Wangen gerötet, ihre langen dunklen Haare flogen in sämtliche Richtungen. Sie ließ uns los und warf auch Ryan die Arme um den Hals. Endlich drehte sie sich zu Ty um. Und schenkte ihm das breiteste Grinsen, das wir je auf ihrem Gesicht gesehen hatten.

»Ich hab dir doch gesagt, sie würden uns finden«, sagte sie.

Das Hinterzimmer war zu einem behelfsmäßigen Schlafzimmer umfunktioniert worden. Es gab zwei Schlafsäcke. Ein Radio. Ein paar Spraydosen mit Farbe, die in eine Ecke geworfen worden waren. Einen Klappstuhl. Und Tys Gitarrenkoffer, in den er vorsichtig sein Instrument legte, bevor er sich uns erneut zuwandte.

Kitty wollte, dass ich ihr alles erzählte, und das hätte ich auch getan, wenn Ty nicht dabei gewesen wäre. So, wie die Dinge lagen, versuchte ich ihre Neugierde zu befriedigen, ohne etwas zu erwähnen, das allzu verfänglich gewesen wäre. Aber schon bald wurde offensichtlich, dass es nicht viel gab, was Kitty ihrem Bruder nicht erzählt hätte.

»Wer sind diese Leute, die euch hier Unterschlupf gewähren?«, fragte Ryan. »Die Wände mit Graffiti besprühen und Botschaften hinterlassen?«

Ty warf einen Blick auf den Haufen Spraydosen in der Ecke. Sie hatten den Boden mit Flecken übersät, einem bunten Tropfenmuster. »Ich habe sie vor ein paar Monaten kennengelernt, als ich in die Stadt kam. Ich wusste nicht, wo Kitty war. Ob es ihr gut ging. Zu der Zeit war es schon anderthalb Jahre her, dass sie abgeholt worden war.«

Kitty hatte aufgehört zu lächeln. Auf ihrem Gesicht hatte sich der leere Ausdruck ausgebreitet, den zu fürchten und hassen ich gelernt hatte – derjenige, der mir verriet, dass sie sich bemühte, an gar nichts zu denken. Die Dinge zu verdrängen, die ihr wehtaten, und sich selbst den Schmerz zu ersparen.

Ty musste es ebenfalls aufgefallen sein, denn er ging schnell über das Thema hinweg. »Keiner von ihnen ist selbst hybride, wenigstens glaube ich das nicht. Sie sind hauptsächlich wütend. Wütend auf die Regierung. Auf viele Dinge. Ich habe darüber nachgedacht, die Gruppe zu verlassen, seit Kitty zu uns gestoßen ist. Ich bin mir nur nicht sicher, wohin wir gehen sollen.«

»Ihr könnt nicht hierbleiben«, sagte Ryan. »Nicht, wo die Polizei euch so dicht auf den Fersen ist. Kommt heute Nacht mit uns.«

Es klopfte an der Tür. Es war ein blonder Mann in Tys Alter, mit einem Dreitagebart und einer fliehenden Kinnpartie. Sein Blick wanderte verdächtig zu Addie und mir. »Ich habe die Unruhe hier hinten mitbekommen. Alles okay bei euch?«

»Das sind meine Freunde«, sagte Kitty, die plötzlich wieder grinste. »Ich hab dir ja gesagt, dass sie uns finden würden, nicht wahr, Michael?«

Michaels Lächeln war zurückhaltender als ihres. »Das hast du.«

»Wir brauchen nur noch einen Moment«, sagte Tyler zu ihm. »Dann erkläre ich euch anderen alles.«

<Ich bezweifele, dass er ihm noch etwas erklären muss>, sagte Addie. Sie hatte recht. Michael wusste offensichtlich genau, wer wir waren. Und wieso auch nicht, wenn man bedachte, was früher am Tag über uns ausgestrahlt worden war.

Aber Michael nickte bloß und zog die Tür wieder zu.

»Wir könnten Willa und die anderen einsammeln gehen«, sagte Kitty und gesellte sich zu ihrem Bruder. »Ich möchte sie sehen.« Ihre Lippen zuckten. »Selbst Jem.«

<Sie wird nicht bei uns bleiben>, sagte ich leise. <Selbst wenn wir sie überzeugen, jetzt mitzukommen, werden sie sich irgendwann von uns trennen.>

Die Erkenntnis traf mich hart. Es war im Grunde keine Enttäuschung. Auch keine Traurigkeit. Es war etwas Unbenennbares, so als würden wir einen ungeheuren Verlust empfinden.

Addies Stimme war sanft. <Wir hätten damit rechnen sollen.>

Ty war letztendlich ihre Familie und wir waren es nicht. Wir kannten Kitty und Nina seit weniger als einem Jahr, wenn man es genau nahm. Auch wenn es sich so anfühlte, als hätten wir sie schon viel länger gekannt.

»Wir werden sehen«, sagte Ty mit einem kleinen Lachen.

»Kommt ihr mit uns?«, begann Ryan.

Da flog die Tür auf. Dieses Mal war es nicht Michael. Es war der stämmige Mann, der Addie und mich durch die Tür der Bar gemustert hatte. Sein Gesicht war gerötet, seine Augen schimmerten hell.

»Ihr müsst alle hier weg«, zischte er. »Jetzt gleich.«

Ty stieß Kitty hinter sich. »Wer sind Sie?«

»Logan Newsome.« Der Mann streckte uns die Hand entgegen. Zuerst dachte ich, er wollte, dass wir sie schüttelten.

Dann sah ich, dass er etwas festhielt. Einen weißen Umschlag.

»Ich habe nach euch gesucht«, sagte er. »Ich habe etwas für euch von eurer Mutter und eurem Vater.«

Addie wankte. <Von unserer ...>

Ich griff nach dem Umschlag und öffnete ihn.

Die Karte darin war schlicht und weiß, mit einer geprägten goldenen Rose in der Mitte. Ich spürte plötzlich, wie Addies Gefühle mich durchfluteten, das Flattern unseres Herzschlags. Hoffnung machte sich in unserer Brust so breit, dass wir keine Luft mehr bekamen.

Wir erkannten die Karte wieder. Addie hatte das Set Monate, bevor wir unser Zuhause verließen, gekauft und es Mom zum Geburtstag geschenkt. Mom hatte immer gesagt, die Karten wären zu schön, um sie zu benutzen.

In der Karte lag eine Fotografie. Sie war an den Kanten zugeschnitten worden, damit sie in den Umschlag passte, aber ich erkannte sie trotzdem. Sie hatte jahrelang auf dem Kaminsims gestanden. Auf dem Bild hockte ein kleines Mädchen mit feinen blonden Haaren neben einem dunkelgrünen Zelt. Die Sonne schien ihr in die Augen. Sie kniff sie zusammen. Sie schaute nicht in die Kamera. Ihre Aufmerksamkeit war vollkommen auf den Grashalm gerichtet, der zwischen ihren Daumen klemmte.

Wir hatten versucht, darauf zu pfeifen, so wie unsere Eltern es konnten.

Auf der Rückseite der Fotografie standen zwei handschriftliche Zeilen unserer Mutter.

Eine war verblasst: *Addie & Eva, mit 5 Jahren.*

Die andere, die am unteren Rand des Fotos verlief, war neu, die Tinte fett und schwarz.

*Herzlichen Glückwunsch zum 16. Geburtstag*, stand dort.

»Die Polizei ist bereits auf dem Weg hierher«, sagte Logan. Nur Worte wie diese vermochten es, meine Aufmerksamkeit von der Karte in unseren Händen zu lösen. Er sah Ty an. »Ihr habt einen Maulwurf in eurer Gruppe. Und er hat soeben Verstärkung gerufen.«

»Unmöglich«, sagte Ty. »Ich kenne alle ...«

»Ist es dir nie seltsam vorgekommen, dass die Polizei so lange gebraucht hat, euch zu finden?«, fragte Logan herausfordernd. »Glaubst du wirklich, ihr hättet euch so gut versteckt? Sie haben euch vor einer Ewigkeit aufgespürt. Sie haben gewartet.«

Er sah Addie und mich an.

Und ich verstand. <Die Polizei hat darauf gewartet, dass wir kämen.>

Und jetzt waren wir da.

»Mein Wagen steht um die Ecke«, sagte Logan.

<Eva?>

<Ich weiß nicht>, flüsterte ich.

*Ich weiß nicht, ob das hier real ist. Ich weiß nicht, ob wir diesem Mann vertrauen können. Ich weiß es nicht. Ich weiß es nicht.*

In Logans Blick standen Geschichten geschrieben, die ich noch nicht einmal ansatzweise begriff. Sollten wir mit diesem Fremden gehen, der uns die Handschrift unserer Mutter überbracht hatte?

Die Entscheidung, so schien es, lag bei Addie und mir.

<Wir gehen mit>, sagte ich leise.

<Wir gehen mit.> Addies Worte waren ein Echo meiner eigenen.

Ich griff nach der Hintertür und zog sie auf. Wir eilten hinaus an die kalte Luft. Wir waren noch nicht einmal bei Logans Auto angelangt, als wir schon das ferne Heulen der Sirenen hörten.

»Ty fährt«, sagte ich. Es war ein spontaner Entschluss. Wir mussten Logan vertrauen – aber nicht ganz und gar. Und weder Ryan noch Addie oder ich kannten die Stadt so gut wie Tyler.

Logan zögerte, dann warf er Ty die Schlüssel zu.

Wir sahen die Polizeistreifen nicht mehr vorfahren. Bis dahin waren wir bereits mit dem übrigen spätabendlichen Verkehr von Brindt verschmolzen.

## Kapitel 35

Addie und ich saßen auf dem Rücksitz, während Ty durch die Stadt fuhr, wir prägten uns jedes Detail der Nachricht unserer Eltern ein. Das Gewicht der Karte aus Tonkarton in unseren Händen. Die schimmernde Erhebung der goldenen Blume. Die exakte Farbschattierung der Tinten, die unsere Mutter benutzt hatte. Sie waren beide schwarz, aber der neue Stift musste eine breitere Spitze gehabt haben: Die Buchstaben waren fetter, die Kringel der *e* in *Herzlichen* und *Geburtstag* beinah ausgefüllt.

Logan erzählte uns, dass unsere Familie nicht in Gewahrsam war, wie Jenson behauptet hatte. Unsere Familie kooperierte nicht.

Unsere Familie war auf der Suche nach uns.

Unsere Mutter hatte zwölf verschiedenen Menschen je eine von zwölf Karten mitgegeben, in der Hoffnung, eine davon würde uns erreichen. Logan war ursprünglich wegen Tys Gruppe nach Brindt gekommen. Er hatte sie nun schon seit beinah einer Woche beobachtet, aber sich niemandem zu erkennen gegeben.

»Es ist kein Geheimnis, dass ihr Verbindungen zum

Widerstand habt«, sagte er zu Addie und mir. »Und wenn ich schon den Verdacht gehegt habe, die Gruppe hier stünde in Kontakt mit euch, hat die Polizei es wahrscheinlich erst recht getan.« Er warf einen Blick zu Ty. »Es kam mir seltsam vor, dass ich euch ohne großen Aufwand aufgespürt hatte, die Polizei aber nicht.«

Ty schwieg, seine Hände umklammerten das Lenkrad. Es war Michael gewesen, der junge Mann, der nach uns gesehen hatte, den Logan dabei beobachtet hatte, wie er die Polizei anrief. Er hatte das Telefon auf dem Tresen benutzt, weil er nicht damit gerechnet hatte, dass jemand der Sache Aufmerksamkeit schenken würde.

Ich wusste, wie es war, sich zutiefst von Menschen verraten zu fühlen, die man für seine Freunde gehalten hatte.

Als mein Blick Ryans begegnete, nahm er unsere Hand und drückte sie. Er wusste, was die Karte Addie und mir bedeutete. Der Beweis, dass unsere Eltern uns noch immer liebten.

Uns beide.

Aber in seinen Augen stand auch eine Warnung. Sie verbarg sich in der starren Haltung seiner Schultern. Und ich konnte sie nachvollziehen.

<Das hier könnte eine Falle sein>, sagte ich. <Logan könnte uns sonst wohin bringen. Vielleicht hat sie jemand gezwungen, diese Karte zu schreiben.> Es tat uns im Herzen weh, es in Erwägung zu ziehen, aber wir konnten es uns nicht erlauben, diese Möglichkeit außer Acht zu lassen.

Logan dirigierte uns zu einer ruhigen Straße einige Blocks von der Bar entfernt und wies Ty an, den Wagen am Straßenrand zu parken. Dann drehte er sich um und sah Addie und mich an. Ernst zunächst. Dann lächelte er ein bisschen. So als würde er uns kennen – so als wäre er ein Onkel, der uns in der Kindheit erlebt hatte und sämtliche Kindergeschichten von uns kannte. Es war verstörend.

»Du siehst deinem Bruder sehr ähnlich«, sagte er.

Wir schluckten. Es war etwas, das jemand sagen würde, um unser Vertrauen zu gewinnen. Und es funktionierte.

»Wirst du mit mir kommen?«, fragte Logan leise. »Zurück zu deiner Familie?«

Ich drückte Ryans Hand.

»Ich möchte telefonieren«, sagte ich. »Bevor ich eine Entscheidung treffe.«

Dr. Lyanne hob nach dem vierten Klingeln ab. Ich stellte mir vor, dass sie beim ersten wach geworden war und das Telefon die nächsten drei angestarrt hatte, während sie zu entscheiden versuchte, ob sie rangehen sollte oder nicht.

Glücklicherweise tat sie es. Sie schwieg zunächst und ließ mich alles erklären. Ich stand auf dieser düsteren Straße mitten in der Stadt in einer Telefonzelle und flüsterte in den Hörer. Als ich verstummte, rechnete ich damit, dass sie sagen würde: *Gott, Eva, du musst immer alles überstürzen* oder *Ich habe dir doch gesagt, dass es gefährlich werden würde, in Brindt zu bleiben.*

Stattdessen sagte sie nach langem Schweigen: »Wir müssen sowieso weg aus Brindt. Traust du diesem Mann?«

»Sie haben mir gesagt, ich wäre zu vertrauensselig.« Ich sah auf die Glückwunschkarte hinunter, die ich noch immer in der Hand hielt. »Ich möchte ihm gerne vertrauen. Ich möchte ihm so unbedingt vertrauen, dass ich nicht weiß, ob ich mich noch auf mein eigenes Urteil verlassen kann.«

»Wo seid ihr?«, fragte sie.

Ich sagte es ihr. Innerhalb von zwanzig Minuten hielt sie neben uns. Marion saß auf dem Beifahrersitz, Jackson und Lissa teilten sich die Rückbank. Alle hatten ihre Sachen dabei. Sie hatten aus dem Hotel ausgecheckt. Komme, was da wolle, wir würden in dieser Nacht alle Brindt verlassen.

Die einzige Frage war: Würden wir die Stadt mit Logan verlassen?

Bei Logans Appartement handelte es sich um eine spärlich eingerichtete Wohnung, die er von einem Freund gemietet hatte. Dr. Lyanne wollte alles wissen: Wie lange er unsere Eltern schon kannte. Warum er daran interessiert war, uns zu helfen. Wohin er uns bringen wollte.

Logan beantwortete unsere Fragen geduldig, eine

nach der anderen. Er war unserer Familie vor ungefähr anderthalb Monaten zum ersten Mal begegnet, als sie sich in demselben sicheren Versteck aufhielten. Er selbst war nicht hybride – hatte noch nicht einmal nahe Familienangehörige, die hybride waren –, aber er fand, das wäre keine Voraussetzung dafür, für falsch zu halten, wie wir behandelt wurden. Er wollte uns in eine Kleinstadt bringen, die ungefähr zwei Stunden nördlich der Hauptstadt lag. Unsere Familie hielt sich dort im Verborgenen auf.

»Wenn wir sofort losfahren«, sagte er, »könnten wir morgen Mittag bei ihnen sein.«

Der Gedanke war so schwindelerregend, dass er alle weiteren Überlegungen beiseitedrängte.

Logan stimmte zu, uns etwas Bedenkzeit zu geben. Doch Addie und ich waren wie elektrisiert von der Vorstellung, unsere Familie wiederzusehen. Allen war klar, dass die endgültige Entscheidung bei uns liegen musste.

»Ich möchte zu ihnen fahren«, sagte ich schließlich leise. »Das heißt nicht, dass ihr alle mitkommen müsst ... wenn es nicht sicher ist ...«

»Wir kommen mit«, sagte Lissa.

Und so war die Entscheidung gefallen.

Ein wenig später, als die anderen sich im Wohnzimmer versammelten, sich über eine Landkarte beugten und die beste Route besprachen, nahm Nina mich beiseite. Sie ging mit mir in den Flur und sagte: »Ty und ich werden uns auf die Suche nach unserer Familie machen. Wir werden also nicht mit euch kommen.«

Die Ereignisse der Nacht hatten bewirkt, dass sie ernst, aber gefasst war. Mit elf Jahren war sie bereits ihrem Zuhause entrissen, von der Gesellschaft ausgegrenzt und viele Male verraten worden. Es war nicht verwunderlich, dass sie und Kitty es manchmal vorzogen, die schmerzhaften Erinnerungen einfach auszublenden.

Ich verspürte den Drang, sie zu packen und nie wieder loszulassen. »Die Regierung wird nach euch Ausschau halten ...«

»Die Regierung sucht schon lange nach mir«, erwiderte Nina. Ihre Finger spielten mit einer Haarlocke, ließen sie dann wieder los. »Sie werden vielleicht noch ... ich weiß auch nicht wie lange nach mir suchen.«

<In der Zwischenzeit kann sie genauso gut bei ihrer Familie sein. Und ein so glückliches Leben wie möglich führen>, sagte Addie. <Das verstehen wir, Eva.>

Wir verstanden es tatsächlich.

»Sorg dafür, dass Ty sein Versprechen hält, dir das Gitarrespielen beizubringen«, sagte ich liebevoll.

Sie lachte. Ihr Ausdruck verlor etwas von seiner Grimmigkeit. »Das mach ich.«

Ich stieß mit unserer Schulter gegen ihre und sie lachte lauter. Ich vermisste sie bereits so sehr, dass ich Tränen hinunterschlucken musste. Das hier würde kein normaler Abschied sein. Es war nicht so, als zöge eine Freundin weg und wir tauschten Adressen und Telefonnummern aus und versprachen, einander anzurufen. Ich konnte nicht sicher sein, wo sie landen würde. Ob sie in Sicherheit sein würde. Ob ich sie je wiederfinden würde, nachdem all das hier vorbei war.

Falls all das hier je vorbei sein würde.

Es war ein Abschied ohne Sicherheitsnetz.

»Eva?«, sagte Jackson. Er erschien im Türrahmen. »Bist du so weit?«

Er hatte nicht viel gesagt, seit er mit Dr. Lyanne eingetroffen war, und sein Verhalten war seltsam hölzern. Er wirkte sehr allein, wie er da in der Tür stand.

»Ich bin so weit«, sagte ich, und er nickte und wandte sich zum Gehen.

<Ich möchte es noch mal probieren>, sagte Addie sanft. <Zu laufen, meine ich.>

Dieses Mal versuchte ich, die Kontrolle loszulassen, während Addie danach griff. Zuerst gelang es mir überhaupt nicht – es war, als würde ich von einer Gummiwand abprallen.

Aber langsam, ganz langsam, verlagerte sich die Kontrolle.

Wir – Addie – schwankten.

Machten einen Schritt.

Noch einen.

Unsere Beine gaben unter uns nach. Addie schrie auf, als wir stürzten.

»Eva!«, stießen Nina und Jackson im Chor hervor.

Bis Jackson uns aufgefangen hatte, war ich wieder diejenige mit der Kontrolle. Die anderen stürmten vom Wohnzimmer herein, Ryan drängte nach vorn, um als Erster an unserer Seite zu sein.

»Mir geht es gut«, sagte ich mit schmerzverzerrtem Gesicht. Jackson half uns wieder auf die Füße. »Ich bin gestolpert, das ist alles.«

»War es der Knöchel?«, fragte Ryan. Er und Dr. Lyanne sagten häufig, wir hätten ihn zu früh wieder belastet. »Ist er unter dir weggeknickt?«

Jackson musterte uns einfach nur. Addie schwieg, ihre Beklemmung flatterte wie ein Vogel in unserer Brust.

Ich schüttelte den Kopf. Bemühte mich zu lächeln. »Nein. Ich war bloß tollpatschig.«

‹Entschuldige›, flüsterte Addie.

‹Du kannst nichts dafür. Und es war schon besser als vor ein paar Stunden. Du hast ein paar Schritte gemacht. Und gesprochen. Das ist doch vielversprechend.›

‹Ich habe geschrien.›

‹Umso besser.›

Mein Lächeln wurde breiter, als ihr innerliches Lachen ertönte.

Selbst wenn alles um uns herum zu Staub zerfiel, zwischen unseren Fingern zerbröselte – Addie und ich würden einander haben. Das war keine Kleinigkeit.

# Kapitel 36

Wir fuhren und fuhren, jagten Logans Rücklichtern hinterher. Die Sonne wanderte einen pastellfarbenen Winterhimmel hinauf. Addie und ich saßen auf dem Rücksitz und übten, die Kontrolle zwischen uns hin- und herzugeben, während die anderen schliefen. Mit der Zeit wurde es leichter. Addie gewann mit jedem neuen Versuch an Stärke. Seit ihrer Rückkehr war wenig Zeit geblieben, sich auf etwas anderes als das Chaos der Außenwelt zu konzentrieren. Die lange Fahrt gab Addie und mir die Zeit, uns aufeinander und uns selbst zu konzentrieren.

Zwei Wochen lang hatte ich Addie verloren, doch Addie hatte die Welt verloren.

<So wie du stets befürchtet hast, es würde dir passieren, als wir noch Kinder waren>, sagte sie leise, als ich es zur Sprache brachte. Ich hatte sichergehen wollen, dass sie mit den Nachwirkungen klarkam. <Eva …>

<Du bist wieder da>, sagte ich. <Du bist wieder da, und wir sind zusammen, und das ist alles, was zählt.>

Als Logan schließlich vor einem riesigen, wunderschönen Haus hielt, war es zwölf Uhr mittags.

<Glaubst du, unsere Familie ist wirklich hier?>, fragte Addie.

Ich wusste, ihre Sorge wurzelte in der Angst, die sich während des letzten Jahres wie eine zweite Haut um uns gelegt hatte – dass gute Dinge uns stets wieder genommen wurden. Dass, selbst wenn wir Jacksons Mantra des Hoffnung-Bewahrens endlos vor uns hersagten, jede unserer Hoffnungen früher oder später zerstört werden würde.

<Sie werden da sein>, sagte ich.

Wir waren natürlich beide nervös. Aber wenigstens hatten unsere Eltern in den Wochen und Monaten und Jahren vor unserer Einweisung gewusst, dass Addie existierte.

Mit mir hatten sie nicht mehr gesprochen, seit ich zwölf Jahre alt gewesen war.

Aber ich würde die Kontrolle innehaben, wenn wir unsere Eltern wiedersahen.

Ein Teil von mir fragte sich, ob es ihnen auffallen würde.

Ryan blieb dicht bei uns, als wir aus dem Auto stiegen. Alle schwiegen, selbst Marion, die uns immer wieder Blicke zuwarf, wenn sie dachte, wir würden es nicht bemerken. Die Bäume, die den Pfad säumten, waren kahle, knochige Gestalten, zerbrechlich in der Kälte.

<Sie werden da sein>, wiederholte ich. <Es wird alles gut werden.>

<Es wird alles gut werden>, sagte auch Addie.

Logan klingelte. Wir warteten eine Ewigkeit. Dann schwang die Tür auf.

‹Mom›, sagte Addie. Das Wort hallte in uns wider.

Mom mit ihren seidigen blonden Haaren, der hellen Haut und den dunklen Sommersprossen. Sie sah noch genauso aus, wie wir sie in Erinnerung hatten.

»Addie!«, rief sie.

Und das schmerzte.

Es hätte nicht wehtun sollen. Oder es hätte weniger wehtun sollen, weil ich darauf hätte vorbereitet sein müssen. Ich hatte gedacht, ich wäre es, aber das war ein Irrtum gewesen.

Es schmerzte, tief in meinem Innern, dass meine eigene Mutter mich nicht erkannte.

Ich sagte nichts. Mom stieß seltsame, keuchende Laute aus, die Vorboten von Tränen waren, ihr Gesicht verzog sich, und ich dachte: *Bitte, bitte weine nicht.* Ich hatte es immer gehasst, unsere Mutter weinen zu sehen. Hatte es gehasst zu wissen, dass ich so oft der Grund für ihre Tränen war.

Sie warf ihre Arme um uns. Zögerlich erwiderte ich ihre Umarmung. Anfangs nur mit einem Arm, weil unsere zweite Hand mit Ryans verschränkt war und sie umklammerte, als ginge es um unser Leben. Dann, langsam, glitt unsere Hand aus seiner. Ich schlang beide Arme um Moms Schultern, schloss die Augen und versuchte, nicht darüber nachzudenken, wie klein sie sich in unseren Armen anfühlte.

»Addie?«, sagte eine Jungenstimme.

Wir rissen die Augen wieder auf. Sahen, über Moms

Schulter, den kleinen Jungen mit dem wuscheligen blonden Haarschopf und dem verunsicherten Blick.

Meine Beine schwankten. Mom winkte Ryan und die anderen herbei. Sie schien Addie und mich nicht aus den Augen lassen zu wollen, aber sie sprach zu ihnen. »Kommt rein«, sagte sie. »Es ist kalt draußen.«

Wir hatten sie ähnliche Dinge schon so viele Male sagen hören. Zu Gästen. Zu Freunden der Familie. Zu Addies Klassenkameraden, die für Schulprojekte zu uns kamen.

Lyle schlüpfte zurück in den Flur und huschte davon, fort von uns.

Es kam mir vor wie das Merkwürdigste auf der Welt, meine Mutter anzusehen und das Gefühl zu haben, als wären wir Fremde. Zu wissen, dass sie unserem Blick auswich. Dass sie sich schuldig fühlte, wegen dem, was sie uns angetan hatte – und es war nichts Unbedeutendes, etwas, das sich leicht vergessen ließ. Es war eine Entscheidung, die uns für mehr als ein halbes Jahr voneinander getrennt und unser aller Leben verändert hatte. Nichts würde je wieder wie früher sein.

Ein Teil von mir freute sich darüber, dass sie Schuld auf sich geladen hatte. Ein Teil von mir fühlte sich schuldig, weil ich wollte, dass sie schuldig war.

Und mit jeder Faser meines Wesens sehnte ich mich danach, dass sie mich ansah. Mich zur Kenntnis nahm.

Dass sie mich Eva nannte statt Addie.

»Dein Vater ist unterwegs, aber er wird bald zurück sein«, sagte sie, während sie uns den Flur entlangführte. Sie warf Ryan einen Blick zu. Hatte sie in den Monaten seit unserer zeitgleichen Abholung je mit den Mullans gesprochen? Hatte der Verlust der Kinder sie zusammengeführt? Oder hatten dieselben Gründe sie auseinandergetrieben, die Addie jahrelang dazu veranlasst hatten, Hally aus dem Weg zu gehen? Die Angst davor, noch mehr ungewollte Aufmerksamkeit auf sich zu lenken?

»Seid ihr hungrig?«, fragte Mom. »Sie haben gerade das Mittagessen aufgetischt.«

»Ich möchte nichts«, sagte ich.

»Ich würde etwas essen«, sagte Dr. Lyanne und warf den anderen vielsagende Blicke zu, bis diese ebenfalls alle vor sich hin murmelten, dass sie gern etwas essen würden. Mom wies ihnen den Weg zur Küche.

<Sie tun uns damit keinen Gefallen>, sagte ich panisch. <Uns so allein zu lassen.>

Aber sogar Ryan, für den ich normalerweise ein offenes Buch war, verließ mich zusammen mit den anderen und schenkte mir bloß ein kleines Lächeln und ein Kopfnicken.

»Möchtest du gerne duschen?«, fragte Mom. »Ihr wart den ganzen Tag unterwegs ...«

»Ich brauche keine Dusche«, sagte ich.

Sie nickte.

»Hat Lyle das Transplantat bekommen?«, platzte ich heraus. Es war das einzige Wichtige, was mir einfiel, das nicht lautete: *Sieh mich an. Sag meinen Namen. Bitte.*

Mom zuckte zusammen, dann nickte sie. Ihr Blick begegnete endlich unserem. »Ihm geht es sehr viel besser. Er muss natürlich Immunsuppressiva nehmen, aber das ist besser als die Dialyse. Addie ...«

Das *Addie* war der Grund dafür, dass ich zu weinen begann.

Selbst durch den Tränenschleier hindurch sah ich, wie Mom schwer schluckte. »Addie ...«

‹Eva ...›, sagte Addie.

»Ich gehe mal nach ihm sehen.« Meine Worte stolperten übereinander, so eilig hatten sie es, mir über die Lippen zu kommen. Ich wischte mir mit der Hand über die Augen. Die Tränen hörten Gott sei Dank auf zu fließen. »Lyle – ich möchte mit ihm reden.«

Ich hastete den Flur hinunter, ehe Mom etwas sagen konnte, um mich aufzuhalten.

Ich war mir nicht sicher, ob sie es überhaupt gewollt hätte.

# Kapitel 37

Lyle zu finden war leichter gesagt als getan. Das Haus hatte von außen schon imposant gewirkt, aber ich war zu abgelenkt gewesen, um es richtig zu registrieren. Als wir jetzt durch die Flure liefen, bekamen Addie und ich die volle Wucht seiner gewaltigen Ausmaße zu spüren, der Wände, an denen zahlreiche Bilder hingen, der Räume mit den hohen Decken. Hier gab es zahlreiche Möglichkeiten für einen elfjährigen Jungen, sich zu verstecken.

<Sie haben ihn geheilt, Addie>, sagte ich. Äußerlich war uns nichts mehr anzumerken. Keine Spur von Tränen. Aber Addie, das wusste ich, bekam mit, wie sehr ich innerlich immer noch zitterte. Sie war ruhiger als ich. <Sie haben ihn geheilt ...>

Auf eine Weise, auf die sie uns niemals heilen konnten.

Es war nicht fair, so etwas zu sagen. Oder zu denken.

<Das haben wir uns immer gewünscht>, sagte Addie.

<Natürlich haben wir das. Ich bin froh ... ich bin so froh, dass er die Operation hatte. Wenn alles, was wir durchgemacht haben, seit wir von zu Hause fort sind, nur geschehen wäre, damit Lyle seine Operation bekommt, wäre es das wert gewesen.>

An dem Abend, als Mr Conivent kam, um Addie und mich abzuholen, hatte er unseren Eltern damit gedroht, Lyle die Dialyse-Sitzungen zu verweigern, die er brauchte. Dann hatte er sie damit bestochen, ihn auf der Transplantationsliste nach oben zu setzen.

‹Es ist nur …› Ich lehnte mich an die Wand, schloss einen Moment lang die Augen. Meine Gefühle waren so verworren, dass es mir nicht gelang, sie zu entschlüsseln. ‹Ich weiß auch nicht.›

Addie und ich stießen überall auf Hinweise auf die Hausgäste. In den Schlafzimmern lagen Koffer verstreut, der Boden des Büros war mit Schlafsäcken bedeckt. Im Badezimmer häuften sich die Anzeichen, dass es von zu vielen Menschen geteilt wurde. Zahnpastatuben lagen auf dem Rand des Waschbeckens herum, neben einer Vielzahl von Zahnbürsten, die in allen Farben leuchteten. Die Unterhose einer Frau war hinter die Toilette gefallen.

Den Fotos nach zu urteilen gehörte das Haus einer fünfköpfigen Familie – einem Paar, das ein wenig älter war als unsere Eltern, und drei Kindern im Collegealter. Wo waren sie jetzt? Warum hatten sie sich entschlossen, ihr Zuhause Fremden zu öffnen?

Wir hatten die Suche nach Lyle beinah aufgegeben, als eine Frau den Kopf aus einem der Zimmer steckte und sagte: »Addie, stimmt's? Deine Familie bewohnt das Zimmer am Ende des Ganges.«

Die Tür am Ende des Flurs war verschlossen. Ich klopfte das staccatoähnliche Erkennungszeichen, das Addie immer benutzt hatte, bevor sie Lyles Zimmer betreten hatte.

»Ja?«, ertönte die Stimme unseres Bruders, und ich öffnete langsam die Tür.

Lyle saß auf dem Bett, ein zerfleddertes Taschenbuch in der Hand. »Oh«, sagte er, als er uns sah. Er wandte sich wieder seinem Buch zu. Aber sein Blick wanderte nicht über die Seite, er starrte zu lange auf dieselbe Textstelle.

»Welches ist es?«, fragte ich. Lyle hielt das Buch hoch, damit wir das Titelbild sehen konnten. Ich kannte es von seinem Bücherregal zu Hause. »Das hast du mindestens schon zehn Mal gelesen, oder?«

Lyle zuckte mit den Schultern. Er sah uns immer noch nicht an.

»Gibt es hier noch andere Kinder?«, fragte ich.

»Nicht mehr.«

»Mom hat gesagt, du müsstest nicht mehr zur Dialyse.« Ich lächelte. »Das ist ziemlich cool.«

Endlich hob Lyle den Blick von seinem Buch. Er zuckte erneut mit den Schultern. Einen langen Moment rührte sich keiner von uns oder sagte etwas. Ich wusste nicht, wie ich diesen Abgrund überqueren sollte, der sich zwischen uns und unserem kleinen Bruder aufgetan hatte.

‹Liegt es daran, dass ich es bin?›, fragte ich.

‹Es liegt nicht daran, dass du es bist. Es wäre genauso, wenn ich die Kontrolle hätte.›

Aber ich war nicht davon überzeugt, dass das der Wahrheit entsprach.

<Rede weiter, Eva. Setz dich neben ihn.>

<Lustig>, sagte ich mit einem Lachen. <Früher habe ich dir immer gesagt, was du tun sollst, wenn du Probleme hattest. Ich … ich hätte nie gedacht, dass es so schwer sein würde, zu wissen, was man tun soll.>

<Du weißt, was zu tun ist>, sagte Addie sanft. <Es ist nur schwer, darauf zu vertrauen, dass du es weißt.>

»Es tut mir leid, dass ich nicht da war, als du deine Operation hattest.« Ich setzte mich auf die Bettkante, und Lyle verlagerte sein Gewicht, als die Matratze unter meinem nachgab.

»Du wolltest nicht weg, oder?« Er musterte uns aus dem Augenwinkel.

Ich konnte mir der Tragweite seiner Frage nicht sicher sein. Fragte er, ob wir unsere Familie hatten zurücklassen wollen? Ihn ohne Abschied hatten zurücklassen wollen? Selbstverständlich nicht. Niemals.

Wusste er, was Mr Conivent unseren Eltern in jener Nacht eröffnet hatte? Wie unser Fortgehen mit seinem Transplantat verknüpft war?

Fragte er danach, ob wir freiwillig mitgegangen waren, in dem Wissen, dass es ihm helfen würde?

Wir waren nicht so selbstlos gewesen. Ich war es mit Sicherheit nicht gewesen. Wenn ich die Wahl gehabt hätte, hätte ich mich lieber an mein Zuhause und eine Familie geklammert, die von meiner Existenz nichts ahnte, als nach Nornand zu gehen.

»Ich wünschte, ich wäre für dich da gewesen«, sagte ich schließlich. Ich zögerte, dann streckte ich die Hand aus und zerzauste seine Haare. Er zog eine Grimasse und wich zur Seite, aber ich entdeckte den Hauch eines Lächelns.

Er legte das Buch hin, ohne sich die Mühe zu machen, die Seite zu markieren. »Möchtest du die Narbe sehen?« Als ich nickte, hob er sein T-Shirt. Sie war länger, als ich erwartet hatte, verblasste aber bereits zu einem schimmernden Weiß.

»Hat es sehr wehgetan?«, fragte ich.

Lyle zuckte mit den Achseln. »Manchmal. Aber sie haben mir eine Menge Medikamente gegeben.« Er lächelte und enthüllte den leicht schiefen unteren Schneidezahn, über den Mom immer gesagt hatte, dass sie ihn gerne mit einer Zahnspange korrigieren lassen würde, sobald er etwas älter wäre. Sobald wir das Geld hätten. »Ich war ganz schön verrückt drauf.«

»Echt?« Ich lachte. Und verstummte, als Lyles Blick an unserer Stirn hängen blieb. Wie ich wusste, hatten wir eine Narbe dort, von unserem Sturz vom Klinikdach in Nornand. Wir hätten sterben können, wäre da nicht ein Vorsprung gewesen, der nicht viel tiefer lag.

Ich richtete unsere Haare, sodass sie über die Narbe fielen. Aber nicht ehe Lyle darauf gezeigt und gefragt hatte: »Woher hast du die?«

»Ich bin gefallen.«

‹Gott sei Dank tragen wir lange Hosen›, sagte ich. Ich wollte keine Fragen über unsere Narben von Powatt beantworten müssen.

»Addie ...«, sagte Lyle, und ich erwiderte vollkommen automatisch: »Ich bin nicht Addie.«

Dann erstarrte ich.

Lyle sah zu uns hoch. Das Schweigen schien eine Ewigkeit zu dauern.

Die Überraschung in Lyles Gesicht verwandelte sich langsam in Verärgerung. »Warst du die ganze Zeit da? Zu Hause? Warum hast du mir nichts davon gesagt?«

Unser Mund öffnete sich und schloss sich wieder. Ich hatte erwartet – ich war nicht sicher, was ich von Lyle erwartet hatte, sobald er erst einmal wusste, mit wem er in Wahrheit sprach. Angst, vielleicht? Abneigung?

Stattdessen klang er ein wenig verletzt.

»Ich war da. Aber ich konnte nicht sprechen, Lyle ...«

»Warum hat Addie mir dann nichts gesagt? Ich hätte es niemandem verraten. Lag es daran, dass ich krank geworden bin?«

»Es hatte nichts mit deiner Krankheit zu tun.« Ich war mir nicht sicher, ob er mir glaubte oder nicht. »Lyle, es tut mir leid, dass das alles passiert ist. Dass Mom und Dad dich von zu Hause und der Schule und ... und allem weggeholt haben. Dass du hier bist. Dass nichts mehr normal ist.«

Lyle wandte den Blick ab und zuckte mit den Schultern.

»Eva?«, sagte er und das Wort ging ihm so natürlich, so leicht über die Lippen. Als hätte er nie aufgehört, meinen Namen zu sagen. »Hast du wirklich all das getan, was sie in den Nachrichten behauptet haben?«

Ich wollte das Thema wechseln. Auf unverfänglichere Dinge ausweichen. Aber Addie sagte: ‹Vielleicht sollten wir es ihm erzählen. Zumindest manches davon. Er möchte es wissen. Er verdient, nicht im Dunkel gelassen zu werden.›

Ich holte tief Luft. Lyle wartete.

»Gut«, sagte ich leise. »Ich erzähle dir alles von Anfang an.«

Ich erzählte ihm die Geschichten, die Addie und ich für ihn aufgehoben hatten. Wie wir mitten in der Nacht aus Nornand entkommen waren. Unsere Flucht aus Sabines und Cordelias Fotoladen. Ich erzählte ihm auch Sachen, von denen ich nie gedacht hätte, dass ich je darüber reden würde. Ich erzählte ihm von den Mädchen, die wir in Hahns kennengelernt hatten. Von Eli und Cal aus Nornand. Von Sabine, und dass wir dasselbe gewollt hatten, aber zu unterschiedlichen Mitteln gegriffen hatten.

Lyle fragte mich Dinge, auf die ich keine Antwort hatte. Was war mit Jaime geschehen? Mit Emalia? Würden wir sie retten? Was war mit Bridget und den anderen Mädchen in Hahns?

Ich erzählte ihm gerade, wie wir Ty und Kitty in Brindt gefunden hatten, als es an der Zimmertür klopfte.

»Ja?«, sagte ich, und Jackson steckte den Kopf zur Tür herein. Er zauderte, als er Lyle sah.

»Unten gibt es immer noch was zu essen«, sagte er zu uns. »Aber nicht mehr lange. Also solltet ihr besser mitkommen, wenn ihr bis zum Abendessen nicht bloß Salzbrezeln knabbern wollt. Es sei denn, ihr seid beschäftigt. Mir war nicht klar ...«

Addies Belustigung war warm und heiter. ‹Er schwafelt manchmal ganz schön, was?›

»Ich will Mittagessen«, sagte Lyle an uns gewandt. »Kommst du mit?«

‹Lass mich mit Jackson reden›, sagte Addie.

Ich wollte natürlich, dass sie mit ihm sprach. Aber gleichzeitig wollte ich es auch nicht. Oder ich wollte es, aber ich wollte, dass es leichter, glatter vonstattenging, als ich befürchtete.

‹Möchtest du nicht, dass ich es ihm erst mal sage? Dass du wieder da bist?›

‹Ist schon gut›, erwiderte sie. ‹Ich kann es ihm erklären.›

‹Möchtest du, dass ich verschwinde?›

‹Ich kann mich immer noch nicht bewegen. Nicht richtig. Wenn etwas passiert ... Ich möchte nicht nur Ballast sein, bis du wiederkommst.›

Ich verstand sie, auch ohne dass sie es aussprach. Falls jemand hereinkäme – unsere Eltern zum Beispiel –, wollte sie nicht, dass sie sie so sahen. Ich warf Jackson einen Blick zu. <Okay.>

»Geh du schon mal vor, Lyle«, sagte ich. »Ich möchte noch kurz mit Jackson sprechen.«

Lyle zögerte, nickte dann aber und ging. Jackson schloss die Tür, sein Lächeln war verwirrt. »Was ist los, Eva?« Aber ich konnte ihm keine Antwort mehr geben. Jacksons Lächeln verschwand, als das Schweigen andauerte. »Eva?«

<Vorsicht!>, sagte ich, als Addie ruckartig die Kontrolle ergriff. Sie kippte auf dem Bett nach vorn und schaffte es kaum, das Gleichgewicht zu halten. Jackson stürzte auf sie zu; Addie schlang unsere Finger um sein Handgelenk.

Sie sahen einander an. Schwiegen, drei kaninchenschnelle Schläge unseres Herzens lang.

»Sei nicht sauer auf Eva, ich habe sie gebeten, nichts zu verraten«, flüsterte Addie. »Ich ... ich wollte diejenige sein, die es dir sagt. Und das konnte ich nicht. Eine ganze Weile lang nicht.«

Jackson starrte sie einfach nur an.

»Hey, sag was«, hauchte Addie atemlos. »Ich bin schließlich diejenige, der das Sprechen noch schwerfällt.«

Einen langen, sehr langen Moment sagte er nichts. Dann grinste er. Ein hell aufflammendes Grinsen.

»Ich wusste es«, sagte er. »Ich wusste es!«

## Kapitel 38

Er verhielt sich ihr gegenüber ein bisschen anders. Und sie sich ihm gegenüber auch. Ich hatte sie nie allein zusammen erlebt – nun, so allein, wie sie in dem Wissen sein konnten, dass ich auch noch da war. Ich fragte mich, ob Vince da war. Ob er auch nur ansatzweise so empfand wie ich.

Addie war immer noch unbeholfen in unserem Körper. Aber selbst mit dieser Unbeholfenheit war ihr Verhalten in Jacksons Gegenwart ein anderes. Sie lächelte häufiger. Sie lachte mehr.

Sie sprachen nicht über Powatt oder Hahns oder Addies manchmal undeutliche Worte. Sie dachten an Orte zurück, an denen sie in Anchoit zusammen gewesen waren. Dinge, die sie erlebt hatten. Sie lachten über Witze, die ich nicht verstand, weil ich nicht dabei gewesen war.

Sie redeten über das Segeln.

Es schien, als könnten sie ewig so weitermachen, auf diese Art nebeneinandersitzen, den Rücken ans Kopfende des Bettes gelehnt. Aber sie wurden unterbrochen.

Die Tür flog auf und Lyle stürmte herein. Addie sprang

auf die Füße, schwankte dann. Bis Jackson sich unseren Arm geschnappt hatte, um uns Halt zu geben, war die Kontrolle zu mir übergegangen, und wir brauchten seine Hilfe nicht mehr.

»Es hat eine Schießerei gegeben«, sagte Lyle mit blasser Miene. »In einer Anstalt. Sie haben versucht, alle Kinder dort umzubringen.«

<Hahns.>

Das war mein erster Gedanke. Meine erste Befürchtung.

Ich hatte zu lange gebraucht, um das Versprechen einzulösen, das ich Bridget gegeben hatte, und jetzt war es zu spät.

»Es läuft gerade im Fernsehen.« Lyle hatte sich schon wieder abgewandt, um zurückzurennen. »Es ist eine neue Piratensendung.«

Eine Menschenmenge hatte sich im Wohnzimmer versammelt. Die meisten standen, ein paar saßen auf den schwarzen Ledersofas. Lissa und Devon befanden sich auf der anderen Seite des Raums, Lissa hatte die Hand vor den Mund gepresst.

Das Video, das auf dem Bildschirm zu sehen war, ruckelte und war stellenweise unscharf. Anfangs verstand ich nicht, was ich da sah. Dann wurde mir klar, dass die Leute, die durch das Bild liefen, Rettungssanitäter waren. Dass die Gegenstände, die sie trugen, Tragen waren.

Dass auf den Tragen Kinderkörper lagen.

Es war nicht Hahns. Trotz der schlechten Qualität des Filmmaterials wusste ich, dass ich diese Anstalt nicht wiedererkannte. Sie befand sich irgendwo, wo die Vegetation selbst im Dezember noch üppig und grün war – irgendwo in der südlichen Hemisphäre.

Das Video endete. Schweigen hielt das Zimmer in einem Würgegriff.

Marion stand in der Tür, erstarrt wie wir Übrigen.

»Hast du davon gewusst?«, wollte ich von ihr wissen. »Hast du das gesendet?«

Betäubt schüttelte sie den Kopf. Die Luft kam uns plötzlich dünner vor.

»Ich werde herausfinden, wer es war«, murmelte Marion und verschwand.

»Addie?« Es war Dad. Mom blieb dicht an seiner Seite. Er riss uns in eine Umarmung, die so fest war, dass wir kaum noch Luft bekamen, und sie fühlte sich genauso an wie diejenige, die er uns hatte zuteilwerden lassen, als wir uns das letzte Mal gesehen hatten. Kurz bevor Addie und ich in Mr Conivents Wagen gestiegen waren.

Einen Augenblick lang war ich wieder jenes Mädchen – das Mädchen, das ich vor über einem halben Jahr gewesen war. In einem anderen Leben.

Ein Mädchen, das gehofft hatte, sein Vater würde kommen und es retten, weil er es versprochen hatte.

Dad ließ uns los. »Addie ...«

<Er weiß es nicht>, flüsterte ich. <Er hat keine Ahnung, dass ich es bin.>

<Er weiß es, Eva. Es ist nur ... er weiß nicht, was er sagen soll.>

<Er braucht nur meinen Namen zu sagen!>

Ich holte scharf Luft. Addie versuchte, mich zu erreichen. Ich konnte sie spüren – hörte sie <Eva> sagen, aber ich blendete es aus.

Hier mit meinen Eltern zu stehen gab mir das Gefühl, als wäre ich in den Ozean geworfen worden und hätte vergessen, wie man schwimmt.

»Entschuldigt mich.« Ich wich vor meinem Vater zurück. »Ich ... ich muss wissen, wer dieses Video veröffentlicht hat. Ich werde Marion suchen gehen.«

Marion telefonierte im ersten Stock. Sie sah hoch, als wir näher kamen, und bedeutete uns, still zu sein. »Nächstes Mal warnen Sie mich bitte vor«, sagte sie wütend in den Hörer, dann legte sie auf.

Devon, Lissa und Jackson waren uns aus dem Wohnzimmer gefolgt.

Unsere Eltern nicht.

»Wer war es?«, fragte Devon.

»Wo war es?«, flüsterte Lissa.

Marions Lippen bildeten einen dünnen Strich. »Es ist in Roarke passiert. Gestern, spät in der Nacht – oder heute, früh am Morgen. Niemand weiß es mit Sicherheit. Es gab keine offizielle Stellungnahme. Ein Journalist und sein Freund haben Gerüchte über den Anschlag gehört und sind hingefahren, um es mit eigenen Augen zu sehen. Sie waren es, die das Video verbreitet haben. Sie haben es an meinen Kontakt im Sender weitergereicht. Er dachte, es käme von mir.«

»Roarke«, sagte ich. »Das klingt, als hätte ich es schon mal gehört ...«

Marion nickte. »Es gab Aufstände in Roarke, nachdem ich mit Henris Material auf Sendung gegangen bin.«

<Davon hat sie uns erzählt>, sagte Addie. <Als wir in Brindt waren.>

Hatte Henris Film – unser Film – den Anschlag ausgelöst? War es das Vorgehen irgendeines Verrückten, sich egal auf welche Weise an den Hybriden zu rächen?

Mir wurde schwindelig. <Sie sind stärker als wir. Wenn man es genau nimmt, machen Hybride nur einen kleinen Prozentsatz der Bevölkerung aus. Sie können uns vernichten, wenn sie es unbedingt wollen.>

<Nur>, sagte Addie, <falls das hier in rohe Gewalt ausartet.>

<Ich befürchte, das wird nicht mehr lange dauern.>

»Wie viele Tote?«, fragte Jackson.

Marion schüttelte den Kopf. »Ich weiß es nicht.«

»Haben sie diejenigen erwischt, die es getan haben?«, fragte Devon. »Wie viele Schützen ...«

»Ich weiß es nicht«, wiederholte Marion.

Lissa schluckte. Ihre Unterlippe zitterte. »Wo ist Roarke?«

»Weit unten im Süden«, erwiderte Devon. Aber was für

eine Rolle spielte es, wie weit entfernt sich der Angriff ereignet hatte? In der Anstalt musste es Hunderte Kinder gegeben haben. Ich sah immer wieder die Mädchen vor mir, die ich in Hahns gekannt hatte: Bridget und Caitlin und Jeanie. Stellte mir vor, wie sie flohen – flohen wohin? Sie würden nirgendwohin laufen können. Sich nirgendwo verstecken können.

Ich sah sie mit dem Rücken an die Wand gepresst dastehen. Neben den Betten hinfallen. Die Mündungsfeuer der Pistolen in der Dunkelheit.

»Ich habe euch ja gesagt, dies würde größer als wir alle werden.« Marion klang beinah, als würde sie sich verteidigen. »Dass andere Leute bereit sein würden zu helfen, wenn die Dinge erst mal ins Rollen gekommen wären. Wenn sie es erst einmal begriffen hätten.«

Es dauerte einen Moment, bis ich verstand, dass sie von den Journalisten sprach, die alles aufgezeichnet hatten, und nicht von den Schützen.

»Und ... und das hier«, sagte Marion, »das hier wird sogar noch mehr Menschen die Augen öffnen. Dafür sorgen, dass sie Anteil nehmen.«

»Das alles sollte nicht nötig sein«, sagte ich leise, »nur damit Menschen Anteil nehmen.«

## Kapitel 39

Marion rief Henri auf dem Satellitentelefon an und erwischte ihn kurz bevor er ins Bett gehen wollte. Sie plante, ihm das Material aus Roarke zu schicken, sobald sie eine Kopie davon in die Finger bekam. Sie sagte, er könne es nutzen, um die Americas in den Mittelpunkt der Aufmerksamkeit zu rücken.

Addie und ich wollten einfach nur mit ihm reden. Wir hatten seit dem Tag, an dem er fortgegangen war, keine Gelegenheit dazu gehabt. Henri schien ebenso erleichtert, unsere Stimme zu hören, wie wir es waren, seine zu vernehmen. Die Leitung war nicht vollkommen klar, aber ich hörte seine Worte deutlich genug. Addie und ich hatten sein Gespräch mit Marion verfolgt, wussten, er plante, so bald wie möglich einen Bericht über Roarke zu bringen.

Eine Weile redeten wir über nichts Wichtiges. Versuchten, so zu tun, als verfügten wir über die innere Ruhe, Small Talk zu machen. Aber das hatte sich rasch erledigt.

Addie und ich lagen zusammengerollt in einem der Büros. Wir wollten nicht, dass der Rest des Hauses über das Satellitentelefon Bescheid wusste, daher hatten Marion und wir uns hierher zurückgezogen. Sie war jedoch gegangen, sodass wir nun allein waren.

»Damals in Anchoit«, sagte ich zu Henri, »hast du gesagt, der Rest der Welt hätte dringendere Probleme, als sich darum zu kümmern, was mit den Hybriden in den Americas passiert. Ist das immer noch so?«

Er überlegte einen Moment. »Ich denke, die Menschen fangen langsam an, dem Ganzen Aufmerksamkeit zu widmen. Und ich glaube, diese Aufmerksamkeit wird weiter wachsen. Geht es dir und Addie gut?«

»Wir fühlen uns krank«, sagte ich leise. »Nach allem, was passiert ist, fühlen wir uns einfach nur krank.«

Nach dem Anschlag in Roarke waren alle im Haus wie betäubt und verfielen in Trauer. Addie und ich ertappten uns dabei, wie wir durch die Flure strichen, verunsichert und ziellos, und niemanden um uns haben wollten. Von der Mahnwache erfuhren wir erst am nächsten Tag. Vince erklärte, ein Mann namens Damien habe sie ins Leben gerufen. Die Hauptstadt war nur gute zwei Stunden entfernt, und Damien hatte die anderen Häuser angerufen, die als Unterschlupf dienten und mit dem Auto gut erreichbar waren, und Leute zusammengetrommelt, die sich an diesem Abend vor dem Kapitolgebäude versammeln würden.

Es sollte nicht bloß eine Mahnwache für die Kinder

von Roarke sein, sondern für alle Menschen, die für uns verloren schienen. Familienmitglieder, die spurlos verschwunden waren. Kinder, die abgeholt worden waren.

Ich dachte an unser erstes Dachbodentreffen mit Sabine zurück, als sie uns den Plan für die Protestaktion am Lankster Square erläutert hatte. Wir hatten es damals eine Mahnung genannt. Unseren Weg, den Opfern die letzte Ehre zu erweisen. Wir hatten die verstorbenen Kinder mit Feuerwerkskörpern und Flugblättern gewürdigt, hatten versucht, auf diese Weise den Schmerz und Schrecken zu symbolisieren, der mit Worten unmöglich zu beschreiben war.

Und jetzt gab es hier Menschen, die das aufs Neue versuchten. Die versuchten, einer Geschichte Leben einzuhauchen, die dem Empfinden nach unmöglich zu erzählen war. Eine Geschichte, die sich nicht nur um Kinder drehte, die ihrem Zuhause entrissen worden waren, sondern auch um die Menschen, die sie zurückgelassen hatten. Eine Geschichte, die von dem stillen Schmerz und der Furcht handelte, die nicht nur Jahrzehnten der Institutionalisierung entstammten, sondern Jahrhunderten der Angst.

»Damien meint, es hätten ein paar Hundert Leute zugesagt, zu kommen«, sagte Vince. Wir waren allein in der Bibliothek im ersten Stock des Hauses. Sowohl Ryan als auch Hally wussten inzwischen über Addies Rückkehr Bescheid, aber sie schienen zu spüren, dass wir ein wenig

Zeit für uns brauchten. »Hybride. Familien von Hybriden. Freunde.«

<Ein paar Hundert?> Addie klang zweifelnd. Laut sagte sie nur: »Du hast doch nicht vor, hinzugehen, oder?«

Wir alle wussten, dass die Frage nicht nur an Vince gerichtet war.

Vince zögerte. Er wäre gern mitgegangen, das konnte ich sehen. Ich wäre auch gern mitgegangen. Aber eine solche Versammlung vor dem Kapitol ... Es schien ein unnötiges Risiko zu sein.

»Sie werden Orchideen tragen«, sagte Vince, der an einem alten, zerfransten Taschenbuch herumfingerte. »Ich weiß nicht, wo sie mitten im Winter Orchideen herbekommen wollen.«

Seit der Übertragung hatten wir innerhalb eines Tages mehr über Roarke erfahren als in unserem ganzen Leben zuvor. Die Region war bekannt für ihre Orchideen, besonders für eine Sorte namens Weihnachtsorchidee. Es kam uns unerträglich ironisch vor.

»Vince ...«, hob Addie an, aber er fiel ihr ins Wort.

»Wir werden nicht mitgehen«, sagte er. »Jackson will nicht. Weil er weiß, dass du nicht mitkommen wirst. Und falls irgendetwas passiert ...« Er zuckte mit den Achseln.

<Falls irgendetwas passiert>, flüsterte Addie, <möchte er nicht, dass wir erneut getrennt werden.>

Ich erwachte mitten in der Nacht, von der Furcht durchdrungen, dass wir unsere Flucht nur geträumt hatten. Dass wir noch immer in Nornand gefangen waren, umgeben von anderen hybriden Kindern, dem Geruch nach Desinfektionsmitteln und dem Übelkeit erregenden Entsetzen, das mit vollkommener Hilflosigkeit einherging.

<Addie!> Ich streckte mich nach ihr aus. Holte zitternd vor Erleichterung Luft, als ich sie fand. Als ich entdeckte, dass auch sie sich nach mir ausstreckte.

Schweiß tränkte unsere Kleider und die Decke auf unserer erhitzten Haut. Ich trat die Decke mit den Füßen beiseite.

<Schon gut>, flüsterte Addie. <Schon gut. Ich hab es auch geträumt.>

Addie und ich träumten nicht immer dasselbe, aber wenn wir denselben Albtraum gehabt hatten, war es schön zu wissen, dass es Ängste gab, die nicht erklärt werden mussten.

Etwas knarrte. Vom Flur her waren Schritte zu hören. Ich richtete mich auf, sah mich im Zimmer um. Obwohl wir immer noch steif miteinander umgingen, hatten wir uns entschlossen, bei unserer Familie zu bleiben, anstatt bei Ryan und Hally, die ein Stück den Flur hinunter in einer Nische der Bibliothek kampierten. Aber wir waren so lange nicht unter die Decke gekrochen, bis unsere Eltern und Lyle eingeschlafen waren. Die drei schliefen immer noch tief und fest, Mom und Dad auf dem Bett, Lyle wie wir auf einer Matte auf dem Boden.

Die Uhr auf dem Nachttisch zeigte kurz nach Mitternacht an. Wir hörten leises Flüstern, dann noch mehr Schritte, die sich die Treppe hinunter entfernten.

‹Sie brechen zur Mahnwache auf›, sagte Addie.

Damien hatte den Plan direkt vor dem Abendessen erläutert, als die meisten Hausgäste versammelt waren. Interessierte konnten um Mitternacht nach unten kommen und mit in die Stadt fahren. Er hoffte, um zwei Uhr alle dort hingebracht zu haben.

Die Kinder in Roarke seien, so sagte er, in den dunkelsten Stunden der Nacht angegriffen worden. Er wollte während derselben Zeit Kerzen für sie entzünden.

Ich hatte Ryan versichert, dass Addie und ich nicht mitgehen würden, als er mich danach gefragt hatte.

Ich schloss unsere Augen, legte mich aber nicht wieder hin. Damiens Worte hallten in mir wider. *Die dunkelsten Stunden der Nacht.* Achtundvierzig Stunden zuvor waren Kinder, die man in einem Gebäude weggeschlossen hatte, in ihren Betten erwacht so wie wir. Hatten in die Gewehrmündungen geblickt, mit leeren Händen und starr vor Entsetzen.

Ich schlug die Hand vor den Mund, ehe ich einen Laut ausstoßen konnte. Aber er lebte, wimmernd, in unserer Kehle.

‹Wir gehen uns von ihnen verabschieden.› Ich war halb in

Panik, die Dunkelheit drohte uns unter sich zu begraben.

‹Nur, um uns zu verabschieden.›

Addie widersprach nicht.

Ich schlüpfte so leise wie möglich zur Tür hinaus. Der Flur lag verlassen da, und ich eilte die Treppe hinunter, folgte dem Stimmengemurmel. Wir fanden Damiens Gruppe im schwach erleuchteten Eingangsbereich versammelt, bereits in Jacken und Mützen gehüllt. Es waren insgesamt vielleicht fünfzehn Leute. Ein paar waren noch dabei, sich Schuhe anzuziehen.

Mein Blick fiel auf Logan Newsome, der uns mit hochgezogenen Augenbrauen ansah. Damien, groß gewachsen mit sandfarbenen Haaren, entdeckte uns und sagte: »Du schnappst dir besser eine Jacke. Es ist ziemlich kalt draußen.«

»Oh, ich werde nicht mit…«, begann ich zu flüstern.

Dann erkannte ich das Mädchen direkt neben der Tür, das eine cremefarbene Mütze trug.

Es war Hally.

# Kapitel 40

Hally eilte zu uns und zerrte uns von der Gruppe weg.

»Wir wollen dann los, Mädels«, sagte Damien.

»Dauert nur eine Sekunde«, rief Hally. Addie und mir flüsterte sie zu: »Ich weiß, Eva. Ich weiß. Es tut mir leid, dass ich dir nichts davon gesagt habe. Oder jemand anderem. Aber es ist schließlich nicht so, als wärt Ryan und du mir in der Hinsicht moralisch überlegen.«

»Es ... es ist ein unnötiges Risiko«, brachte ich stockend heraus.

<Ich hätte mir nie träumen lassen, ausgerechnet Hally hier vorzufinden>, sagte ich zu Addie. <Sie und Lissa wären mir als Letzte in den Sinn gekommen ...>

<Aber warum eigentlich?>, fragte Addie.

Ich hatte mich daran gewöhnt, dass Hally und Lissa die Stimme der Vernunft waren. Dass sie mich in meinen impulsiveren Momenten zügelten. Aber damals war Hally diejenige gewesen, die das Risiko eingegangen war, Kontakt zu Addie aufzunehmen. Lissa hatte in ihrem Zimmer gesessen und uns offenbart, dass wir nicht allein damit waren, hybride zu sein.

Darüber hinaus hatten sie ihr ganzes Leben damit verbracht, sich mehr zu ersehnen. Wie wir hatten sie gewollt, dass die Welt sich änderte, auch wenn sie jegliche Art von Gewalt abgelehnt hatten.

Vielleicht hatten sie geglaubt, es wäre nicht nötig, diesen Weg einzuschlagen.

»Es ist nicht halb so gefährlich wie einiges, was ihr schon gemacht habt«, fuhr Hally fort. »Lissa und ich ... wir möchten etwas tun. Du und Addie, ihr seid nach Hahns gegangen. Ihr habt das auf euch genommen. Und ... und ich weiß, das hier ist damit nicht zu vergleichen. Aber wir möchten Teil des Ganzen sein.« Sie biss sich auf die Unterlippe. »Es ist eine Mahnwache, Eva. So viele Tragödien sind beiseitegeschoben oder begraben oder unter Zwang vergessen worden. Und nun kommen die Menschen zum ersten Mal zusammen, um offen zu trauern.«

Da wurde mir klar, dass sie nicht bloß wollte, dass wir sie gehen ließen. Sie wollte, dass wir sie begleiteten.

»Ryan ...«, setzte ich an.

Hally schüttelte den Kopf. »Er würde versuchen, uns aufzuhalten, und sie sind im Begriff aufzubrechen ...«

Wie aufs Stichwort rief Logan leise: »Kommt ihr zwei? Wenn du keine Jacke hast, kannst du dir bestimmt eine von der Garderobe borgen, solange du sie wieder zurückbringst.«

»Ich komme«, sagte Hally. Sie sah Addie und mich an.

Ich atmete tief durch. <Addie?>

<Wir möchten mit>, sagte sie leise. <Wir wollten doch schon die ganze Zeit mitgehen.>

»Wir kommen auch mit«, sagte ich.

Es war kein Scherz gewesen, als Damien gesagt hatte, es sei kalt. Die meisten Autos waren ein paar Häuserblöcke entfernt geparkt, um weniger Verdacht auf den Unterschlupf zu lenken. Addie und ich zogen auf dem Weg die Jacke dicht um uns und schmiegten uns Wärme suchend an Hally.

Die Straßen waren ruhig, bis auf das Geräusch unserer Schritte. Plötzlich hob Logan die Hand und bedeutete uns, stehen zu bleiben.

Wir erstarrten alle. Ich horchte. Eine. Zwei. Drei Sekunden. Da war nur das leise Rauschen des Windes.

Damien ging weiter und die anderen folgten ihm kurz darauf. Aber ich blieb nach wenigen Schritten erneut stehen. Dieses Mal war es uns auch aufgefallen. Die ursprüngliche Gruppe hatte sich in kleinere Grüppchen aufgeteilt, da wir uns den Autos näherten, und die leisen Schritte, die wir vernahmen, passten nicht zu den Fußtritten der anderen.

Wir spürten seine Anwesenheit, bevor wir ihn sahen.

»Lyle?«, sagte ich. »Lyle, ich weiß, dass du da bist. Komm raus.«

Ein Herzschlag. Er löste sich aus dem Schatten der

Bäume, die den Straßenrand säumten, die Lippen bereits zu einem missmutigen Strich verzogen.

Unserer war missmutiger. »Geh zum Haus zurück«, sagte ich. »Auf der Stelle.«

Er schüttelte den Kopf, lief auf uns zu. »Ich komme mit euch zur Mahnwache.«

»Das geht nicht«, erwiderte ich.

»Warum nicht?«, fragte er herausfordernd. »Damien hat gesagt, es kämen noch mehr Kinder.«

Die anderen waren ebenfalls stehen geblieben und verfolgten unseren Schlagabtausch.

»Er hat recht«, sagte Damien. »Warum nicht?«

»Weil er erst elf Jahre alt ist!«, sagte ich.

Damiens Blick wankte nicht. »Kinder werden schon mit zehn abgeholt.«

»Ich möchte mit«, sagte Lyle, zu laut. Das Licht der Straßenlaterne fing sich im Weiß seiner Augen. Ließ es aufleuchten. »Wenn du mich zwingst zurückzugehen, Eva, werde ich alle aufwecken.«

Damien warf uns einen Blick zu und zog die Augenbrauen hoch.

»Es ist schließlich nicht so, als würde euch das aufhalten«, sagte ich aufgebracht.

Aber es würde uns aufhalten. Und wahrscheinlich Hally. Ihre Lippen waren zusammengepresst, ihr Blick besorgt.

»Es wird schon alles gut gehen«, sagte Logan. »Der Junge möchte mit. Wir werden auf ihn aufpassen.«

»Komm schon, Eva«, sagte Lyle in dem Ton, in dem er Addie früher immer angefleht hatte, eine seiner Geschichten mit ihm durchzuspielen oder mit ihm zur Bücherei zu gehen oder ihn aufbleiben zu lassen, wenn unsere Eltern ausgegangen waren.

Ich war hin- und hergerissen, und ich zögerte, aber ich ließ ihn nach uns in den Wagen steigen.

Ich ließ ihn mitkommen.

Wir fuhren in eine friedliche, beinah schläfrige Stadt. Addie und ich hatten das Kapitol noch nie besucht, obgleich wir es häufig im Fernsehen gesehen hatten. Der Präsident stand bei seinen Reden oft davor, er hatte diese Gepflogenheit seit Jahrzehnten praktiziert.

Damien parkte den Wagen ein paar Straßen von der Mall entfernt, der Promenade, die auf das Kapitol zuführte, und wir warteten, bis der Rest der Gruppe eingetroffen war. Dann umringten wir seinen Kofferraum, während er die Kerzen austeilte. Er hatte sogar Orchideen dabei, auch wenn sie etwas verwelkt waren. Wir hefteten sie an unsere Jacken, die Blütenblätter waren rosa und weiß und samtweich. Sowohl Hally als auch ich steckten uns zusätzliche in die Jackentaschen, die wir Leuten geben wollten, die vielleicht keine eigenen dabeihatten.

Schweigend gingen wir auf das Kapitolgebäude zu. Die Gruppe, der Addie und ich angehörten, hatte aus gut einem Dutzend Leuten bestanden, aber andere Gruppen verschmolzen mit unserer, während wir durch die Straßen wanderten.

Obwohl es schon spät war, waren immer noch Menschen unterwegs. Das Gelächter der Studenten, die gerade Winterferien hatten, erstarb, wenn wir an ihnen vorbeikamen. Es war, wurde mir mit einem Mal klar, Heiligabend.

Wir hielten keine Transparente. Wir brüllten nichts. Wir marschierten einfach. Die Orchideen an manchen Jacken waren aus Stoff oder Papier, aber sie waren da.

Hallys Hand streifte unsere und ich ergriff sie.

<Ich wünschte, Ryan wäre hier, um das zu sehen>, sagte ich. <Ich wünschte, wir hätten ihn aufgeweckt.>

Weil es trotz allem wunderschön war.

Es war, als wäre mir nicht bewusst gewesen, wie unglaublich allein ich mich bis zu diesem Moment mein ganzes Leben lang gefühlt hatte. Dass mein Schmerz, mein Ringen mir wie das Problem nur einer Handvoll Menschen erschienen war, das sich leicht vergessen und beiseiteschieben ließ. Bis ich die Menge sah, die sich vor dem Kapitol versammelt hatte.

Damien hatte nicht übertrieben, als er gesagt hatte, es würden Hunderte sein – Hunderte Menschen mit kleinen, flackernden Lichtern in den Händen.

Es ließ unseren Atem stocken.

Ich hob die Hand. Marions Ring glitzerte immer noch an unserem Finger. Ich drückte auf den kleinen Schmuckstein. Startete die Aufnahme. Nicht, um Material zu sammeln, nicht, damit Marion etwas zu senden hatte. Nicht, um zu versuchen, die Meinung oder die Herzen der Menschen zu beeinflussen.

Ich wollte diese Aufnahme aus demselben Grund haben, aus dem ich die Geschichten der Mädchen in Hahns aufgenommen hatte. Weil es so schön war. Weil ich es für immer festhalten wollte.

»Wer sind all diese Leute?«, flüsterte Hally.

Logan, der an unserer Seite geblieben war, sagte: »Manche müssen schon mittags losgefahren sein, um eine so weite Strecke zurückzulegen.«

Aber sie waren hier.

Die Kerzen boten kein einheitliches Bild. Sie waren lang oder kurz und hatten alle verschiedene Farben. Die parfümierten hüllten uns in eine berauschende Mischung aus Lavendel über Tanne bis hin zum Duft von Weihnachtsplätzchen. Diejenige, die Addie und ich hielten, war kurz und dick und dunkellila. Lyles war grün und lang und dünn. Er hielt sie mit einer Faust umklammert.

Niemand sprach. Das Schweigen, in das wir uns hüllten, besaß etwas überaus Mächtiges.

Schon bald waren wir von der Strahlkraft so vieler winziger Flammen umgeben, dass sie uns Wärme spendeten. Ich dachte nicht nur an die Kinder von Roarke. Ich dachte an Peter. Und Hannah. Und Viola. An Bridget und

Emalia und Jaime. An all die Kinder in den vielen Anstalten und an all jene, die der Gefangenschaft entronnen waren. An die Erwachsenen, zu denen sie geworden waren, nachdem sie sich ein Leben lang versteckt hatten.

Wenn die Dinge nicht so gelegen hätten, wie es nun einmal der Fall war, hätte jeder Einzelne von ihnen eine Mahnwache wie diese verdient gehabt. Aber so war das nun mal mit Schlachten. Sie verwandelten das Entsetzen über den Tod eines Einzelnen in die unfassbare Tragödie Tausender.

Ein Windstoß fuhr durch die Menge. Ließ die Kerzen flackern.

Wir waren so in Gedanken versunken, dass wir den Aufruhr nicht bemerkten, bis Hallys Hand unsere fester packte und ich den Blick zu ihr aufhob. Sie blickte beunruhigt in die andere Richtung.

»Was ist?«, flüsterte ich. Womöglich zu leise, denn sie antwortete nicht.

Und dann hörte ich es ebenfalls – schwach. Sirenen.

Ihr Blick schnellte zu uns zurück. Ich packte Lyles Arm, so fest, dass er aufkeuchte.

»Was ist ...« Er verstummte beim Blick über unsere Schulter. Als er in der Ferne Menschen in Panik davonrennen sah. Die Menge wurde zu einer wogenden Masse, die im Halbdunkel orientierungslos hin und her schwankte, während der Scheitelpunkt der Welle auf sie zurollte. In einer Sekunde, bloß einer Sekunde ...

Würde sie über uns zusammenschlagen.

»Nicht loslassen!«, brüllte ich Lyle zu.

Alle brüllten. Der Zauber war gebrochen. Lyle umklammerte noch immer seine Kerze, aber als ich ihn zu uns zog, sahen wir Dutzende Kerzen auf dem Boden liegen.

Ein vorbeilaufender Mann rammte uns. Wir stolperten.

Und in jenem Augenblick – dem Bruchteil eines Wimpernschlags – verloren wir Hally.

Unser Kopf fuhr nach rechts und links, wir versuchten, sie wiederzufinden, aber die Menge war zu dicht – zu chaotisch – und ...

»Addie!«, kreischte Lyle.

Jedes Atom, aus dem Addie und ich bestanden, fokussierte sich auf unseren kleinen Bruder. Jemand hatte seine Kerze fallen lassen und sie hatte dabei die Kapuze von Lyles Jacke gestreift. Hatte den trockenen weichen Stoff berührt. Ihn in Brand gesetzt.

Wir brüllten ihn an, stillzuhalten. Das Mantra, das man uns als Kind beigebracht hatte, kam mir schlagartig in den Sinn: stehen bleiben, fallen lassen, hin und her rollen. Aber das war in dieser Menge unmöglich. Sich hier auf den Boden fallen zu lassen konnte böse enden.

Wir rissen uns die Jacke vom Leib und versuchten, das Feuer damit zu ersticken.

*Bitte, bitte*, dachte ich. *Oh bitte, lieber Gott.*

Die Flammen erstarben. Es dauerte noch einige Augenblicke länger, bis wir wieder Luft bekamen. Lyle stand keuchend da, die Augen weit aufgerissen.

»Geht es dir gut?«, brachte ich heraus. Als er nichts erwiderte, wiederholte ich meine Frage lauter. Doch dann wurde mir bewusst, dass er schockiert hinter uns starrte. Er starrte etwas an. Jemanden.

Ich wirbelte herum.

Da standen drei Polizisten. Sie trugen Helme – dunkle Kleidung, die sie alle gleich aussehen ließ. Gesichtslos und uniformiert.

Ich schlang die Arme um Lyle. Zog ihn an uns. Er wehrte sich nicht. Er war verstummt, seine Gliedmaßen wie versteinert.

»Ihr kriegt ihn nicht«, flüsterte ich. Dann kreischte ich es: »Ihr kriegt ihn nicht!«

Sie nahmen ihn trotzdem mit.

Und uns nahmen sie ebenfalls mit.

# Kapitel 41

Wir waren nicht die Einzigen, die sie festnahmen. Überall um uns herum trieben Beamte Leute auf Mannschaftswagen und Polizeiautos zu. Wir waren zu viele, als dass wir alle hineingepasst hätten. Etliche Gruppen standen einfach nur da, bewacht von Polizisten, die nicht zu wissen schienen, was sie mit ihnen anfangen sollten.

Überall auf dem Boden lagen erloschene Kerzen und zertrampelte Orchideen.

»Es wird alles gut«, flüsterte ich Lyle zu. Die Beamten brachten uns zu einem der Transporter – wir hatten ihn fast erreicht, als wir von einem anderen Mann aufgehalten wurden, der uns mit gerunzelter Stirn musterte und einem der Beamten etwas zumurmelte.

Wir wanderten in neue Hände. Der neue Polizist brachte Addie und mich und Lyle nicht zu dem Transporter, sondern zu einem Polizeiauto.

‹Wo werden wir hingebracht?›, flüsterte Addie, als wir einstiegen.

‹Ich weiß es nicht.› Ich war zu verängstigt, um Vermutungen anzustellen. Wo waren Hally und Lissa? Wir hatten sie nach dem ersten Aufbranden von Panik nicht mehr gesehen. Waren sie ebenfalls festgenommen worden?

*Bitte seid in Sicherheit*, dachte ich inständig.

Sie hatten doch nur trauern wollen.

Die Fahrt dauerte kaum länger als eine halbe Stunde. Anstatt uns zu einem Gefängnis zu bringen, hielten die Polizisten vor einem Haus. Es hatte zwei Stockwerke und beeindruckte mit einem akkurat getrimmten Rasen und einer Flagge, die von einem Mast an der Veranda hing. Strahler, die in das Grün eingelassen waren, warfen flache weiße Lichtkegel auf den Gehweg, die unsere Beine anleuchteten, als die Beamten uns drängten, aus dem Wagen zu steigen.

Lyle sah Addie und mich an, als erwarte er von uns zu wissen, was hier vor sich ging, aber ich konnte als Antwort nur den Kopf schütteln.

Einer der Polizeibeamten hob die Faust, um anzuklopfen. Doch das brauchte er nicht. Die Tür ging auf. Der Beamte ließ rasch die Hand fallen.

»Kommen Sie herein«, sagte Mark Jenson.

Die Polizisten blieben gerade lange genug, dass Jenson viel Aufhebens darum machen konnte, ihnen etwas zu trinken anzubieten. Sie erwiderten beide, sie würden wieder vor Ort gebraucht. Jenson sagte: »Natürlich. Das verstehe ich. Ich danke Ihnen.«

»Der Mob bindet gerade eine Menge unserer Kräfte«,

sagte einer der Polizisten. »Aber ich werde sehen, wer zur Verfügung steht, und Ihnen ein paar Männer schicken, die das Haus sichern.«

Dann waren sie weg.

Ich sorgte dafür, dass Lyle an unserer Seite blieb. Jenson musterte uns beide mit einem berechnenden Blick.

»Gehört es ihnen?«, fragte ich leise. »Das Haus.«

Jenson entfernte sich und ging auf die Küchenanrichte zu. Er sah noch nicht einmal mehr in unsere Richtung. Obwohl es drei Uhr morgens war, war er vollständig angezogen, schwarzer Anzug, steife Schuhe und so weiter. Es lag eine gewisse Strenge in der Art, wie seine dunklen Haare frisiert waren.

<Wir sind nicht besonders weit von der Tür entfernt>, flüsterte ich.

<Wir würden draußen nur der Polizei in die Arme laufen>, erwiderte Addie. <Das Risiko können wir nicht eingehen.>

Keine von uns sprach es aus, aber wir waren uns einig. Wenn wir allein gewesen wären, hätten wir es vielleicht riskiert. Doch nicht mit Lyle an unserer Seite. Lyle, der überhaupt nicht hätte hier sein sollen. Der es nur war, weil wir einen Fehler gemacht hatten.

Manchmal schien es, als stellten all unsere Entscheidungen sich am Ende als Fehler heraus.

»In gewisser Weise«, beantwortete Jenson meine Frage. »Es gehört der Regierung, aber ich wohne hier, wenn ich in der Stadt bin.«

Er schien so gelassen. So wenig überrascht.

»Sie wussten davon, oder?«, flüsterte ich. »Von der Mahnwache. Sie wussten, wer wir waren. Warum wir uns versammelt haben.«

Jenson hob den Krug mit dem Wasser an, das er den Beamten angeboten hatte. Schenkte sich ein Glas ein. »Ich hatte gehofft, dass du auftauchen würdest. Es gab Gerüchte, du wärst in der Gegend. Nicht alle sicheren Verstecke sind so sicher, wie ihr Leute denkt. Aber manchmal ist es besser, die kleineren Fische weitermachen zu lassen, damit wir die größeren schnappen können. Ich war dir in Brindt dicht auf den Fersen. Sehr dicht, wie die Polizei mir mitgeteilt hat.«

»Das spielt keine Rolle, verstehen Sie«, sagte ich. »Ich bin nicht wichtig. Nichts von all dem hängt von mir ab – Sie verhindern nichts ...«

»Du bist wichtig.« Jenson ging zu einem der eleganten Sofas. Setzte sich bedächtig, knöpfte sein Jackett auf. »Du bist wichtig, weil ich dich dazu gemacht habe. Ich habe eine Geschichte um dich herum gestrickt. Du und dein unüberlegtes Verhalten haben natürlich geholfen. Ich hätte es nicht mit jedem machen können.«

Er nahm einen Schluck von seinem Wasser. Bei mir dachte ich, dass er so aussah wie im Fernsehen auf dem Podium. Als würde er eine weitere Rede halten. »Von dem Tag an, als du aus Nornand entkommen bist und einen Mann im Flur angegriffen hast, bist du in einen Gewaltakt nach dem anderen verwickelt gewesen: Du hast die Versammlung am Lankster Square mit Sprengkörpern gefährdet ...«

»Feuerwerkskörpern«, protestierte ich, aber Jenson fuhr fort, als hätte ich ihn nicht unterbrochen.

»... die Anstalt in Powatt in die Luft gejagt. Mit Materialien, so möchte ich hinzufügen, die du einem Krankenhaus gestohlen hast.« Er sah mich unverwandt an. Ich musste darum kämpfen, seinen Blick ebenso fest zu erwidern. Weil das, was er sagte, nicht gelogen war. »Wir hätten dich früher oder später geschnappt. Aber ich bin froh, dass es heute Nacht geschehen ist. So bekommt die Geschichte ein besseres Ende.«

Ich packte Lyle fester. »Ein besseres Ende?«

<Er kann uns nicht wehtun>, sagte Addie mit gepresster Stimme. <Draußen stehen Beamte, die das Haus bewachen ... sie mögen uns für kriminell halten, aber er könnte uns nicht einfach ... und schon gar nicht Lyle ...>

<Würden sie ihn wirklich daran hindern?>, flüsterte ich.

Jenson stellte sein Glas ab. »Ihr dürft euch gerne setzen.«

Wir rührten uns nicht vom Fleck.

Er warf einen Blick auf die Uhr, dann wandte er sich wieder uns zu.

*Was wird mit uns passieren?*, wollte ich fragen. Aber ich hatte Angst davor, es zu erfahren. Angst davor, dass Lyle es erfuhr.

»Gewalttätige Neigungen eskalieren oftmals«, sagte Jenson. Die Sofas waren so arrangiert, dass sie einem Fernseher gegenüberstanden. Er griff nach der Fernbedienung. »Es ist verständlich, wie alles im Attentat der heutigen Nacht gipfelte. Es hätte genauso gut funktioniert, wenn wir jemand anderem die Schuld daran zugeschoben hätten. Aber jetzt werden die Menschen einer sauberen, nachvollziehbaren Schilderung folgen können.«

<Wovon redet er nur?>, wisperte Addie.

Unwillkürlich machte ich einen Schritt vorwärts. »Was für ein Attentat?«

Jenson schaltete den Fernseher ein. Er war bereits auf einen Nachrichtensender eingestellt.

»Das Attentat auf das Leben des Präsidenten«, sagte er.

# Kapitel 42

Addie und ich betrachteten wie betäubt die Fernsehbilder. Unbewusst gingen wir immer näher auf den Fernseher zu, bis wir schließlich gegen die Rückseite von Jensons Sofa prallten. Wir bemerkten es erst, als Lyle zu uns kam.

Der Präsident war tot. Der Mann war länger im Amt gewesen, als wir am Leben waren, und sein Onkel vor ihm. Wir hatten ihn bei Reden zum Unabhängigkeitstag gesehen und in unseren Schulbüchern und auf Briefmarken. Wir hatten mit angesehen, wie er alterte. Die meiste Zeit hatten wir natürlich nicht viel an ihn gedacht. Er war der Präsident. Er und seine Welt schienen so weit von uns entfernt. Unberührbar.

Wir liebten ihn jedoch, auf gewisse Weise. Als das Gesicht eines Landes, das zu lieben man uns gelehrt hatte. Eines Landes, das wir trotz allem, was es uns angetan hatte, liebten, weil es unser Zuhause war.

Der Präsident war tot, und obwohl der Moderator behauptete, noch sei nichts gewiss, sprachen sie über die Hybrid-Versammlung rund ums Weiße Haus. Diskutierten die Gerüchte, dass sie nichts weiter als eine Ablenkung gewesen sei. Ein Ablenkungsmanöver, das ein Attentat ermöglichen sollte.

»Das ist nicht wahr!«, rief ich.

Jenson sah uns an. »Keine Sorge. Wir werden nicht dir allein die Schuld geben. Du bist ein wenig jung, um ein Attentat auf das höchste Amt im Staate zu planen. Wir werden sagen, es sei ein ganzes Team aus Leuten gewesen, die mit dir zusammengearbeitet haben. Dass sie die Drahtzieher waren. Du warst nur die Waffe. Sie haben gezielt und abgedrückt. Haben deine Jugend und Instabilität ausgenutzt. Womöglich kommst du am Ende aus der ganzen Sache als tragisches Opfer heraus.«

Ich schüttelte unseren Kopf. »Niemand ... es gab nie den Plan, den Präsidenten zu töten. Warum sollte jemand das tun?«

»Weil wir jetzt einen neuen Präsidenten brauchen werden«, sagte Jenson.

»Der Vizepräsident ...«

»Der Vizepräsident wird übernehmen«, sagte Jenson zustimmend. »Aber wer weiß, ob das von Dauer sein wird? Weißt du, wie dieses Regime ursprünglich die Macht erlangt hat, unter Führung des Onkels des Präsidenten? Die Großen Kriege hatten begonnen und die americanische Öffentlichkeit hatte Angst. Der Mann warb mit dem Versprechen auf Sicherheit für sich. Er und sein Neffe hatten begriffen, dass einem die Leute aus der Hand fressen, wenn man ihnen erst Angst vor etwas macht und ihnen dann einredet, man sei der Einzige, der ihre Sicherheit garantieren könne.« Jenson starrte uns beinah gelangweilt an. »Die Menschen hatten schon lange nicht mehr so viel Angst wie jetzt. Und die Hybride sind für sie die Bösen. Sie werden keinen Vizepräsidenten wollen, der vor über zwei Jahrzehnten ernannt wurde und der nie eindeutig Position gegen Hybride bezogen hat. Sie werden nach jemandem Ausschau halten, der sich mit Hybriden auskennt. Der seit Jahren daran arbeitet, die Bürger vor ihnen zu beschützen. Der sogar ein Heilmittel entwickelt hat, um sie für immer auszulöschen.«

Er lächelte.

Jenson rief zwei Wachen herbei, die uns in ein Schlafzimmer im ersten Stock brachten. Mindestens einer von ihnen war immer noch im Flur positioniert, auf der anderen Seite der verschlossenen Tür.

Ich konnte nicht still sitzen. Das Zimmer war trotz seiner üppigen Ausstattung fast schlimmer als die winzige Zelle, in die Addie und ich in Hahns eingesperrt gewesen waren. Dort waren wir wenigstens davon ausgegangen, dass unsere Freunde und Familie in Sicherheit waren.

<Wie viele Leute sind in diese Lüge eingeweiht?>, fragte ich leise. Ich verspürte das Bedürfnis, das Ausmaß dessen zu kennen, dem wir uns gegenübersahen.

‹Ich weiß es nicht. Genug. Was sollen wir nur tun, Eva? Wie kommen wir da wieder raus?›

Die Zeiger der Wanduhr standen auf halb fünf. Es konnte noch Stunden dauern, bis jemand aufwachte und bemerkte, dass wir verschwunden waren. Bis jemand in den Nachrichten hörte, was passiert war.

Wenn es so weit war, würde Ryan klar werden, dass sowohl seine Schwestern als auch wir verschwunden waren.

Lyle saß auf dem Bett und beobachtete uns. Er hatte geschwiegen, seit wir in Jensons Haus angekommen waren – seit wir auf der Mall am Kapitol festgenommen worden waren. Aber nun sagte er leise: »Werden wir es schaffen, abzuhauen?«

Ich warf ihm ein Lächeln zu. Sagte mit aller Überzeugung, die ich aufbringen konnte, und einiger, die ich gar nicht hatte: »Ja.«

Ich fuhr fort, auf und ab zu tigern, verlangsamte aber meine Schritte. Das Zimmer war größer als die meisten, die ich kannte. Es gab zwei Fenster, aber ein Haus wie dieses verfügte wahrscheinlich über eine Alarmanlage. Ich wollte keinen Alarm auslösen – zumindest so lange nicht, bis ich genau wusste, was wir taten.

‹Ist es zu hoch, um zu springen?›, fragte Addie.

Wir spähten durch das Fensterglas, versuchten, in der Dunkelheit etwas zu erkennen. Es waren keine Bäume in der Nähe, auf die man hätte klettern können. Es gab jedoch eine Regenrinne und die Hausfassade verfügte über einen Strukturputz. Vielleicht, ja vielleicht würden wir genug Halt finden, um uns einen Weg nach unten zu suchen.

Darüber hinaus existierten nur Dunkelheit und Ungewissheit.

»Werden wir springen?«, fragte Lyle. Er war vom Bett gerutscht.

Ich lächelte ihn grimmig an. »Es könnte der einzige Weg hier raus sein.«

»Was ist mit den Wachen?«, fragte er. »Sind die da draußen vom Secret Service oder so?«

Trotz allem regte sich ein Lachen in meiner Kehle. »Der Secret Service beschützt den Präsidenten. Das weißt du doch aus deinen Büchern.«

»Ja«, sagte Lyle. »Aber sie glauben, du hast den Präsidenten umgebracht.«

Das ernüchterte mich schnell wieder. Ich schüttelte den Kopf. »Jenson versucht nur, andere Leute das glauben zu machen. Ich denke nicht, dass er viele Menschen darin eingeweiht hat, wo wir sind. Oder dass er uns bei der Mahnwache geschnappt hat und nicht im Kapitolgebäude. Ich glaube nicht, dass da draußen viele Polizisten sind.« Ich wandte mich wieder dem Fenster und der Nacht zu. »Wir brauchen nur ein Ablenkungsmanöver.«

»Ein Feuer vielleicht?«, schlug Lyle vor.

Dieses Mal lachte ich wirklich, und warum auch nicht? Lachen würde unsere Lage nicht verschlimmern. »Ja, das könnte wahrscheinlich funktionieren. Ich wünschte, ich hätte daran gedacht, ein Feuerzeug mitzunehmen.«

»Wir brauchen kein Feuerzeug.« Lyle kletterte auf die Kommode, damit er an die Uhr herankam. Dann nahm er sie von der Wand, drehte sie um und entfernte die Batterien.

»Lass mich raten«, meinte ich. »Du hast es in einem Buch gelesen.« Er lächelte. Ich konnte nicht anders, als sein Lächeln zu erwidern. »Es erstaunt mich nicht, dass wir verwandt sind.«

»Ich brauche ein Messer. Und etwas als Zunder ...«

Ich streckte die Hand aus, bis er uns die Uhr reichte. Dann schnappte ich mir ein Kissen vom Bett und befreite es aus seiner Hülle. Ich presste den Stoff gegen das Uhrenglas und zerschmetterte es so leise, wie ich konnte. Lyle und ich hielten lauschend inne, aber keiner schien das Klirren gehört zu haben.

Ein Splitter des Uhrenglases eignete sich wunderbar, das Kissen aufzuschlitzen.

»Hier«, sagte ich, während ich etwas von der flauschigen Füllung herauszog. »Hier hast du deinen Zunder.« Ich hielt einen Glassplitter hoch. »Und hier hast du ein Messer. Was? Dachtest du etwa, du wärst der Einzige, der erfinderisch sein kann?«

Trotz meines Protests, dass er sich schneiden würde, bestand Lyle darauf, derjenige zu sein, der vorsichtig eine der Batterien aufschlitzte. Wir suchten den Raum nach etwas Kleinem aus Metall ab, das in die Batterie passte, und entschieden uns für eine Büroklammer, die ich in der Nachttischschublade fand.

Addie überzeugte mich schließlich, Lyle in Ruhe basteln zu lassen, während wir uns daranmachten, die Kommode vor die Tür zu schieben. Sie war sogar noch schwerer, als sie aussah. Selbst als Lyle uns zu Hilfe kam, dauerte es ewig, sie an Ort und Stelle zu schieben – zumal wir uns bemühten, dabei so leise wie möglich zu sein.

Ich musterte Lyle streng, als er sich wieder dem Anzünder zuwandte. »Lyle, du hast das doch nicht etwa zu Hause ausprobiert, oder?«

»Natürlich nicht«, erwiderte er etwas zu rasch. »Guck, es funktioniert …« Die kleine Menge Füllmaterial hatte zu glühen begonnen. Lyle blies darauf und sagte mit größerer Aufregung in der Stimme, als vermutlich nötig oder normal gewesen wäre: »Komm schon, gib mir mehr, damit ich es füttern kann.«

Innerhalb weniger Minuten stand das Bett in Flammen.

Der Feueralarm schrillte los.

Lyle schien ein bisschen geschockt von der plötzlichen Größe und Macht des Feuers. Ich packte seine Hand und zerrte ihn zum Fenster. Die Nachttischlampe war massiv und schwer – mehr als solide genug, um die Fensterscheibe zu zerschmettern.

Ich hatte recht gehabt. Das Haus war durch eine

Alarmanlage gesichert. Ein zweites Schrillen gesellte sich zum ersten, so laut, dass Lyle die Hände über die Ohren schlug. Ich war zu beschäftigt damit, den Fensterrahmen von Glas zu befreien.

<Wer geht zuerst?>, fragte Addie. Ihre Stimme war ruhig, gemessen an den Umständen. Ich entdeckte, dass auch ich überraschend ruhig war. Unser Herz pochte rasend schnell. Das Blut brauste durch unsere Adern. Aber meine Gedanken waren vollkommen klar.

Jemand hämmerte an der Tür. Ich hatte keinen Zweifel daran, dass sie sie in Kürze einbrechen würden. Wenn Lyle als Erster ging, hatte er eine bessere Chance, aus dem Haus zu fliehen, bevor die Wachen ins Zimmer stürmten. Aber wenn er zuerst ging und abstürzte – wäre niemand da, der ihn auffing.

<Es könnten auch unten Wachen stehen, die das Haus im Auge behalten>, sagte ich, und damit war es entschieden.

Lyle trat nervös von einem Bein aufs andere, während ich mich aus dem Fenster schob. Das Feuer hinter uns wuchs und breitete sich aus. Wir sahen kaum noch die Tür durch die Flammen. Selbst wenn die Polizisten sie einbrachen, würden sie sich einem ganz schönen Hindernis gegenübersehen.

Wir würden uns allerdings auch einem ganz schönen Hindernis gegenübersehen, wenn wir nicht schnell hier abhauten.

<Vorsichtig>, stieß Addie atemlos hervor, als ich mich

nach der Regenrinne streckte. Unsere Füße verloren fast den Halt auf dem Fensterbrett. Ich zog den Arm zurück. Sah Lyle an, der zu uns zurückstarrte. Es gelang uns schon kaum, die Regenrinne zu erreichen. Wie sollte er es schaffen?

Doch inzwischen konnten wir nicht mehr zurück. Dafür war es zu spät. Ich holte tief Luft. Schlang unsere Finger um die Regenrinne und schwang unseren Fuß nach draußen, suchte nach einem Halt an der Wand.

<Mach schon, Eva>, flüsterte Addie. <Dafür haben wir jetzt keine Zeit. Lass einfach los.>

Also befolgte ich ihren Rat. Ich warf mich aus dem Fenster, hielt die Regenrinne eisern umklammert und ließ mich runter, runter, runter rutschen, bis wir auf die Erde prallten. Fielen. Durch das feuchte Gras rollten.

Ich schnappte nach Luft. Rappelte mich auf. Lyle beugte sich aus dem Fenster. Ich wagte nicht zu rufen, aber ich winkte ihm zu. Er stellte den Fuß auf das Fensterbrett, so wie ich es getan hatte, zögerte aber.

Etwas im Haus polterte. Lyles Oberkörper fuhr herum. Als er sich wieder zu uns umdrehte, verriet uns die Panik in seinem Gesicht alles, was wir wissen mussten.

Ich vergaß, leise zu sein. Ich brüllte ihn an: »Spring!«

Er zögerte immer noch. Warf erneut einen Blick nach hinten.

»Spring, Lyle!«

Er sprang ...

Stürzte auf uns zu, mit rudernden Armen und Beinen, voller Entsetzen, und wir fingen ihn auf – wir fingen ihn irgendwie auf –, wir milderten seinen Fall ab. Wir lagen rücklings auf dem Rasen, die Wucht des Aufpralls hatte uns die Luft aus den Lungen gepresst. Lyle stand als Erster wieder auf den Beinen. Er zog uns ebenfalls hoch.

»Komm schon«, keuchte er. »Komm schon, Eva ...«

Wir rannten in die Dunkelheit, vorbei an den Feuerwehrautos, die mit heulenden Sirenen heranjagten, vorbei an der Menschenmenge, die sich draußen versammelt hatte und gaffte.

Wir rannten, bis es wieder Stille in der Welt gab und sie uns vollkommen verschluckte.

# Kapitel 43

Lyle blieb dicht an unserer Seite, während wir durch die Dunkelheit schlichen. Schon bald waren wir downtown, stahlen uns durch Straßen einer Geisterstadt, bis wir ein verwaistes Münztelefon fanden.

»Steh für mich Schmiere«, flüsterte ich, und Lyle nickte.

Ich rief die neue Satellitentelefonnummer an. Dann hielt ich den Atem an, während das Telefon klingelte. Ein Mal. Zwei Mal. Drei Mal ...

»Hallo?« Ryans Stimme war kratzig vom Schlaf. Es war noch vor Sonnenaufgang. Er musste instinktiv ans Telefon gegangen sein, denn als er erneut sprach, klang seine Stimme schärfer, so als sei er schlagartig wach geworden. »Wer ist da?«

»Ich bin's«, flüsterte ich.

»Eva?« Verwirrung verstrickt mit Sorge schwang in den zwei Silben meines Namens mit. »Wo bist du?«

»Ich bin in der Nähe des Kapitols«, erwiderte ich. »Ich ...«

Ich brach ab. Denn in diesem Moment begann in der Dunkelheit der Telefonzelle etwas hell rot zu leuchten.

‹Der Ring›, sagte Addie.

Ich starrte darauf. Das Licht brach unter dem Schmuckstein hervor – was hatte Marion noch gleich gesagt? Das Licht würde rot leuchten, wenn der Speicher voll war.

‹Oh, Eva›, flüsterte Addie, als es ihr ebenfalls klar wurde.

Wir hatten die Mahnwache gefilmt. Wir hatten den Ring nicht wieder ausgeschaltet.

Die Razzia auf der Mall vor dem Kapitol. Die Autofahrt zu Jensons Haus. Jensons Worte.

Addie und ich hatten alles auf Band.

»Eva?« Ryans Stimme durchbrach meine Schockstarre. Wir hörten ihn aus dem Bett aufstehen, die Sprungfedern quietschten. »Geht es dir gut? Was ist los? Bist du bei der Mahnwache?«

»Ich bin mit Lyle hingefahren – und Hally. Lyle ist hier bei mir, aber ich weiß nicht, wo Hally ist. Wir sind ... wir sind auf der Willis Avenue, kurz bevor sie die Jamerson kreuzt.«

»Wartet dort auf uns«, sagte er. »Wir fahren sofort los.«

Als die Autos endlich eintrafen, schlief Lyle schon fast, eingelullt von der Erschöpfung und der kalten Luft. Ich hatte versucht, ihn dazu zu bewegen, sich in der Telefonzelle auszuruhen, in der es etwas wärmer war, aber er wollte bei uns sein. Und so setzten wir uns im Schutz einiger Bäume ganz in der Nähe auf die Erde, sein Kopf ruhte auf unserer Schulter.

Ich erkannte die Wagen zuerst nicht. Ich rüttelte Lyle

wach und war drauf und dran, loszurennen, als das erste Auto langsamer wurde, schließlich anhielt und Dad gleichzeitig mit Ryan ausstieg. Das andere Auto ließ den Motor weiter laufen, das leise Brummen dämpfte Ryans Schritte, als er auf uns zurannte.

»Uns geht es gut«, sagte ich rasch, streckte die Arme nach ihm aus und ließ zu, dass er mit seiner Umarmung den Rest der Welt für einen Moment ausradierte.

Ich erwähnte Jenson nicht. Noch nicht. Sobald ich zu reden begänne, gäbe es zu viel zu sagen. Zu viel zu erklären. Für den Moment war es besser, wenn Ryan einfach davon ausging, wir hätten es geschafft, der Polizei zu entkommen.

»Wo ist Hally?«, fragte er, aber so gepresst, wie seine Worte klangen, kannte er die Antwort bereits.

»Ich weiß es nicht«, flüsterte ich.

»Lasst uns nicht zu lange hierbleiben«, sagte Dad. Er kam zu uns und drückte Addie und mir unbeholfen die Schulter.

Ryan fuhr zu ihm herum. »Wir können nicht ohne meine Schwester fahren.« Er sprach mit eisiger Bestimmtheit. Die Sorge um Hally und Lissa war stets eines der wenigen Dinge gewesen, die Feuer und Eis in ihm zutage förderten.

»Es ist ein schlechter Zeitpunkt, um auf den Straßen unterwegs zu sein«, sagte Dad ruhig. »Falls Hally immer noch da draußen ist, kann sie sich eine Weile verstecken.

Solange die Regierung nicht nach ihr Ausschau hält ... Man sieht ihr nicht an, dass sie hybride ist.«

»Aber sie ist nicht bloß hybride, oder? Man kann sie leicht aus einer Menge herauspicken, weil sie einfach auffällt.« Ryans Stimme war zu laut geworden. Nur mit Mühe gelang es ihm, sie zu dämpfen, sein Adamsapfel hüpfte. Sein Blick schweifte zu Addie und mir zurück. Als er erneut sprach, waren seine Worte leiser. »Wir haben zwei Autos. Sie nehmen eines und fahren mit Eva und Lyle zurück. Ich bleibe mit den anderen hier und suche weiter nach meiner Schwester. Wir haben bereits zwei Leute von der Mahnwache aufgelesen. Es könnten noch mehr werden.«

»Nein ...«, protestierte ich, aber Ryan beugte sich zu uns. Raunte so sanft in unser Ohr, dass ich es kaum vernahm: »Deine Familie ist kurz vorm Ausflippen vor lauter Sorge um dich, Eva. Geh mit ihnen.«

<Wir würden nur unnötig Platz im Auto belegen>, sagte Addie leise. <Man könnte uns erkennen. Wir würden niemandem damit helfen, wenn wir hierbleiben.>

Es war die Stimme der Vernunft. Aber mitunter fällt es uns schwer, zu tun, wozu die Vernunft uns zwingt.

»Wir sehen uns nachher«, sagte Ryan. Es war gleichermaßen Versprechen wie Bitte. Er küsste uns auf die Wange, flüchtig nur. Ein Augenblick der Wärme in einer frostigen Winternacht. »Ich werde Hally und Lissa finden. Wir treffen uns dann alle im Haus wieder.«

»Können wir etwas zu essen besorgen?«, murmelte Lyle vom Rücksitz, sobald wir losgefahren waren.

Dad versprach ihm, er würde etwas zu essen bekommen, wenn wir wieder zu Hause waren, und bald darauf schlief Lyle tief und fest. Danach waren es nur noch Addie und ich und Dad, die den Highway entlangflogen, unter einem Mond, der als Sichel am Himmel hing.

<Es ist merkwürdig>, flüsterte Addie, <aber irgendwie kommt mir das hier fast vor wie ein Ausflug, wie damals beim Zelten.>

<Glaubst du ...> Ich verstummte und wandte mich dem Fenster zu. <Glaubst du, es wäre vielleicht so ähnlich gewesen, wenn Dad tatsächlich gekommen wäre und uns nach zwei Tagen aus Nornand rausgeholt hätte, wie er es versprochen hatte?>

Addie schwieg, und ich hätte mich beinah dafür entschuldigt, so eine dumme, unwichtige Sache zur Sprache gebracht zu haben. Aber da waren wir bereits beide in der Vorstellung des Ganzen gefangen. In der vorherrschenden Dunkelheit gelang es uns beinah, so zu tun, als wäre es ein halbes Jahr früher und Dad wäre nach Nornand geflogen und hätte darauf bestanden, uns mit nach Hause zu nehmen. Wie hatte er es noch gleich formuliert? *Ich werde dort hinfliegen und dich ihnen direkt unter der Nase wegschnappen.*

Witzig, dass ich mich nach so langer Zeit noch an seine genauen Worte erinnerte. Oder vielleicht auch nicht. Vielleicht war nichts Seltsames daran, sich an ein Versprechen zu erinnern, das einem der Vater gemacht und nicht gehalten hatte.

Aber vielleicht war es nicht fair, so zu denken. Menschen fällten ihre Entscheidungen, so gut sie eben konnten. Manchmal kam es ihnen so vor, als hätten sie keine andere Wahl. Oder als gäbe es nur schlechte Wahlmöglichkeiten und als wäre das Beste, was sie tun konnten, sich für das geringere Übel zu entscheiden.

Ich selbst hatte auch schon Entscheidungen getroffen, die ich bereute.

»Ich bin Eva«, sagte ich unvermittelt. Dad sah von der Straße zu unserem Gesicht. Es fiel mir schwer, den Blick nicht abzuwenden. »Ich ... ich weiß nicht, ob du gehört hast, wie Ryan es sagte ... Ich meine, ich wollte nur, dass du sicher bist. Falls du es nicht warst.«

Dad schwieg eine lange Weile. Sein Blick war zur Straße zurückgekehrt.

»Du warst schon immer dickköpfiger als Addie«, sagte er schließlich. Er wandte sich uns erneut zu und lächelte. »Du bist gern Risiken eingegangen. Bist gern auf Bäume geklettert und zelten gegangen und hast über den Rand der Klippen gespäht, als wäre dir nicht klar, dass du auch hinunterfallen könntest.« Er machte eine kurze Pause. »Ich weiß nicht, ob du immer noch so bist.«

Einen Moment war meine Angst zu groß, um etwas darauf zu erwidern. Ich befürchtete, unsere Stimme könnte zittern oder brechen, wenn ich es tat. Aber ich fand die

Kraft in mir, sie ruhig zu halten, und sagte: »Ich schätze schon.«

Ich blickte zum Fenster hinaus nach oben. »Der Schiffskompass«, sagte ich weich. Und da war er, schwach, aber sichtbar am nächtlichen Himmel.

»Der Schiffskompass«, sagte Dad. Er lachte ein wenig. »Erinnerst du dich? Als du und Addie klein wart, habt ihr immer gesagt, er sähe überhaupt nicht wie ein Kompass aus. Ihr habt gesagt, er müsste eigentlich Fernrohr heißen. So wie das, durch das der Kapitän guckt, wenn er auf See ist, damit er das Ufer sehen kann.«

Es schien, als wäre das halbe Haus wach, als wir schließlich ankamen. Viele hatten sich in unterschiedlichen Bekleidungsstadien vor dem Fernseher auf Sofas und Sessel gekuschelt. Augen waren verquollen. Die Frisuren wild und zerzaust. Einige hielten Kaffeebecher in den Händen. Draußen vor den Fenstern glitzerten am Horizont die ersten Strahlen der Morgensonne.

Die Nachrichten berichteten zum großen Teil das, was Addie und ich bei Jenson gehört hatten. Der Präsident war getötet worden. Es wurde immer noch ermittelt. Weitere Informationen würden bald folgen.

<Was glaubst du, was ihm in Wahrheit zugestoßen ist?>, fragte ich, während wir langsam zu den anderen ins Wohnzimmer liefen. <Meinst du, es hat tatsächlich jemand einen Anschlag auf ihn verübt? Oder hat es einen Unfall gegeben?>

‹Er ging auf die siebzig zu›, sagte Addie. ‹Vielleicht hat es etwas mit seiner Gesundheit zu tun.›

‹Wir haben nie etwas davon gehört, dass er gesundheitliche Probleme gehabt hätte.›

‹Vielleicht war es etwas Akutes›, sagte Addie. ‹Und selbst wenn nicht, glaubst du wirklich, wir wüssten es dann? Das Land ist in den letzen Monaten immer instabiler geworden. Sie werden nicht jedem verraten, dass der Präsident ernsthafte Gesundheitsprobleme hat.›

Marion gehörte natürlich zu denen, die wach waren. Wir ließen Dad und Lyle allein, um zu ihr zu gehen, die Hand in unserer Tasche vergraben, wo sich der Ring kühl an unsere Finger schmiegte. Der Nachrichtenmoderator hatte gerade begonnen, über die Amtseinführung von Vizepräsident Carson Loyde zu sprechen.

Noch wurden die Hybride nicht öffentlich für ein Attentat verantwortlich gemacht, aber ich vermutete, dass es nur eine Frage der Zeit war, bevor Jenson seine Geschichte verbreiten würde.

Derweil hatten wir unsere eigene.

»Wir müssen«, sagte ich leise zu Marion, »noch einmal auf Sendung gehen.«

Marion konnte das Video nicht an Ort und Stelle von dem Ring ziehen. Sie brauchte dazu eine spezielle Ausrüstung. Aber wir hatten keine Zeit zu verlieren. Addie und ich wollten das Filmmaterial senden, ehe die Regierung den Hybriden offiziell ein Attentat auf den Präsidenten anhängte.

‹Das ist die einzige Möglichkeit, sie davon zu überzeugen, es auf gar keinen Fall zu tun›, sagte ich. ‹Es wäre viel schwerer, sie später dazu zu zwingen, ihre Worte zurückzunehmen und zuzugeben, dass sie gelogen haben.›

Marions Kontaktperson im Sender, derjenige, der sich ins System gehackt hatte, um unser Material zu verbreiten, würde alles Nötige zur Hand haben, um den Film vom Ring herunterzuladen. Am Ende entschieden wir uns, einfach darauf zu vertrauen, dass er alles korrekt zusammenschneiden würde. Den Ring mit der Post zu schicken hätte zu lange gedauert. Jemand würde hinfahren und ihn persönlich übergeben müssen.

Aber zuerst mussten wir dem Video noch etwas hinzufügen.

Marion baute die Kamera im Esszimmer auf. Ich wartete, während sie die Einstellungen an der Kamera vornahm. Unsere Eltern standen als schweigende Beobachter an der Wand. Jackson hielt sich dicht bei uns am Tisch auf, aber Marion scheuchte ihn aus dem Weg, damit sie ein Mikrofon an unserem T-Shirt befestigen konnte.

Sie strahlte eine Autorität aus, die mir an ihr bisher nicht aufgefallen war. Eine Art gelassene Selbstsicherheit, die sich auch in der Präzision ihrer Handgriffe ausdrückte.

Endlich war alles vorbereitet und sie bat um Ruhe.

»Wann immer du so weit bist«, sagte sie und schenkte uns ein echtes, aufmunterndes Lächeln.

Ich schluckte. Addie und ich blickten mitten in das kalte Auge der Kamera, aber ich versuchte, im Geiste das Filmmaterial vor mir zu sehen, das wir vor diesem Abschnitt senden würden – den Zauber, den Schrecken der Mahnwache. Den panischen Versuch, die Flammen auf Lyles Kleidung zu ersticken. Die Fahrt zu Jensons Haus.

Dann würde es einen Schnitt zu unserem Sprung aus dem Fenster und unserer Flucht geben.

Die Lücke im Film gab es mit Absicht.

Wir würden mit diesem Zimmer schließen. Mit dieser Aufnahme von Addie und mir.

<Rede, Eva>, sagte Addie sanft.

Und so redete ich.

Ich nannte ihn nicht beim Namen. Zerstörte seine Person nicht, wie ich es gekonnt hätte, wenn ich es gewollt hätte.

Ich sagte einfach ruhig in die Kamera, sodass Jenson – sodass die ganze Nation es hören konnte: »Ich habe den Rest des Films. Den Teil, der in der Mitte fehlt. Aber ich werde ihn nicht zeigen. Nicht in diesem Moment. Nicht, solange wir darüber reden können.«

Wir starrten in die kalte Linse der Kamera, bis Marion nickte. Sie schaltete die Kamera aus. »Wir fügen diese Aufnahme einfach dem Ring bei. Wenn wir jemanden finden, der demnächst losfährt, werden sie es noch heute Abend haben.«

Die Esszimmertür öffnete sich. »Ich übernehme das«, sagte eine Stimme.

Es war Logan. Er hatte eine böse Schnittwunde an der Wange, aber sie blutete kaum noch. Hinter ihm kam Ryan ins Zimmer.

Ich war aufgestanden. Bereit zu fragen ...

Aber dann sahen wir sein Gesicht und die Frage erübrigte sich.

Er hatte Hally und Lissa nicht gefunden.

Das Video wurde am nächsten Morgen gesendet. Am Weihnachtsmorgen, mitten in einer Wiederholung von Carson Loydes erster Rede als Präsident an das americanische Volk. Dieses Mal war Marion vorgewarnt worden und wir hatten uns alle vor dem Fernseher versammelt.

Als Vizepräsident waren Loydes Gesicht und Person nicht so allgegenwärtig wie die des Präsidenten gewesen, aber wir waren ihnen unser Leben lang ausgesetzt gewesen. Wenn ich ihn sah, nahm ich kaum noch eine Person wahr. Ich sah die Seiten unseres Geschichtsbuchs vor mir, in dem Bilder von ihm als junger Mann die Kapitel über eine Kampagne füllten, die er mit dem letzten Präsidenten umgesetzt hatte. Ich sah die frühen Stunden am Morgen vor mir, wenn Ausschnitte seiner Reden vor der Schule in den Morgennachrichten kamen, und die

Mahlzeiten am Abend, bei denen seine Stimme im Hintergrund raunte.

Er war jünger als sein Vorgänger. Vielleicht sechzig, oder noch nicht einmal. Ich konnte mich nicht entsinnen. Er war noch nicht gänzlich ergraut. Seine Art, sich zu bewegen, zu sprechen, hatte etwas Besonnenes.

<Welchen Reim macht er sich wohl auf all das?>, sagte Addie ruhig, während wir ihn beobachteten.

Über zwanzig Jahre lang war Loyde die zweite Geige eines Regimes gewesen, das um den alten Präsidenten herum errichtet worden war. Eines, das sogar schon vor der eigentlichen Wahl geformt worden war, während der vorhergehenden Präsidentschaft.

Jetzt war er plötzlich an der Macht. Und das Land war in Aufruhr.

Loydes Gesicht verschwand vom einen Moment auf den anderen und wurde von unserem Filmmaterial abgelöst. Wir sahen es uns nervös an – wir hatten nicht darauf geachtet, wohin der Ring zeigte, daher gab es keine Garantie dafür, dass wir verwertbare Aufnahmen gemacht hatten. Aber Marions Kontakt hatte uns versprochen, etwas Sinnvolles zusammenzuschneiden.

Wir guckten es uns schweigend an. Die Mahnwache. Die Autofahrt. Die Flucht. Dann das Material von uns im Esszimmer.

Schnee.

Devon, der neben uns auf dem Sofa saß, verzog keine

Miene. Er und Ryan hatten seit dem Vortag, als sie ohne ihre Schwester nach Hause gekommen waren, kaum ein Wort gesagt.

»Jetzt warten wir«, sagte er.

## Kapitel 44

Wir mussten nicht lange warten. Kurz nach dem Abendessen klingelte das Satellitentelefon.

*Henri*, dachten wir alle.

Aber er war es nicht.

»Jenson hat mich laufen lassen, damit ich euch eine Botschaft übermittele«, flüsterte Hally in den Hörer.

Sie weigerte sich, zu uns zu kommen – drängte uns im Gegenteil sogar, irgendwohin zu fahren, wo es weniger Leute gab. Sie und Lissa waren in Sicherheit, das versprachen sie uns. Sie war fast sicher, dass ihr niemand gefolgt war, nachdem sie freigelassen worden war, aber sie konnte es nicht mit Gewissheit sagen. Nicht, ehe nicht mehr Zeit vergangen war. Sie wollte niemanden zu uns führen.

Aber sie hatte so schnell angerufen, wie sie konnte, weil Jenson Addie und mich am darauffolgenden Morgen in einem Café an der Ecke Bente und Stentwood Street treffen wollte.

»Mir geht es gut«, versicherte sie uns immer wieder.

Uns blieb keine andere Wahl, als ihr zu glauben.

Jenson wartete bereits im Café, als Addie und ich dort eintrafen. Er hatte uns ausrichten lassen, ihn draußen auf der verlassenen Terrasse zu treffen, und mich überlief ein Schauer, als wir aus dem geheizten Innenraum des Restaurants hinaus in die Winterkälte traten.

‹Wenn das hier ein Film wäre›, bemerkte Addie trocken, ‹hätte er von uns verlangt, auf jeden Fall allein zu kommen.›

Aber für solch dramatische Worte bestand keine Notwendigkeit. Jenson wusste, dass wir nicht wagten, uns zu großen Gruppen zusammenzuschließen oder eine Szene zu machen. Ich hegte keinen Zweifel daran, dass er auf die eine oder andere Weise für seine Sicherheit gesorgt hatte, aber wenn man bedachte, welches Kaliber das Geheimnis besaß, das er zu verbergen versuchte, würde auch er keine Aufmerksamkeit auf unser Treffen lenken wollen.

Jenson saß allein an einem Tisch am Terrassenrand. Er hatte sich eine Zeitung mitgebracht. Neben seiner Hand stand eine dampfende Tasse.

Ich hielt auf der Türschwelle inne. Addie hatte ihre Stärke beinah vollständig zurückgewonnen. Sie hatte angeboten, an diesem Tag die Kontrolle zu übernehmen, für das Treffen. Aber ich hatte das hier so gewollt. Ich hatte persönlich mit diesem Mann sprechen wollen.

‹Er sieht so ... normal aus›, sagte ich. ‹So gewöhnlich.›

Der Mann, der vor etlichen Monaten so formell gekleidet in Nornand erschienen war, als wolle er ins Konzert – den wir in Powatt mit langärmligem Hemd und gewienerten Schuhen erlebt hatten – der in den Abendnachrichten stets untadelig gekleidet war –, lehnte sich, in ein schlichtes braunes Sakko und ein T-Shirt gekleidet, auf dem wackligen Stuhl des Cafés zurück. So leger hatte er noch nicht einmal ausgesehen, als er Lyle und uns bei sich zu Hause in Empfang genommen hatte.

Versuchte er, keinen Verdacht zu erregen? Er war in den vergangenen Monaten zu einer extrem öffentlichen Person geworden – alles Teil seines Plans, wie mir in diesem Moment klar wurde. Es existierten andere Direktoren für Hybrid-Angelegenheiten, aber keiner, den ich – oder andere Leute – ebenso gut, geschweige denn namentlich kannten. Jenson war berühmt. Außerdem hatte er Jaime und das sogenannte Heilmittel.

<Jetzt oder nie>, murmelte ich, und ich spürte, wie Addie mir Mut einflößte, als wir die Terrasse überquerten und den Stuhl gegenüber von Jenson unter dem Tisch hervorzogen. Er schrammte über den Boden, und ich ließ ihn, zog das Geräusch in die Länge, bis Jenson gezwungen war, den Blick zu heben. Es war ein Moment, der mir ein Gefühl der Macht verlieh. Der Genugtuung.

Dann setzte ich mich und meine Kühnheit löste sich angesichts der Intensität von Jensons Blick in Luft auf. Er senkte seine Zeitung. Faltete sie zusammen. Ich konnte nicht verhindern, dass unser Blick die Schlagzeile über Loydes Aufstieg streifte. Alle schauten auf ihn, warteten auf seine ersten Entscheidungen als Staatsoberhaupt. Alles, was er nun tat, würde für Jahre, vielleicht sogar Jahrzehnte den Kurs weisen.

Falls Jenson ihn nicht loswurde, so wie er es vorhatte.

»Du bist ganz schön mutig«, sagte er. »Mich auf diese Weise hier zu treffen. Oder vielleicht auch nur dumm. Ich bin mir nicht sicher.«

Ich zwang mich, ihm fest in die Augen zu sehen. Sein starrer Blick hatte etwas Unnatürliches an sich. Oder vielleicht jagte er mir auch nur Angst ein und kam mir deshalb nicht menschlich vor. Brachten die Leute das nicht ständig durcheinander?

<Uns geht es gut, Eva>, sagte Addie leise, und ich gab die Worte zu ihr zurück.

<Uns geht es gut.>

Wir waren stark. Wir würden das hier durchstehen, so wie wir auch alles andere durchgestanden hatten.

»Wir verstehen Sie«, sagte ich. »Und was Sie wollen. Es schafft eine Art Sicherheit.«

»Wir?«, fragte er.

Ich legte unsere Hände auf die Tischplatte. Ich wünschte, wir hätten den Ring noch gehabt.

»Addie und ich«, sagte ich. Es gab schließlich keinen Grund mehr, deswegen zu lügen. Wenn Addie und ich nicht hybride gewesen wären, dann wären wir gar nicht erst hier gewesen. Nichts von alledem wäre passiert.

»Eva Tamsyn.« Er ließ meinen Namen langsam von der

Zunge rollen, zeigte aber darüber hinaus kaum eine Reaktion. Als spiele die Tatsache, dass ich nicht Addie war – dass er mit einer der rezessiven Seelen sprach, die sein Programm, seine *Heil*methode auslöschen sollte – überhaupt keine Rolle. »Worüber wolltest du mit mir sprechen?«

»Ich möchte, dass Emalia Foy freigelassen wird«, sagte ich. Er reagierte nicht im Mindesten auf ihren Namen. »Sie wurde vor ungefähr zwei Monaten verhaftet. Ich weiß nicht, wo sie jetzt ist, aber ich will, dass sie freigelassen wird.«

»Falls wir sie haben«, erwiderte Jenson. »Woher willst du wissen, dass sie sich nicht irgendwo versteckt?«

Wir konnten es nicht mit Sicherheit wissen, nicht, wo dieser Tage ständig Menschen verschwanden. Aber wenn Emalia und Sophie dazu in der Lage gewesen wären, hätten sie inzwischen einen Weg gefunden, uns zu kontaktieren. Sie waren äußerst talentierte Urkundenfälscherinnen, die mit Peters Netzwerk sehr vertraut waren. Sie wären nicht einfach ohne ein Wort untergetaucht.

»Sie haben sie«, sagte ich so ruhig, wie ich konnte. »Und ich will, dass sie freigelassen wird.«

Er nickte. »Schön.«

Ich schluckte. Über Emalias Freilassung zu verhandeln war einfach gewesen, aber ein Versprechen war nicht mehr als ein Versprechen, und die nächste Forderung würde sehr viel schwerer durchzusetzen sein. »Es gibt da eine Anstalt in den Bergen von Hahns County.«

»Sie ist mir bekannt«, sagte Jenson. Natürlich war sie das. Sie fiel in seinen Zuständigkeitsbereich.

Unsere Hände kamen uns nackt auf der Tischplatte vor. Es juckte mich, sie um unsere Stuhlkante zu schlingen – es war eher Addies Gewohnheit als meine, aber körperliche Tics griffen manchmal auf die andere über. Als bemerke sie, wie ich strauchelte, stützte Addie mich. Sie hielt mich aufrecht, bis ich wieder selbst dazu in der Lage war.

»Ich möchte, dass die Anstalt abgewickelt wird«, sagte ich. »Sie ist alt – fällt schon auseinander. Sie können sich eine beliebige Ausrede einfallen lassen. Aber ich möchte, dass die Anstalt geschlossen wird und alle Kinder freigelassen werden.«

»Und was, meinst du, soll ich mit ihnen machen?«, erwiderte er. »Entgegen dem, was du vielleicht denkst, will nicht jede Familie ein hybrides Kind zurückhaben.«

Er hatte recht. Ich wollte nicht, dass er recht hatte, aber so war es. Überall im Land gingen gerade Veränderungen vor sich, aber sie reichten bei Weitem noch nicht aus.

»Schicken Sie sie mit Familien nach Hause, die bereit sind, sie aufzunehmen«, sagte ich leise und hoffte, das wäre genug. Dass die Güte einiger weniger so weit reichen würde, jedem Kind einen Ort zum Bleiben zu geben. Zumindest für eine Weile. Bis sie ein neues Zuhause fanden.

Jenson nickte mit unbewegter Miene. Ich hatte keinerlei Möglichkeit, seine Gedanken daraus abzulesen.

‹Es bedeutet ihm nichts›, sagte Addie. ‹Wir haben recht damit, dass Hahns alt ist und auseinanderfällt.›

‹Und es herrscht wahrscheinlich keine besonders große Zuneigung zwischen ihm und der Leiterin von Hahns›, sagte ich.

»Wäre das alles?«, fragte Jenson. »Denn …«

»Nein«, sagte ich. Platzte geradezu damit heraus. Jeder Moment in seiner Gegenwart, selbst wenn er sich zuvorkommend verhielt, machte mich krank. Ich wollte das hier so schnell wie möglich hinter mich bringen. »Sie werden den Tod des Präsidenten – was auch immer ihn verursacht hat – nicht den Hybriden anhängen. Und ich will Jaime Cortae.«

»Ja«, sagte Jenson. »Und nein.«

Ich kämpfte gegen den Drang an, die Hände zu Fäusten zu ballen. »Nein?«

»Ich werde dir Jaime nicht geben.« Jenson lehnte sich in seinem Stuhl zurück. »Ich könnte es nicht, selbst wenn ich es wollte. Diese Frau freilassen? Falls wir sie haben, weiß ich nichts davon, was heißt, dass sie nicht von Bedeutung ist. Niemandem würde es auffallen. Hahns schließen? Ein etwas größerer Aufwand, aber wie du gesagt hast, kann ich Gründe dafür präsentieren. Aber Jaime Cortae ist der Schlüssel zur Zukunft. Ich kann ihn nicht hergeben.«

Ich versuchte, Ruhe zu bewahren, aber die Hitze, die bei seiner Weigerung durch unsere Adern schoss, machte es mir schwer. »Ich kann das Video veröffentlichen. Es wird Sie ruinieren ...«

»Jaime zu verlieren würde mich ruinieren«, sagte er. »Und du wirst das Video nicht veröffentlichen. Nicht, solange ich Jaime habe.«

Er ließ mich einen Moment lang schweigend dasitzen, während ich fieberhaft überlegte, was ich sagen könnte.

Dann beugte er sich zu uns vor. »Ich werde dir Emalia geben. Und Hahns. Ein Geschenk, wenn man so will, für deine Kooperation. Ich werde dich nicht für den Tod des Präsidenten verantwortlich machen. Aber glaub ja nicht, du hättest die Oberhand. Die Welt ist nicht auf deiner Seite, Eva. Sie ist es nie gewesen.«

»Die anderen Länder ...«, hob ich an, und seine Miene verdüsterte sich. Er lachte ein kurzes, brutales Lachen.

»Du bist hier nicht auf dem Schulhof, Eva. Länder spielen nicht um Murmeln und Pfennige. Glaubst du etwa, die anderen Staaten verfolgten vollkommen uneigennützige Interessen? Dass sie sich damit begnügen würden, herzukommen und auszuhelfen und anschließend wieder nach Hause zu gehen, wenn sie nicht mehr gebraucht werden?« Er erhob sich von seinem Stuhl. »Du hältst es für eine gute Sache, dieses Land zu spalten, es dadurch der Schwäche und Schutzlosigkeit auszuliefern. Du denkst, Veränderungen müssten immer gut sein. Aber du spielst mit einem Feuer, von dem du keine Ahnung hast, wie du es kontrollieren kannst. Und du passt besser auf, bevor alles um dich herum in Flammen aufgeht.«

## Kapitel 45

Zwei Tage nach unserem Treffen mit Jenson, vier Tage nachdem die Nachricht vom Tod des Präsidenten zum ersten Mal verkündet worden war, erfuhr Marion von einer ihrer Quellen, dass Hahns geschlossen worden war und die Kinder nicht länger dort waren. Niemand konnte mit Gewissheit sagen, dass Jenson tatsächlich Wort gehalten und sie nach Hause geschickt hatte, aber Marion versicherte uns, dass es wahr zu sein schien.

Uns war noch kein Wort über Emalia und Sophie zu Ohren gekommen, aber Hally war in unserer neuen Unterkunft zu uns gestoßen, einer einsam liegenden Hütte, die Marion gemietet hatte, indem sie sich als Touristin ausgab.

Noch immer hatte es keine öffentliche Erklärung gegeben, was den Tod des Präsidenten verursacht hatte. Die Nachrichtensendungen – und es gab haufenweise Sendungen – beriefen sich alle darauf, dass Untersuchungen im Gange wären, deren Ergebnisse der Öffentlichkeit mitgeteilt würden, sobald die Fakten geklärt wären.

Die dürftigen Informationen veranlassten die Nation zu den wildesten Spekulationen. Die Menschen verlangten zeternd nach der Wahrheit und schufen in Ermangelung einer offiziellen Version ihre eigene. Hybride waren dafür verantwortlich. Ausländer waren dafür verantwortlich. Ausländische Hybride waren dafür verantwortlich.

»Es wird alles ein einziges Pulverfass«, sagte Marion immer wieder. Die Lage bereitete ihr Sorgen, das merkte ich. Weil deren Instabilität sie ernsthaft beunruhigte? Oder weil sie gern die Kontrolle über die Geschichten hatte, die im Umlauf waren?

»Was machen wir jetzt?«, fragte Hally. Sie guckte von Addie und mir zu Devon, dann zu Jackson. »Jenson eine weitere Nachricht schicken?«

Wir hatten uns im offenen Eingangsbereich des Hauses versammelt, Sonnenlicht fing sich in den Staubpartikeln, die durch den Raum schwebten. Mir fiel die Erschöpfung in allen Mienen auf. Wir waren so abgekämpft wie nie zuvor. Monate voller Sorge, Angst, Stress und Qual forderten ihren Tribut.

»Es würde keinen Unterschied machen«, sagte Jackson. »Wir haben nichts Neues für eine Verhandlung anzubieten.«

»Es ist kein Handel«, fuhr Addie ihn an. Dann schlug sie die Hände vors Gesicht. Sagte leise: »Entschuldige. Du hast Verhandlung gesagt. Es ist nur ...«

Jackson legte seine Hände um unsere. Zog sie langsam

von unserem Gesicht weg. Er und Addie sahen sich einen Moment an, in schweigendem Einverständnis.

Ich hatte Addie nach ihr und Jackson gefragt. Wie sie zueinander stünden. Und ich hatte es nachvollziehen können, als sie sagte, sie sei sich nicht sicher.

*Ich habe ihn gern um mich*, sagte sie. *Das ist alles, was ich im Moment weiß.*

Die Wahrheit war, es gab für uns alle sehr viel wichtigere Dinge, um die wir uns sorgten. Ich hoffte, mir eines Tages wieder den Luxus erlauben zu können, mir wegen ganz alltäglicher Dinge Sorgen zu machen. Den nicht lebensbedrohlichen Dingen.

»Wir brauchen etwas, um die Pattsituation zu beenden«, sagte Devon.

Addie und ich bemühten uns, das Augenmerk auf die machbaren Dinge zu richten. Jackson und Vince gelang es am besten, andere abzulenken und dazu zu bringen, sich zu entspannen. Sie machten Witze, redeten zu viel und rangen selbst den sauertöpfischsten Mienen in der Hütte ab und zu ein Lächeln ab.

Die Pattsituation, egal wie nervenaufreibend sie sein mochte, zwang uns auch dazu, eine Pause einzulegen. Da in dem sicheren Versteck alle auf engstem Raum zusammenlebten, gab es keine Ausrede dafür, jemandem über einen längeren Zeitraum aus dem Weg zu gehen. Es hieß entweder Brücken schlagen oder neue Mauern errichten, und soweit es unsere Familie betraf, wollten Addie und ich Letzteres nicht.

Wir aßen hauptsächlich mit Ryan und den anderen zusammen, aber mittlerweile legten wir Wert darauf, auch einige Mahlzeiten mit unseren Eltern und Lyle zu teilen.

Eines Abends sagte Mom: »Eva, möchtest du noch ein paar Möhren?«, so als wäre es das Normalste der Welt.

Und das war es. Oder das hätte es sein sollen, und ich kämpfte darum, die Flut von Gefühlen unter Kontrolle zu bringen, die der Klang meines Namens in mir auslöste. Die Tatsache, von ihr erkannt zu werden.

Addie verstand mich. Vielleicht nicht bis ins Letzte, aber besser als die meisten.

<Sie wartet auf eine Antwort>, sagte sie liebevoll, und ich zwang mich zu nicken. Zwang mich zu sagen: »Ja, sehr gern, danke«, und zu lächeln, ohne dabei wie eine Idiotin auszusehen. Danach zu urteilen, wie sie mein Lächeln erwiderte – zögernd, dann strahlender, dann wieder flackernd –, verstand sie ebenfalls ein klein wenig, wie ich mich fühlte.

Danach wurde alles etwas leichter. Langsam, Stück für Stück, wuchs unsere Familie wieder zusammen. Wir würden nie wieder dieselben sein wie zuvor, aber ich entdeckte, dass ich unsere neue Einheit zu mögen begann.

Dann kam der Morgen, an dem Addie und Lyle sich gerade wegen etwas Bescheuertem zankten – verschüttetem Müsli, übergeschwappter Milch – und der Fernseher im Wohnzimmer zu rauschen begann.

Wir erstarrten.

Drehten uns um.

Und sahen – hörten – das fehlende Filmmaterial der Mahnwachennacht. Jensons Stimme, die seine Pläne erläuterte. Eine kurze Aufnahme seines Gesichts, als er zum Sofa ging.

Unser einziger Trumpf, um über Jaimes Freilassung zu verhandeln. Der nun verloren war.

Die Pattsituation gehörte der Vergangenheit an.

Es gab nur eine Person, die das Material hätte senden können. Addie stürmte durch die Hütte, bis wir Marion auf einem Stuhl neben dem Küchenfenster fanden.

»Warum?«, rief Addie. Wir waren so außer uns vor Wut, dass unser Körper von innen heraus zu verbrennen schien. Unser Gesicht war hochrot, Hitze brauste einem reißenden Strom gleich durch unsere Adern. »Warum hast du das getan, Marion?«

Sie blieb gelassen. Oder bemühte sich um Gelassenheit. Aber ich entdeckte einen Anflug von Unbehagen in ihrer Miene, ehe sie sich beeilte, ihn zu unterdrücken.

Sie sprach leise, aber mit Nachdruck: »Weil es das Richtige war. Es dauerte bereits zu lange, Addie. Und ich habe dir immer wieder gesagt – die Dinge sind kurz davor, uns allen um die Ohren zu fliegen. Die Hybride hätten den größten Schaden davongetragen. Das musst du begreifen. Und Jenson ist gefährlich. Indem du das Material zurückgehalten hast, hast du ihm mehr Zeit gegeben, eine Strategie zu entwickeln, sich etwas auszudenken, bei dem du am Ende ohne Karten dagestanden hättest anstatt mit einer.«

»Jetzt haben wir gar keine Karten mehr«, rief Addie. »Jaime ...«

»Er hätte dir Jaime niemals gegeben«, sagte Marion. »Bitte, Addie, ich weiß, es ist schwer zu akzeptieren, aber ...«

Addie ballte unsere Hände zu Fäusten. Sie hatte noch nie zu Gewalt geneigt, aber ich spürte, wie der Drang dazu durch unser Blut wirbelte. »Es war nicht an dir, das zu entscheiden!«

»An dir etwa?«, sagte Marion.

Ich wollte sie anbrüllen. Die Gelassenheit aus ihrem Gesicht wischen. Ihr begreiflich machen, wie entsetzlich das war, was sie gerade getan hatte, denn sie verstand nicht ... verstand einfach nicht ...

»Addie«, sagte Dr. Lyanne sanft. Sie nahm unseren Arm. Wir hatten ihr Kommen nicht einmal bemerkt.

Addie rang um Worte, begann zu erklären, aber ein Blick in Dr. Lyannes Gesicht genügte, und wir wussten, dass es nicht notwendig war.

In gewisser Weise hatte Dr. Lyanne Nornand wegen Jaime Cortae den Rücken gekehrt. Hatte wegen ihm an den Regeln und der Behandlung von Hybriden zu zweifeln begonnen. Hatte ihn in Sicherheit gebracht, nur um zu erleben, wie er ihr wieder genommen wurde.

»Komm mit, Addie.« Dr. Lyannes Finger schlossen sich fester um unseren Arm. Es war das Einzige, was uns ihre Gefühle verriet. Ihre Miene war wie versteinert.

Sie zerrte uns von Marion weg, die immer noch auf ihrem Stuhl saß. Kaltes Sonnenlicht tanzte über ihre scharf geschnittenen Gesichtszüge.

»Es war das einzig Richtige!«, rief Marion uns nach. »Dir ist dieser Junge bloß zu wichtig, um das zu erkennen.«

Wir bebten vor Wut, aber wir drehten uns nicht um. Entgegneten nichts.

Die Übertragung hinterließ einen einzigen Trümmerhaufen. Ich hatte gewusst, dass Jenson sich in den Augen der Öffentlichkeit eine Reputation als Held und Beschützer erworben hatte, aber ich hatte unterschätzt, wie extrem gut es ihm gelungen war, bis ins Herz unseres Landes vorzudringen. Mark Jenson, seine Pläne, sein Heilmittel – sie hatten einer Nation Trost gespendet, die sich verzweifelt nach Trost und Zuversicht sehnte.

Jetzt war das alles zunichtegemacht worden, ausgerechnet, während die neue Regierung ihre ersten, unsicheren Schritte unternahm. Ich dachte an das, was Jenson an jenem Tag auf der Terrasse gesagt hatte. Darüber, dass wir mit einem Feuer spielten, das wir nicht zu kontrollieren verstanden. Nur weil wir ihn hassten – nur weil er mit so vielem unrecht hatte –, bedeutete das nicht, dass er mit allem unrecht hatte.

Jenson war von seinem Podest gefegt worden. So viel stand fest. Der neue Präsident verurteilte ihn öffentlich. Jeder, so schien es, beeilte sich, sich so weit wie möglich von ihm und seinem Absturz zu distanzieren, weil in diesen unruhigen Zeiten alle um ihre eigene Reputation fürchteten.

Aber was nun? Das war die Frage, die allen auf der Seele brannte. Jenson gehörte der Vergangenheit an, und welche Pläne die Regierung auch gehabt haben mochte, um den Tod des vorigen Präsidenten den Hybriden anzuhängen – sie waren vollkommen über den Haufen geworfen worden und würden wahrscheinlich niemals das Licht der Welt erblicken.

Aber was würde die Regierung als Nächstes tun? Was würden wir als Nächstes tun? So gerne Addie und ich auch unsere Wut an Marion ausgelassen hätten, wir wussten beide, dass es nur Zeitverschwendung gewesen wäre. Wut konnte das Unabänderliche nicht ändern. Wir würden etwas tun müssen.

Doch dieses Mal waren nicht wir diejenigen, die den ersten Schritt machten.

Präsident Loyde kündigte eine Rede an, die er auf der Mall vor dem Kapitol halten würde. Eine öffentliche

Rede, die live im ganzen Land übertragen werden sollte. Er versprach, die Ängste und Sorgen der Nation zum Thema zu machen. Die Verwirrung und Kontroverse um das Dahinscheiden des alten Präsidenten endlich aufzuklären. Er würde uns beweisen, dass kein Grund dafür bestand, die Hoffnung aufzugeben. Dass, obwohl Jenson sich als korrupt herausgestellt hätte, deswegen nicht automatisch alle seine Maßnahmen Unsinn seien.

Er versprach, uns den Jungen persönlich vorzustellen, der geheilt worden war und die Zukunft repräsentierte.

## Kapitel 46

»Ich will da hin.«

Addie und ich sagten es in den folgenden Tagen wieder und wieder. Zu unseren Eltern. Zu Ryan und Lissa und Jackson und Dr. Lyanne. Zu Marion sagten wir es nur ein Mal.

Sie war die Einzige, die uns die Idee nicht ausreden wollte. Die sagte, sie könne Addie und mir vielleicht einen Presseausweis besorgen, indem sie behauptete, wir seien ihre Praktikantin oder etwas in die Richtung, und uns in den Pressebereich neben dem Podium einschleusen. Wir würden selbstverständlich unser Aussehen verändern müssen. Aber genau wie während der Zeit, als wir uns für jedermann sichtbar in Hahns versteckt hatten, war der Pressebereich der letzte Ort, an dem man uns vermuten würde.

Es blieb trotzdem gefährlich. Unsere Eltern versuchten, uns davon zu überzeugen, dass zwar jemand zur Mall fahren sollte, um sich die Rede anzuhören, es aber nicht unbedingt wir sein müssten. Doch ihr Widerstand wurde schwächer, als sie erkannten, dass wir das niemals akzeptieren würden. Vielleicht wurde ihnen auch bewusst, dass Addie und ich inzwischen unsere eigenen Entscheidungen trafen.

Ryan und Lissa versuchten, uns davon zu überzeugen, nicht allein zu gehen, aber wir wussten alle, dass bei der großen Anspannung, die gerade überall herrschte, eine Versammlung wie diese der letzte Ort war, an dem sich jemand aufhalten sollte, der fälschlicherweise für einen Ausländer gehalten werden konnte. War es schon für Addie und mich nicht sicher, so war es für sie beide geradezu aberwitzig gefährlich.

»Ich muss ihn sehen«, sagte Addie zu Jackson und Dr. Lyanne. »Wer weiß, wann wir wieder die Chance haben werden, ihm so nahe zu kommen? Um ... um vielleicht etwas zu erfahren, das uns bei einer späteren Rettungsaktion helfen könnte? Ich weiß, ich werde nichts unternehmen können – ich werde auch nicht versuchen, etwas zu unternehmen. Aber ich möchte ihn sehen, und zwar nicht nur im Fernsehen.«

*Und ich möchte, dass er uns sieht.*

Das war der unausgesprochene zweite Teil. Wir hofften, selbst mit verändertem Aussehen und auf die Entfernung würde Jaime uns sehen und wiedererkennen und wissen, dass wir ihn nicht aufgegeben hatten. Wir würden ihm auf jeden Fall zur Rettung eilen, selbst wenn es noch eine Weile dauerte.

Wir trafen kurz nach neun auf der Mall ein, ungefähr eine Stunde ehe die Rede beginnen sollte. Die dort versammelte Menge war bereits gewaltig. Menschen drängten sich auf der ganzen Mall dicht an dicht entlang der Absperrungen und dahinter. Alle waren begierig darauf, zu sehen und zu hören und zu wissen. Dieses Bedürfnis konnte ich nur zu gut nachvollziehen.

Die Leute warteten darauf, dass man ihnen sagte, was die Zukunft bringen würde. Was von ihnen erwartet wurde. Welche Auswirkungen die vergangenen Monate auf ihr Leben haben würden und auf ihr Land.

»Bleib dicht bei mir«, flüsterte Marion uns zu. Ihr Blick begegnete unserem, wenn auch nur für einen Wimpernschlag. Uns verband ein brüchiges Einvernehmen, ein noch brüchigerer Waffenstillstand. Marion hatte rasche Arbeit geleistet, uns die versprochenen Ausweise besorgt und sichergestellt, dass wir für den Fall, dass jemand nachfragte, über eine glaubhafte Story verfügten. Sie hatte uns über den Ablaufplan der Veranstaltung informiert. Vielleicht versuchte sie im Stillen, Abbitte zu leisten oder uns zu zeigen, dass sie schon immer auf unserer Seite gewesen war.

Der Sicherheitscheck für die Presseleute war durchgeführt worden, bevor wir die Mall vor dem Kapitol überhaupt erreichten. Unser Herz hatte wild gepocht, als wir die Sicherheitsschleuse passierten, da wir überzeugt waren, der Wachmann würde uns wiedererkennen. Aber das tat er nicht, er fuhr nur mit einem Metalldetektor unseren Körper entlang und bedeutete uns, weiterzugehen, als er sah, dass wir keine Tasche dabeihatten.

Der Rest der Presseleute rannte geschäftig hin und her, überprüfte Fotoapparate und Kameras und Mikrofone. Ihre Ausweise blitzen im Morgenlicht. Niemand schenkte Addie und mir das geringste bisschen Aufmerksamkeit. Laut unserer Papiere waren wir Dana Stevens, eine Praktikantin. Aufgrund der Sicherheitsmaßnahmen war es uns nicht möglich gewesen, eine Kopfbedeckung zu tragen, aber die dunkle Kurzhaarperücke verwandelte uns in eine andere Person.

Der Bereich rund um das Podium war immer noch leer, es war noch nicht Zeit für die Ankunft des Präsidenten. Addie warf einen Blick über die Schulter, zum Rest der Menge. Sie strahlten eine unruhige, ziellose Energie aus, manche unterhielten sich, andere blickten starr geradeaus oder nach oben zu einer der gewaltigen Leinwände, die rund um die Mall aufgestellt worden waren. Im Moment waren sie noch schwarz, aber ich konnte mir nur zu gut vorstellen, wie das Gesicht des neuen Präsidenten über uns aufragen würde.

Ihm musste bewusst sein, wie unsicher seine neue Position war. Hatte er Angst vor dieser Meute erwartungshungriger Leute?

Dann raunte Addie: ‹Da kommen sie.›

Die kleine Gruppe, die auf das Podium zusteuerte,

bestand zum großen Teil aus Sicherheitsleuten, wie es schien. Wir konnten den Präsidenten anfangs gar nicht sehen. Einige Männer entfernten sich von der Gruppe und positionierten sich in regelmäßigen Abständen vor dem Podium.

Die Menge verstummte nach und nach. Ein paar Leute klatschten. Dann wurde das Klatschen lauter und breitete sich aus und wurde zu einem Tosen, das in unserem Oberkörper vibrierte.

»Vielen Dank und guten Morgen«, sagte der Präsident. Er lächelte ein wenig. Nicht zu breit, aber auch nicht zu zurückhaltend. Sein Anzug war grau, der Stoff war schwer und hatte Struktur. Er sah, fand ich, im Großen und Ganzen so aus wie zu seiner Zeit als Vizepräsident. Eher wie ein älterer Universitätsprofessor als wie ein Staatsoberhaupt.

An die nächsten Minuten erinnere ich mich nur verschwommen. Er sprach über die Tragödie, die der Tod seines Vorgängers darstellte. Die Jahrzehnte, die dieser dem Land gedient hatte. Das Gute, das er getan hatte. Die Jahre, die sie einander gekannt hatten, und die Güte und das tapfere Herz, die den Mann auszeichneten, wie er wusste. Entgegen seinem Versprechen erläuterte er nicht, was den Tod des ehemaligen Präsidenten verursacht hatte. Vielleicht wollte er später darauf zu sprechen kommen. Ein Großteil der Menge, da war ich mir sicher, wartete auf eine Erklärung.

Das Einzige, worauf Addie und ich warteten, war, dass Jaimes Name fiel.

Und endlich – endlich – hörten wir ihn.

*Jaime Cortae.*

Er war in eine Ansprache über Hybride und das Heilmittel und die Zukunft des Landes gewoben. Darüber, dass Jaime der Beweis für ... für etwas wäre. Wir vernahmen es hauptsächlich als Hintergrundrauschen, weil Jaime in dem Moment auf das Podium zuging.

Wir hatten noch nie gesehen, dass er sich so gut bewegte. Es gab nur den Hauch eines Hinkens – nicht das segelbootartige Schwanken, unter dem er in Nornand gelitten hatte, als wir ihn kennenlernten. Jemand hatte ihm die Haare geschnitten, den braunen Lockenwust gebändigt. Vielleicht bildeten wir es uns nur ein, aber er wirkte anders. Größer. Es waren Monate vergangen, seit wir ihn zuletzt am Straßenrand jenes Highways gesehen hatten.

‹Oh, Eva›, flüsterte Addie.

Wir waren nicht die Einzigen, die Jaime anstarrten. Jede Leinwand hatte den Schnitt zu seinem Gesicht vollzogen, es herangezoomt, sodass es über der Mall hing, Abbild um Abbild. Seine Augen schimmerten feucht. Seine Hände zitterten. Nervosität, hätten die meisten wahrscheinlich gedacht. Aber wir kannten Jaime. Wussten, welchen Schaden die Operation seinem Körper zugefügt hatte.

Ich war so gefangen von seinem Anblick, dass ich zuerst nicht reagierte, als Addie ‹Eva!› sagte. Erst als sie meinen Namen ein zweites Mal rief, hörte ich das ängstliche Drängen darin. Wurde ins Hier und Jetzt zurückkatapultiert.

Und erkannte, was sie aus dem Augenwinkel gesehen hatte.

Zwei Männer waren am Rand der Menge aufgetaucht. Einer starrte Jaime an. Wir hatten sie schon einmal gesehen – es war etwas falsch an ihnen, etwas, das uns den Magen umdrehte und uns das Blut in den Adern gefrieren ließ.

‹Die Polizisten›, sagte ich und die Erkenntnis traf mich wie ein Faustschlag. ‹Diejenigen, die uns in der Mahnwachennacht zu Jenson gebracht haben ...›

Mehr zu sagen blieb mir keine Zeit. Der erste Mann schob sich vorwärts. Seine Hand war in der Innentasche seines Mantels vergraben ...

»Jaime!«, brüllten wir.

Sein Kopf fuhr zu uns herum.

Wir rannten los. Pflügten durch die Reporter, die uns von ihm trennten. Ließen Fernsehkameras durch die Luft fliegen und auf dem Boden zerschellen.

Die Sicherheitsleute hatten den Mann inzwischen bemerkt. Sie stürmten ebenfalls auf ihn zu – aber Addie und ich waren näher dran. Erreichten den Mann zuerst.

Zusammen stürzten wir zu Boden. Die Waffe fiel scheppernd auf das Straßenpflaster.

Die Wachen waren einen Moment später bei uns. Hände rissen uns von dem Mann weg. Zwangen uns stillzuhalten. Hoben die Waffe auf. Jemand ratterte in ein Funkgerät.

»Jaime«, sagten wir atemlos. »Wo ist Jaime?«

Dann sahen wir ihn. Er war auf halbem Weg zum Podium wie angewurzelt stehen geblieben. Ein Wachmann näherte sich ihm, aber er schoss davon. Rannte auf uns zu. Wir versuchten, die Arme nach ihm auszustrecken, und als es uns nicht gelang, warf er uns stattdessen seine um den Hals.

Er keuchte, aber er lächelte so breit, und für einen Augenblick wurde alles andere von der Freude ausgeblendet, ihn hier bei uns zu haben. Zu wissen, dass es ihm gut ging.

Dann holte der Rest der Welt uns schlagartig wieder ein.

## Kapitel 47

Wir erstarrten.

Die Kameras hatten alles gefilmt. Es überlebensgroß aufgezogen und über die Mall verteilt, Leinwand um Leinwand. Die zwei Männer, die versucht hatten, Jaime zu töten, erwiesen sich als äußerst unkooperative Gefangene. Sie brüllten und wehrten sich. Es waren jeweils mehrere Wachleute nötig, sie zu überwältigen.

<Warum?>, fragte Addie immer wieder. <Warum wollten sie Jaime töten? Warum sollte Jenson ihn töten wollen?>

Eine Handvoll Sekunden wurden zu einer Ewigkeit. Und in dieser Ewigkeit wechselten Addie und ich einen Blick mit dem Präsidenten der Americas. Mit dem Mann, der nun unsere Nation anführte.

Dann packte ein Wachmann Jaimes Arm. Ein anderer übernahm uns. Zusammen zerrten sie uns von der Mall, aus dem gleißenden Sonnenlicht in die Dunkelheit eines wartenden Vans hinein.

Alles geschah sehr schnell. Und dann sehr langsam.

Die Fahrt. Die Hetze hinein in ein Gebäude, das Teil

des Kapitols zu sein schien – wir sahen zu wenig von der Fassade, um sicher zu sein. Der Marsch durch die weitläufigen Flure. Die Durchsuchung nach Waffen und Wanzen.

Dann – und dagegen begehrten wir auf – brachten sie Jaime weg.

Das war der schnelle Teil. Der langsame Teil beinhaltete, dass Addie und ich in einen kleinen Empfangsraum gesperrt wurden, uns die Tür vor der Nase zugeknallt wurde und sie verschlossen blieb, egal wie laut wir hämmerten oder brüllten.

Schließlich gaben wir auf. Wir hatten keinen Zweifel daran, dass wir beobachtet wurden.

Die Einrichtung des Raumes kündete von Wohlstand, Prunk und Tradition. Der Teppich war dick, die Stühle wuchtig und aus auf Hochglanz poliertem Holz. Ein Ölgemälde mit irgendeiner Schlachtszene, die mit Sicherheit den Ausbruch der Revolution gegen die Hybriden darstellen sollte, hing an der Wand.

Wir setzten uns auf einen der Stühle. Starrten das Gemälde an. Die Wände. Die Tür.

‹Wenn er ihn nicht haben konnte, wollte Jenson auch nicht, dass jemand anders Jaime bekäme›, sagte ich. Es war die einzige Erklärung, die mir für das Handeln des Mannes einfiel. ‹Wenn er Jaime nicht benutzen konnte, um sich die Macht über das Land zu sichern, sollte es der neue Präsident auch nicht können.›

Addie stieß ein hartes, ungläubiges Lachen aus. ‹Was ist aus seinen Worten über die enorme Bedeutung geworden, dieses Land zusammenzuhalten?›

Letztendlich hatte sich Jenson so irrational und menschlich verhalten wie jeder andere auch.

Wir saßen in dem luxuriösen Zimmer und warteten.

Die Zeit verging. Eine Stunde? Oder mehr?

Dann öffnete sich die Tür erneut und der Präsident betrat den Raum.

Ich war so schockiert, dass ich beinah vom Stuhl gefallen wäre.

Er sah älter aus, wenn er einem leibhaftig gegenüberstand. Er musterte uns, so wie wir ihn. Die Tür hatte er hinter sich geschlossen, wir schienen also allein zu sein, aber ich traute der Sache nicht. Es gab gewiss Kameras hier drin, die alles aufzeichneten. Die Wachen, die draußen postiert waren, würden ebenfalls mithören.

»Addie, nicht wahr?«, sagte er. »Addie Tamsyn.«

Hier sprach die Stimme, die ich schon mein ganzes Leben im Fernsehen oder Radio gehört hatte, mich persönlich an.

Nur, dass er nicht mich ansprach.

»Ich bin Eva«, sagte ich leise.

Im Gegensatz zu Jenson reagierte er auf meine Berichtigung. Aber es gelang ihm, es bis auf ein leichtes Zusammenpressen seiner Lippen zu kaschieren.

Addie und ich waren darauf konditioniert worden, seinen Anblick vertrauenerweckend zu finden. Tröstlich. Selbst als ich ihn jetzt ansah, las ich etwas Großväterliches aus seiner Miene heraus. Er hatte einen Sohn, wie ich wusste, einen jungen Mann, der wahrscheinlich eine politische Karriere anstrebte.

Falls die Dinge sich gut entwickelten, würde er womöglich sogar der nächste Präsident werden. Das letzte Mal war der Posten vom Onkel auf den Neffen übergegangen.

»Eva«, verbesserte er sich.

»Wo ist Jaime?«, fragte ich. Mein Einwurf schien ihn zu überraschen, aber genau wie die Reaktion auf meinen Namen kaschierte er es rasch. Ich nehme an, wenn man so lange ein öffentliches Amt innegehabt hat, ist man gut darin, sich nach außen hin nichts anmerken zu lassen.

»Ihm geht es gut«, erwiderte er. »Du musst dir um ihn keine Sorgen machen.«

Ich konnte nicht anders, als zu lachen. »Jemand hat heute versucht, ihn umzubringen.«

»Das haben wir unter Kontrolle.« Aber zum ersten Mal schien er sich unwohl zu fühlen.

Ich hörte mich sagen: »Aber was ist das nächste Mal? Sie können sich nicht sicher sein, dass es kein nächstes Mal geben wird. Jenson hatte seine Geheimnisse. Wer sonst in dieser Regierung verfolgt noch eine Agenda, von der Sie nichts wissen?«

»Jeder«, sagte er mit einem schwachen Lächeln. »Ich bin nicht naiv, das versichere ich dir. Als diese Regierung gebildet wurde, ging es nicht darum, wer mir gegenüber loyal wäre.«

Sein Eingeständnis überraschte uns.

‹Vielleicht wird doch nicht aufgezeichnet, was wir hier drinnen sagen›, meinte Addie zögernd. Mir war nicht klar, was das für uns bedeutete. Für diese Unterhaltung.

Präsident Loyde nahm uns gegenüber auf einem der Stühle Platz. Ich kämpfte gegen den Drang an, zurückzuweichen.

»Ich habe seit einer Weile verfolgt, was du machst, Eva«, sagte er. »Seit deiner riskanten Nummer in Powatt.«

»Es war keine riskante Nummer«, sagte ich automatisch. »Und wir wollten niemanden damit verletzen. Wir wollten nur ...«

»Ich meine, wie du in das Gebäude gerannt bist, um alle zu warnen.« Seine Stimme war erstaunlich sanft. Ich traute ihr nicht. Ich konnte nicht. »Es war sehr tapfer, das zu tun. Besonders für Menschen, die du nicht einmal mochtest.«

Ich war nicht sicher, was ich darauf erwidern sollte. »Das ist nicht das, was die Sender verbreitet haben. In den Nachrichten war ich einfach ein Monster.«

»Ich hatte keinen Einfluss auf die Nachrichten.« Er zuckte mit den Schultern, eine beinah lässige Geste. Dann wurde er wieder ernst. »Aber wenn es so gewesen wäre, hätte ich vielleicht dieselbe Entscheidung getroffen. Wir brauchen die Bösen, Eva. Besonders, wenn die Nation bereits in Aufruhr ist. Besonders, wenn es darum geht, die Kontrolle zu behalten.«

»Aber es sind alles Lügen.« Ich konnte nicht verhindern, aufzubegehren, obwohl mir durchaus klar war, dass ich vorsichtig sein musste. Ich spürte, dass Addie eine Warnung auf der Zunge lag, sie sie aber herunterschluckte. »Sie können ein Land nicht auf Lügen aufbauen. Jenson ist gestürzt, weil er sich in einer verstrickt hat. Und im Moment erzählt die Regierung eine nach der anderen. Die Wahrheit hinter den Impfungen – der ganze Schmu über den Rest der Welt, der angeblich in Schutt und Asche liegt ... darüber, dass die Hybriden geistig instabil wären ... das alles mag jahrzehntelang funktioniert haben, aber es wird nicht für immer funktionieren. So wie die Dinge im Moment liegen, wird es womöglich noch nicht einmal ein weiteres Jahr funktionieren.« Mir war die Luft ausgegangen. Ich musste kurz pausieren, um einzuatmen.

Und da erkannte ich, dass er mir tatsächlich zuhörte. Dass er mich tatsächlich ansah und meine Worte auf sich wirken ließ, und vielleicht waren sie nichts Neues für ihn – gewiss beinhalteten sie nichts, was er nicht selbst schon in Betracht gezogen hätte. Aber nichtsdestoweniger hörte er mir zu.

Es war ein merkwürdiges Gefühl. Ein Jahr zuvor war

ich noch vollkommen stimmlos gewesen. Unsichtbar. Ein Geist.

Meine Worte, die einst nur durch den Raum zwischen Addies und meinem Geist gehallt waren, stießen jetzt beim mächtigsten Mann des Landes auf ein offenes Ohr.

»Ich verfüge nur über begrenzte Möglichkeiten.« Er sprach langsam, bedächtig. »Und alle haben gewisse Konsequenzen.«

»Helfen Sie uns«, flüsterte ich. »Helfen Sie den Hybriden, und Sie können sich unserer Loyalität für immer gewiss sein. Wir mögen kein extrem großer Teil der Bevölkerung sein, aber wir sind auch nicht ohne Bedeutung ...«

Er lächelte trocken. »Das ist mir inzwischen auch klar geworden.«

»Und Sie würden sich damit auch den Respekt der anderen Länder verdienen«, sagte ich. »Sie würden Sie als Verbündeten begreifen, nicht als Feind.«

»So weit würde ich nicht gehen«, überlegte er laut. »Aber ich halte es für möglich, dass sie mir größere Sympathie entgegenbringen würden als meinem Vorgänger.«

Ich richtete mich auf unserem Stuhl auf. Stellte sicher, ihm fest in die Augen zu blicken. »Sie werden als der Mann in die Geschichte eingehen, der dem americanischen Volk die Wahrheit brachte. Nicht bloß als ein weiterer Lügner. Eine weitere Marionette, die womöglich eines Tages über ihre eigenen Lügen stolpern würde.«

Er lächelte immer noch, als ich endete. »Du weißt mit

Worten umzugehen, das muss ich dir lassen. Und es steckt viel Leidenschaft dahinter.«

Ich erwiderte: »Ich weiß es zu schätzen, eine Stimme zu haben.«

Nach einem langen Moment nickte er. Er stand auf, während wir sitzen blieben und zu ihm hochsahen. Was bedeutete das? Was hatte das alles hier zu bedeuten?

»Was wird also passieren?«, fragte ich, und zum ersten Mal lachte er. Es war ein verhaltenes, leises Lachen, aber dennoch ein Lachen.

»Ich weiß es nicht«, sagte er. »Aber etwas Neues. Etwas noch nie Dagewesenes.«

Ich wusste nicht, wie ich mit meiner plötzlichen Hoffnung umgehen sollte. Wie ich sie zügeln sollte.

»Du wirst eine Weile bei uns bleiben müssen, befürchte ich«, sagte er. »Aber ich werde veranlassen, dass du und Jaime zusammen sein könnt. Damit du nicht alleine bist.«

»Das würde mich freuen«, sagte ich. »Das würde mich sehr freuen – danke schön. Aber ... ich bin nicht allein.«

»Nein, ich nehme an, das bist du nie.« Seine Augenbrauen zogen sich zusammen, dann entspannten sie sich wieder. So etwas wie ein Lächeln umspielte seine Lippen. »Ich frage mich gerade, ob ich dich darum beneide.«

Er wandte sich um, so als wolle er auf die Tür zugehen, aber ich rief ihm hinterher: »Warten Sie – wie ist der letzte Präsident gestorben? Es waren nicht die Hybride.«

»Er hatte zwei Tage vor der Mahnwache einen Schlaganfall«, sagte Präsident Loyde. »Er lag im Koma, seine Genesung war ungewiss. Nur wenige Leute wussten davon. Es war ein schlechter Zeitpunkt für einen schwachen Präsidenten. Den Regierungsbeamten sagte man, dass ihn eine schwere Grippe erwischt hätte. Nachdem er gestorben war, sollte die Story lauten, es wäre ein Hybrid gewesen, der ihn durch den Tropf mit Kochsalzlösung vergiftet habe.« Er schien einen Moment in Gedanken versunken. »Woran er wirklich gestorben ist? Stress. Alter. Das Leben.«

»Wollten Sie das heute früh der Menge erzählen?«, fragte ich.

Er schwieg kurz. Dann schüttelte er den Kopf. »Nein«, sagte er langsam. »Das wollte ich nicht.«

Er wandte sich erneut zum Gehen. Ich hielt ihn ein zweites Mal zurück. »Sind wir im Kapitol?«

Seine Augenbrauen hoben sich. »Ja, das sind wir. Das hier ist ein Teil des Ostflügels. Ich nehme an, niemand schenkt ihm Beachtung. Er hatte noch nie eine besondere historische Bedeutung.« Plötzlich lächelte er ein wenig. »Bis heute.«

# Kapitel 48

Er hielt sein Versprechen, was Jaime anging, und eine Zeit lang reichte das, um uns zufriedenzustellen. Wir waren irgendwo in der Stadt untergebracht – der Van, in den sie uns verfrachtet hatten, hatte kaum etwas mit jenen Bussen gemein, die Touristen entlang der Sehenswürdigkeiten durch die Stadt karren, aber wir waren nicht besonders lange unterwegs.

Dort durften wir praktisch im komfortabelsten Gefängnis der Welt leben. Jaime erzählte uns, er wäre die vergangenen Monate unter ähnlichen Bedingungen festgehalten worden. Nur dass sie ihn von Ort zu Ort gebracht und ihm Spezialisten zur Seite gestellt hatten, die Physiotherapie mit ihm machten und versuchten, seine sprachlichen Fähigkeiten zu verbessern. Wir waren erleichtert, dass es keine weiteren Operationen gegeben hatte.

Sie ließen uns keinerlei Informationen über die Außenwelt zukommen. Wir durften kein Fernsehen gucken, kein Radio hören, kein Telefon benutzen. Wir durften noch nicht einmal ins Erdgeschoss, und im ersten Stock waren alle Fenster zusätzlich zur Alarmanlage mit extradickem Glas versehen.

Wir blieben etwas über zwei Wochen dort. Später erzählten uns die anderen, was wir alles verpasst hatten. Wie die Wut auf die Attentäter anfangs den Großteil der öffentlichen Aufmerksamkeit beansprucht hatte – wer sie waren, was sie wollten. Irgendwann waren sie mit Jenson in Verbindung gebracht worden. Jenson für das Attentat verantwortlich zu machen gab den Leuten die Möglichkeit, jemand anderen zu hassen und zu fürchten als die Hybride. Es ebnete dem Präsidenten den Weg dafür, ihn auch für andere Dinge verantwortlich zu machen. Die völlig überzogenen Berichte über Hybridkriminalität. Die maßlos übertriebenen Geschichten über Addie und mich und Peters Untergrundnetzwerk.

Die öffentliche Meinung ist eine zugleich machtvolle und heikle Sache. Nach allem, was wir hörten, wusste der Präsident das. Er ging in dieser entscheidenden Zeit, in der seine Regierung noch neu war und sich von der vorhergehenden distanzieren konnte, behutsam, aber rasch vor.

Als das neue Jahr ein paar Wochen alt war, eröffnete er dem Land die Wahrheit über den Rest der Welt. Wir wurden noch am selben Tag freigelassen. In dem Chaos bemerkte niemand ein Mädchen und einen Jungen, die hinaus auf die Straßen der Stadt gescheucht wurden. Sie schickten einen Wachmann mit uns. *Zu unserem Schutz*, sagten sie, egal wie offensichtlich ihre wahren Motive waren. In dem Moment spielte es eigentlich keine Rolle. Alles, was zählte, war der Ausdruck in den Gesichtern unserer Familie, als sie uns die Tür aufmachten. Wie Hally uns drückte und gar nicht mehr loslassen wollte.

Wie Ryan mich später küsste, als wir allein waren und es Abend war und die Sterne über uns funkelten wie eine Landkarte der Möglichkeiten.

Emalia kontaktierte uns an einem friedlichen Sonntagmorgen. Sie stolperte fast über die Worte in ihrer Hast, uns zu sagen, dass sie in Renwert war, nur ein paar Stunden entfernt – ja, ihr und Sophie ging es gut, nein, sie wollte nicht, dass wir sie dort abholten, sie würde uns irgendwo in der Mitte treffen.

Sie klang anders, als wir sie in Erinnerung hatten. Ich fragte mich, ob ich die gertenschlanke Frau, die sich in Pastellfarben gekleidet und wie die Morgenröte ausgesehen hatte, immer noch in ihr wiedererkennen würde. Vielleicht hatten Addie und ich ihr außer für ihr Erscheinungsbild nie genug Anerkennung gezollt, und die Frau, die nun – Monate nachdem sie an jenem Tag davongefahren war, um Henri fortzubringen – zu uns zurückkehrte, würde noch dieselbe Person sein. Bloß von Äußerlichkeiten befreit, auf das Wesentliche reduziert.

Dr. Lyanne brachte sie zu uns zurück und wir begrüßten sie mit einer Knochen brechenden Umarmung. Sie schien etwas distanziert, etwas verloren. Dr. Lyanne musste ihr auf der Fahrt von Peter und Warrens Tod erzählt haben.

»Geh nach oben«, sagte Dr. Lyanne und befreite sie aus dem Pulk der Menschen, die sie begrüßen wollten. »Wann hast du das letzte Mal anständig geschlafen?«

Emalia stieß ein erschöpftes, trillerndes Lachen aus. »Vor einer Ewigkeit.«

Die größten Veränderungen traten jedoch erst ein, als Addie und ich das Haus verlassen hatten, von dem wir hofften, es wäre das letzte sichere Versteck unseres Lebens. Unsere Familie hatte sich noch nicht entschieden, wo wir hinziehen wollten, wir wussten lediglich, dass wir nicht nach Lupside zurückkehren wollten. Es war uns gelungen, Kontakt zu Mr und Mrs Mullan herzustellen, und wir warteten gerade auf ihre Ankunft mit dem Flugzeug, als die Nachricht verkündet wurde.

Wir hatten gewusst, dass es eines Tages so weit sein würde. Die Nachrichtensendungen hatten kaum noch über etwas anderes berichtet als über die Debatten, die zu der Entscheidung geführt hatten. Aber jetzt war es endlich amtlich.

Morgen würde die Institutionalisierung der Hybride endlich abgeschafft werden.

»Deswegen wird sich nicht gleich alles ändern«, sagte Devon. Wir hatten uns vor dem Fernseher versammelt, um uns anzusehen, wie Präsident Loyde die Entscheidung vor dem Kapitol verkündete. Es fühlte sich absolut richtig an, hier zu sitzen, wir alle sechs zusammen, um diesen Moment zu erleben. Ryan und Devon. Hally und Lissa. Ein Jahr zuvor waren wir auch zu sechst gewesen. »Aber ...«

»Es ist ein Anfang«, sagte Hally.

Und Devon lächelte.

<Denk an all die Kinder, die jetzt nach Hause dürfen>, sagte Addie. In ihrer Stimme schwang ein Hauch ungläubigen Staunens mit.

Ich sah es vor mir. Die ersten Schritte hinaus in eine wärmere Welt. Kinder, die seit Monaten eingesperrt gewesen waren, und solche, denen es durch schiere Beharrlichkeit gelungen war, jahrelang zu überleben.

Darüber hinaus malte ich mir die erleichterten Stoßseufzer Hunderter – Tausender – Kinder überall im Land aus, deren zehnter Geburtstag vor der Tür stand und die noch keinen Frieden gefunden hatten. Die Abschaffung der Institutionalisierung würde sie nicht vor der Furcht und der Verachtung ihrer Altersgenossen bewahren, den Seitenblicken ihrer Lehrer, vielleicht sogar dem wachsenden Unbehagen ihrer Eltern. Aber zumindest würde es sie davor schützen, ihrem Zuhause entrissen und in Betonschachteln gesteckt zu werden, wo sie wie Abfall bis zum Ablaufdatum dahinvegetierten.

Und irgendwann würden auch die Intoleranz, der Hass und die Furcht vergehen. Daran glaubte ich fest.

# Epilog

Es gab Spuren unseres alten Hauses in unserem neuen. Unsere Eltern hatten nicht viel mitgenommen, als sie Lupside verließen, aber ein paar Dinge, die sie nicht verkauft hatten, waren eingelagert worden. Daher hingen die Vorhänge mit dem Erdbeermuster wieder vor dem Küchenfenster, der Kaminsims füllte sich mit unseren alten Fotos und Lyle entdeckte beim Durchstöbern der Umzugskisten ein paar seiner Lieblingsbücher.

‹Ich glaube, es ist gut so›, sagte Addie einmal, als wir gerade einzogen. ‹Dass nicht alles wie früher ist. Ich glaube nicht, dass es wie früher sein könnte.›

Mir gefiel das neue Haus mit seinem kleinen, aber gepflegten Rasen. Den abgenutzten Platten des Gehwegs. Der Tatsache, dass unser Zimmer nach Osten ging und sich am Morgen mit Sonnenlicht füllte.

Mir gefiel es, dass die Mullans nicht weit von uns entfernt wohnten. Dass Jackson und Vince wussten, wo sie uns finden konnten, wenn sie fertig waren, das Land zu bereisen – und ihre neue Freiheit zu genießen. Dass Dr. Lyanne und Jaime und Emalia und Kitty und Henri alle unsere Nummer hatten. Dass wir nur den Telefonhörer in die Hand nehmen mussten, um mit ihnen zu sprechen.

Mir gefiel die Tatsache, dass wir nur wenige Meilen von der Küste entfernt lebten. Manche Vormittage verbrachten wir stundenlang am Rand des Wassers und warteten darauf, dass es warm genug würde, um darin zu schwimmen. Unsere Eltern hatten uns Malutensilien geschenkt, eine Art verspätetes Geburtstags- und Weihnachtsgeschenk. Addie nahm den Koffer mit zum Strand und unsere Zimmerwände füllten sich mit Bildern von Wellen. Von kreischenden Möwen und verlassenen Sandburgen und Kindern, die nach Muscheln gruben.

Ich fragte mich manchmal, was aus Sabine, Cordelia und Christoph geworden war. Ob es ihnen gelungen war, mit der Vergangenheit abzuschließen, wo immer sie auch gelandet sein mochten. Ob sie je nach Hause gefunden hatten.

Es verging eine Zeit, bis Addie und ich wieder zur Schule gingen, aber bis dahin hatten wir den verlorenen Stoff aufgeholt und begannen im Herbst unser erstes Highschool-Jahr in einer Schule voller Leute, die einerseits wussten, wer wir waren, und andererseits auch wieder nicht.

Präsident Loyde schrieb Geschichte als erster americanischer Präsident, der seit dem Beginn der Großen Kriege vor fast einem Jahrhundert zu einem Antrittsbesuch nach Übersee reiste.

Addie und ich fanden ein paar neue Freunde in der Schule.

Es war auch die Rede davon, dass wir eines Tages vielleicht nach Übersee reisen würden. Henri wollte, dass Addie und ich ihn besuchen kamen, und es lag auf der Hand, dass eine solche Reise nicht einfach als private Angelegenheit betrachtet werden würde. Aber für den Moment war noch nichts sicher, und wir waren glücklich dort, wo wir waren. Es würde in der Zukunft genug Zeit zum Reisen sein. Es würde Zeit für so viele Dinge sein. Alles, was wir wollten.

»Eva?«, sagte Mom eines Nachmittags, als Addie und ich aus der Schule kamen. Lyle, der gerade in die Mittelstufe gekommen war, würde erst in einigen Stunden zu Hause sein.

»Ja?«, rief ich zurück, und sie erschien mit dem schnurlosen Telefon im Flur.

»Es ist für dich.« Sie wirkte verunsichert. Ryan und Hally riefen regelmäßig an und fragten nach mir. Aber ihrer Miene nach zu urteilen, war es keiner von beiden.

»Wer ist es?«, hauchte ich, als sie uns das Telefon reichte.

Wir bekamen immer noch relativ regelmäßig Anrufe von Reportern, die uns interviewen wollten, oder von Leuten, die aufgebracht über alles waren, was wir getan hatten, alles, wofür wir standen. Unsere Eltern versuchten, uns vor diesen Anrufen abzuschirmen, wann immer sie konnten. Unsere Nummer stand nicht im Telefonbuch, aber die Menschen waren in ihrem Eifer nicht aufzuhalten und kannten kein Erbarmen.

»Eine Bridget?«, sagte Mom, und ich drückte sofort den Hörer ans Ohr.

»Hallo?«, sagte ich und Addie flüsterte: <Frag sie, wo sie ist.>

Wir hatten seit der Nacht, als wir aus Hahns geflohen waren, nicht mehr mit Bridget gesprochen. Hatten nie erfahren, was aus ihr geworden war.

Bridgets Stimme war leise, aber heiter. »Für jemanden, der mal so berühmt war, bist du ganz schön schwer zu erreichen, ist dir das klar?«

Ich lachte und sah, wie sich Moms Schultern entspannten. Sie warf uns ein vorsichtiges Lächeln zu und ich erwiderte es.

»Wie geht es dir?«, fragte ich. »Wo bist du?«

»Zu Hause«, sagte Bridget. »Es hat eine Weile gedauert, aber ich bin zu Hause.«

Ich sah mich in unserem neuen Haus um, dessen raue Kanten sich nach Monaten, die wir darin verbracht hatten, abzuschleifen begannen. Sah durch das Fenster hinaus in die klare, frische Herbstwelt. Sah unsere Mutter an, die uns zu verstehen gab, dass sie zurück nach oben gehen würde. »Ja«, sagte ich sanft, »wir auch.«

<Eva?>, sagt Addie immer noch ab und zu, wenn wir aus unseren Träumen erwachen. Wenn die Schläfrigkeit

nachlässt und sie sich im Dunst eines neuen Morgens nach mir ausstreckt.

‹Eva?›, sagt sie, so wie früher, als wir noch klein waren.

Und ich antworte: ‹Ja. Ja, ich bin hier.›

Weil ich es bin. Und ich es stets sein werde.

## Danksagung

Es ist verrückt, sich vorzustellen, dass wir am Ende der *Twin Souls* angelangt sind – der Geschichte, die ich in meinem letzten Jahr an der Highschool zu schreiben begann und nun, wenige Monate, nachdem ich das College abgeschlossen habe, beende. Das Verfassen dieser Trilogie ist untrennbar mit meinen College-Jahren verbunden, und die Menschen, die mir während dieses Prozesses als Mentoren zur Seite gestanden und mir geholfen haben, sind gleichzeitig Mentoren in meinem Leben gewesen.

Ich werde meiner Lektorin Kari Sutherland für immer dankbar sein, genau wie meiner Agentin, Emmanuelle Morgen. Kari, für deine unglaublichen Randnotizen und Vorschläge, die mich durch jede Überarbeitung geleitet haben. Die Trilogie ist deinetwegen so viel stärker geraten. Emmanuelle, weil du mir Dinge beigebracht hast, von denen ich nicht einmal ahnte, dass ich sie über das Verlegen von Büchern lernen müsste, und weil du stets nur eine E-Mail oder einen Anruf entfernt warst, wenn ich Hilfe brauchte.

Den größten Dank schulde ich HarperTeen, die diese Geschichten als Worte auf einem Bildschirm erhielten und sie in die schönsten gebundenen Bücher von allen verwandelten (schon möglich, dass ich hier etwas voreingenommen bin). Eine besondere Erwähnung gebührt natürlich der wunderbaren Alison Lisnow, die mein Leben als meine Verlegerin rockt.

Danke an Whitney Lee und all meine Auslandsagenten. Ich habe es schon immer geliebt, zu verreisen, und meine Bücher in neuen Ländern im Regal stehen zu sehen ist immer wieder ein Erlebnis, das mich völlig umhaut. Ich bin außerdem meinen Filmagenten Jon und Michelle bei CAA sehr dankbar.

Savannah Foly und JJ, ich schulde euch beiden eine unendliche Menge an Backwaren, weil ihr andere Arbeit habt liegen lassen, um verschiedene Fassungen von *Twin Souls – Die Fremde* zu lesen. Amie Kaufman, selbst auf anderen Kontinenten zu sein und in vollkommen anderen Zeitzonen hat dich nicht davon abgehalten, mir beim Brainstormen des ersten Entwurfs von Band 3 zu helfen. Du bist einfach großartig. ☺

Es war eine fantastische Reise, Leute, und ich bin allen dankbar, die mir geholfen haben, die Möglichkeit zu ergreifen, sie anzutreten.

Kat Zhang

**Twin Souls**

Die Verbotene

ca. 400 Seiten, ISBN 978-3-570-30858-5

Eva und Addie waren einmal wie alle anderen – zwei Seelen in einen Körper, über den sie abwechselnd die Kontrolle übernahmen. Doch als sie älter wurden, wuchsen mit ihnen die Befürchtungen – eben doch nicht normal zu sein. Denn im Kindesalter hätte eine Seele verblassen und schließlich ganz verschwinden müssen. Die Existenz von zwei Seelen in einem Körper wird als gefährlich angesehen und darf nicht sein. Als Addie schließlich doch die vollständige Kontrolle übernimmt, scheint alles gerettet. Niemand außer ihr aber weiß, dass Eva immer noch lebt – gefangen in dem Körper, den ihre Schwester kontrolliert. Als die beiden herausfinden, dass es für Eva doch noch eine Chance gäbe, wieder an die Oberfläche zu kommen, riskieren sie alles dafür ...

cbt

www.cbt-jugendbuch.de